JANA SCHÄFER

Make my Wish come true

JANA SCHÄFER

Make my Wish come true

Ravensburger

MIX
Papier | Fördert gute Waldnutzung
FSC® C111262

2 4 6 5 3

Originalausgabe

Postfach 2460, 88194 Ravensburg

Dieses Werk wurde vermittelt durch die
Literaturagentur Langenbuch & Weiss, Hamburg.
www.langenbuch-weiss.de

Umschlaggestaltung: »das verlagsatelier« Romy Pohl
Verwendetes Bildmaterial von © Ivan Negin/Shutterstock,
© vitek3ds/Shutterstock und © Rolau Elena/Shutterstock

Lektorat: Tamara Reisinger
www.tamara-reisinger.de

Printed in Germany

ISBN 978-3-473-58604-2

ravensburger.com

FÜR MEINE ELTERN.
IHR GEBT MIR EINEN HAFEN ZUM ANKOMMEN
UND FLÜGEL ZUM LOSFLIEGEN.

DANKE FÜR ALLES.

1. KAPITEL

Abby

»Es tut mir leid.«

Vier Worte, und mein Tag war gelaufen. *Mir auch*, hätte ich am liebsten erwidert. *Sie haben nämlich die falsche Entscheidung getroffen.* Doch natürlich sagte ich nichts dergleichen. Stattdessen schluckte ich die Enttäuschung hinunter. »Verstehe, kein Problem. Ich weiß ja, dass Sie viele Bewerbungen erhalten haben.«

»Das haben wir tatsächlich. Falls es Ihnen ein Trost ist, Sie waren in der engeren Auswahl, Miss Jones, aber letztendlich haben wir uns dann doch für eine Bewerberin entschieden, die schon mehr Vorerfahrung aufweisen konnte.«

Ich biss die Zähne zusammen, um einen frustrierten Laut zu unterdrücken. »Verstehe«, sagte ich erneut, obwohl ich es kein bisschen verstand. Wie sollte ich jemals mit mehr Vorerfahrung in meiner Bewerbung glänzen können, wenn sie mich aufgrund zu weniger Praktika ablehnten? Das war doch bescheuert.

»Wir wünschen Ihnen auf jeden Fall weiterhin viel Glück.«

»Danke. Auf Wiedersehen«, sagte ich.

Seufzend steckte ich das Handy zurück in meine Tasche und sah mich um. Es war Mittwochnachmittag, und die Straßen waren wie üblich von unzähligen Menschen bevölkert. Wenn ich mich nicht bald dem Strom an Geschäftsleuten, Touristen und Spaziergängern anschloss, würde ich angerempelt oder mitgerissen werden. Stillstand passte nicht zu dieser Stadt. Oder zu meinem Leben.

Bevor ich noch länger hier herumstand, setzte ich mich in Bewegung und überquerte die Straße. Ein wolkenfreier Himmel erstreckte sich über New York. Das helle Blau hätte diesen Tag und meine Laune kaum weniger wiederspiegeln können. Am liebsten würde ich mich mit einem Becher Eis in meinem Bett verkriechen, doch in Selbstmitleid zu versinken, brachte mich auch nicht weiter. Entschlossen reckte ich mein Gesicht der Sonne entgegen. So leicht ließ ich mich nicht unterkriegen.

Ich schlug den Weg zu meinem Lieblingscafé ein, das in der Nähe des Campus der Filmakademie lag. Dort hatten sie die besten Muffins, die ich je gegessen hatte. Und wenn es einen Moment gab, in dem Frustessen angebracht war, dann jetzt.

Durch den Tipp eines Kommilitonen hatte ich überhaupt erst von dem Filmprojekt erfahren. Die Praktikumsstellen waren inoffiziell ausgeschrieben gewesen, und die Dreharbeiten hätten in ein paar Wochen, Anfang Dezember, begonnen. Ich hatte alles darangesetzt und mich durch sämtliche Kontakte telefoniert, um an die Nummer des Regisseurs zu kommen. Unter den Darstellern wäre niemand Geringeres als Chris Hemsworth gewesen, was vermutlich auch der Grund für die zahlreichen anderen Bewerbungen gewesen war. Dabei interessierte mich der Schauspieler nicht die Bohne. Klar wäre es ein Pluspunkt gewesen, einen Star wie ihn aus nächster Nähe zu sehen und mit ihm zusammenzuarbeiten, aber mein Interesse hatte ausschließlich Chase Mitchell gegolten, einem der derzeit besten Regisseure im Filmbusiness. Bei einem Film vom ihm zu assistieren, wäre der Hammer gewesen. Allerdings studierte ich erst im dritten Jahr Filmregie, und meine Möglichkeiten, überhaupt an irgendwelche Praktikumsstellen zu kommen, waren begrenzt.

Schon als Kind hatte ich gewusst, dass ich später in der Filmbranche arbeiten wollte, und seither tat ich alles, um mein Ziel zu erreichen. Eines Tages würde ich bei großartigen Produktionen mitwirken und dazu beitragen, wundervolle Geschichten zu inszenieren und zu erzählen. Das war es, was mich dazu gebracht hatte, nach New York zu ziehen und mich auf einen der begehrten Plätze an der *New York Film Academy* zu bewerben.

Als ich wenig später die Tür zu dem kleinen Café aufstieß, das wie üblich brechend voll war, fühlte ich mich sofort besser.

»Hi, Abby«, begrüßte mich meine Kommilitonin und Mitbewohnerin Bonnie, die gerade ein Tablett voller benutzter Tassen auf den Tresen stellte. Sie arbeitete neben dem Studium als Barista in dem Café, was meinen Kaffeekonsum auf ein ganz neues Level gebracht hatte. Dass sie manchmal *vergaß*, mein Getränk abzubuchen, machte es natürlich nicht leichter, mich einzuschränken.

»Hey, gut, dass du da bist.« Ich setzte mich auf einen Holzhocker, der vor einem kleinen Stehtisch in der Nähe des Tresens stand.

»Was ist los?« Sie musterte mich prüfend. Ihre schwarzen Haare trug sie heute zu einem hohen Zopf zusammengebunden, der bei jedem Schritt hin und her schaukelte.

»Ich habe eine Absage für die Praktikumsstelle bekommen. Du weißt schon, dieser Kinofilm, bei dem Chase Mitchell Regie führt ...«

»Mist.« Sie schürzte ihre dunkelrot geschminkten Lippen. Was bei mir Ähnlichkeit mit einem schmollenden Kind gehabt hätte, wirkte bei ihr beinahe niedlich.

»Meine Chancen standen von Anfang an nicht sonderlich gut, aber es wäre einfach so verdammt cool gewesen«, sagte ich mit einem frustrierten Seufzen.

»O Mann, das tut mir leid.« Bonnies dunkle Augen wurden noch eine Spur größer, als sie ohnehin schon waren. »Warte kurz.« Mit diesen Worten verschwand sie hinter dem Tresen. Wenig später kam sie mit einer Tasse Kaffee mit einem Schuss Haselnusssirup – meine Standardbestellung – und einem Teller mit einem Schokomuffin zu mir zurück. »Hier, Zucker vertreibt Kummer und Sorgen. Und gib nicht auf, die nächste Chance wird kommen!« Aufmunternd drückte sie meine Hand.

»Danke.« Ich brach ein Stück von dem fluffigen Gebäck ab und steckte es mir in den Mund. Bonnie hatte recht gehabt, Zucker machte die schlechte Nachricht direkt erträglicher.

»Ich versteh echt nicht, wieso die dich nicht genommen haben. Niemand an der Akademie ist so engagiert wie du. Aber lass dich davon nicht entmutigen. Bestimmt klappt es beim nächsten Mal.«

Bonnie war geborene New Yorkerin und sprach, seit wir uns bei der Einführungswoche auf einer Tour durch die Akademie kennengelernt hatten, davon, dass sie Schauspielerin werden wollte. Das nötige Talent dazu hatte sie. Letztendlich war sie aber genauso wie ich auf die richtigen Kontakte angewiesen, um in der Branche überhaupt Fuß fassen zu können. Allerdings ließ sie sich davon nicht entmutigen. Bonnies Optimismus war zu einem wichtigen Antrieb in meinem Leben geworden. Sie erinnerte mich regelmäßig daran, die Dinge positiv zu sehen, und ich gab mein Bestes, ihre Ratschläge zu befolgen.

Nur heute schien mir das Optimistischbleiben nicht ganz zu gelingen. »Du weißt genauso gut wie ich, wie das läuft. Den Platz bekommen nicht diejenigen, die am engagiertesten sind oder es am meisten wollen.«

Das war etwas, das ich schnell gelernt hatte. Wenn ich eines Tages als erfolgreiche Regisseurin arbeiten wollte, musste ich mich tatsächlich reinhängen und alles geben. Doch selbst das war keine Garantie. Ich brauchte Kontakte und Empfehlungen von den richtigen Leuten. Und dafür musste ich Erfahrungen als Praktikantin machen. Dieses Semester hatten uns die Dozenten empfohlen, Praxiserfahrung zu sammeln, weshalb ich mich seit Wochen um einen Praktikumsplatz bemühte.

»Das schon, aber wie gesagt, gib nicht auf«, sagte Bonnie, bevor sie plötzlich das Thema wechselte. »Sollen wir heute Abend Sushi bestellen?«

»Gern, ich kann ein bisschen Aufmunterung gut gebrauchen.«

»Perfekt. Ich muss jetzt leider wieder zurück an die Arbeit.« Bonnie klopfte mir noch mal aufmunternd auf die Schulter.

Nachdem Bonnie hinter dem Tresen verschwunden war, griff ich nach der Tasse und schnupperte an dem süßen Getränk. Die Mischung aus Koffein und der Süße des Sirups beruhigte mich augenblicklich.

Die nächsten Minuten verbrachte ich damit, den Rest von meinen Muffin zu essen und meine Enttäuschung über die Absage mit dem süßen Kaffee hinunterzuspülen. Danach scrollte ich – entschlossen, mich nicht unterkriegen zu lassen – durch verschiedene Jobangebote und Praktikumsstellen. *Voraussetzung: Erfahrung als Regieassistenz.* Nachdem ich den Satz zum gefühlt fünfzigsten Mal gelesen hatte, gab ich auf und bestellte mir einen weiteren Kaffee mit Sirup und ein Glas Wasser.

Das war doch alles Mist. In Filmen und Liedern ging es ständig darum, dass in New York Träume wahr wurden, doch in der Realität bedeutete, den Träumen nachzujagen, harte Arbeit und reihenweise Absagen. Ich wusste, dass das im Filmbusiness dazugehörte, trotzdem wünschte ich mir manchmal, es wäre ein bisschen leichter.

»Hier, bitte.« Bonnie stellte den Kaffee und das Wasser vor mir ab.

»Du bist die Beste.« Lächelnd griff ich nach dem Kaffee und sah mich zum ersten Mal richtig in dem Raum um.

Seit ein paar Tagen schmückten grüne Zweige und kleine Kerzen die Tische. Spätestens Ende November würde die ganze Stadt in den unterschiedlichsten Lichtern erstrahlen. Von rot blinkenden Weihnachtsmännern, weißen Lichterketten und der jährlich wiederkehrenden Playlist mit weihnachtlichen Liedern, die niemand mehr hören konnte, würde alles dabei sein. Zum Glück hatte ich mit Bonnie den Pakt geschlossen, dass unsere Wohnung dekofrei bleiben würde. Ich hatte noch nie viel für Kitsch übrig gehabt. Was als romantische und besinnliche Zeit verkauft werden sollte, war in Wahrheit nur noch mehr Stress, noch mehr Konsum und eine schmerzliche Erinnerung daran, dass die eigene Familie nicht so perfekt war wie in den Filmen. Dabei hatte ich Weihnachten mal geliebt. Damals, als meine Familie nicht nur aus Mom und mir bestanden hatte. Mit

Dads Weggehen und dem Älterwerden war dann jedoch der Weihnachtszauber verschwunden.

Seufzend trank ich meinen Kaffee leer und stellte das Geschirr auf den Tresen. »Ich geh nach Hause und bereite das Seminar von gestern nach. Bis später.« Mit einem Winken verabschiedete ich mich von Bonnie, die mir kurz zunickte, bevor sie die Bestellung eines Kunden aufnahm.

Draußen wehte mir ein kalter Wind entgegen, und ich schlang meinen Schal enger um den Hals. In ein paar Tagen würde ich meinen dicken Wintermantel aus dem Schrank holen müssen. Ein weiterer Grund, warum ich Weihnachten nicht mochte. Kälte war einfach nicht mein Ding, schon als Kind war ich erst im Sommer so richtig aufgeblüht. Ich vergrub meine Hände in den Jackentaschen und lief los.

Die Straßen waren inzwischen noch voller, doch diesmal störte ich mich nicht so sehr daran. Der Aufenthalt im Café hatte meine Laune gehoben, und auch wenn ich von Bonnies Zuversicht noch weit entfernt war, fühlte ich mich besser. Sie hatte recht, irgendwann musste es mit einem Praktikum klappen. Denn trotz der Rückschläge war ich fest davon überzeugt, dass die Filmbranche genau das Richtige für mich war. Und kaum eine Stadt bot so viele Möglichkeiten wie New York. Obwohl mir der Lärm manchmal zu schaffen machte, liebte ich die Stadt. Während ich die Straße entlang zur U-Bahn lief, kamen mir die unterschiedlichsten Leute entgegen. Von Menschen in Designerklamotten mit Handtaschen, die ich mir vermutlich nie würde leisten können, bis zu Straßenmusikern und jungen Leuten in grellbunten Klamotten, war alles dabei.

In der U-Bahn steckte ich mir Kopfhörer in die Ohren und lauschte der neuen Folge meines Lieblingspodcasts, der von einer Yogalehrerin geführt wurde. Sie interviewte regelmäßig inspirierende Persönlichkeiten, die es geschafft hatten, ihre Träume zu verwirklichen. Ihre Gäste waren ganz unterschiedlich, was den Podcast so interessant machte. So ging es in der letzten Folge zum Beispiel um eine Frau, die ein Café eröffnet hatte, in das sie jeden Sonntag Autoren einlud, die ihre Geschichten vorlasen. Heute hingegen befragte sie einen ehemaligen Manager, der seine erfolgreiche Karriere an der Seite eines Musikstars gegen ein Leben auf dem Land getauscht hatte, wo er sein eigenes Gemüse anbaute.

Ob ich eines Tages ebenfalls zu den Menschen gehören würde, die ihren Traum wahr gemacht hatten? Ich wünschte es mir mehr als alles andere.

Zurück in Bonnies und meiner winzigen Wohnung, die aus zwei Zimmern, einer kleinen Kochnische und einem Bad bestand, goss ich als Erstes die Pflanzen auf meinem Fensterbrett. Ich besaß nicht viel und versuchte, mein Zimmer so minimalistisch wie möglich zu halten. Ein Kleiderschrank in der Ecke, ein Regal mit Büchern über Filmgeschichte und Theaterwissenschaften an der Wand und mein Bett füllten die zwölf Quadratmeter bereits vollkommen aus. Der Boden bot gerade noch genug Platz für meine Yogamatte. Inzwischen ging ich dafür jedoch meistens ins Studio, denn seit ich selbst unterrichtete, kam ich immer weniger dazu, nur für mich allein Yoga zu praktizieren.

Ich schaltete die Lichterkette an der Wand ein, die den Raum in ein angenehmes Licht tauchte. Mein Zimmer war mein Zufluchtsort, wenn ich eine Pause von der Stadt brauchte.

Nachdem ich meinen Laptop hochgefahren und meine Lern-Playlist angemacht hatte, die aus ruhigen, sanften Instrumentalstücken bestand, setzte ich mich mit meiner Mitschrift aus dem letzten Seminar an den Schreibtisch. Und da verharrte ich, bis Bonnie am Abend mit Sushi nach Hause kam und wir es uns auf ihrem Bett gemütlich machten.

Da in der Wohnung kein Platz für einen Esstisch war, aßen wir meistens am Schreibtisch oder auf einem unserer Betten. Während mein Zimmer minimalistisch und ordentlich war, herrschte bei Bonnie das reinste Chaos. Auf ihrem Schreibtischstuhl türmte sich ein Berg Klamotten, und auf dem Boden lagen lose Zettel mit Notizen sowie zwei Bücher über Schauspielgeschichte. Auf ihrem Regal an der Wand standen vier grüne Pflanzen, die ich regelmäßig vor dem Vertrocknen rettete. Dennoch mochte ich Bonnies Zimmer. Es war gemütlich und spiegelte ihre fröhliche, chaotische Art wieder.

»Wie war die Schicht noch?«, fragte ich.

»Lang.« Sie verzog das Gesicht. »Heute war die Hölle los. Das hier ist definitiv mein Tageshighlight.« Sie deutete auf die Portion Sushi vor sich.

Eine Weile herrschte ein angenehmes Schweigen. Wir hingen beide unseren eigenen Gedanken nach, während wir uns unserem Essen widmeten.

»Ich muss dir was gestehen«, sagte Bonnie irgendwann, als von der Portion Sushi nur noch die Hälfte übrig war.

Ihr zerknirschter Tonfall ließ mich aufschauen. Das konnte nichts Gutes bedeuten. »Spuck's schon aus.«

Bonnie wand sich sichtlich, was untypisch für sie war. Normalerweise trug sie ihr Herz auf der Zunge und sagte, was sie dachte. Ihre

Direktheit hatte mir von Anfang an gefallen. Es war etwas, das wir gemeinsam hatten. Bei allem anderen unterschieden wir uns, waren das genaue Gegenteil. Während sie chaotisch und verplant war, strukturierte ich meinen Alltag und brauchte das Gefühl, einen Plan zu haben. Er musste nicht zwanghaft jedes Mal aufgehen, aber ihn zu haben, fühlte sich gut an. Die Menschen, die behaupteten, dass sie Überraschungen mochten, waren mir schon immer suspekt gewesen.

»Ich werde mit Eric verreisen.«

»Was?« Irritiert blinzelte ich und schaute meine Mitbewohnerin an.

Zerknirscht wich sie meinem Blick aus. »Er hat gefragt, ob wir im Dezember eine Tour durch Europa machen. Ich habe dieses Semester so wenig Kurse und kann die Abwechslung gut gebrauchen. Außerdem spendiert Erics Dad die Hälfte der Reise, weil er immer noch denkt, dass er mit Geld gutmachen kann, dass er zu viel arbeitet und zu selten für seine Kinder da ist. Ich weiß, wir wollten die Vorweihnachtszeit zusammen boykottieren und uns hier eine schöne Zeit machen, aber das ist eine einmalige Chance, und …«

Bonnie redete noch eine Weile so weiter. Einmal angefangen, war sie manchmal nicht mehr zu stoppen. Kurz durchzuckte mich Enttäuschung, doch ich wusste, wie selten Bonnie Urlaub machte. Außerdem träumte sie schon seit Ewigkeiten davon, nach Europa zu reisen.

»Ist schon gut«, unterbrach ich sie. »Denkst du wirklich, ich wäre dir böse, weil du in der Weihnachtszeit mit deinem Freund eine Europa-Tour machst?«

»Ich weiß, wie wenig du diese Jahreszeit magst, und ich will dich nicht allein lassen.« Ein warmer Ausdruck lag in ihren dunklen Augen, als sie mich ansah, und spätestens jetzt war jeder Anflug von Groll verflogen.

»Das weiß ich doch, und deshalb bin ich froh, dich als Freundin zu haben. Aber ich komm gut allein klar.«

»Sicher?«

»Ganz sicher.« Ich warf ihr ein beschwichtigendes Lächeln zu. Seit ich vor zwei Jahren mit achtzehn von zu Hause ausgezogen war, trug ich die Verantwortung für mein Leben selbst und war bisher bestens zurechtgekommen. »Du kennst mich doch, ich werde die Tage mit alten Filmklassikern verbringen. Außerdem habe ich ja noch meine Yoga-Kurse, die mich gut beschäftigt halten. Zudem wird Mom darauf bestehen, dass ich an Weihnachten zu ihr komme. Mach dir also keine Sorgen.«

Bonnie wirkte nicht überzeugt, nickte aber und beließ es dabei. »Wie läuft's eigentlich mit den Yoga-Kursen? Kommt der Hippie-Kerl immer noch?«, fragte sie.

»Tut er«, erwiderte ich grinsend. »Und es stört ihn kein bisschen, dass er der einzige Mann in der Gruppe ist ...«

Bonnie lachte. »Das würde es mich an seiner Stelle wohl auch nicht ...«

»Nein, nein«, wehrte ich ab. »So ist er nicht.«

Wir redeten noch eine Weile über meine Yoga-Kurse und unsere Arbeit, bevor wir uns über die Veranstaltungen an der Akademie unterhielten. In Bonnies Studiengang sollte im nächsten Semester ein Theaterstück eingeprobt werden, und sie hoffte, wie nicht anders zu erwarten, auf die Hauptrolle. Wie immer, wenn sie vom Schauspiel sprach, blühte sie auf. Ich fragte mich, ob mein Gesicht ähnlich strahlte, wenn ich über Filmproduktionen redete. Die Vorstellung gefiel mir, und auch wenn das Studium mir einiges abverlangte und die viele Konkurrenz mich manchmal ernüchterte, hoffte ich, dass ich meine Begeisterung dafür nie verlieren würde.

Es war schon ziemlich spät, als ich zurück in mein Zimmer ging. Draußen war es längst dunkel. Nachdem ich die Jalousien heruntergelassen hatten, schlüpfte ich in meinen Pyjama und schaute zum bestimmt hundertsten Mal *Frühstück bei Tiffany*, einen der wenigen Klassiker, bei denen mir der Kitsch nicht zu viel wurde. Lautlos bewegte ich meine Lippen zu dem Text, den ich größtenteils auswendig kannte, und verdrängte jegliche Gedanken an die weniger märchenhaften Teile meines Lebens.

Seit mein Dad uns verlassen und damit Moms Herz gebrochen hatte, glaubte ich nicht mehr an das Konzept einer richtigen, sich über alles liebenden Familie. Mein Dad überwies zwar monatlich einen beachtlichen Betrag auf mein Konto, womit ich mein Studium finanzieren konnte – und womit er mir vielleicht auch sagen wollte, dass ich ihm nicht völlig egal war –, aber das war es auch schon. Und auch die echte große Liebe existierte für mich nur noch auf der Leinwand. Denn im Gegensatz zum wahren Leben versöhnten sich die Figuren in den Filmen nach einem Streit wieder und gestanden sich ihre Gefühle. Meistens konnte ich das auch genießen, denn sie waren besser als nichts – und mit nichts meinte ich mein nicht vorhandenes Liebesleben.

Wie so oft, wenn ich Filme sah, dauerte es nicht lange, bis ich völlig in der Geschichte versank, die auf dem Bildschirm erzählt wurde. Ich vergaß, dass andere in meinem Studium bereits mehr Praktika aufweisen konnten und dass die Wahrscheinlichkeit, eines Tages eine bekannte Regisseurin zu werden, nicht besonders hoch war.

Doch eines Tages, das schwor ich mir, würde ich an Sets sitzen und mit Schauspielerinnen wie Emma Watson oder Anne Hathaway Filmgeschichte schreiben.

Das waren große, ambitionierte Träume, aber ich musste an ihnen festhalten. Sie waren alles, was ich hatte.

2. KAPITEL

Abby

Die nächsten Tage zogen in rasend schneller Geschwindigkeit an mir vorbei, und auch Bonnies Abreise rückte immer näher. Sie wurde zunehmend aufgeregter und hatte mit Eric schon eine genaue Route geplant, die durch Rom, Paris, Barcelona und andere tolle Städte führen sollte. Ein bisschen war ich neidisch, gleichzeitig freute ich mich für ihr Glück. Um nicht in Selbstmitleid zu versinken, konzentrierte ich mich auf mein Studium und den Job im Yoga-Studio.

Ich ging regelmäßig zu meinen Kursen an der Akademie, lernte in einer Vorlesung mehr über Drehbuchentwicklung und besuchte ein Seminar zu Kameraführung, Bildwirkung und Ästhetik. Wie immer machte ich mir zu allem Notizen, um meine Mitschrift später noch mal in Ruhe durchzuarbeiten. Zu Hause musste ich mittlerweile Slalom um Bonnies neuen Reiserucksack und ihre Wanderschuhe laufen. Jeden Abend erzählte sie mir von neuen Sehenswürdigkeiten, die sie unbedingt besuchen wollte.

Als ich am Freitag nach der letzten Veranstaltung das Gebäude verließ, wehte mir ein für Anfang November ungewöhnlich eisiger Wind entgegen. Ich wickelte meinen Mantel fester um mich und trat auf die Straße, auf der wie üblich sämtliche Passanten an mir vorbeieilten.

»Abby? Warte mal kurz.« Amar, ein Freund von Bonnie, der ebenfalls Schauspiel an der Akademie studierte, lief auf mich zu. Er hatte sich genauso wie all die anderen, die an die Filmakademie gingen, seiner Leidenschaft verschrieben und war bereit, für seine Ziele zu kämpfen.

Das mochte ich an diesem Ort so sehr. Die Studierenden kamen von überall aus der Welt, doch wir hatten alle einen Traum, eine Vision, für die wir bereit waren, alles zu geben. Diese Gemeinsamkeit verband uns und hatte dazu geführt, dass ich mich an der Akademie von Anfang an wohlfühlte.

»Du bist doch auf der Suche nach Praktikumsstellen, oder?«, fragte Amar, als er leicht außer Atem neben mir stehen blieb.

»Stimmt. Woher weißt du das?« Ich sah ihn überrascht an. Wir kannten uns nur flüchtig; Bonnie hatte ihn mir vorgestellt, als wir beide zufällig im Café gewesen waren. Seither wechselten wir jedes Mal ein paar Worte, wenn wir uns auf dem Campus trafen.

»Bonnie hat mir davon erzählt. Ist ziemlich schwer, in dieser Branche Fuß zu fassen.« Er verzog das Gesicht.

»Da hast du recht«, gab ich seufzend zu. »Stehen bei euch auch Praktika an?«

»Ich habe im Sommer bei einem Film eine Nebenrolle ergattern können, weshalb ich mich dieses Semester wieder mehr auf die Kurse an der Akademie konzentriere«, sagte er lächelnd.

»Das klingt ja toll! Glückwunsch.«

»Es war nur eine kleine Rolle.« Er machte eine wegwerfende Handbewegung. »Aber danke. Es ist ein Anfang, und darauf kommt es schließlich an.«

»Ganz genau.« Ich deutete die Straße entlang. »Musst du auch in die Richtung zur U-Bahn?«

»Nee. Ich muss in die andere Richtung, ich wollte dir nur sagen, dass ich von einer Praktikumsstelle gehört habe, die vielleicht etwas für dich sein könnte. Bonnie meinte, du wärst über jede Chance froh, allerdings starten die Dreharbeiten schon in zwei Wochen. Sie suchen spontan eine Praktikantin, weil wohl jemand kurzfristig ausgefallen ist.«

»Das klingt gut, erzähl mir mehr.« Obwohl ich es nicht wollte, stieg Hoffnung in mir auf. In zwei Wochen war zwar verdammt spontan und ich würde einige wichtige Kurse verpassen, aber die könnte ich immer noch nachholen. Außerdem diente dieses Semester dazu, Praxiserfahrung zu sammeln, weshalb unsere Dozenten uns auf jeden Fall unterstützen würden.

»Ein Freund kennt Jennifer Torres, sie hat in den letzten Jahren bei einigen tollen Produktionen Regie geführt. Ihr neuestes Projekt ist ein Film, der wohl so in Richtung Kriminalfilm gehen soll, und …«

Ungläubig starrte ich ihn an. Jennifer Torres? Natürlich kannte ich die Frau. Sie war eine bekannte Regisseurin und hatte für ihre Filme bereits unzählige Preise gewonnen. »Kannst du mir den Kontakt vermitteln?«, platzte es aus mir heraus. »Sorry, ich wollte dich nicht unterbrechen, aber das klingt einfach perfekt. Nach genau so einer Chance habe ich gesucht.«

Amar grinste. »Klar, ich kann dir die entsprechenden Kontakte geben. Da es recht spontan ist, könntest du Glück haben.« Amar kramte sein Handy aus der Hosentasche und schickte mir direkt die Nummer. Ich war kurz davor, mich selbst zu kneifen. Nie hätte ich erwartet, dass der Tag eine dermaßen gute Wendung nehmen würde.

»Tausend Dank! Dafür lade ich dich mal zum Essen ein«, versprach ich.

»Da sage ich nicht Nein. Ich drück dir die Daumen, gib Bescheid, wenn es geklappt hat. Ich muss dann auch los. Man sieht sich.« Mit diesen Worten tauchte Amar in den Strom von Menschen ein und verschwand um die nächste Ecke.

Sprachlos starrte ich ihm hinterher, unfähig zu begreifen, was gerade passiert war.

Nach ein paar Sekunden ließ der Schock nach und ich machte mich auf den Heimweg. Die Sonne hatte sich endlich wieder durch die Wolkendecke gekämpft und tauchte die Straße in ein mattes Licht. Mit einem Mal kamen mir die vielen Leute ein bisschen weniger anstrengend vor. Wenn das mit diesem Praktikum klappte, würde ich die nächsten Wochen in einem Filmstudio verbringen und mit Profis zusammenarbeiten. Besser könnte es gar nicht laufen.

Ich beschleunigte meine Schritte und nahm die nächste U-Bahn. Je schneller ich Jennifer Torres anrief und von mir überzeugte, desto besser. Ich würde ihr klarmachen, dass ich für diesen Job wie gemacht war. Die Skeptikerin in mir mahnte mich, mir nicht allzu große Hoffnungen zu machen, doch darin war ich noch nie gut gewesen. Ich hoffte schnell, zumindest wenn es um berufliche Dinge ging.

»Erzähl mir noch mal, wie genau das ablief«, sagte Bonnie und sah mich mit leuchtenden Augen an.

Es war früher Abend, und wir saßen mit einem gekühlten Eistee in unserer Stammbar, die mit den schwarzen Möbeln und den Fotoaufnahmen von New York im Retro-Style eine gemütlich-schicke Atmosphäre erzeugte. Wie üblich hatten wir es uns an einem kleinen Couchtisch in der Ecke gemütlich gemacht.

»Ich habe bei der Regisseurin angerufen und gesagt, wie sehr ich dieses Praktikum will. Daraufhin sollte ich meinen Lebenslauf, bisherige Erfahrungen und ein Empfehlungsschreiben von einem Dozenten schicken, was ich natürlich direkt erledigt habe.« Mit einem hoffnungsvollen Lächeln lehnte ich mich zurück.

»Das klingt echt cool! Ich bin mir sicher, dass es klappen wird. Es *muss* einfach klappen.«

»Hoffentlich hast du recht. Jetzt muss ich jedenfalls erst mal abwarten, wobei sie meinte, dass ich spätestens morgen Bescheid bekommen sollte. Das wäre einfach der Hammer, Bon. Ich würde endlich richtig am Set arbeiten. Mit Profis, die wissen, was sie tun.«

Gedanklich sah ich mich bereits mit den Zuständigen für Regie und Produktion im Studio sitzen, während wir über die Inszenierung einzelner Szenen sprachen. Natürlich würde ich in der Realität wohl eher den Kaffee holen und mir fleißig Notizen machen, während *sie* redeten, aber selbst das wäre ziemlich spannend. Mein einziges anderes Praktikum hatte nur zwei Wochen gedauert und war bei den Dreharbeiten einer Vorabendserie gewesen. Dort hatte ich tatsächlich nur Kaffee serviert und Requisiten durch die Gegend geschleppt, obwohl das nicht in den Bereich der Regieassistenz fiel. Falls es diesmal klappte, würde es hoffentlich anders laufen.

»Meine Daumen sind gedrückt. Wenn es jemand verdient hat, dann du. Außerdem müsste ich dann kein schlechtes Gewissen haben, weil ich dich allein lasse.« Bonnie verzog das Gesicht und strich sich eine dunkle Strähne hinters Ohr, die aus ihrem Zopf gerutscht war.

Mit ihren schwarzen Haaren und den bunten Klamotten, die sie auf Flohmärkten oder auf Hippie-Mode-Seiten im Internet bestellte, bildete sie auch optisch das genaue Gegenteil von mir. Ich trug schlichte Kleider, bevorzugt Jeans und Bluse, wobei ich darauf achtete, dass alles zusammenpasste. Nur heute hatte ich mich für ein knielanges schwarzes Kleid entschieden, in dem ich mich jedes Mal besonders elegant fühlte und so, als könnte ich es mit der ganzen Welt aufnehmen. Anders als Bonnie hatte ich außerdem lange blonde Haare und blaue Augen, die meine Mom oft mit der Farbe von Gebirgsseen verglich, was ich nie verstanden hatte, weil sie in ihrem ganzen Leben noch nie im Gebirge gewesen war. Aber sie benutzte gern bildliche Vergleiche und Metaphern. Ihr Herz hatte sie nach der Trennung von meinem Vater – ganz theatralisch – als einen Scherbenhaufen beschrieben.

»Danke, Bon. Aber du musst wirklich kein schlechtes Gewissen haben«, sagte ich und trank einen großen Schluck von meinem Eistee, als könnte das süße Getränk die Gedanken an meine Mom vertreiben.

Leise Musik plätscherte aus den Boxen an den Wänden, ein Mix aus Popsongs und alten Klassikern. Sie vermischte sich mit dem Stimmengewirr der Leute, was für ein angenehmes Hintergrundgeräusch sorgte.

»Alles okay?«, fragte Bonnie nach einer Weile und riss mich dadurch wieder zurück in die Realität.

»Ja, ich hab nur gerade daran gedacht, dass ich mich mal wieder bei Mom melden sollte.«

Normalerweise hatten wir spätestens alle zwei Wochen Kontakt. Meistens erzählte sie mir dann am Telefon von all den neuen Dingen, die sie ausprobiert hatte. Von Töpfern bis zu Backkursen war in den letzten Jahren alles dabei gewesen, wobei ihr Interesse für eine Sache nie lange anhielt.

Manchmal fragte ich mich, wie es sein konnte, dass ich von ihr abstammte, so unterschiedlich, wie wir waren. Während sie Abwechslung liebte, brauchte ich eine gewisse Stabilität. Deshalb gab ich inzwischen auch regelmäßig Yoga-Stunden. Die Ausbildung zur Lehrerin hatte ich zwar erst vor einem Jahr gemacht, allerdings praktizierte ich Yoga schon, seit ich vierzehn war. Es war der perfekte Ausgleich zu meinem trubeligen Alltag. Meine Art, runterzukommen und mich auf den gegenwärtigen Moment zu konzentrieren. Immer, wenn ich in der Vergangenheit durch eine Krise gegangen war, war Yoga die Konstante gewesen, die geholfen hatte.

»Diese Pflichtanrufe immer. Meiner steht auch demnächst an.« Bonnie schüttelte gespielt genervt den Kopf, dabei wusste ich, dass sie ihre Eltern über alles liebte und sie bei jeder sich bietenden Gelegenheit besuchte. Da sie im Stadtteil Queens wohnten und wir in Brooklyn, musste sie dafür lediglich ein paar Stationen mit der U-Bahn fahren.

»So, ich muss mal kurz zur Toilette. Bin gleich wieder da.«

Kaum war Bonnie verschwunden, kam ein Kerl zu unserem Tisch geschlendert. Ich unterdrückte ein Seufzen. Solche Situationen hasste ich. Flirten lag mir gar nicht, genauso wenig wie Kerle abzuweisen, die plötzlich auftauchten und mich anmachten, obwohl ich nichts von ihnen wollte. Bonnie sagte immer, dass ich Kerlen zu selten eine Chance gab. Vermutlich hatte sie damit recht, aber meine Erfahrungen waren in dieser Hinsicht in den letzten Jahren bescheiden gewesen. Nachdem mein Vater uns verlassen hatte und Mom am Boden zerstört war, hatte mein Bild von der perfekten großen Liebe zum ersten Mal einen Riss bekommen. Ein weiterer Riss war hinzugekommen, als mein erster Freund nach einem Jahr mit mir Schluss machte, weil er sich in eine andere verliebt hatte, die er wohl auch schon ein paar Wochen hinter meinem Rücken getroffen hatte. Seither hatte ich mich nur auf lockere Affären eingelassen, wobei ich mich in den letzten Monaten vor allem aufs Studium konzentriert hatte und Typen grundsätzlich aus dem Weg gegangen war. Es war leichter, mein Herz zu schützen, wenn ich gar nicht erst jemanden nah genug an mich heranließ, der es brechen könnte.

»Hi.« Der Typ musterte eingehend mein Kleid. Ein Lächeln erschien auf seinen Lippen, und er fuhr sich langsam durch seine halblangen blonden Haare, die ihm im Sommer einen typischen Surfer-Look verpasst hätten, jetzt aber einfach nur ekelhaft schmierig wirkten.

»Darf ich dich auf einen Drink einladen?«, fragte er mich – oder vielmehr mein Dekolleté, an dem sein Blick hängen geblieben war. Widerlich.

»Meine Augen sind hier oben«, erwiderte ich betont ruhig, wobei meine Hände leicht schwitzen. Wo blieb Bonnie?

»Natürlich, ich …«

»So, hier bin ich wieder«, unterbrach Bonnie den Kerl und setzte sich mir gegenüber, wobei sie den Unbekannten mit hochgezogenen Augenbrauen musterte. »Gibt's einen guten Grund, warum du hier stehst und auf das Dekolleté meiner Freundin starrst, oder liegt es nur an einem Mangel von Anstand?«

»Ich, äh ... bin dann mal weg.« Abrupt drehte der Typ sich um und verschwand.

»So ein Idiot«, murmelte ich. »Und du wunderst dich, warum ich lieber Single bleibe.«

»Na ja, es sind ja nicht alle so wie der.«

»Vielleicht nicht. Aber die, die ich im letzten Jahr kennengelernt habe, waren nicht viel besser.«

»Könnte das vielleicht auch daran liegen, dass du den Männern, die keine Idioten sind, gar nicht erst eine Chance gibst?« Bonnie schlug einen scherzhaften Ton an, aber wir wussten beide, dass sie es ernst meinte. Seit wir uns kannten, lag sie mir damit in den Ohren, dass meine Einstellung viel zu pessimistisch war. Was vermutlich stimmte, immerhin gab ich den meisten Kerlen nicht mal die Möglichkeit, mich besser kennenzulernen. Aber ich konnte momentan keine Ablenkung gebrauchen. Und erst recht kein gebrochenes Herz.

»Nein«, wehrte ich ab, »aber ich habe im Moment einfach keine Zeit für irgendwelche Romanzen, und das weißt du.«

Bonnie stieß einen tiefen Seufzer aus, tat mir jedoch den Gefallen und wechselte das Thema. Sie erzählte von einem Casting, das noch vor ihrer Reise stattfinden sollte und bei dem sie sich gute Chancen erhoffte. Es ging um eine kleine Nebenrolle in einem Film, und ähnlich wie ich würde sie jede Möglichkeit ergreifen, die sie ihrem Traum ein Stück näherbrachte.

Nach einer Weile bestellten wir uns ein zweites Glas Eistee und eine Schale Erdnüsse dazu. Die Musik war inzwischen lauter gedreht worden, und an der Bar drängten sich immer mehr Leute in Cocktailkleidern und Anzügen. Irgendwann fing Bonnie wieder an, mir von ihren Europa-Plänen zu erzählen. Obwohl sie auch die letzten Tage schon ständig davon geschwärmt hatte, wie toll es werden würde, hörte ich ihr aufmerksam zu. Ich freute mich wirklich für sie.

Nachdem wir unsere Gläser leer getrunken hatten, machten wir uns auf den Heimweg. Es war ein kühler Abend, und ich stellte den Kragen meiner Lederjacke auf, um mich gegen den Wind zu schützen. Vermutlich hätte ich heute schon meinen Wintermantel rausholen sollen.

Wir steuerten gerade auf die nächste U-Bahn-Station zu, als mein Handy klingelte. Ich fischte es aus meiner Tasche und blickte auf die Nummer. Unbekannt. Stirnrunzelnd blieb ich stehen und nahm den Anruf an.

»Hallo? Abby hier.«

»Abigail Jones?«, fragte eine weibliche Stimme.

»Ja, genau.« Verwundert presste ich das Handy fester ans Ohr. Ich wurde nicht oft von unbekannten Nummern angerufen.

»Hier spricht Jennifer Torres.«

Ich erstarrte.

»Ich habe deine Unterlagen durchgesehen und hatte einen guten Eindruck. Wenn du flexibel und spontan bist, würde ich mich freuen, dich in meinem Team begrüßen zu dürfen.«

»Auf jeden Fall. Ich bin sehr flexibel und spontan«, sagte ich, ohne nachzudenken, und ignorierte Bonnies hochgezogene Augenbrauen.

»Sehr schön. Dann maile ich dir die Details. Eine Vergütung wird leider nur im geringen Maße möglich sein, dafür ist für Unterkunft und Essen während der Dreharbeiten gesorgt. Außerdem werde ich am Ende natürlich ein Zeugnis ausstellen. Ich habe einige Bekannte, die an der Filmakademie arbeiten, und freue mich, wenn ich jungen Talenten eine Chance wie diese bieten kann.«

Sie sprach ruhig und in einem angenehmen Tempo. Vor meinem Auge entstand das Bild einer Frau, die professionell und selbstsicher auftrat. Genau das, was ich gesucht hatte.

»Vielen Dank«, presste ich hervor und klang dabei vermutlich kein bisschen professionell.

»Gern geschehen. Dann sehen wir uns bald. Bis dann.« Kaum hatte sie aufgelegt, kreischte ich auch schon los.

»Was ist passiert?«, fragte Bonnie mit großen Augen. »Hast du die Zusage?«

»Das war Jennifer Torres am Telefon. Sie ist eine unglaubliche Regisseurin, und ich darf als Praktikantin in ihr Team. Ich!«

»O mein Gott! Das ist ja großartig.« Bonnie umarmte mich überschwänglich, und es fehlte nicht viel, dass wir einen albernen Tanz mitten vor der Treppe zur U-Bahn-Station aufführten. Einige Passanten warfen uns bereits neugierige Blicke zu, aber es hätte mich nicht weniger kümmern können.

»Ich fass es nicht. Davon träume ich, seit ich vor zwei Jahren mit dem Studium begonnen habe, wobei, nein. Davon träume ich im Grunde schon, seit ich ein Kind bin.« Ich strahlte über das ganze Gesicht und hakte mich bei Bonnie unter, die sich mindestens genauso sehr zu freuen schien.

Wir sprangen die Treppe hinunter und nahmen die nächste Bahn, wobei ich ohne Unterbrechung redete. Ich malte mir aus, wie ich bekannte Schauspieler kennenlernte, an Jennifers Seite arbeitete, dabei half, die Szenen zu inszenieren, und das Equipment des Studios begutachtete.

»Ich wusste, dass du es schaffst«, warf Bonnie lachend ein.

»Danke«, sagte ich. »Für alles. Auch, dass du Amar von meiner Suche erzählt hast und es dadurch erst geklappt hat.«

»Klar, liebend gern. Ich bin einfach nur froh, dass du nun doch eine Praktikumsstelle hast. Und dann auch noch eine so tolle!«

»Ich auch.« Genauere Details wollte Jennifer Torres mir noch per Mail schicken, doch bisher klang alles fantastisch. Wie könnte ich eine Chance wie diese ausschlagen?

In unserer Wohnung angekommen, warf ich meine Jacke und Tasche aufs Bett und griff nach meinem Handy. Tatsächlich war inzwischen eine neue Mail im Postfach gelandet.

Betreff: *Details zum Praktikum beim Filmdreh »Trügerischer Winterzauber«.*

O mein Gott, klang das gut. Meine Finger bebten, als ich die Mail öffnete.

Liebe Abigail, … Ich überflog die Zeilen, saugte alle Informationen in Sekundenschnelle in mich auf.

Der Dreh würde sich über mehrere Wochen erstrecken, von Mitte November bis Mitte Februar. Bei dem Film selbst handelte es sich um einen Krimi, der in den 20er-Jahren spielte, was mich ein zweites Mal aufkreischen ließ.

Ich hatte den Film *Der große Gatsby* sicherlich schon zehnmal gesehen und liebte die Kostüme aus dieser Zeit. Das konnte also nur gut werden.

Für Verpflegung ist vor Ort gesorgt. Ein Tag in der Woche ist frei …

»Das ist einfach der Hammer«, flüsterte ich.

Ich freue mich sehr auf das gemeinsame Arbeiten und bin mir sicher, dass du eine echte Bereicherung für das Team sein wirst. Denk dran, warme

Kleider einzupacken. An den freien Tagen besteht sicher die Möglichkeit, selbst mal auf die Skipiste zu gehen.

Mit freundlichen Grüßen, Jennifer Torres

Mein Lächeln erlosch. Irritiert las ich die letzten Zeilen ein zweites und drittes Mal.

Skipiste? Was für eine Skipiste? Warum sollte ich an meinem freien Tag raus aus der Stadt fahren, um auf eine Skipiste zu gehen? Ich scrollte in der Mail nach oben, wo etwas zu der Unterkunft stand. Den Teil musste ich versehentlich übersprungen haben. Ich hatte schließlich bereits ein Zimmer, zu dem ich abends zurückkehren konnte. Stirnrunzelnd schaute ich auf die Adresse. Wie hatte ich das überlesen können?

Der Dreh würde in einem Hotel namens White Season stattfinden. Es befand sich in einem Ort, von dem ich noch nie etwas gehört hatte. Wenige Sekunden später wusste ich auch, wieso.

»Das darf doch nicht wahr sein!«

»Was ist los?«, fragte Bonnie und schielte über meine Schulter auf das Handydisplay. »Warum schaust du dir ein Hotel mitten in den Rocky Mountains an?«

Langsam ließ ich das Handy sinken. Nein, nein, nein. Ich hatte es bereits alles vor mir gesehen, das schicke Studio, die aufregenden Drehs an den unterschiedlichsten Orten in New York, die ich noch nicht kannte …

»Weil dort der Film gedreht wird.«

»Was?« In Bonnies Gesicht spiegelte sich Verwirrung.

»Ich werde für die Dreharbeiten nach Denver fliegen und die nächsten Wochen in einem Hotel mitten in den Bergen verbringen müssen. Im Schnee.«

Ihre Augen weiteten sich, doch statt dem erwarteten Mitleid schlug sie sich eine Hand vor den Mund und prustete laut los.

»Bonnie! Das ist nicht witzig. Ich habe die einmalige Chance, bei einem Filmdreh dabei zu sein, und dann muss ich ausgerechnet in den Schnee. Ich hasse Kälte. Das weißt du.«

»Du wolltest doch unbedingt dem Weihnachtsrummel in New York entkommen. Jetzt hast du die Möglichkeit dazu. Und wer weiß, vielleicht wirst du dich in die Landschaft noch verlieben. Schneebedeckte Berge, die im Sonnenlicht glitzern, eine malerische Atmosphäre und ein stilvolles Hotel klingen doch toll. Andere fahren dafür extra in den Urlaub.« Sie klang beinahe euphorisch, und obwohl ich ihren Optimismus normalerweise liebte, fiel es mir schwer, ihn diesmal zu teilen.

»Ich habe nicht mal vernünftige Winterstiefel«, murmelte ich und sank auf mein Bett.

»Wann geht es los?«

Ich klickte auf den Anhang. Ein Flugticket. Damit gab es kein Zurück mehr.

»Wir fliegen übernächste Woche.«

»Dann gehen wir morgen shoppen«, sagte sie bestimmt und ließ mir keine Möglichkeit, zu widersprechen. Die hatte ich sowieso nicht, denn ich brauchte mehr als nur neue Winterstiefel, wenn ich den Dreh in den Bergen ohne Frostbeulen überstehen wollte. Aber für diesen Job würde ich alles ertragen. Auch dicke Mäntel und Winterstiefel, in denen ich mir Blasen lief.

Zwei Wochen später war es so weit. Nervös stand ich im Foyer des Hotels in der Nähe des Flughafens. Jennifer Torres hatte die Crew eingeladen, einen Tag vor dem Flug nach Denver in einem Hotel zusammenzukommen, damit wir uns kennenlernen konnten, bevor es an die Planung der nächsten Wochen ging. Gedanklich war ich in den letzten Stunden hundertmal im Kopf durchgegangen, ob ich an alles gedacht hatte. Handy, Geldbeutel, Pass, Winterkleider, meine Yoga-Ausrüstung …

»Ich bin schon so gespannt auf die Dreharbeiten«, sagte plötzlich jemand ganz in der Nähe von mir. »Anscheinend gibt es noch eine andere Praktikantin, aber ich bin mir sicher, ich werde Jennifer Torres von mir überzeugen können und bald ihre Nummer eins sein.«

Neugierig drehte ich mich in die Richtung, aus der die Stimme kam, und entdeckte eine junge Frau etwa in meinem Alter. Sie hatte ihr Handy ans Ohr gepresst und war ganz offensichtlich meine zukünftige Kollegin. Oder eher Konkurrentin, denn so, wie sie sich anhörte, würde sie aus der Sache einen Wettkampf machen. Unauffällig folgte ich ihr. Sie bahnte sich zielsicher einen Weg durch den Eingangsbereich und steuerte auf eine Gruppe Leute zu, die in der Nähe des Empfangstresens standen.

Ich kniff die Augen zusammen, als mein Blick auf eine große Frau fiel. Sie trug einen dunklen, hochgeschnittenen Rock mit einer weinroten Seidenbluse und einem passenden Blazer dazu. Gerade redete sie mit einem Mann, der neben ihr stand. Ihre ganze Erscheinung strahlte Eleganz und Stärke aus. Ich wusste sofort, wer sie war, und Aufregung machte sich in mir breit.

Das war Jennifer Torres, die erfolgreiche Regisseurin, von der ich schon so viel gehört hatte. Ich straffte meine Schultern und ging auf sie zu. Die andere Praktikantin musste denselben Gedanken gehabt haben, denn sie steckte hastig ihr Handy weg und lief ebenfalls auf sie zu, sodass wir mehr oder weniger gleichzeitig vor ihr zum Stehen kamen.

»Hallo, ich bin Jill«, stellte sie sich vor. »Ich darf Ihnen während der Dreharbeiten als Praktikantin zur Seite stehen und freue mich schon riesig darauf. Es ist mir wirklich eine Ehre.«

Irritiert musterte ich sie von der Seite. Wer sprach denn heute noch so?

Wenn Jennifer Torres sich dieselbe Frage gestellt hatte, dann verbarg sie das ziemlich gut. »Ihr dürfte mich beide duzen«, erwiderte sie lächelnd, während ihr Blick von Jill zu mir glitt.

»Hi, ich bin Abigail«, sagte ich. »Aber alle nennen mich Abby.« Ich glaubte, Jill leise schnauben zu hören. Was war nur ihr Problem?

»Abby, wie schön. Ich freue mich, dass ihr dabei seid, und bin mir sicher, ihr werdet eine großartige Unterstützung sein. Ich bin schon gespannt auf eure Ideen. In einer Stunde treffen wir uns im Speisesaal des Hotels zum Abendessen. Bis dahin könnt ihr ruhig schon mal eure Zimmer beziehen.« Sie nickte uns noch mal kurz zu und wandte sich dann wieder dem Mann neben sich zu. Das Gespräch war damit wohl beendet.

Ich drehte mich um, ebenso wie Jill.

»Glaub ja nicht, dass du mir dieses Praktikum vermiesen kannst«, zischte sie, sobald wir außer Hörweite waren. »Ich habe hart für so eine Chance gearbeitet und werde jede Gelegenheit, in der ich aktiv werden kann, nutzen.«

Oookay. Sie hatte definitiv ein Problem mit Teamarbeit.

»Alles klar«, murmelte ich nur und wandte mich schulterzuckend von ihr ab. Mit ihrem übertriebenen Ehrgeiz würde ich mich später auseinandersetzen.

Mit wild klopfendem Herzen griff ich nach meinem Koffer und ließ mir an der Empfangstheke den Schlüssel für mein Zimmer geben. Einige andere Leute – die ich ebenfalls als Teil der Filmcrew vermutete – taten es mir gleich. Die Aufregung, die in der Luft lag, war beinahe greifbar. Alle schienen sich auf das Filmprojekt und die Dreharbeiten zu freuen. Ich unterdrückte den Drang, mich zu kneifen, um mich zu vergewissern, dass das hier wirklich passierte. Jennifer Torres kannte meinen Namen und freute sich auf die Dreharbeiten mit mir. Mit mir!

Grinsend schrieb ich Bonnie eine Nachricht. Für den Moment konnte nichts und niemand mir die Laune verderben. Nicht einmal die übereifrige Jill, die gerade einem Kameramann erzählte, wie viele Ideen sie jetzt schon für die Dreharbeiten hatte.

3. KAPITEL

Logan

Laute Musik dröhnte aus den Boxen. Frank Sinatras *My Way* schallte durch mein Zimmer und blendete alle anderen Geräusche aus. Normalerweise stand ich nicht so auf alte Klassiker und Swing, aber beim Malen hatten sie eine seltsam beruhigende Wirkung auf mich. Mit den Texten im Ohr konzentrierte ich mich ganz auf die Leinwand vor mir.

Ich hatte mit einem Bleistift begonnen und eine grobe Skizze gemalt, die ich jetzt mit dunkler Farbe ergänzte. Mein Schwerpunkt lag schon seit einer Weile auf Porträts. Was vor allem daran lag, dass die Gesichter von Menschen einem viel mehr über eine Person verrieten, als den meisten bewusst war. Und genau das aufs Papier zu übertragen, war für mich eine Herausforderung, der ich mir nur allzu gern stellte. Die Skizze vor mir zeigte einen älteren Mann, in dessen Gesicht das Leben seine Spuren hinterlassen hatte. Jeder Falte und Kerbe erzählte von den Jahren, die hinter ihm lagen.

Ich trat einen Schritt zurück und betrachtete das Bild. Wie üblich fand ich einige Stellen, die auszubessern wären. Dennoch ließ ich den Pinsel sinken und versuchte, die angenehme Ruhe zu genießen, die mich jedes Mal überkam, wenn ich malte. Meine Tage waren gefüllt mit oberflächlichen Konversationen, Kontaktaufnahmen und Bürokram. Seit meinem Schulabschluss vor drei Jahren griff ich Mom unter die Arme und half ihr im Hotel. Wenn ich nicht im Büro saß und Mails mit Buchungen und Anfragen beantwortete, schaute ich nach den Gästen, um mich zu vergewissern, dass es allen gut ging. Ich war derjenige, der gerufen wurde, wenn die Angestellten nicht weiter wussten und damit nicht direkt zur Chefin – meiner Mom – wollten. Im Grunde war ich so was wie der Kerl für alles, da ich nie eine richtige Ausbildung im Bereich Hotelmanagement gemacht hatte. Mir gefiel der Job, dennoch brauchte ich einen Ausgleich. Eine Tätigkeit, die ich nur für mich ausübte.

Ich stellte die Leinwand zum Trocknen in die Ecke neben den großen Ledersessel, den ich so gut wie nie benutzte, und wusch den Pinsel im Bad nebendran aus. Nachdem ich alles weggeräumt hatte, ging ich die Treppe hinunter ins Erdgeschoss, wo meine Eltern und meine beiden jüngeren Schwestern lebten.

Lautes Stimmengewirr empfing mich, als ich die Tür aufstieß. Im nächsten Moment stürzten sich meine kleinen Schwestern auf mich, und ich ging zu Boden.

»Attacke!«, rief Daisy und begann, mich zu kitzeln, während Zoey mich festhielt.

»Aufhören! Zwei gegen einen ist unfair.« Ich wand mich lachend unter ihnen und schaffte es, mich aus Zoeys Griff zu befreien.

»Hast du wieder gemalt?«, fragte Daisy und zeigte auf einen Farbspritzer auf meiner Jeans. Die Hälfte meiner Klamotten sah inzwischen so aus.

»Hab ich.«

»Ein Porträt von uns?«, wollte Zoey wissen.

»Nein«, stöhnte ich. »Davon gibt es nämlich schon ungefähr fünfzig Stück.«

Sie verzogen gleichzeitig das Gesicht. Mit ihren Schmollmündern, die sie perfekt beherrschten, und den blonden Locken sahen sie aus wie zwei kleine Engel, aber nach zehn Jahren mit ihnen in einem Haus wusste ich, dass das nur Schein war. Meine Schwestern hatten es faustdick hinter den Ohren. Sie nutzten ihre äußerliche Ähnlichkeit gnadenlos aus, führten Lehrer und Gäste an der Nase herum und waren seit dem Tag ihrer Geburt unzertrennlich. Nur wer sie näher kannte, wusste, dass Daisy die lautere der beiden war, während Zoey oft die Rolle der Beschützerin einnahm. In ihrem Wesen waren sie genauso unterschiedlich wie alle anderen Geschwister auch, dennoch bildeten sie als Zwillinge ein Team, gegen das niemand ankam.

Als ich mit elf Jahren erfahren hatte, dass ich gleich zwei Geschwister auf einmal bekommen würde, war ich nicht gerade begeistert gewesen, doch inzwischen würde ich alles für die beiden tun.

»Logan, schön, dass du mit uns isst.« Mom kam ins Wohnzimmer und warf mir ein breites Lächeln zu.

Obwohl wir in einem Haus lebten, hatte ich seit meinem achtzehnten Geburtstag das obere Stockwerk mit Bad, Küche und einem großen Zimmer für mich allein. Es hatte wenig Sinn gemacht, auszuziehen, da das Hotel direkt nebendran lag und ich so einen kurzen Weg zur Arbeit hatte.

»Daisy, Zoey, auf geht's, Hände waschen. Das Essen ist in ein paar

Minuten fertig.« Sie warf ihnen einen strengen Blick zu, und die beiden standen sofort auf. Mom war eine der wenigen Personen, die noch so etwas wie Kontrolle über die Zwillinge hatte. »Sie werden viel zu schnell groß«, murmelte sie, während sie ihnen stirnrunzelnd nachsah.

»Die beiden sind erst zehn«, warf ich ein. »Sie werden dich noch eine Weile brauchen.«

»Ich weiß. Trotzdem vergeht die Zeit viel zu schnell«, sagte sie, bevor sie mit einem Lächeln im Esszimmer verschwand, das direkt an die Küche anschloss.

Schwungvoll stand ich auf, um ihr zu folgen, und zumindest den Tisch zu decken, falls sie das nicht schon erledigt hatte.

Dad stand wie immer am Herd und kochte, weshalb es herrlich nach Curry und anderen Gewürzen roch. Obwohl er im Hotel als Koch arbeitete, stellte er sich an seinen freien Tagen auch bei uns in die Küche. Das Hotel hatte einst meinen Großeltern gehört, und nach ihrem überraschend frühen Tod hatte Mom es übernommen. Kurz darauf hatte sie Dad geheiratet, und inzwischen managten sie es gemeinsam, wobei Dad sich hauptsächlich um die Küche und das Praktische kümmerte, während Mom für das Personal zuständig war und dafür sorgte, dass die Gäste sich wohlfühlten. Sie hielt so gut wie nie inne, schmiss zusätzlich mit Dads Hilfe den Haushalt und trug trotzdem meistens ein Lächeln auf den Lippen. Die Angestellten liebten und respektierten sie, und ich hatte keine Zweifel, dass die Hälfte von ihnen nur ihretwegen so gern im White Season arbeitete.

»Es gibt übrigens Neuigkeiten von der Filmcrew«, sagte Mom, als alle, abgesehen von Dad, am Tisch saßen. »Morgen werden wie angekündigt der Produzent und die Regisseurin mit ihrem Team anreisen, die Schauspieler kommen allerdings erst einige Tage später. Die Etage, in der sie schlafen, ist bereits bezugsfertig, und die anderen Gäste sind informiert. Durch die Dreharbeiten wird es in den nächsten Wochen einige Veränderungen im Hotel geben, die sie mit uns absprechen wollen. Logan, ich hatte gehofft, dass du das übernehmen und dem Team bei Fragen zur Seite stehen könntest.«

»Klar«, erwiderte ich.

»Es kommen richtige Stars ins White Season?« Daisys Augen leuchteten begeistert auf. Anders als ich konnten sie und Zoey die Dreharbeiten kaum erwarten.

»Das sind auch nur Menschen«, warf ich ein, doch Daisy ignorierte mich.

Als meine Eltern mir vor einiger Zeit mitgeteilt hatten, dass ein Filmteam aus New York das Hotel drei Monate lang für Dreharbeiten gebucht hatte, war ich nur mäßig begeistert gewesen. Klar – für das Hotel war es ein Vorteil, und es würde sicher ein wenig Leben ins White Season bringen. Aber wir waren ein familiengeführtes Hotel in einem kleinen Ort mitten in den Bergen. Die nächste größere Stadt lag zwanzig Meilen entfernt, und ich glaubte kaum, dass Leute aus New York darüber begeistert sein würden. Das waren Großstadtmenschen, die vielleicht einmal im Jahr für ein paar Tage in die Berge fuhren, um in der winterlichen Idylle eine Auszeit von ihrem stressigen Alltag zu bekommen. Ich bezweifelte, dass sie die Kälte nach ein paar Wochen immer noch so romantisch fanden, und ich würde dann derjenige sein, der sich das Gemecker anhören durfte. Aber vielleicht konnte ich zumindest ein paar Fotos von den Dreharbeiten auf unserer Homepage veröffentlichen, um so Werbung für das Hotel zu machen.

»Ich werde mir auf jeden Fall Autogramme holen«, rief Zoey aufgeregt.

Daisy nickte begeistert. »Ich auch. In der Schule werden sie richtig neidisch auf uns sein.« Sie strahlte über das ganze Gesicht. »Vielleicht machen sie auch ein Foto mit uns!«

Ich verdrehte die Augen, musste im nächsten Moment jedoch schmunzeln. Die Aufregung der beiden war beinahe süß. Und das Ganze hatte ja auch seine Vorteile. Außerdem konnten wir das Geld und die Werbung gut gebrauchen. Dieses Jahr waren viel weniger Buchungen als sonst eingegangen.

»Ich bin sicher, es wird großartig werden«, sagte Mom. »Aber jetzt wird erst mal gegessen.« Wie aufs Stichwort kam Dad mit einem großen Topf aus der Küche und stellte ihn auf dem Tisch ab. Der Geruch nach Reis und Curry drang durch unser Wohnzimmer, und mein Magen knurrte prompt. In den nächsten Minuten machten wir uns schweigend über das Essen her, das wie immer fantastisch schmeckte und die Gedanken an die Dreharbeiten erfolgreich aus meinem Kopf verbannte. Darum würde ich mich kümmern, wenn es morgen tatsächlich so weit war.

Am nächsten Tag wachte ich um kurz nach sechs Uhr auf. Draußen war es noch dunkel, doch in einer knappen Stunde würde die Sonne sich über die Berggipfel schieben und die Schneelandschaft in eine glitzernde weiße Weite verwandeln.

Entschlossen stand ich auf, duschte und steckte zwei Scheiben Brot in den Toaster. Es gab noch einiges vorzubereiten, und ich hoffte, früher fertig zu werden, um am Nachmittag noch eine Runde auf die Piste gehen zu können, bevor die Filmcrew ankam. Das würde ich auf jeden Fall brauchen, um mich für den Rummel im Hotel zu wappnen. Mit meinen Arbeitszeiten war ich zwar flexibel, meistens ging ich jedoch frühmorgens ins Hotel, um mittags Feierabend machen zu können, wobei ich dann häufig aber doch länger blieb. Das war der Nachteil bei einem familiengeführten Hotel: Die Grenzen zwischen Job und Freizeit waren deutlich schwerer zu ziehen.

Seufzend griff ich nach meinem Handy, um Bettys Nachricht zu beantworten, die sie mir gestern noch geschickt hatte. Wir waren seit der Schulzeit befreundet, doch unser letztes Treffen lag inzwischen schon eine ganze Weile zurück, weshalb sie gefragt hatte, ob wir am Wochenende weggehen wollten. Es würde guttun, mal wieder rauszukommen, also sagte ich ihr zu und widmete mich dann wieder meinem Frühstück, bevor ich in Schuhe und Jacke schlüpfte und zum Hotel rüberging.

Wie zu erwarten, waren die Angestellten bereits am Arbeiten. An normalen Tagen checkten vier bis zehn Leute ein, heute würden es gleich zwanzig sein, und das war erst die Hälfte des Filmteams.

Ich half aus, wo ich konnte, überprüfte Zimmer, reparierte eine lose Türklinke und brachte die Tabelle mit den Daten der Gäste auf den neuesten Stand.

Als eine Familie am frühen Nachmittag nach dem besten Skigebiet in der Gegend fragte, ergriff ich meine Chance und bot an, sie ihnen direkt zu zeigen. Somit kam ich ebenfalls aus dem Hotel raus, bevor die Crew anreiste und die friedliche Stimmung mit ihrem Geschnatter durchbrach. Da es bis zur Piste ein halbstündiger Marsch war, den die wenigsten Gäste zu Fuß zurücklegen wollten, fuhr ich mit meinem Wagen voraus, während die Familie mit ihrem folgte.

Kurze Zeit später blickte ich auf einen schneebedeckten Hang. Die Sonne schien, es wehte kaum ein Wind und der wolkenlose Himmel strahlte in einem hellen Blau. Ein perfekter Tag zum Skifahren. Selbst der Schnee hatte heute die ideale Beschaffenheit, war weder zu pappig noch zu pulverig.

Ein breites Grinsen trat auf meinen Lippen, und ich zog voller Vorfreude den Helm auf. Nachdem ich ein paarmal die gut besuchte Route neben dem Skilift gefahren war, entschied ich mich für eine längere Abfahrt an einem Hang auf der anderen Seite des Lifts. Er wurde nur selten genutzt, da man ein ganzes Stück mit den Skiern – oder in meinem Fall mit dem Snowboard – wieder hochlaufen musste, um zu dem Lift zu gelangen, der einen zurück zur Spitze brachte.

Ich brachte das Snowboard in Position und fuhr los. Wie immer steigerte ich nach wenigen Metern das Tempo, bis ich das Gefühl hatte, über die weiße Oberfläche zu fliegen. Es war berauschend. Ich liebte den Adrenalinkick, die Freiheit, die ich verspürte, während ich den Hang hinunterrauschte. All meine Sinne waren auf die Strecke vor mir gerichtet. Ich legte mich in die Kurven und nahm jeden Schwung mit.

Für eine Sekunde erlaubte ich es mir, die Augen zu schließen und nichts zu denken. Es war eine Sekunde des absoluten Friedens, in der keine Sorgen und keine Pflichten existierten. Nur die menschenleere Piste, der Schnee und ich.

Doch mit diesem Gefühl war es schlagartig vorbei, als ich die Augen wieder öffnete und sah, dass ich geradewegs auf eine junge Frau zusteuerte, die mit ihrem Handy in der Hand mitten auf dem Hang stand.

Was zur Hölle?

In letzter Sekunde bremste ich ab und fuhr eine scharfe Kurve, um der Frau auszuweichen. Trotzdem raste ich viel zu knapp an ihr vorbei. Sie machte einen Sprung zurück und landeten mit dem Hintern im Schnee. Ich bremste vollständig ab und zog meinen Helm aus. Dann schnallte ich das Board von meinen Füßen und eilte zu ihr.

»Alles in Ordnung?«, fragte ich besorgt.

Als sie aufsah, traf mich ein Blick aus kristallklaren blauen Augen, die vor Wut regelrecht funkelten. »Spinnst du?«, fuhr sie mich an. »Du hättest mich fast umgefahren.«

»Sorry, normalerweise ist niemand auf der Piste.« Ich fuhr mir durch die Haare und warf ihr ein entschuldigendes Lächeln zu. »Und wenn doch Leute hier spazieren gehen, achten sie normalerweise auf ihre Umgebung, statt nur auf ihr Handy zu starren«, schob ich hinterher, weil ich mir den Kommentar einfach nicht verkneifen konnte.

Ihr Mund klappte auf, und sie kniff ihre Augen zusammen. »Du könntest dich zumindest entschuldigen.« Sie richtete sich auf und klopfte den Schnee von ihrer Hose.

Automatisch glitt mein Blick über ihre enge Jeans, den beigen Wintermantel und den knallroten Schal, der in all dem Weiß leuchtend hervorstach. Sie hatte lange blonde Haare, die ihr in sanften Wellen über die Schulter fielen. Doch das Eindrucksvollste waren ihren Augen, die mit dem Himmel um die Wette strahlten. Oder vielmehr wütend funkelten.

»Das wird echt immer besser«, murmelte sie, mehr zu sich selbst. »Erst der Schnee, und dann das.«

»Es tut mir leid.« Abwehrend hob ich die Hände, wobei ich mir ein Lachen nur schwer verkneifen konnte.

Mit ihren nagelneuen braunen Stiefeln und dem wütenden Gesichtsausdruck passte sie eindeutig nicht hierher. Warum lief sie überhaupt mitten auf eine Piste, wenn sie Schnee nicht leiden konnte? Oder reiste in eine beliebte Skigegend in den Rocky Mountains?

»Das sollte es dir auch.« Sie presste ihre Lippen fest zusammen, doch mir war der versöhnliche Tonfall in ihrer Stimme nicht entgangen. Genauso wenig wie der musternde Blick, der blitzschnell über meinen Körper glitt. Ich konnte nicht ausmachen, ob ihr gefiel, was sie sah, doch als sie ertappt wegschaute, wertete ich das als ein Ja.

»Vielleicht kann ich es ja …«

»Sag jetzt nicht mit einem Drink gutmachen«, fiel sie mir ins Wort, wobei ihre Mundwinkel verdächtig zuckten. Sie war vielleicht tough, aber ich merkte genau, dass sie unseren Schlagabtausch insgeheim genoss.

»Ich wollte eigentlich vorschlagen, dir einen Weg zu zeigen, der nicht mitten über einen Hang führt, aber klar, ein Drink wäre auch nett.«

»Das hättest du wohl gern.« Sie reckte den Kopf und marschierte ohne ein weiteres Wort an mir vorbei, nur kurz hob sie die Hand zum Abschied. Bevor ich etwas erwidern konnte, hatte sie mir den Rücken zugekehrt und stapfte mit entschlossenen Schritten weiter über die Piste.

Schmunzelnd sah ich ihr nach. Sie passte wirklich nicht hierher. Trotzdem fragte ich mich unwillkürlich, was sie in die Berge geführt hatte.

4. KAPITEL

Abby

Ich hasste Schnee. Er klebte an meinen Schuhen, durchnässte meine Hose und blendete meine Augen. Dass Kälte nicht mein Ding war, hatte ich gewusst, doch wie wenig sie es war, ahnte ich erst jetzt, wo ich durch den Schnee stapfte. Das Hotel hätte schon längst wieder vor mir auftauchen sollen, doch ich sah nichts als schneebedeckte Tannen. Offenbar hatte ich mich auch noch verlaufen. Großartig, einfach nur großartig.

Wir waren früher als erwartet angekommen, da der Flug kurzfristig nach vorn verschoben worden war. Jennifer hatte uns zum Glück den Rest des Tages freigegeben, und ich wollte die Zeit nutzen, um die Gegend zu erkunden und gleichzeitig frische Luft zu schnappen. Wie dumm diese Idee gewesen war, begriff ich erst jetzt.

Das Grinsen des Kerls, der mich fast umgefahren hätte, verfolgte mich immer noch, ebenso wie Bonnies Stimme, die trällerte, wie fantastisch dieses Praktikum werden würde.

Zugegeben, das Team schien abgesehen von Jill sehr nett zu sein. Sie hatte sofort alle Aufgaben an sich gerissen, sobald wir das Flugzeug verlassen hatten. *Das kann ich übernehmen, Jennifer*. Den Satz hatte ich seit dem gemeinsamen Abendessen gestern inzwischen schon ein Dutzend Mal zu oft gehört, und nachdem ich mein Zimmer bezogen hatte, das ich mir unglücklicherweise ausgerechnet mit ihr teilen musste, hatte ich dringend etwas Zeit für mich gebraucht.

Von außen hatte das White Season groß und herrschaftlich gewirkt; mit seinen vielen Fenstern, hinter denen warmes Licht nach draußen drang, strahlte es gleichzeitig auch eine besonders heimelige Atmosphäre aus. Innen hatte ich mich zu meiner Überraschung jedoch einer modernen Einrichtung mit hellen Möbeln, vielen Pflanzen und lichtdurchfluteten Räumen gegenübergesehen. Für die Filmcrew war eine ganze Etage gebucht worden, und in den nächsten Wochen würden immer wieder einzelne Räume und Bereiche für die Dreharbeiten abgesperrt werden.

Alles in allem war das ziemlich cool, und auch die Location war für die Geschichte, die im Film erzählt wurde, perfekt, doch während meine Socken langsam, aber sicher nass wurden, weil die Stiefel offenbar doch nicht so wetterfest waren wie erhofft, stiegen trotzdem Zweifel in mir auf.

Mit klammen Fingern holte ich das Handy aus meiner Hosentasche und schaute zum gefühlt hundertsten Mal auf das Display, aber ich hatte immer noch keinen Empfang. Den würde ich vermutlich erst haben, wenn ich aus dem Wald herauskam. Nachdem ich über den Hang marschiert war, hatte ich den nächstbesten Pfad eingeschlagen, der zwischen schneebedeckten Bäumen bergauf in Richtung Gipfel führte. Zumindest war ich davon ausgegangen. Doch inzwischen lief ich schon seit über einer Stunde durch die Gegend, und von einer asphaltierten Straße, die zurück zum Hotel führte, war weit und breit nichts zu sehen.

Langsam kroch die Kälte auch unter meine Kleider. Meine Hände fühlten sich mit jeder Minute ein bisschen tauber an. Am Himmel setzte bereits die Dämmerung ein, und wenn ich nicht bald den Weg zurückfand, würde es sehr ungemütlich werden. Ich drängte die Angst beiseite, die sich in mir breitmachte, und beschleunigte meine Schritte.

»Hallo?«, rief ich probeweise, erhielt aber natürlich keine Antwort. Hier draußen war vermutlich niemand außer ein paar verschreckte Rehe, deren Frieden ich mit meiner Stimme störte. »Hallo?«, versuchte ich es trotzdem noch einmal. Doch um mich herum blieb es weiterhin still.

Als ich um eine Biegung stapfte, tauchte vor mir endlich ein Parkplatz auf, eine Spur von Zivilisation. Ich rannte die letzten Meter, so gut es mit meinen Stiefeln in dem tiefen Schnee ging, und kam atemlos auf dem Asphalt zum Stehen. Mein Herz schlug wie verrückt, und in meinen Ohren rauschte es. Erleichtert holte ich tief Luft und schielte auf mein Handy. Endlich. Der Empfang war zwar nicht gut, aber er zeigte einen Balken an. Das musste reichen, um Maps anzuschalten und den Rückweg zu finden.

»Was machst du denn noch hier?«, ertönte plötzlich eine dunkle Stimme hinter mir.

Ich fuhr herum und kniff die Augen zusammen. Vor mir stand natürlich ausgerechnet der Typ von der Skipiste und grinste. Schon wieder. Aber in diesem Moment hätte ich mich auch darüber gefreut, meinen alten und sehr verhassten Mathelehrer aus der Schule zu treffen. Hauptsache, nicht länger halb erfroren durch die Rocky Mountains stapfen und womöglich noch von einem Bären verspeist werden.

»Ich war spazieren«, erwiderte ich betont ruhig und zog die Ärmel über meine Hände, damit er das Zittern nicht bemerkte.

Sein Blick wanderte über meine durchnässten Stiefel, die sich längst dunkelbraun gefärbt hatten, und über meine geröteten Wangen. Keine Chance, dass er mir das abkaufte. Doch zum Glück machte er keinen blöden Kommentar.

»Ich bin mit dem Auto hier. Soll ich dich vielleicht irgendwohin mitnehmen?« Er warf mir ein freundliches, vielleicht auch ein bisschen besorgtes Lächeln zu. Etwas, das ich von New York nicht kannte. Dort half man Fremden nicht einfach so weiter.

Bonnie würde mir einen ordentlichen Vortrag halten, wenn sie wüsste, dass ich kurz vor Einbruch der Dunkelheit bei einem Fremden ins Auto stieg, aber ich war nun mal nicht mehr in New York. Wenn ich eines in den letzten Stunden schmerzlich begriffen hatte, dann das.

Der Typ wirkte außerdem harmlos. Beinahe nett, wenn er nicht gerade mit seinem Snowboard auf mich zupreschte. In seinen blaugrauen Augen schimmerte nichts als Neugier, und alles in mir drängte danach, zu nicken und in dieses Auto zu steigen. Vor allem, da ich meine Zehen inzwischen kaum noch spürte.

Ich unterdrückte ein Seufzen. »Ich müsste in das Hotel White Season«, sagte ich. Verdammt, hatten gerade meine Zähne geklappert?

Die Augen des Unbekannten weiteten sich kurz, dann erschien ein breites Lächeln auf seinen Lippen. Er sah gut aus, mit den verwuschelten dunkelblonden Haaren und den attraktiven Gesichtszügen.

Er war viel zu sehr mein Typ, und seinem Grinsen nach zu urteilen, waren ihm meine Blicke nicht entgangen.

»Da muss ich zufälligerweise auch hin.«

»Ach ja?« Nun stieg doch Misstrauen in mir auf.

»Ich weiß ja nicht, ob du dich mal hier umgeschaut hast, aber die nächste Stadt ist zwanzig Meilen von hier entfernt. Die meisten Menschen, die hierherkommen, übernachten im White Season oder wohnen in White Oak Valley.«

»Auch wieder wahr«, murmelte ich.

»Komm, bevor du noch zu einer Eissäule mutierst.« Er ging auf einen Wagen zu und öffnete die Beifahrertür, bevor er sich hinter das Steuer setzte.

Kurz zögerte ich, doch dann folgte ich ihm.

»Ich bin übrigens Logan«, sagte er.

»Ab...Abby«, bibberte ich, während ich mich auf den Sitz sinken ließ.

»Shit, du bist ja völlig unterkühlt.«

Logan startete den Motor und drehte die Heizung voll auf, bevor er losfuhr.

»Du solltest im Hotel direkt heiß duschen und dich in eine warme Decke packen. Ohne die richtige Ausrüstung ist es gefährlich, so lange in der Kälte herumzulaufen.« Er presste die Lippen zusammen, als wäre er verärgert.

Irritiert sah ich ihn an. Was kümmerte es ihn?

Normalerweise hätte ich ihm gesagt, dass ich bestens allein zurechtkam und er sich keine Sorgen machten musste, aber mein Körper taute langsam auf, was schmerzhaft kribbelte. Also hielt ich den Mund und betete, dass es nicht mehr lange dauerte, bis ich unter der heißen Dusche stand, von der er gesprochen hatte. Logan schien zum Glück zu merken, dass mir nicht nach einem Gespräch war, weshalb wir die Fahrt schweigend verbrachten.

Als Logan vor dem Hotel parkte, atmete ich erleichtert auf. »Danke«, sagte ich zu ihm.

»Nichts zu danken.« Er zwinkerte mir verschmitzt zu. »Ich spiele gern den Retter in der Not.«

Das glaubte ich ihm aufs Wort.

»Tja, dann …« Ich öffnete die Tür und stieg aus. »Schönen Abend noch.«

Mit schnellen Schritten lief ich in den Eingangsbereich des Hotels. Fast hätte ich mich noch mal umgedreht, nur um zu schauen, ob sein Blick mir folgte, doch ich widerstand dem Drang. Drinnen nickte ich der Empfangsdame kurz zu und beeilte mich, in den Aufzug zu kommen. Es war erst später Nachmittag, fühlte sich aber an, als wäre es bereits Abend.

Mit letzter Kraft schleppte ich mich in mein Zimmer, wo ich direkt ins Bad ging und mich aus meinen Klamotten schälte. Kurz darauf prasselte warmes Wasser auf mich herab und vertrieb den letzten Rest Kälte. Für heute würde ich rein gar nichts mehr tun müssen, und ich war mehr als froh darüber.

Jennifer hatte erst für morgen früh um neun Uhr ein Meeting angesetzt, um noch mal den genauen Ablauf zu fixieren. In den nächsten Tagen würden wir das Skript durchgehen, die Räume, in denen gedreht wurde, begutachten, Szenen planen und bereits mit dem Kamerateam die richtigen Einstellungen proben. Es klang nach einer Menge Arbeit, aber ich freute mich darauf – solange ich dafür nicht wieder in den Schnee musste.

Nach einer ausgiebigen Dusche schlüpfte ich in meinen Pyjama und setzte mich aufs Bett. Es war noch nicht mal halb sechs, aber ich war hundemüde. In meiner Tasche steckte noch ein Sandwich von der Reise, das würde reichen müssen. Für ein richtiges Abendessen mit dem Rest der Filmcrew fehlte mir eindeutig die Kraft.

Während ich aß, schrieb ich Bonnie, dass ich gut angekommen und das Hotel traumhaft schön war. Alles andere würde ich ihr morgen am Telefon erzählen.

Kurz darauf kuschelte ich mich unter die weiche Decke und hoffte, dass ich einschlafen würde, bevor Jill vom Abendessen zurückkam. Immerhin hatte sie ihren Koffer bereits ausgepackt und ihre Klamotten in der einen Hälfte des hellen Holzschranks gestapelt. Auf ihrem Bett lag ein zusammengefaltetes Nachthemd, was mich beruhigte. So würde sie zumindest keinen Krach machen. Die Vorstellung, dass ich die nächsten Wochen jede Nacht ein Zimmer mit ihr teilen musste, verursachte mir nach wie vor Bauchschmerzen, aber ich gab mein Bestes, auch weiterhin positiv zu bleiben.

Ich hatte mir eine Chance wie diese immer gewünscht, und jetzt würde ich sie auch nutzen und am Ende mit einem fantastischen Empfehlungsschreiben zurück nach New York gehen. Weder Jill noch ein attraktiver Fremder konnten mich davon abhalten.

Das nächste Mal, als ich die Augen öffnete, war es draußen noch dunkel. Ich blinzelte und brauchte ein paar Sekunden, bis mir wieder einfiel, wo ich war. Mein Handydisplay zeigte sechs Uhr an, und ich fragte mich gerade, was mich geweckt hatte, als ein Rascheln ertönte. Keuchend fuhr ich hoch und erblickte Jill, die in Jogginghose und Sport-BH mitten im Zimmer stand. Was um alles in der Welt hatte sie vor?

»Ich gehe eine Runde Sport machen«, verkündete sie, als hätte sie meinen Gedanken gehört.

Mit einem Brummen drehte ich mich auf die andere Seite und kniff die Augen zusammen. Kurz darauf fiel die Tür ins Schloss. Es gab erst in zwei Stunden Frühstück, und Jill hatte nichts Besseres zu tun, als im Fitnessraum des Hotels auf das Laufband zu steigen? Sie war verrückter, als ich dachte.

Diesmal schlief ich, bis der Wecker klingelte. Helles Sonnenlicht sickerte durch die Gardinen, und mit einem Schlag war ich hellwach.

Mein erster richtiger Tag am Set stand an. Mein erster Tag als Regieassistenz. Na schön, ich war nur die Praktikantin, aber nichtsdestotrotz war ich Teil des Filmteams. Schwungvoll schlug ich die Bettdecke beiseite und ging in das Bad.

Nach einer kurzen Dusche schlüpfte ich in eine dunkle Jeans und zog eine helle Bluse mit weiten Ärmeln an. Leger, aber nicht zu gemütlich. Jennifer hatte bisher vor allem schicke Markenklamotten getragen. Ihre Ausstrahlung hatten eine einschüchternde Wirkung, und ich wollte zumindest ein halbwegs professionelles Auftreten hinlegen. Und dazu gehörte in dieser Branche wohl auch ein bisschen Make-up.

Daher griff ich nach meinem Schminktäschchen und trug eine getönte Tagescreme sowie Wimperntusche auf. Mit einem matten Lippenstift vervollständigte ich den Look. Dann band ich meine Haare zu einem hohen Zopf zusammen. Ich warf noch mal einen prüfenden Blick in den Spiegel, bevor ich das Zimmer verließ und ins Erdgeschoss ging, wo das Frühstück stattfand.

Ein großes Büfett war am Rand des großen, lichtdurchfluteten

Raums aufgebaut, in den ich mich schon bei meiner Ankunft verliebt hatte. Mehrere kleine Tische mit Blumengedecken und himmelblauem Geschirr standen im Raum verteilt. Ich füllte einen Teller mit Toast und Obst und setzte mich an einen der Zweiertische. Langsam scrollte ich auf meinem Smartphone durch die Pläne, die Jennifer an alle Teammitglieder geschickt hatte. Auch wenn sie in den nächsten Tagen alles noch mal in den Meetings und später beim Dreh durchgehen würde, wollte ich nicht vollkommen unvorbereitet starten.

Nachdem ich alles durchgelesen hatte, gab ich aus einer Laune heraus die Namen der Schauspieler in die Suchmaschine ein. Tatsächlich kannte ich keinen von ihnen, obwohl sie bereits in einigen Kinofilmen mitgewirkt hatten. Zumindest der männliche Hauptdarsteller. Er hieß Daxton Coleman und grinste auf jedem Foto mit fast schon unerträglicher Selbstsicherheit in die Kamera. Ich hatte mich vorab bereits auf Darsteller mit einem Hang zu Höhenflügen eingestellt, das gehörte bei meinem Berufsgebiet einfach dazu, trotzdem konnte ich bei den Fotos nur den Kopf schütteln. Sobald er mich losschickte, um ihm einen Kaffee zu holen oder die verspannten Schultern zu massieren, wäre ich raus. Das konnte Jill übernehmen.

Nach und nach füllte sich der Raum, wobei sich zwischen die Leute aus unserem Team auch andere Gäste mischten, die hier oben vermutlich die winterlich-romantische Atmosphäre genießen wollten. Warum Menschen sich dafür entschieden, ihre freien Tage in der Kälte in den Bergen statt am sonnigen Strand zu verbringen, würde ich vermutlich nie verstehen.

»Abigail?« Jennifer tauchte an meinem Tisch auf, und sofort kehrte die Aufregung zurück.

»Ja?«

»Das Meeting findet gleich im dritten Stock statt, dort werden wir während der ersten Tage auch drehen. Ich nehme an, du hast dich mit dem Skript bereits vertraut gemacht?«

»Ja, habe ich.« Das war meine Lektüre während des vierstündigen Flugs nach Denver gewesen.

»Sehr gut. Ich weiß, dass viele meiner Kolleginnen und Kollegen es mit Praktikanten so handhaben, dass diese vor allem zuschauen und lernen, doch ich möchte, dass du und Jill euch aktiv mit einbringt. Eure Ideen und Gedanken zählen genauso viel wie die von den Profis. Ich gehe davon aus, dass das auch in deinem Sinne ist, oder?« Ihre dunklen Augen waren unverwandt auf mich gerichtet. Es waren Augen, denen nichts entging.

Ich beeilte mich zu nicken. »Natürlich. Sehr gern.«

»Gut, und noch etwas. Wir müssen eng mit dem Hotel zusammenarbeiten beziehungsweise immer wieder Details absprechen. Es wäre gut, wenn das in einer Hand liegt. Daher wäre es toll, wenn du die Koordination und Kommunikation übernehmen könntest, falls du das willst.«

»Wahnsinnig gern«, antwortete ich und setzte mich ein Stück aufrechter hin. Am ersten Tag direkt Verantwortung übertragen zu bekommen, war mehr, als ich erwartet hatte.

»Sehr gut, dann weiß ich, an wen ich mich wenden kann, wenn es darum geht, den Edwards über etwas Bescheid zu sagen.«

»Die Edwards?«, hakte ich nach.

»Ihnen gehört das Hotel. Genauer gesagt, Annie Edwards. Ihr Mann Matthew ist Koch, greift ihr aber auch ab und zu unter die Arme, soweit ich das mitbekommen habe.« Ein Lächeln huschte über ihr Gesicht. Diese Annie musste ebenfalls eine beeindruckende Frau sein, wenn Jennifer so wohlwollend über sie sprach.

»Ihr Sohn wird uns bei Fragen zur Seite stehen«, fuhr Jennifer fort. »Er ist … oh, da kommt er gerade. Dann kannst du dich ja gleich vorstellen. Ich muss auch direkt weiter. Das Meeting beginnt in einer Viertelstunde, und ich bestehe auf Pünktlichkeit.« Mit diesen Worten rauschte Jennifer Torres davon.

Sprachlos sah ich ihr hinterher. Kein Wunder, dass sie gleichermaßen respektiert und verehrt wurde.

Kopfschüttelnd wandte ich mich ab und drehte mich mit dem süßesten Lächeln aus meinem Repertoire zu dem besagten Hotelerben um, den ich ab jetzt zwangsläufig öfter sehen würde.

Bevor ich ihn jedoch entdecken konnte, schob sich jemand anderes in mein Sichtfeld.

»Hi, Abby.« Logan steuerte direkt auf mich zu und blieb grinsend vor meinem Tisch stehen. Er trug eine schwarze Jeans und ein helles Shirt, das sich über seinen Brustkorb spannte. Zugegeben, er sah nicht schlecht aus. Ohne Winterjacke fast schon zu attraktiv. Dem Funkeln in seinen blaugrauen Augen nach zu urteilen, wusste er das auch.

Stirnrunzelnd sah ich ihn an. Verfolgte er mich etwa?

»Hi«, gab ich zurück und reckte den Kopf, um an ihm vorbeischauen zu können. Wo zur Hölle war der Mann, von dem Jennifer gesprochen hatte?

»Suchst du jemanden?«, fragte Logan.

»Ja«, erwiderte ich. »Und du? Arbeitest du hier? Falls du so was wie der Snowboardlehrer für die Gäste bist, hoffe ich, dass du ihnen nicht beibringst, unschuldige Besucher umzufahren.« Ich konnte mir den Kommentar nicht verkneifen.

»Sehr witzig.« Er zog eine Grimasse und setzte sich auf den Stuhl mir gegenüber.

»Ich warte auf jemanden«, sagte ich.

»Und auf wen, wenn ich fragen darf?«

»Mister Edwards, den Sohn der Hotelbesitzer.«

»Aha, und weshalb willst du mit Mister Edwards reden?« In Logans Augen blitzte etwas auf, und ein kleines Lächeln umspielte seine Lippen.

»Ich wüsste nicht, was dich das angeht, aber ich bin mit dem Filmteam hier.«

»Das erklärt einiges.« Sein Grinsen wurde breiter. Und nervtötender.

»Hör mal, es war sehr freundlich von dir, mich zurück zum Hotel zu bringen, aber ich muss jetzt wirklich weiterarbeiten. Ich wünsche dir einen schönen Tag.« Entschlossen stand ich auf.

Ich wollte auf keinen Fall zu spät zum Meeting kommen, mich aber zuvor noch diesem Edwards vorstellen, wie Jennifer es vorgeschlagen hatte.

»Abby?«

»Was?« Mit einem Seufzen drehte ich mich zu Logan um, was ihm ein glucksendes Lachen entlockte.

»Mein Büro ist direkt neben dem meiner Mutter, allerdings findest du mich vermutlich eher im Hotel bei den Gästen oder im Eingangsbereich. Bevor ihr mit den Dreharbeiten anfangt, würde ich gern einen Blick auf die Bereiche werfen, die ihr nutzen wollt. Wenn es Änderungen gibt oder bisher öffentliche Plätze für die anderen Gäste nicht mehr zugänglich sind, muss das vorher mit mir abgesprochen werden. Ich werde dir meine Nummer geben, dann kannst du mich jederzeit erreichen, falls es einen Notfall geben sollte.« Er stand ebenfalls auf und streckte mir seine Hand entgegen.

Sprachlos starrte ich erst die Hand und dann ihn an. Mein Verstand sagte mir, dass das hier gerade wirklich passierte und ich etwas sagen musste, doch ich war wie festgefroren.

Zu verblüfft, um eine schlagfertige Antwort hervorzubringen, ergriff ich seine Hand.

»Logan Edwards«, stellte er sich mit einem Grinsen vor. »Ich freue mich schon auf die Zusammenarbeit.«

»Du bist …« Die Worte wirbelten durch meinen Kopf, doch ich schaffte es nicht, sie zu einem vernünftigen Satz zusammenzufügen.

Logan war der Sohn der Hotelbesitzerin.

Logan war der Kerl, mit dem ich in den nächsten Wochen zusammenarbeiten musste. Verdammt aber auch.

5. KAPITEL

Abby

Mir blieb nicht viel Zeit, den Schock, dass Logan ein Edwards war, zu verarbeiten. Als ich kurz darauf im Besprechungsraum eintraf, wollte Jennifer sofort wissen, ob die kurze Begegnung gut verlaufen war. In Gedanken immer noch bei dem Gespräch mit Logan, hatte ich nur genickt. Niemals würde ich ihr sagen, dass ich mich direkt zu Beginn vor Logan blamiert hatte und die Zusammenarbeit mit Sicherheit alles andere als einfach werden würde.

Jennifer schien damit zufrieden zu sein und hakte zum Glück nicht nach. Sobald alle anderen auch eingetroffen waren, bombardierte sie uns bei dem Meeting mit dermaßen vielen Informationen, dass mir nach wenigen Minuten der Kopf schwirrte. Sie erklärte die Zeitpläne, welche Szene wann und wo gedreht werden sollte, wie sie sich die Kostüme vorstellte und welche Requisiten wir benötigten.

Jill saß neben mir und machte sich fleißig Notizen. Ihre langen braune Haare fielen ihr in perfekten Locken über den Rücken, und unter anderem Umständen hätte ich ihr vermutlich ein Kompliment für ihr schickes Outfit gemacht, das beinahe an das von Jennifer herankam. Doch sie würdigte mich kaum eines Blickes, und auch wenn ich die ganze Konkurrenznummer albern fand, würde ich nicht den ersten Schritt auf sie zumachen.

»Die Schauspieler kommen in drei Tagen an, bis dahin sollten wir die ersten Szenen durchgesprochen und mit der entsprechenden Kameraeinstellung geprobt haben. Das Setting ist für alle neu, weshalb wir mit dem Innendreh beginnen, bevor es schließlich raus geht.«

Raus? Wie, raus in den Schnee? Ich schaute mich um, suchte nach anderen entsetzten Gesichtern, aber alle wirkten aufgeregt und schienen sich zu freuen. Mist. Mit meinen immer noch durchnässten Stiefeln würden mir nach ein paar Tagen Außendreh bestimmt die Zehen abfallen. Vielleicht konnte ich Bonnie bitten, mir wärmere Schuhe zu schicken. Oder ich fragte Logan nach einer Einkaufsmöglichkeit in der Nähe. Allein bei dem Gedanken, mit ihm wieder reden zu müssen, zog sich in meinem Innern etwas zusammen. Keine Ahnung, was ich mir unter dem Sohn einer Hotelinhaberin vorgestellt hatte, aber sicher keinen grinsenden Kerl Anfang zwanzig, der lachend über die Piste fuhr und unschuldige Mädchen rammte. Zumindest beinahe.

»Super, dann kann jetzt das erste Setting aufgebaut werden«, riss Jennifer mich aus meinen Gedanken. »Ich muss noch ein paar Sachen durchgehen und komme dann später für einen Probelauf mit den Kameras dazu.«

Jennifer erhob sich, und sofort setzte ein geschäftiges Murmeln ein. Ich griff nach meinem Notizblock, auf dem ich mir zwischendurch ein paar Ideen zu einzelnen Szenen notiert hatte. Hoffentlich konnte ich meine Gedanken auch wirklich mit einbringen. Jennifer hatte uns zwar ermutigt, doch momentan schüchterte mich die Größe des Teams noch etwas ein. Allerdings würde ich mich davon nicht aufhalten lassen. Dafür träumte ich hiervon schon viel zu lange.

Doch erst musste das Setting aufgebaut werden. Dummerweise hatte ich mich von der Erinnerung an Logan etwas zu sehr ablenken lassen und hatte daher nicht wirklich mitbekommen, was genau wir jetzt machen mussten.

Als Jill neben mir ebenfalls aufstand, gab ich mir einen Ruck. »Was ist unsere Aufgabe?«, fragte ich sie leise.

Ihre perfekt gezupften Augenbrauen schossen nach oben, doch zu meiner Überraschung gab sie keinen schnippischen Kommentar von sich. In ihrer Stimme lag nicht mal ein Hauch von Ungeduld oder Vorwurf, als sie ganz neutral wiederholte, was Jennifer gesagt hatte: »Du sollst Logan Edwards fragen, ob es klargeht, dass wir die Treppe zum Erdgeschoss mit weißen Papierblumen schmücken. Dort wird die erste Szene gedreht.«

»Weiße Papierblumen?« In was für einem Kriminalfilm brauchte es denn kitschige Winter-Deko? Ich hatte da eher an goldene Deko gedacht, die zu den prunkvollen Darstellungen der 20er-Jahre passte.

»Die Darsteller tanzen doch am Ende auf einem Ball. Jennifer will, dass alle Szenen im Hotel in einem üppig geschmückten und glamourösen Setting stattfinden.« Ihr Tonfall klang nun doch eine Spur überheblich.

»Alles klar, danke. Dann gehe ich mal Logan suchen.« Meine Ideen würde ich hoffentlich auch später noch mit einbringen können.

»Du kennst ihn bereits?«, fragte Jill neugierig.

»Er hat mich fast mit seinem Snowboard umgefahren.«

Bevor sie zu einer Erwiderung ansetzen konnte, verließ ich das Zimmer und machte mich auf die Suche nach Logan. Wenn das so weiterging, musste ich ihn viel öfter sehen, als erwartet. Aber ich würde mir davon nicht die Laune verderben lassen.

Zum Glück musste ich nicht lange suchen. Schon nach kurzer Zeit fand ich Logan in dem Aufenthaltsraum hinter dem Speisesaal, in dem ich gefrühstückt hatte. Er säuberte gerade den Kamin, der sich zwischen tannengrünen Sofas befand und dem Raum eine gemütliche, beinahe kuschelige Atmosphäre verlieh. An den Wänden hingen Porträts von unterschiedlichen Leuten, wobei mich insbesondere die starken Emotionen in den Gesichtern faszinierten. Ich wollte gerade die Initialen unten rechts entziffern, als ein lautes Fluchen ertönte.

»Du kannst dich doch nicht einfach so anschleichen.« Logan war aufgestanden und presste gespielt geschockt seine Hand an die Brust.

»Sorry, ich habe dich gesucht.«

»Das dachte ich mir.« Augenblicklich war sein Lächeln zurück. Sein Blick wanderte über mein Outfit, obwohl sich seit heute morgen nichts daran geändert hatte, und ich spürte, wie mir warm wurde. Verdammt. Er sollte diese Wirkung nicht auf mich haben können. Nicht so leicht.

Schnell räusperte ich mich. »Jennifer Torres fragt, ob wir die Treppe dekorieren können.«

»Die Treppe?« Er kam näher, diesmal ganz der Geschäftsmann, der um sein Hotel fürchtete.

»Dort wird eine der ersten Szenen gedreht, und sie will das Geländer ...« Ich seufzte.

»Ja?«

»Sie will es mit weißen Papierblumen schmücken.«

Ein belustigtes Funkeln trat in Logans Augen, die im dumpfen Licht des Zimmers dunkel schimmerten.

»Ist das dann dein Job? Blumen basteln?«

»Nein«, erwiderte ich empört. »Ich studiere Filmregie und mache hier ein Praktikum.«

Logan stieß einen anerkennenden Pfiff aus. »Nicht schlecht. Das heißt, eines Tages wirkst du bei den ganz großen Produktionen mit?«

»Das ist der Traum, ja.« Zum ersten Mal in einer Unterhaltung mit Logan lächelte ich.

»Das solltest du öfter tun.«

Irritiert blinzelte ich. »Was?«

»Lächeln. Es steht dir.« Diesmal schaffte ich es nicht, seinem Blick auszuweichen, und es kostete mich mehr Kraft, als es sollte, mich wieder von ihm loszureißen.

»Also«, sagte ich schnell, um davon abzulenken, welche Wirkung er auf mich hatte. »Wie sieht es nun aus mit der Treppe? Dürfen wir sie dekorieren?«

»Ich denke schon. Aber warte kurz, dann komme ich mit.« Seine Miene war unergründlich, ich glaubte, Neugier darin zu lesen, vielleicht auch Verwunderung. Als würde Logan nicht aus mir schlau werden. Aber gut, da waren wir bereits zu zweit. Denn ich verstand ihn kein bisschen. Weder das fröhliche Grinsen noch die langen Blicke, die von einer ungeahnten Tiefe zeugten.

Nachdem er den Besen hinter dem Kamin verstaut und sich den Staub von der Hose geklopft hatte, verließen wir den Aufenthaltsraum, in den ich nach Feierabend unbedingt mal mit einem guten Buch zurückkehren musste. Auf dem Weg durch den Eingangsbereich kamen uns zwei kleine Mädchen entgegen. Sie sahen exakt gleich aus, sodass ich sie ein paar Sekunden verwirrt anstarrte, ehe ich realisierte, dass es Zwillinge waren.

»Logan, Mom hat gesagt, wir dürfen heute mit dir auf die Piste«, rief eine von ihnen schon von Weitem.

»Ich habe heute aber zu tun«, sagte Logan.

»Bitte«, flehte die andere. »Bitte, bitte, bitte.«

Seufzend blieb er vor ihnen stehen. »Warum seid ihr eigentlich nicht in der Schule?«

»Unser Lehrer ist krank, und sie haben so schnell keine Vertretung gefunden.«

Wow. Das Schulleben auf dem Dorf lief offenbar etwas anders, als ich es von den Vororten New Yorks gewohnt war.

»Und wer ist das?«, fügte das andere blond gelockte Mädchen hinzu und zeigte auf mich.

»Das ist Abby, sie hilft bei dem Filmdreh mit.«

Die Augen der Mädchen wurden noch ein Stück größer.

»Wow«, hauchte eine, während die andere ehrfürchtig flüsterte: »Das ist ja so cool.«

»Abby, das sind Daisy und Zoey, meine Schwestern«, stellte er die beiden vor, und ich begrüßte sie mit einem freundlichen Hallo, während Logan hinzufügte: »Sie haben das Talent, immer dann aufzutauchen, wenn ich keine Zeit habe.« In seinen Worten schwang so viel Zuneigung mit, dass ich das Bedürfnis hatte, mich abzuwenden.

Ich kannte das nicht. Liebevolle Blicke unter Geschwistern, ein herzliches Lachen und dieselben blaugrauen Augen, die der Welt erzählten, dass sie alle zusammengehörten. Ein jäher Schmerz durchzuckte mich, den ich noch von früher kannte, als Dad uns gerade verlassen hatte und nur noch Mom und ich da waren. Wie oft hatte ich mir Geschwister gewünscht, ein anderes Kind, das immer bei mir war und mit dem ich spielen und reden konnte.

Die beiden schauten Logan mit flehenden Blicken an, bis er schließlich seufzend nachgab. »Ich schau mal, wie viel heute ansteht, vielleicht klappt es ja am Nachmittag doch.«

Die beiden jauchzten auf und verschwanden kichernd um die nächste Ecke.

Gedankenverloren betrachtete ich Logan. Die Art, wie er mit seinen Geschwistern umging, rührte mich. »Wir sollten los«, sagte ich rasch, bevor er bemerkte, dass ich ihn anstarrte.

Er nickte nur, aber ich glaubte, einen nachdenklichen Ausdruck auf seinem Gesicht zu sehen. Scheinbar hatte er meinen Blick doch bemerkt. Mist. Ich musste mich zukünftig wirklich besser zusammenreißen.

Der Rest des Tags war zwar anstrengend, aber auch unglaublich aufregend. Innerhalb weniger Stunden lernte ich mehr als in sämtlichen Vorlesungen an der Akademie zusammen, dabei war sie gerade für ihre vielen praktischen Übungen bekannt. Doch an einem tatsächlichen Set zu stehen und Jennifer über Kameraeinstellungen, Inszenierungen und Abläufe reden zu hören, war eine völlig andere Erfahrung. Jill und ich saugten jedes ihrer Worte auf. Zwischen uns herrschte nach wie vor eine seltsame Angespanntheit, aber ich versuchte, mich auf meinen Job zu konzentrieren.

Obwohl das ganze Team sich am Abend vor dem Abflug kurz vorgestellt hatte, hatte ich bisher nicht die Möglichkeit gefunden, mich richtig zu unterhalten. Beziehungsweise waren wir über Smalltalk nicht hinausgekommen. An diesem Nachmittag erfuhr ich allein dadurch, dass ich ihnen bei ihrer Arbeit zusah, weitaus mehr über sie, als sie mir vermutlich erzählen würden. Sean, der Produktionsleiter, ein kleiner Mann mit dunkler Jeans und einem schwarzen Hemd, wusste zum Beispiel immer ganz genau, wer was zu tun hatte. Nur vor Jennifer schien er gewaltig Respekt zu haben. Wie wir alle.

Mit Matt, einem der Kameramänner, hatte ich mich bereits über seine Lieblingsfilme unterhalten, die enttäuschenderweise alle im 21. Jahrhundert gedreht worden und daher relativ modern waren. Trotzdem wirkte er nett, und ich war froh, ein paar Worte mit jemanden wechseln zu können, ohne das Gefühl zu haben, ich müsste mich von meiner besten Seite präsentieren.

Jill fing gegen Nachmittag an, über die Schauspieler zu reden, die in wenigen Tagen kommen sollten. Offenbar hatte sie alle Filme von Daxton Coleman gesehen, und nun war sie gespannt auf seine Persönlichkeit. Der Kommentar entlockte mir ein Schnauben.

»Was? Bist du etwa nicht gespannt auf ihn?«

»Doch, klar.« Ich zuckte mit den Schultern. »Ich mache mir nur nicht besonders viel Hoffnung, dass er kein eingebildeter Star ist.«

»Nicht alle Stars sind so.«

»Wir werden es ja sehen.«

Als Jennifer um kurz nach sechs verkündete, dass wir für heute Feierabend machen konnten, atmeten alle auf. Während ein Teil des Teams zurück aufs Zimmer oder raus in die Kälte ging, machte ich mich auf den Weg in den Speisesaal, um eine Kleinigkeit zu essen. Bereits vor einer Stunde hatte mein Magen ein paarmal laut geknurrt – was zum Glück niemand mitbekommen hatte.

Nach dem Essen – was wirklich köstlich schmeckte – zog ich mich auf mein Zimmer zurück, um mich kurz auszuruhen. Der Tag hatte mich doch mehr geschlaucht, als erwartet. Eigentlich hatte ich mir vorgenommen, nach Feierabend noch Yoga zu machen, aber irgendwie konnte ich mich nicht dazu aufraffen. Stattdessen legte ich mich einfach ins Bett, machte einen Film an und ließ meine Gedanken schweifen. Als Jill gegen neun zurückkam und anfing, laut zu telefonieren, war es vorbei mit der Ruhe.

Seufzend klappte ich den Laptop zu, schnappte mir ein Buch und lief in Richtung Aufenthaltsraum. Wenn keine anderen Gäste da waren, würde ich vielleicht Bonnie anrufen. Sie brannte sicher darauf, von meinem ersten Tag am Filmset zu hören.

Mit schnellen Schritten durchquerte ich den Eingangsbereich, der mich mit seinen hellen Fließen und den vielen Pflanzen in den Ecken nach wie vor faszinierte. Das musste man den Edwards lassen. Sie wussten, wie sie ihr Hotel stilvoll einrichteten.

Als ich den Speisesaal betrat, entdeckte ich zu meiner Überraschung Logan. Er saß an einem der Tische und beugte sich über ein Skizzenbuch. Das Grinsen war verschwunden, stattdessen lag ein hoch konzentrierter Ausdruck auf seinem Gesicht, während er seinen Stift über das Papier gleiten ließ. Irgendetwas sagte mir, dass ich diese Seite an ihm mögen würde. Diese Ernsthaftigkeit in seinem Tun, die so gar nicht zu seinem lockeren Auftreten passen wollte.

»Suchst du irgendwas?« Er schaute noch immer auf das Blatt vor sich, doch die Worte waren eindeutig aus seinem Mund gekommen.

»Ähm, nein …«, stotterte ich und ärgerte mich im selben Moment darüber, dass man mir meine Unsicherheit so anmerkte.

»Dann stehst du also nur da, um mich anzustarren?« Logan hob den Kopf. Sein Blick traf mich völlig unvorbereitet.

Ich räusperte mich verlegen. »Nein?«

»Ist das eine Frage?« Seine Mundwinkel zuckten. Klasse, das wurde immer besser.

»Ich wollte nur in den Aufenthaltsraum.« Demonstrativ hob ich mein Buch hoch.

»Und du findest den Weg nicht?«

»Doch«, grummelte ich und setzte mich in Bewegung. Betont gleichgültig ging ich an Logan vorbei, doch ich war mir seines Blicks überdeutlich bewusst. Was hatte der Kerl nur an sich, dass er mich dermaßen aus dem Konzept brachte?

»Sorry«, sagte Logan plötzlich.

Überrascht drehte ich mich um. Er war aufgestanden und kam langsam auf mich zu.

»Für was?«

»Ich wollte dich nicht in Verlegenheit bringen. Unser Start war nicht sonderlich gut, fürchte ich.«

»Du meinst deine Aktion auf der Piste?«

»Du hast auf dein Handy geschaut und standest mitten im Weg ... Weißt du, was, nein. Es tut mir leid. Ich hätte besser aufpassen sollen.« In seinen Augen lag nichts als Aufrichtigkeit, trotzdem kaufte ich ihm seine Reue nicht ganz ab.

»Hättest du. Wobei ich vermutlich auch ein bisschen mehr auf meine Umgebung hätte achten können«, gab ich zu.

»Vielleicht kann ich es ja mit dem Drink wiedergutmachen, von dem die Rede war?«, schlug er vor.

»Nein«, erwiderte ich reflexartig.

»Nein?«

»Ist das eine Frage?«, wiederholte ich grinsend seine Worte von vorhin.

Logan starrte mich einen Moment lang sprachlos an, dann brach er in ein lautes Gelächter aus. »Du bist anders, als ich dachte«, sagte er, nachdem er sich wieder beruhigt hatte.

»Und was denkst du jetzt?«

»Ich weiß es nicht, Abby. Es ist nicht so leicht, aus dir schlau zu werden.«

»Das könnte jetzt direkt aus einem Film stammen«, wandte ich mit einem Schmunzeln ein.

»Ist das was Gutes?«

»Vielleicht.«

Unsere Blicke waren ineinander verhakt, und das Herz schlug mir bis zum Hals. Was zur Hölle passierte hier?

»Wie steht es jetzt um den Drink?«, fragte Logan. »Ich kenne eine Bar im Ort, die ganz nett ist.«

»Ich weiß nicht ...«

»Du wirkst auf mich eigentlich nicht wie jemand, der nicht weiß, was er will«, erwiderte Logan.

»Wenn es um meine Karriere geht, ist das auch so. Bei anderen Dingen hingegen ...« Ich zuckte mit den Schultern. »Da bin ich eher wie Holly Golightly, die nicht weiß, was sie will. Oder wer sie eigentlich ist.«

»Wer ist Holly Golightly?«

»Du kennst *Frühstück bei Tiffany* nicht?«, fragte ich ungläubig.

»Der Titel sagt mir was ...«

»Du solltest ihn dir unbedingt anschauen! Der Film ist ein absoluter Klassiker und wurde für alle möglichen Preise nominiert.«

»Mit dir zusammen schaue ich ihn gern.«

Schmunzelnd schüttelte ich den Kopf. »Du gibst nie auf, oder?«

»Zumindest nicht so schnell«, sagte Logan augenzwinkernd. »Aber jetzt lass ich dich in Ruhe und dränge mich nicht weiter auf.« Er wandte sich ab, doch ich hielt ihn zurück. Mir war etwas eingefallen, das ich ihn schon früher hatte fragen wollen. Allerdings war es mir nach unserem weniger guten Start unangenehm gewesen.

»Logan?«

»Ja?« Er schaute mit hoffnungsvollem Gesichtsausdruck zu mir auf. Tja, wenn er glaubte, dass ich meine Meinung geändert hatte, würde ich ihn leider enttäuschen müssen.

»Es gibt hier doch einen Fitnessraum, oder?«

»Ähm, ja.« Jetzt sah er verwirrt aus.

»Na ja, ich habe mich gefragt, ob es vielleicht möglich wäre, dass ich dort Yoga mache. Ich habe meine Matte dabei. In New York habe ich regelmäßig Kurse gegeben, und da ich jetzt bis Februar hier bin, habe ich mir überlegt, vielleicht einmal in der Woche eine Live-Session per Skype für meine Kursteilnehmer zu machen.«

»Okay.« Er fuhr sich mit einer Hand durch die Haare und runzelte nachdenklich die Stirn. »Im Fitnessraum könnte es mit all den Geräten etwas eng werden, außerdem weiß ich nicht, wie die anderen Gäste das finden würden. Aber wir haben direkt daneben einen Spielraum, der zurzeit selten genutzt wird, da nur wenige Gäste mit Kindern da sind. Du könntest die Spielsachen beiseiteräumen und dann dort Yoga machen. Ginge das?«

»Das klingt super«, rief ich. »Danke dir.« Ein Lächeln breitete sich auf meinen Lippen aus. Mir fehlte Yoga, und es würde mir guttun, mich nach einem hektischen Drehtag zurückziehen zu können, um etwas zur Ruhe zu kommen. Vorausgesetzt, ich war dann nicht zu erledigt so wie heute.

»Klar, gern. Also dann, man sieht sich.« Er nickte mir zum Abschied zu und verließ mit seinem Skizzenbuch in der Hand den Saal.

Nachdenklich sah ich ihm hinterher. Als mein Handy vibrierte, zuckte ich kurz zusammen. Schnell nahm ich den Anruf an und ging in Richtung Aufenthaltsraum.

»Bonnie?«

»Ja?«

»Du glaubst nicht, was mir hier gerade passiert ist.«

Bonnie lachte. »Erzähl mir alles.«

6. KAPITEL

Logan

Ich war es nicht gewohnt, bei der Arbeit abgelenkt zu sein. Doch Abbys Auftauchen im Hotel brachte mich durcheinander. Genauso wie der Anflug eines Lächelns, als sie vor zwei Tagen meine Einladung zu einem Drink abgelehnt hatte. Normalerweise hätte ich sie mir in diesem Moment aus dem Kopf geschlagen. Ich sollte es tun. Es wäre das Richtige, da wir in den nächsten Wochen zusammenarbeiten würden und man von mir Professionalität erwartete. Trotzdem konnte ich nichts gegen das Lächeln auf meinen Lippen tun, das dort erschien, wann immer wir uns begegneten oder ich an sie dachte.

Da ich heute frei hatte, kam ich zum Glück gar nicht erst in Versuchung, Abby noch mal um ein Date zu bitten. Doch obwohl ich den ganzen Samstag mit meinen Schwestern verbracht hatte, die eigentlich meine volle Aufmerksamkeit forderten, waren meine Gedanken trotzdem immer wieder zu Abby gewandert.

Ich brauchte dringend etwas Abstand, weshalb ich froh war, dass ich mit Betty im *Lucky's* verabredet war. Die kleine Bar war gut besucht, an der Theke hockten Einheimische, die sich lautstark über Football und den Touristenmangel in dieser Saison unterhielten. Vereinzelt saßen auch ein paar Urlauber an den Holztischen, die im Laufe der Jahre dunkel angelaufen waren. Ihre Blicke irrten dabei etwas verloren durch den Raum, der mit lautem Gelächter, Stimmengewirr und dem Geruch nach verschüttetem Bier erfüllt war.

Obwohl hier alles rustikal wirkte, mochte ich die Einrichtung der Bar. Anders als in unserem Hotel gab es hier nämlich keine kitschige Deko oder *Papierblumen*. Vor meinem inneren Auge sah ich noch immer Abby, wie sie zusammen mit der anderen Praktikantin die weißen Papierdinger an das Geländer gebunden hatte. Ihrem Gesicht nach zu urteilen, hatte sie zumindest diesen Teil ihrer Arbeit nicht sonderlich gemocht. Eine Weile hatte ich ihr dabei zugesehen, bevor ich mich endlich losreißen konnte, um mit Daisy und Zoey auf die Piste zu fahren.

Abby hatte irgendetwas an sich, das mich faszinierte. Es war nicht unbedingt ihr Verhalten, das sie an den Tag legte, sondern etwas an dem herausfordernden Funkeln in ihren Augen, das mich nicht mehr losließ. Vielleicht war es ihr schönes Lächeln, das viel zu selten aufblitzte und in mir den Wunsch weckte, es öfter hervorzulocken. Vielleicht war es aber auch ihre Direktheit, mit der sie mich von Anfang an überrascht hatte. Abby strahlte ein Selbstbewusstsein aus, das mir imponierte. Ich hatte schon immer eine Schwäche für Frauen, die wussten, was sie wollten. Doch gleichzeitig hatte sie auch etwas Verletzliches an sich. Wie in diesem einen Moment, als sie meine Schwestern kennengelernt hatte. Aus irgendeinem Grund hatte sich ihr Blick verdunkelt, und eine plötzliche Traurigkeit war über ihr Gesicht gehuscht.

»Logan?«

Ertappt zuckte ich zusammen, als Bettys Stimme mich zurück in die Bar holte. Ich dachte definitiv zu viel über Abby nach. Je eher ich sie mir aus dem Kopf schlug, desto besser. Für eine Affäre hatte ich weder die Zeit noch den Kopf. Abby würde in ein paar Wochen wieder verschwinden, und es wäre das Beste, wenn unsere Beziehung professionell blieb. Sofern das noch möglich war.

»Sorry, ich war gerade in Gedanken«, sagte ich.

»Aha. Wer ist sie?« Betty nippte an ihrem Bier und warf mir einen prüfenden Blick zu.

»Woher weißt du …?«

Sie schnaubte leise. »Ich kenne dich, seit wir Kinder waren, Logan. Ich weiß, wie du aussiehst, wenn du an ein Mädchen denkst.«

»Na schön«, lenkte ich ein, da ich wusste, dass ich Betty nichts vormachen konnte. Dafür kannten wir uns einfach zu gut.

Betty war mit mir zur Schule gegangen und hatte jahrelang im Unterricht neben mir gesessen. In der Oberstufe waren wir sogar für einige Monate miteinander ausgegangen, bevor wir uns eingestehen mussten, dass wir als Paar nicht halb so gut funktionierten wie als Freunde. Es war eine entspannte Trennung gewesen, nach der wir innerhalb von wenigen Wochen wieder zu unserem gewohnten Umgang miteinander zurückgefunden hatten. Und an unserer Freundschaft hatte sich seitdem auch nichts geändert.

In wenigen Sätzen erzählte ich ihr von Abby, davon, wie wir uns kennengelernt hatten, wie sehr man ihr ihre Begeisterung für das Praktikum anmerkte und wie sehr ich sie dafür bewunderte.

»Klingt fast so, als hättest du dich ein bisschen verknallt«, sagte sie grinsend.

»Quatsch, aber du hättest sehen sollen, wie verloren sie aussah, so mitten im Schnee«, erwiderte ich lachend. »Dabei hat sie meine Hilfe voller Stolz abgelehnt und ist einfach weitergestapft.« Schmunzelnd dachte ich an Abbys gerötete Wangen und den empörten Blick nach unserem Beinahe-Unfall.

»Und was hast du jetzt vor?«

Verwirrt sah ich sie an. »Was meinst du?«

»Komm schon. Du wirst nicht lockerlassen können.«

»Das sollte ich aber«, erwiderte ich.

»Vielleicht schon. Andererseits ...« Betty zögerte kurz und griff erneut nach ihrem Bier.

»Andererseits was?«

»Andererseits ist es eine Weile her, dass du dich mit einer Frau verabredet hast. Seit Kelly machst du dicht, sobald dir jemand zu nahekommt.«

Ich verzog das Gesicht.

»Die Sache ist jetzt über ein Jahr her«, sprach Betty ungerührt weiter. Sie konnte echt schonungslos sein, wenn ihr etwas wichtig war.

»Das weiß ich«, gab ich seufzend zu. »Und es ist auch nicht so, als wäre ich nicht längst über sie hinweg.«

»Das weiß ich doch«, sagte Betty. »Ich glaube nur, dass es Zeit wird, dass du dich wieder ein bisschen mehr öffnest, das ist alles. Das Leben hat mehr zu bieten als nur die Arbeit im Hotel, weißt du?«

Ich nickte und griff schweigend nach meinem Bier.

Kelly war als Au-pair für ein halbes Jahr ins White Season gekommen und hatte auf Daisy und Zoey aufgepasst. Wir hatten uns Hals über Kopf ineinander verliebt, und nach Ablauf der sechs Monate war sie zurück nach Los Angeles gegangen. Während der ersten Wochen hatten wir noch jeden Tag telefoniert und uns versprochen, dass wir das mit der Fernbeziehung schaffen konnten. Doch mit der Zeit waren die Anrufe weniger geworden, und irgendwann hatte sie mir gestanden, dass sie einen anderen kennengelernt hatte. Ich konnte es ihr nicht einmal verübeln. Zwischen uns lagen Tausende von Meilen, und es hatte nicht so ausgesehen, als würde sich unsere Situation bald ändern. Trotzdem hatte es mir das Herz gebrochen.

»Du tust wahnsinnig viel für deine Familie, und ich weiß, dass du das gern machst. Aber du darfst auch mal nur an dich denken.«

Betty meinte es nur gut, das wusste ich. Trotzdem wechselte ich das Thema und fragte sie nach Bill, mit dem sie seit ein paar Monaten ausging. Zum Glück kannte sie mich so gut, dass sie nicht weiter nachbohrte und mir stattdessen von dem romantischen Wochenende erzählte, mit dem Bill sie überrascht hatte.

Ich merkte, wie ich mich wieder etwas entspannte. Es war leichter, nicht zu viel über die Zukunft nachzudenken. Ich liebte meine Arbeit im Hotel und hatte mich nie beklagt. Natürlich hatte ich mich als Jugendlicher oft gefragt, wie es wäre, für einige Jahre das Hotel zu verlassen und in einer größeren Stadt zu studieren. Doch das waren Träume, die ich mir nicht leisten konnte. Mom und Dad brauchten mich hier. Nach allem, was sie an Arbeit in das Hotel steckten, wollte ich sie nicht im Stich lassen.

»Wie läuft es eigentlich mit den Dreharbeiten? Wie sind die Schauspieler so?«, fragte Betty nach einer Weile und sah mich neugierig an. Sie hielt nicht viel von Klatsch und Tratsch, hatte aber schon früher für Filmstars geschwärmt.

»Es ist okay. Die Gäste gehen erstaunlich entspannt damit um, was aber auch daran liegt, dass die Schauspieler noch nicht da sind. Die sollen morgen früh anreisen. Ich schätze, mit ihnen kommt dann auch mehr Presserummel.« Ich zuckte mit den Schultern, doch in Wahrheit war ich durchaus gespannt auf die Darsteller, auch wenn ich dem Filmdreh im Hotel immer noch mit gemischten Gefühlen gegenüberstand.

»Vermutlich. Aber für das Hotel ist das wahrscheinlich gar nicht schlecht, oder?«

»Das nicht. Wir können die Werbung gut gebrauchen.«

»Es schadet bestimmt nicht. Wenn ihr übrigens mal eine Aushilfe oder so braucht, dann weißt du ja, wo du mich findest«, sagte sie zwinkernd.

Ich grinste. Betty arbeitete inzwischen als Servicekraft im einzigen Café von White Oak Valley. Früher hatte sie jedoch auch ein paarmal in der Küche im Hotel ausgeholfen und die Gäste bedient.

»Momentan sind wir gut aufgestellt, aber danke«, sagte ich. »Und falls ein gut aussehender Star zu uns kommt, sag ich dir natürlich Bescheid.«

»Alles klar.« Betty lachte. »Vermutlich ist es albern, aber ich finde einen Filmdreh ziemlich aufregend. Außerdem vermisse ich manchmal die Nachmittage im Hotel. Früher war ich ständig dort oder habe in deinem Zimmer gelesen, während du stundenlang gemalt hast.« Ein wehmütiger Ausdruck trat in ihre Augen.

»Du bist jederzeit willkommen. Inzwischen habe ich nur leider kaum noch Zeit für Kunst.« Ich verzog das Gesicht. »Glaub mir, ich wünsche mir auch manchmal, wieder den ganzen Tag frei und keine Verantwortung zu haben.«

»Das ist echt eine Schande. Du bist so talentiert. Eigentlich gehörst du an eine Uni, wo du Kunst studieren kannst, anstatt in den Empfangsbereich eines Hotels.«

Darauf erwiderte ich nichts. Aber das brauchte ich auch nicht. Betty wusste genauso gut wie ich, dass das nur Wunschdenken war. Außerdem war ich mir nicht sicher, ob ich tatsächlich in eine Großstadt passte. Oder irgendwohin, wo es keine Berge gab.

Wir blieben noch eine ganze Weile sitzen, Betty erkundigte sich nach den Zwillingen und erzählte von einer Party, auf der sie letztes Wochenende war.

White Oak Valley war ein kleiner Ort, weshalb sich die meisten Leute in unserem Alter kannten. Früher war ich oft mit den anderen in einen der Clubs in die nächste Stadt gefahren oder hatte mich Hauspartys angeschlossen. Inzwischen traf ich mich lieber mit Leuten auf ein Bier in der Bar. Davon abgesehen waren die meisten zum Studieren weggezogen. Wenn sie dann doch mal zu Besuch kamen, war es angenehmer, sich einfach in der Bar zu treffen, als groß Party zu machen. Vermutlich war ich auch einer der wenigen in meinem Alter, die sich nicht jedes Wochenende die Kante gaben, aber es hatte mich noch nie interessiert, was üblich oder normal war.

Nachdem ich mich von Betty verabschiedet hatte, schlenderte ich langsam zurück zum Hotel. Es lag nur eine knappe halbe Stunde Fußweg von dem Dorf entfernt, weshalb ich selten das Auto nahm. Heute Nacht wehte mir jedoch ein kalter Wind entgegen. Die Straßen waren menschenleer, als ich das Dorf hinter mir ließ und auf die kleine Anhöhe zusteuerte. Über mir spannte sich ein klarer Nachthimmel, der einen fantastischen Blick auf die vielen Sterne bot, die hier oben in den Bergen mit Sicherheit heller strahlten als in einer Stadt wie New York.

Als ich das Hotel erreichte, wanderte mein Blick wie üblich zum Eingangsbereich, der um diese Uhrzeit verlassen dalag. Normalerweise zumindest. Heute schwirrten überall Leute mit Koffern durch die Gegend, riefen sich Dinge zu und lachten laut, als wäre es nicht kurz nach zehn Uhr abends. Obwohl ich direkt in meine Wohnung hatte gehen wollen, beschloss ich, zuerst nachzusehen, wer die Leute waren, die sich im Eingangsbereich tummelten.

»Was ist hier los?«, fragte ich Loreen, unsere Empfangsdame, die verzweifelt in irgendwelchen Unterlagen blätterte.

»Logan, Gott sei Dank bist du hier. Die Schauspieler sind doch heute schon angekommen. Es ist ein einziges Durcheinander. Kannst du mithelfen?«

»Klar.«

Mom und Dad waren heute Abend ins Kino gefahren, um mal wieder Zeit für sich zu haben. Und da die Zwillinge bei einer Freundin aus der Schule waren, hatte ich mich auch nicht beeilt, zurückzukommen. Es war immerhin auch nicht vorgesehen, dass die Schauspieler heute schon anreisten. Meine Eltern würden vermutlich durchdrehen, wenn sie davon erfuhren. Warum hielten diese Filmleute sich auch nicht an die vereinbarten Zeiten?

Ich holte tief Luft und drehte mich um. Erst jetzt bemerkte ich die ausgefallenen Outfits, die genauso wenig hierher passten wie die aufgedrehten Stimmen und überdimensional großen Koffer.

Abby stand mitten unter den Schauspielern, zeigte in irgendwelche Richtungen und erklärte offenbar die Raumaufteilung des Hotels. Etwas, das normalerweise der Job der Empfangsdame war.

Oder bei so großem Andrang meiner. In diesem Moment war ich jedoch dankbar, dass Abby das übernahm. Als hätte sie meinen Gedanken gehört, drehte sie den Kopf in meine Richtung. Unsere Blicke trafen sich, und sie zuckte entschuldigend mit den Schultern, als wäre sie für das aufgedrehte Geschnatter der Darsteller verantwortlich.

Ich straffte meine Schultern, zwang mich zu einem Lächeln und erhob meine Stimme. »Herzlich willkommen im White Season. Ich bin Logan Edwards, der Sohn der Hotelbesitzerin. Meine Mutter ist heute leider nicht hier, aber sie wird Sie morgen bestimmt noch mal persönlich begrüßen. Bei Fragen oder Anmerkungen können Sie sich gern auch jederzeit bei mir melden. Ich stehe Ihnen mit Rat und Tat zur Seite.«

Daraufhin begannen fünf Leute gleichzeitig, mich mit Fragen zu bombardieren. Wie das WLAN-Passwort lautete und ob der Empfang hier oben überall so schlecht war, wo es die nächste Einkaufsmall gab und ob wir auch vegane und glutenfreie Speisen im Angebot hätten. Ich atmete tief durch, zwang mich, Ruhe zu bewahren und erklärte ihnen mit aller Geduld, die ich aufbringen konnte, dass die Dinge hier etwas anders liefen als in New York.

Nach einer gefühlten Ewigkeit verschwand auch endlich der letzte von ihnen in Richtung Aufzug. Erleichtert sank ich auf eines der beigen Sofas im Eingangsbereich neben der Empfangstheke. Was für ein Abend.

»Sind die immer so?«, fragte ich, als Abby sich neben mich setzte.

»Ich glaube schon. Du warst noch nie in einer Stadt wie New York, oder? Da ist der Tonfall schnell mal hektisch und laut.«

»Früher mal mit Dad.« Ich zuckte mit den Schultern. »Das ist aber Jahre her. Wir haben einen Kurztrip dorthin gemacht und seine Schwester besucht.«

Abby nickte. »Es ist definitiv eine andere Welt. Vor allem, wenn man an einem Ort wie hier aufwächst. Ich habe noch nie so fest und tief geschlafen wie in den letzten Tagen. Diese Ruhe kenne ich aus der Stadt nicht.« Ihre Stimme hatte einen ungewohnt leisen Klang angenommen.

Aufmerksam sah ich sie an. »Genau das liebe ich an den Bergen so sehr. Die Stille. Klar, wir sind hier schon etwas abgeschieden, und manchmal frage ich mich, wie es wäre, eine Zeit lang in der Stadt zu leben, aber bisher bin ich zufrieden hier.«

»Was würdest du in der Stadt denn machen?«, fragte Abby und erwischte mich damit unvorbereitet.

Vor meinen Augen tauchte das Bild eines Raums auf, in dem andere junge Leute an Gemälden und Skizzen arbeiteten. Rasch verdrängte ich den Gedanken wieder und zuckte mit den Schultern.

»Keine Ahnung«, murmelte ich.

Abby warf mir einen langen Blick zu, den ich nur allzu deutlich spürte, doch sie sagte nichts weiter dazu.

»Startet ihr dann morgen direkt mit den Dreharbeiten?«, fragte ich, um die Stille zu durchbrechen.

»Übermorgen. Da die Schauspieler ja eigentlich erst morgen gekommen wären, haben sie den Tag noch zum Vorbereiten und Ankommen. Bei so was ist Jennifer sehr kulant.« Abby richtete sich ein Stück auf.

Mir war schon zuvor aufgefallen, dass sie jedes Mal ein bisschen aufgeregter klang, wenn sie über die Dreharbeiten sprach.

»Zuerst stehen einige Szenen an, für die wir drinnen drehen. Ich glaube, ein Highlight wird der Ball. Der wird allerdings erst später gedreht. Ich habe den Plan nicht genau im Kopf, aber wir fangen, so weit ich weiß, mit der Szene an, in der die Hauptcharaktere zum ersten Mal aufeinandertreffen. Ich bin echt gespannt, wie das Endergebnis aussehen wird. Man dreht ja den Film nicht in der chronologisch richtigen Reihenfolge ...« Ihre Stimme wurde lebhafter, was mich automatisch zum Lächeln brachte. Es war ihr anzusehen, wie sehr sie die Arbeit am Filmset genoss.

»Das ist echt total dein Ding, oder?«, fragte ich.

Ertappt zuckte Abby zusammen. »Was?«

»Na, Regieassistenz oder was genau du da machst.«

Sie lachte leise. Das Geräusch erklang so plötzlich, dass ich überrascht den Kopf hob. Abbys Gesicht verwandelte sich, wenn sie lachte. Sie war nicht länger die ehrgeizige junge Frau, die nur zum Arbeiten hier war, sondern wirkte entspannt und gelöst. Ein Ausdruck, den ich definitiv öfter an ihr sehen wollte.

»Ja, irgendwie wusste ich schon immer, dass ich irgendwann in dem Bereich arbeiten will.« Sie lächelte und sah mich neugierig an. »Was ist dein Ding?«

Ich dachte an meine Porträts und Skizzen. »Ich mache gern Kunst. Malerei, Zeichnungen ... so was in der Art.«

»Das klingt spannend.«

»Ja, es ist ein guter Ausgleich zu der Arbeit im Hotel«, erwiderte ich. Keine Ahnung, warum ich es herunterspielte, doch auf einmal wurde mir die Tatsache, dass ich um elf Uhr abends mit Abby auf einem Sofa saß, überdeutlich bewusst.

Vor wenigen Stunden hatte ich mir noch geschworen, die Beziehung auf einer professionellen Ebene zu halten, und jetzt das. Räuspernd stand ich auf.

Abby wirkte kurz irritiert, erhob sich dann aber ebenfalls.

»Es ist schön spät«, murmelte ich. »Ich muss morgen früh raus.«

»Natürlich. Na dann … gute Nacht.« Sie nickte mir kurz zu und wandte sich rasch ab.

Ich sah ihr nach, wie sie in den Aufzug stieg, und setzte mich erst in Bewegung, als die Türen sich längst hinter ihr geschlossen hatten.

Verdammt, das würde hart werden. Ich hatte mich noch nie gut von Menschen fernhalten können, die mich faszinierten, und Abby traf einen Nerv bei mir, von dem ich nicht einmal wusste, dass man ihn treffen konnte.

7. KAPITEL

Abby

Der erste Drehtag am Montag wurde eine echte Herausforderung, da wir die Szene drehten, in der sich alle vier Hauptcharaktere im Hotel kennenlernten. Dadurch dass so viele Schauspieler gleichzeitig im Bild waren, gab es eine Menge zu beachten beziehungsweise zu überlegen, wie man die Charaktere am besten vorstellte. Schließlich war das hier eine der wichtigsten Szenen in dem Film. Denn nachdem der Hotelerbe im Schlaf durch einen Dolchstoß ermordet wurde, trafen seine jüngere Frau, seine Tochter aus erster Ehe und die beiden Detectives zusammen, die den Fall aufklären wollen. Zwischen dem jungen Detective, der aus der Großstadt kam und sich durch den Fall eine Beförderung erhoffte, und der frisch verwitweten Frau würde später eine Romanze entstehen. Die Story war interessant, hatte ein paar unvorhersehbare Wendungen und wurde durch die Kostüme aus den 20er-Jahren zu einem echten Hingucker. Ich hatte keine Zweifel, dass der Film beim Publikum gut ankommen würde.

»Die Szene gefällt mir noch nicht ganz«, sagte Jennifer mit kritischem Blick. Den trug sie, seit die erste Klappe gefallen war, ständig. »Was denkst du?«

Ich brauchte einige Sekunden, um zu begreifen, dass sie mit mir sprach. Nachdenklich schaute ich auf den Bereich, in dem wir drehten. Wir hatten bereits gestern Nachmittag einen Teil der Eingangshalle abgesperrt, einen roten Teppich ausgebreitet und die grünen Pflanzen gegen goldene Schirmständer und Spiegel ausgetauscht. »Vielleicht wäre Daxtons Auftritt dramatischer, wenn er ohne seinen Partner eintrifft und zunächst allein mit der Witwe Marilyn spricht? Damit könnte dem Zuschauer direkt ein erster Hinweis auf das gegeben werden, was zwischen ihnen folgt.«

»Und die Tochter sowie der Partner kommen erst kurz darauf«, überlegte Jennifer. »Gute Idee, Abigail. Probieren wir es einmal so.«

Die anderen setzten sich sofort in Bewegung. Erstaunt sah ich ihnen dabei zu, wie sie meinen Vorschlag umsetzten. Innerlich machte ich Freudensprünge, äußerlich wahrte ich jedoch eine professionelle Miene, während ich auf dem Monitor beobachtete, wie Daxton das Hotel betrat, ganz der ehrgeizige Ermittler, der sich durch die Lösung dieses Falls den überfälligen Karrieresprung erhoffte.

Eines musste man Daxton Coleman echt lassen. Er war ein verdammt guter Schauspieler. Bisher hatte ich ihn nur während des Frühstücks kurz gesehen. Da war er allerdings von den anderen Filmmitgliedern umringt gewesen und hatte irgendeine Geschichte von einer Party preisgegeben. Mit seinen halblangen braunen Haaren, die ihm leicht in die Stirn fielen, sodass er sie alle paar Minuten zurückstreichen musste, und den markanten Gesichtszügen machte er sich bestimmt gut auf Filmplakaten. Wenn er nicht – so wie jetzt – in einem Anzug steckte, bevorzugte er, zumindest den Fotos nach zu urteilen, verwaschene Jeans und T-Shirts mit aufgedruckten Band-Logos, die seinen durchtrainierten Oberkörper gekonnt betonten. An seinem linken Arm trug er ein Tattoo, dessen Motiv ich leider bisher nicht hatte entziffern können. Aber es ergänzte seinen Look perfekt und gab ihm einen leicht düsteren Touch, was sicher gut ins Image passte. Im Grunde verkörperte er den Traum eines jedes Teenagermädchens; mit Mitte zwanzig war er zwar eigentlich zu alt für sie, aber immer noch jung genug, um ihn anzuhimmeln. Daxtons selbstbewusstem Auftreten nach zu urteilen, war er sich dieser Tatsache nur allzu deutlich bewusst.

»Und *Cut*.« Eine Klappe ertönte, und die Schauspieler lösten sich aus ihren Positionen.

»Das war gut«, lobte Jennifer. »Wir probieren das gleich noch mal und machen dann eine kurze Kaffeepause. Wenn wir zügig durchkommen, können wir heute Nachmittag etwas früher Schluss machen.«

Der zweite Durchgang lief sogar noch besser. Wie vermutet, gewann die Szene mit dem Detective und der Witwe tatsächlich mehr an Bedeutung, nun da die anderen erst später dazukamen. Die Spannung zwischen ihnen war beinahe greifbar, und ich freute mich jetzt schon darauf, zu sehen, wie sich die Beziehungen zwischen den Charakteren auf der Leinwand entwickelten.

In der Pause steuerte ich den Speisesaal an, in der Hoffnung, dort den versprochenen Kaffee zu finden. Erst nach ein paar Schritten bemerkte ich, dass Jill neben mir ging.

»Deine Idee war nicht schlecht«, sagte sie mit hörbarem Widerwillen in der Stimme. »Hätte glatt von mir stammen können.«

Ich verkniff mir ein Grinsen. »Danke. Es ist echt cool, dass Jennifer uns überhaupt die Chance gibt, uns mit einzubringen.«

»Das stimmt. Bei anderen Praktika lief das anders.«

Am liebsten hätte ich nachgefragt, was für Praktika das gewesen waren, aber irgendetwas hielt mich davon ab. Vielleicht die Tatsache, dass Daxton Coleman plötzlich an unserer Seite auftauchte und Jill ihr breitestes Lächeln aufsetzte.

Grinsend nickte er uns zu, während er uns von oben bis unten musterte. »Hey, Ladys.«

Wow. Er war wirklich ein Klischee. Charmant strahlte er uns an, und auch wenn ich dagegen ankämpfte, merkte ich, dass ich seinen Blick genoss. So fühlte es sich also an, von einem berühmten Schauspieler abgecheckt zu werden.

Daxton zwinkerte uns zu. »Ihr seid sicher überwältigt davon, dass ihr an einem echten Filmset arbeiten dürft.«

»Davon und von der Größe deines Egos«, murmelte ich.

»Was hast du gerade gesagt?« Er war mitten im Gang stehen geblieben.

Jill sah mich entsetzt an, während ich überlegte, zurückzurudern oder mich zu entschuldigen. Schließlich war so ein Kommentar alles andere als professionell.

Doch dann grinste Daxton und streckte mir seine Hand entgegen. »Das weiß zwar jeder, aber hi. Ich bin Daxton.«

»Abby«, erwiderte ich überrascht. Damit hatte ich nicht gerechnet.

»Ich bin Jill«, mischte sich meine Lieblingskollegin ein und drängte sich zwischen uns.

»Hi, schön, dich kennenzulernen.« Daxton wandte sich ihr zu, scannte sie einmal von oben bis unten und setzte ein verheißungsvolles Lächeln auf.

»Ich bin dann mal Kaffee holen«, sagte ich zu niemand Bestimmtem und beeilte mich, von den beiden wegzukommen.

Als wir am Nachmittag die Szene endlich im Kasten hatten, waren alle froh, diese erste Hürde bewältigt zu haben. Während die Schauspieler sich zurückzogen, räumte ich mit Jill den Eingangsbereich auf. Anschließend ging ich in unser Zimmer und schlüpfte in meine Stiefel und die Winterjacke. Nach drei Tagen, in denen ich das Hotel nicht verlassen hatte, weil es ständig etwas zu tun gegeben hatte, brauchte ich dringend frische Luft. Selbst wenn das hieß, dass ich mich dem Schnee draußen stellen musste.

Dick eingepackt und ausgestattet mit Schal, Handschuhen und einer Mütze machte ich mich auf den Weg in den kleinen Ort White Oak Valley, der unterhalb des Hotels lag. Ich folgte der asphaltierten Straße, neben der sich rechts und links schneebedeckte Bäume erhoben. Ein schmaler, halb zugefrorener Fluss schlängelte sich dazwischen ins Tal hinunter. Außer dem gelegentlichen Knacken der Äste und einem entfernten Brummen von Motoren war weit und breit nichts zu hören.

Obwohl es noch keine Woche her war, seit ich New York verlassen hatte, konnte ich mir die vollen Straßen nicht mehr vorstellen. Ein bisschen fehlte mir zwar der Rummel, die vielen Lichter und Menschen, gleichzeitig war ich aber froh um die Pause von der Stadt, die nie ruhte.

Als ich um die Ecke bog, tauchte vor mir das White Oak Valley auf. Das Dorf sah genauso aus, wie ich es mir vorgestellt hatte. Ich folgte der Hauptstraße und kam an hell beleuchteten Häusern mit kleinen Vorgärten vorbei. In den meisten Fenstern hingen Lichterketten oder gebastelte Sterne, doch anders als in New York störte mich die Deko hier nicht. Möglicherweise, weil sie mir nicht so grell und aufdringlich entgegenstrahlte.

Auf der Straße waren nur wenige Menschen unterwegs, und jeder, der mir entgegenkam, grüßte mit einem freundlichen Lächeln. Auch das war neu für mich. In New York gab es so etwas nicht, da versank jeder in seiner eigenen Welt. Staunend lief ich weiter und passierte einen Laden, der in seinem Schaufenster buntes Porzellangeschirr, Blumentöpfe und gehäkelte Teppiche ausstellte. Die Mischung gefiel mir, und fast wäre ich hineingegangen, doch dann entdeckte ich ein Schild, auf dem in geschwungenen Buchstaben *Rosemary's Café* stand. Der Gedanke an einen guten Kaffee mit ordentlich Milchschaum und einem Schuss Haselnusssirup reichte aus, damit meine Beine fast schon eigenständig und mit schnellen Schritten auf das Café zusteuerten.

Ein leises Klingeln ertönte, als ich die Tür aufstieß, und warme Luft schlug mit entgegen. Es roch nach frisch gemahlenen Kaffeebohnen und gebackenem Kuchen.

Neugierig sah ich mich in dem kleinen Café um, das nur fünf Tische besaß. Bis auf einen, an dem eine Frau voll und ganz in ihrem Buch versunken war, waren alle unbesetzt. Liebevoll zusammengestellte Blumensträuße zierten die runden Tische, die aus einem hellen Holz bestanden. An den Wänden hingen Gemälde mit Porträts von Menschen unterschiedlichen Alters und unterschiedlicher Hautfarbe. Manche wirkten, als wären sie gezeichnet worden, andere waren wie Graffiti auf die Leinwand gesprüht worden. Ich mochte sie auf Anhieb. Genau wie den Rest des Cafés.

»Hallo«, begrüßte mich die Frau hinter der Theke. Sie war klein und kurvig, trug ein bunt geblümtes Kleid und besaß das herzlichste Lächeln, das ich je bei einem Menschen gesehen hatte. »Du bist sicher einer der Gäste im White Season, oder?«

»Ja, genau«, erwiderte ich überrumpelt.

»Wie schön. Es tut immer gut, neue Gesichter zu sehen. Was kann ich dir bringen?« Sie deutete auf die Vitrine neben der Theke, in der Muffins, verschiedene Kuchen und selbst gebackene Kekse auslagen.

Ich trat einen Schritt näher und warf einen Blick auf die Auswahl, die einen regelrecht in Versuchung führte. »Der Nusskuchen sieht echt gut aus«, sagte ich schließlich.

»Das ist er auch. Ich habe ihn erst vor einigen Minuten aus dem Ofen geholt.« Die Frau strahlte über das ganze Gesicht.

Ich lächelte. »Dann nehme ich ein Stück und gern einen Milchkaffee mit Haselnusssirup, falls Sie das hier haben.«

»Klar, Liebes. Das haben wir hier. Ach, und nenn mich bitte Rosemary. Das machen alle.«

Überrascht von so viel Herzlichkeit nickte ich. »Okay. Danke.«

Mit einem Lächeln setzte ich mich an einen der freien Tische. Nein, das hier war ganz und gar nicht wie in New York. Wenn ich Bonnie erzählte, dass die Besitzerin des Cafés mir direkt das Du angeboten hatte, würde sie es vermutlich nicht glauben.

»Gehörst du zu dem Filmteam?«, erkundigte sich Rosemary, als sie kurze Zeit später Kaffee und Kuchen vor mir abstellte.

»Ja. Ich mache ein Praktikum dort und helfe dabei, die Szenen zu planen und umzusetzen. Im Grunde bin ich so etwas wie eine Assistenzkraft für die Regisseurin.«

»Das klingt ja aufregend. Der ganze Ort hat sich schon seit Wochen auf die prominenten Gäste gefreut.«

Darauf erwiderte ich nichts. Stattdessen nahm ich einen Schluck von dem Kaffee. Die bittersüße Flüssigkeit tat unendlich gut.

»Für die Edwards ist es auf jeden Fall auch gut, wenn das Hotel ein bisschen mehr Aufmerksamkeit bekommt. Die Saison lief bisher nicht so gut«, plauderte Rosemary weiter.

»Ach, echt?«, hakte ich nach.

»Ja, dabei stecken sie so viel Arbeit und Liebe in das White Season. Selbst der Sohn steigt vermutlich in das Unternehmen mit ein, dabei dachte ich immer, er würde den Ort irgendwann verlassen.«

»Logan?« Rosemary hatte jetzt meine volle Aufmerksamkeit. Es kam mir zwar nicht ganz richtig vor, sie über die Edwards auszufragen, andererseits hatte sie das Thema zuerst angesprochen.

»Genau der. Du kennst ihn also schon? Natürlich tust du das, wenn du im Hotel übernachtest.« Sie schüttelte über sich selbst den Kopf. »So ein lieber Junge. Ich kenne ihn, seit er ein Kind war. Von ihm sind auch die Bilder.« Sie deutete auf die Porträts an den Wänden.

»Wirklich?« Ich stand auf und betrachtete die Werke genauer. Unten rechts stand in kleinen Buchstaben *L.E.* – Logan Edwards. Er hatte Samstagabend zwar erzählt, dass er Kunst machte, doch dann hatte er das Gespräch abrupt beendet. Ein weiterer Grund, warum ich nicht schlau aus ihm wurde. Im einen Moment zeigte er sich überraschend offen, und dann ging er auf Distanz. Was mir eigentlich recht sein sollte, es aber trotzdem nicht war.

Vor einem Porträt von einer jungen Frau blieb ich stehen. Es war eines der ausdrucksvollsten Bilder, die hier im Café hingen. Logan hatte die dunklen Augen und schmalen Gesichtszüge perfekt eingefangen. Aus dem Blick der Frau sprach eine unglaublich tiefe Liebe. Ob sie Logan so angesehen hatte, als er das Porträt angefertigt hatte?

»Gefallen dir die Bilder?« In Rosemarys Blick lag nichts als Neugier.

»Ja, sie sind wirklich schön«, sagte ich ausweichend. Keine Ahnung, warum, aber auf einmal kam es mir falsch vor, die Bilder länger zu betrachten. Je mehr ich über Logan erfuhr, desto interessierter wurde ich, und das sollte nicht so sein. Ich war nicht hier, um mir den Kopf verdrehen und mich ablenken zu lassen. Dafür war dieses Praktikum viel zu wichtig. Außerdem sagte Bonnie nicht grundlos, dass ich ein Vertrauensproblem hatte. Aber auch damit wollte ich mich hier nicht weiter befassen.

Langsam ging ich wieder zu meinem Platz zurück. Rosemary schien zu spüren, dass ich für mich allein sein wollte, und verschwand wieder hinter die Theke zurück.

In der nächsten Stunde erwischte ich mich dabei, wie ich immer wieder zu den Porträts schaute. Logans Kunst war unglaublich ausdrucksstark. Er musste eine gute Beobachtungsgabe haben, wenn er Menschen so treffend einfangen konnte. Dabei hätte ich ihm das im ersten Moment überhaupt nicht zugetraut. Mit seinem frechen Grinsen und der lockeren Art wirkte er nicht wie jemand, der sich sonderlich viele Gedanken um andere machte. Andererseits schien er seine Familie sehr zu lieben, und so wie er mit seinen Schwestern umgegangen war, steckte in ihm sehr wohl ein rücksichtsvoller Kerl.

Aber was kümmerte es mich überhaupt? Hastig griff ich nach meinem Handy, um mich abzulenken. Logan hatte in meinem Kopf nichts verloren. Dummerweise trieb er sich seit meiner Ankunft bereits viel zu oft darin herum.

Während ich an meinem Kaffee nippte, schrieb ich Mom eine Nachricht und erzählte ihr in wenigen Sätzen, dass es mir gut ging. Anschließend hängte ich ein paar Bilder vom Hotel und der Landschaft an, die ihr garantiert gefallen würden.

Mit Bonnie hatte ich bereits heute Morgen in einer Pause kurz telefoniert. Sie war inzwischen mit Eric in Paris angekommen und hatte mir fünfzehn Minuten lang, ohne Luft zu holen, von der Stadt vorgeschwärmt. Wäre ich noch in New York, hätte mich das vermutlich neidisch werden lassen. So konnte ich ihr ihr Glück jedoch voll und ganz gönnen. Sie hatte es schließlich auch verdient.

»Ah, du gehst schon?« fragte Rosemary, als ich nach einer Weile aufstand, in meinen Wintermantel schlüpfte und zum Bezahlen zu ihr an die Theke ging.

»Ja, ich sollte zurück, bevor es zu dunkel wird.«

Sie lachte gutmütig. »Stimmt, hier kann es nachts schon mal stockfinster werden. Sag den Edwards liebe Grüße.«

»Mach ich«, versprach ich.

»Und lass dich hier gern noch mal blicken.«

»Auch das mach ich. Der Kuchen war nämlich fantastisch.«

Ein stolzes Lächeln erschien auf ihrem Gesicht, und ich winkte ihr zum Abschied kurz zu.

Als ich das Café verließ, sah ich mich noch mal um und nahm mir fest vor, in den nächsten Tagen wiederzukommen. Durch die heimelige Atmosphäre bot das Café am Ende eines hektischen Drehtages eine gemütliche Oase zum Ausruhen. Natürlich hätte ich auch den Aufenthaltsraum im Hotel nutzen können, doch durch den Spaziergang hierher konnte ich noch besser abschalten und mehr Abstand zu einem stressigen Arbeitstag gewinnen. Außerdem tat es zwischendurch ganz gut, eine andere Location zu sehen.

Draußen setzte am Himmel bereits die Dämmerung ein. Ein kühler Wind wehte, und ich zog mir die rote Mütze auf den Kopf, die ich zusammen mit dem roten Schal gekauft hatte. So langsam gewöhnte ich mich an all das hier. Ich mochte Kälte zwar immer noch nicht, doch als ich jetzt durch die schneebedeckte Landschaft lief, konnte ich mich nicht gegen den Zauber wehren, den sie auf mich ausübte.

Nach einer Weile tauchte das hell erleuchtete Hotel zwischen den Bäumen auf. In dem Haus daneben, in dem – wie ich von der Empfangsdame wusste – die Edwards wohnten, brannte ebenfalls Licht. Mein Blick glitt zu einem der oberen Fenster. Ich glaubte, einen Schatten zu sehen, und blieb stehen. Was Logan wohl gerade machte? Fertigte er ein neues Bild an?

Mit aller Macht riss mich von dem Anblick wieder los. »Schlag ihn dir aus dem Kopf«, murmelte ich.

Wenn ich in den letzten Jahren eines über Männer gelernt hatte, dann, dass sie einem viel zu schnell das Herz brechen konnten. Ich hatte es nicht nur bei meiner Mutter gesehen, sondern auch bei meiner besten Freundin in der Schulzeit, und nach meinem Abschluss hatte ich schließlich selbst die Erfahrung machen müssen, als Seth mir aus heiterem Himmel gebeichtet hatte, dass er mich betrogen hatte. Nein, darauf konnte ich verzichten. Daran änderten auch Logans Lächeln und die warmen Blicke nichts, die mich viel zu lange verfolgten.

8. KAPITEL

Abby

»Cut.«

Jennifers Stimme tönte laut durch den Raum. Stirnrunzelnd sah sie Daxton und seine Filmpartnerin an. Wir standen in einem Zimmer in der dritten Etage und drehten seit Stunden dieselbe Szene. Sie war an sich nicht weiter schwierig, es ging um einen Dialog zwischen dem Ermittler und der Witwe, doch Jennifer war nicht zufrieden. Während die letzten beiden Tage gut verlaufen waren, schien heute irgendwie der Wurm drin zu sein.

»Daxton, du bist misstrauisch, fühlst dich aber gleichzeitig zu Marilyn hingezogen. Das will ich sehen. Nein, ich will es spüren.« Ihre Stimme ließ keinen Widerspruch zu.

Daxton nickte ergeben. Er tat mir fast ein bisschen leid. Wenn alle Regisseure so anspruchsvoll waren wie Jennifer, musste der Job verdammt anstrengend sein.

»Also dann, auf ein Neues«, sagte sie.

Lacy, die erste Regieassistenz, nickte und räusperte sich vernehmlich. »Okay, Ruhe bitte. Wir drehen.«

Ich schaute zu Daniel, dem Tonmeister.

»Ton läuft«, rief er.

Kurz darauf ergänzte Matt: »Kamera läuft.«

Die Abläufe waren mir inzwischen genauso vertraut wie das Schlagen der Klappe, das wir alle heute schon viel zu oft gehört hatten.

»Szene fünf, Einstellung vier, Take acht«, sagte Lacy, bevor Jennifer das erlösende »Und bitte« sprach.

Daxton betrat den Raum, die Kamera schwenkte auf ihn. Noch immer faszinierte es mich, wie die Atmosphäre sich im Raum veränderte, sobald wie drehten. Daxton war nicht länger Daxton, sondern ein Ermittler, der einen Mord aufklärte und sich dabei immer mehr in Intrigen verstrickte. Jennifer wirkte hoch konzentriert, genauso wie der Rest des Teams. Ich war mir ziemlich sicher, dass Jill neben mir sogar kurz die Luft angehalten hatte.

Heute war einer der Tage, an denen ich vor allem durchs Zuschauen lernte. Am Morgen hatte Jennifer uns erklärt, wie sie sich die Szene vorstellte, und wir hatten bei der Inszenierung geholfen. Dabei hatten wir vor allem den Raum hergerichtet, der das ehemalige Büro des verstorbenen Erben darstellen sollte. Seither sah ich zu und lernte mit jedem Take ein bisschen was dazu.

»Das ist so cool«, flüsterte Jill, als die Szene nach fünf weiteren Takes endlich im Kasten war. Ich nickte zustimmend.

»Sehr gut, das war's für heute«, sagte Jennifer. »Wer von euch hat Lust, den Drehort für morgen bereits vorzubereiten?«

»Ich!«, rief Jill, bevor ich auch nur dazu kam, Luft zu holen.

»Sehr schön, dann los.« Jennifer nickte ihr zu, und mit einem triumphierenden Grinsen setzte Jill sich in Bewegung.

Kopfschüttelnd sah ich ihr nach. Natürlich hätte ich dabei ebenfalls gern geholfen, doch ein Teil von mir war froh, auch endlich mal wieder entspannen zu können. Vielleicht schaffte ich später ja doch noch eine Yoga-Session.

»Diese Praktikum-Sache sieht bei euch ziemlich ernst aus«, erklang eine Stimme hinter mir. »Sollte es nicht eigentlich mehr Spaß machen, weil es nicht wirklich um was geht?«

Langsam drehte ich mich zu Daxton um, der grinsend vor mir stand. »Es geht sehr wohl um was«, erwiderte ich. »Praktika bringen uns Empfehlungsschreiben, und die können später entscheiden, bei welchen Produktionen wir mitwirken dürfen.«

»Deshalb also das übereifrige Mitschreiben und Jennifer in den Arsch kriechen?« Daxton nickte verstehend, während mir tausend weniger nette Erwiderungen durch den Kopf schossen, die ich jedoch alle hinunterschluckte.

Was war mit dem Kerl nur los, dass er pausenlos entweder provozieren oder flirten musste? Ein Zwischending schien es bei ihm nicht zu geben.

»Ich bin nicht diejenige, die heute dreizehn Versuche gebraucht hat, um Jennifer zufriedenzustellen«, sagte ich mit einem Augenzwinkern.

»Touché.« Sein Grinsen wurde noch ein Stück breiter. »Und was willst du später mal machen? Den Job der Regisseurin?«

»Das ist das Ziel, ja.«

»Nicht schlecht.« Daxton sah mich einen Moment lang an, als wollte er noch etwas hinzufügen, schwieg dann aber. Er trug noch immer einen Anzug, und seine Haare waren zurückgekämmt worden, was ihn ungewohnt ernst wirken ließ.

Die anderen hatten inzwischen den Raum verlassen, und gerade, als mir die Tatsache bewusst wurde, dass ich allein mit Daxton Coleman am Set stand, machte er einen Schritt auf mich zu.

»Darf ich dich unten in der Hotelbar auf einen Drink einladen?«, fragte er.

Überrascht starrte ich ihn an. Damit hatte ich nicht gerechnet. »Ähm …«

»Ich dachte da an einen Feierabenddrink unter Kollegen«, ergänzte er schmunzelnd.

Sofort schoss mir die Hitze in die Wangen, doch ich überspielte die Verlegenheit mit einem beiläufigen Schulterzucken. »Klar, warum nicht.« Ich hoffte wirklich, ich klang so gelassen, wie es sich für mich anhörte.

»Super, ich muss mich nur noch mal umziehen. Treffen wir uns in zehn Minuten unten?«

»Okay.« Ich machte mir nicht die Mühe, an mir runterzuschauen. Aus meinem Zopf hatten sich einzelne Strähnen gelöst, aber ich trug einen hübschen weinroten Cordrock und ein weißes Spitzentop, das zu meinen Lieblingsteilen gehörte. Für eine Bar in New York wäre ich vermutlich underdressed, aber für das Hotel musste es reichen. Außerdem war das hier nur ein Feierabenddrink unter Kollegen. Falls Daxton sich mehr erhoffte, musste ich ihn allerdings enttäuschen. Ich war nicht die richtige Person für einen Flirt während der Dreharbeiten. Kurz tauchte ein anderer junger Mann vor meinen Augen auf, der ähnlich oft grinste wie Daxton, aber ich verdrängte das Bild von Logan rasch wieder.

Auf dem Weg ins Untergeschoss, wo sich die Bar befand, schrieb ich Bonnie schnell eine Nachricht, bevor ich das Handy wieder wegsteckte. Sie hatte sich in den letzten Tagen als Fan von Daxton geoutet und würde vermutlich ausflippen, wenn sie las, mit wem ich mich gleich traf.

Ich war so in Gedanken versunken, dass ich die Stimmen erst richtig registrierte, als ich Logans erkannte. Unwillkürlich blieb ich stehen und lauschte.

»Ganz gut. In den letzten Tagen kamen einige neue Buchungen rein. Anscheinend hat einer der Schauspieler das Logo des Hotels auf seinem Instagram-Kanal gepostet«, sagte Logan.

»Dann läuft's hoffentlich weiter so«, erwiderte ein Mann, der neben ihm stand.

Neugierig blickte ich auf die beiden hinunter. Bei dem Mann konnte es sich nur um Matthew Edwards handeln. Die Ähnlichkeit zwischen Vater und Sohn war nicht zu übersehen. Mister Edwards war groß und schlank, hatte kurze blonde Haare und trug eine einfache Jeans wie Logan. Etwas an der Szene, wie die beiden einander zugewandt und in vertrautem Ton miteinander sprachen, rührte mich. Doch gleichzeitig versetzte es mir auch einen kleinen Stich. Es war ewig her, seit ich mit Dad persönlich geredet hatte, davon abgesehen herrschte zwischen uns nicht wirklich Vertrauen. Meine Familie bestand aus Mom und Bonnie, und meistens reichte das auch vollkommen. Nur manchmal fragte ich mich dann doch, wie es wohl wäre, wenn Dad in meinem Leben eine wichtigere Rolle einnehmen würde. Wäre er stolz auf mich?

Ich schüttelte die Gedanken an ihn ab und konzentrierte mich wieder auf die Szene vor mir.

»Ganz bestimmt«, sagte Logan. »Das ist nur eine schwache Saison, die Nächste wird sicher besser laufen.«

»Vermutlich hast du recht. Deine Mutter ist nur seit Wochen nervös, was ich ihr nicht verübeln kann.«

»Wen belauschen wir hier?«, erklang plötzlich eine Stimme nah an meinem Ohr.

Erschrocken machte ich einen Satz nach vorn und wäre vermutlich die Treppe hinuntergefallen, wenn Daxton mich nicht am Arm festgehalten hätte. »Danke«, stieß ich hervor, funkelte ihn im nächsten Moment jedoch wütend an. »Sich an andere Menschen anzuschleichen, gehört sich nicht.«

»Genauso wenig, wie andere zu belauschen.« Neugierig schaute er über das Geländer nach unten und legte den Kopf schief. Ein nachdenklicher Blick trat in seine Augen.

»Ich nehme mal an, die beiden gehören zu den Edwards? Scheint, als würde das harmonische Bild des familiengeführten Hotels tatsächlich der Wahrheit entsprechen.«

Bildete ich es mir nur ein oder schwang bei seinen Worten ein Hauch Bitterkeit mit? Hatte er bei dem Anblick der beiden etwa mit einem ähnlichen Schmerz zu kämpfen wie ich? Es würde das Image des rastlosen Schauspielers, der sich um Anerkennung bemühte, zumindest perfekt ergänzen. Aber was wusste ich schon? Daxton in eine Schublade zu stecken, wäre genauso falsch wie seine Annahme, dass ich als Praktikantin hier nichts zu verlieren hatte.

Bevor die beiden uns auf der Treppe entdecken konnten, setzte ich mich in Bewegung. Wenig später betraten wir den Eingangsbereich, und wie zu erwarten, verstummte das Gespräch sofort, als sie uns bemerkten.

»Abby.« Logans Blick wanderte von mir zu Daxton und wieder zurück zu mir. »Wie waren die Dreharbeiten? Hat alles geklappt?«

Es war unmöglich, in seiner Miene zu lesen, doch ich glaubte, darin einen gewissen Unmut zu erkennen. Plötzlich war ich mir nicht mehr sicher, ob er das als Sohn der Inhaberin fragte oder als der Kerl, der mich auf der Skipiste interessiert gemustert hatte, danach aber immer auf Distanz gegangen war, sobald wir uns länger unterhalten hatten.

»Gut«, sagte ich betont locker, »die Szene hat einige Takes gebraucht, aber das ist ja normal.« Aus irgendeinem Grund machte mich Logans Anwesenheit nervös. Er hatte etwas an sich, das mich dazu brachte, ihm ausführlich von meinem Tag erzählen zu wollen. Vielleicht, weil in seinen Blicken jedes Mal ein aufrichtiges Interesse lag.

»Dann ist ja gut.« Logan nickte langsam, wirkte allerdings nicht sonderlich glücklich. »Genieß den Feierabend«, fügte er hinzu und wandte sich wieder seinem Vater zu.

»Okay«, murmelte ich und versuchte, nicht allzu enttäuscht über seine knappe Antwort zu sein.

»Was war das denn?«, fragte Daxton, als wir außer Hörweite waren. Erst jetzt fiel mir auf, dass Logan ihn komplett ignoriert hatte.

»Gar nichts«, sagte ich abwehrend.

»Ist klar. Dieser Blick war vieles, aber ganz sicher nicht gar nichts.«

Darauf hatte ich auch keine Erwiderung.

Einen Drink später war Daxton bereits in Plauderlaune. Er erzählte mir von seinem Leben in Hollywood, wobei er immer wieder betonte, dass er dort noch eine wirklich kleine Nummer war. Falls das ein Versuch sein sollte, bescheiden zu wirken, scheiterte er jedenfalls kläglich.

Wir saßen auf zwei Hockern an einem hohen kleinen Tisch, der am Rand des Raums stand. Anders als der Rest des Hotels war die Bar nicht mit weißen, sondern mit dunklen Holzmöbeln ausgestattet. An den Wänden hingen Gemälde, die mit kräftigen Farben besprüht worden waren. In den wilden Mustern fiel es mir schwer, ein Motiv zu erkennen, doch vermutlich ging es dem Künstler gar nicht darum. Der Fokus lag eindeutig auf den ausdrucksstarken Farben und den bunten Wirbeln, die mich wie magisch anzogen. Irgendetwas an diesen Bildern war so intensiv, dass ich nicht wegsehen konnte. Ob sie ebenfalls von Logan waren?

Mit Mühe löste ich meinen Blick von den Gemälden und wandte mich wieder Daxton zu. »Ist das nicht anstrengend? Zu wissen, dass vor der Tür jederzeit ein Reporter warten kann, um das nächste Gerücht über dich in die Welt zu setzen?«, fragte ich Daxton, der sich in der gut besuchten Bar umschaute.

Im schummrigen Licht der Deckenbeleuchtung konnte ich die anderen Gäste nicht alle ausmachen, aber ich glaubte, Matt und Lacy aus unserem Team ebenfalls an einem der Tische zu sehen.

»Um ganz ehrlich zu sein, ja. Ich bin Schauspieler geworden, damit ich auf der Leinwand spannende Rollen verkörpern kann. Nicht, um in Klatschblättern zu landen.« Daxton trank einen großen Schluck von seinem Gin Tonic und sah mich nachdenklich an.

Der Stimmungswechsel kam so überraschend, dass ich ein paar Sekunden lang nicht wusste, wie ich darauf reagieren sollte. Ich war mir ziemlich sicher, dass Daxton nicht oft über die Dinge sprach, die nicht gut liefen. Zumindest sagte sein erstaunter Gesichtsausdruck, dass er über seine Offenbarung genauso überrascht war wie ich.

Schnell räusperte er sich. »Ich liebe meinen Job, versteh mich nicht falsch. Aber es hat mich auch viel gekostet.« Sein Blick verdunkelte sich.

»Das tut mir leid«, sagte ich leise und hoffte, dass er mich trotz der Musik im Hintergrund verstand.

»Muss es nicht. Wir wählen schließlich alle selbst unseren Weg, und Erfolg bringt nun mal auch Schattenseiten.«

»Vielleicht ist das so, ja.« Ich dachte an Jennifer, die zwar bekannt und beliebt war, gleichzeitig aber auch gefürchtet wurde. Ob sie mit vielen Menschen auf Augenhöhe reden und einfach mal albern sein konnte?

»Aber genug von mir.« Daxton fuhr sich durch die Haare – ein Tick von ihm, der mir schon mehrmals aufgefallen war. Dabei rutschte der Ärmel seines Shirts zurück, und das Tattoo an seinem Unterarm blitzte hervor. »Was läuft da zwischen dir und dem Kerl von vorhin?«

»Du meinst Logan?« Seufzend griff ich nach meinem orangefarbenen Drink, der ein bisschen zu süß war.

»Genau der.«

»Das habe ich dir doch schon gesagt. Wir arbeiten zusammen. Da er unser Ansprechpartner ist, schickt Jennifer mich zu ihm, wenn sie etwas wegen des Sets besprechen will.«

»Aha.« Daxton zog seine Augenbrauen nach oben und warf mir einen vielsagenden Blick zu.

»Ich bin nur wegen des Jobs hier.«

»Das habe ich schon verstanden«, erwiderte er lachend. »Niemand nimmt den Dreh so ernst wie du. Na ja, mal abgesehen von Jill vielleicht.«

Diesmal musste ich auch lachen. »Stimmt. Aber das würdest du genauso machen, wenn du es nicht schon längst geschafft hättest. Du weißt doch, wie es in dieser Branche abläuft.«

»Natürlich weiß ich das. Trotzdem darf man den Spaß dabei nicht verlieren. Und ein Flirt mit einem hübschen Kerl gehört manchmal einfach dazu.«

»Redest du jetzt von dir oder Logan?«, fragte ich.

»Such es dir aus.« Er zwinkerte mir zu, bevor er sich noch ein Wasser bestellte. »Morgen geht es früh raus«, erklärte er, als er meinen erstaunten Blick bemerkte.

»In dir steckt also doch ein bisschen Verantwortungsbewusstsein«, sagte ich.

»Natürlich. Was denkst du denn, wie ich es geschafft habe, heute hier drehen zu dürfen? Auch wenn die Presse es gern so hinstellt, aber ich habe nicht nur Partys und Frauen im Kopf.« Seine Stimme wurde plötzlich wieder ernst. »Als ich aufgewachsen bin, hatten wir permanent Geldsorgen. Mom hat sich den Arsch aufgerissen, um mir Schauspielunterricht neben der Schule zu zahlen. Sie war …« Er brach ab und schüttelte den Kopf. Mit einem Mal sah er unendlich müde aus. »Wir sollten zurück in unsere Zimmer. Der Tag war lange genug.«

Ich schluckte schwer und nickte. »Sollten wir wohl.«

Als Daxton sich erhob, folgte ich einem spontanen Impuls und hielt ihn zurück. Meine Hand landete auf seinem Arm, und er zuckte zusammen.

»Daxton?«, sagte ich leise. »Danke für diesen Abend. Ich glaube, ich kann einen Freund für die Zeit hier gut gebrauchen.« Mein Herz schlug bis zum Hals, aber ich nahm die Worte nicht zurück.

Normalerweise ging ich nicht von mir aus so offen auf einen Fremden zu, aber Daxton machte es mir leicht, ihm zu vertrauen. Er hatte sich in der letzten Stunde nicht hinter einer aufgesetzten Maske versteckt oder den Abend genutzt, um mit mir zu flirten, wie ich es befürchtet hatte. Vermutlich brauchte er auch einfach nur jemanden zum Reden. In der Welt, in der er lebte, schienen ehrliche Gespräche selten zu sein.

»Das denke ich auch«, sagte er, und ein Lächeln kehrte auf seine Lippen zurück. »Vor allem brauchst du jemanden, der dich daran erinnert, die Dinge nicht zu ernst nehmen.«

Ich verdrehte schmunzelnd die Augen. »Schon klar. Ich nehme an, diesen Job übernimmst du gern?«

»Mit dem größten Vergnügen«, erwiderte Daxton.

Am nächsten Tag stand der erste Außendreh an. Es sollte eine Szene hinter dem Hotel zwischen den schneebedeckten Bäumen aufgezeichnet werden. Auf der Temperaturanzeige auf meinem Handy waren die Zahlen in den Minusbereich gerutscht, und trotz des strahlend blauen Himmels über mir war mir bereits nach wenigen Minuten arschkalt. Dabei hatte ich einen extra dicken Pulli unter dem Wintermantel angezogen.

»Guten Morgen, Abby«, begrüßte mich Daxton gut gelaunt, als er aus der Maske kam.

Jills Blick schoss sofort zu mir, und ich konnte mir ein zufriedenes Grinsen nicht verkneifen.

»Morgen, Dax«, sagte ich und genoss ihre entgleisten Gesichtszüge.

»Dax?«, murmelte sie fassungslos, doch ich ignorierte sie. In der letzten Woche hatte ich mich an ihre ständige Anwesenheit fast schon gewöhnt, sodass es mir immer besser gelang, ihre übereifrige Art auszublenden.

»Es gibt ein Problem«, verkündete Lacy, als sie den Parkplatz vor dem Hotel betrat, auf dem wir uns versammelt hatten. »Uns fehlt ein Koffer mit Requisiten.«

»Wie bitte?«, fragte Jennifer entgeistert.

»Beim Einpacken muss er irgendwie vergessen worden sein.«

»Und was heißt das jetzt?«, fragte sie ungeduldig.

»Für die Szene heute ist es kein Problem, aber spätestens, wenn es um die Ballvorbereitungen geht, brauchen wir das Zeug«, erklärte Lacy betreten.

»Dann muss eben irgendjemand in die Stadt fahren und die fehlenden Requisiten kaufen. Es gibt doch bestimmt so etwas wie Secondhandläden. Erstelle eine Liste und gib sie …« Suchend blickte sie sich um, und ihr Blick blieb bei Jill und mir hängen.

»Ich kann …«, setzte Jill an, doch Daxton fiel ihr ins Wort. »Ich bin mir sicher, dass Abigail das gern übernimmt.«

Stirnrunzelnd drehte ich mich zu ihm um.

»Logan kann ja mit ihr in die Stadt fahren und das Deko-Zeug zusammensuchen«, fuhr er ungerührt fort.

Verflixt, Daxton!

»Sehr gut, dann wäre das ja geklärt«, rief Jennifer zufrieden. »Lacy, du schreibst bitte eine Liste mit den Dingen, die Abigail kaufen soll. Falls es etwas nicht gibt, suche nach einem Ersatz. Es muss nicht exakt das Equipment aus New York sein, wir brauchen nur genug Sachen, um den Ball stimmungsvoll gestalten zu können, in Ordnung?« Eindringlich sah sie mich an.

»Klar«, sagte ich. Eine andere Wahl hatte ich schließlich nicht. Die Vorstellung, mit Logan durch die Läden zu laufen, um irgendwelche Dekorationen zusammenzusuchen, war zwar alles andere als verlockend, aber aus der Nummer kam ich nicht mehr raus. Jill würde ich sicher nicht bitten, mit mir zu tauschen.

»Das war echt unfair«, murmelte ich leise, als ich an Daxton vorbeiging.

Ein Lachen war alles, was ich als Antwort bekam.

Eine halbe Stunde später machte ich mich auf die Suche nach Logan. Ich konnte mir sein Gesicht bereits bestens vorstellen, wenn ich ihm eröffnete, wofür ich seine Hilfe brauchte.

»Ich soll was?«, fragte er, als ich ihn kurz darauf im Hotel gefunden hatte.

»Ich kenne mich hier nicht aus, und ich habe keine Ahnung, wo die nächste Stadt ist.« Abgesehen davon konnte ich auch nicht besonders gut Auto fahren, weil ich in den letzten Jahren kaum Fahrpraxis gehabt hatte.

»Ich soll also Chauffeur spielen«, fasste er nüchtern zusammen.

Ich nickte. »Und mir helfen, das Zeug zu suchen.« Meine Finger klammerten sich fest um die Liste von Lacy, auf die ich bisher noch keinen Blick geworfen hatte. »Bitte«, setzte ich hinterher.

Logan schaute mich lange an, und ich fürchtete schon, er würde den Kopf schütteln, als er ergeben seufzte. »Na schön«, sagte er. »Gib mir eine Minute.«

»Ist gut, ich warte draußen auf dem Parkplatz.«

Er nickte und verschwand im oberen Stockwerk. Ich folgte jeder seiner Bewegungen, während mein Herz schon wieder eine Spur zu schnell klopfte.

Verdammt. Dabei hatte ich genau das vermeiden wollen.

9. KAPITEL
Logan

Die Fahrt nach New Leighton dauerte nur eine halbe Stunde. Doch bereits jetzt kam sie mir viel länger vor. Abby saß mit angespanntem Gesichtsausdruck neben mir, während aus dem Radio leise Musik drang, ein Song, der verdächtig nach einem Weihnachtslied klang. Dabei hatten wir gerade mal den neunzehnten November. Manchmal kam es mir so vor, als wären sie damit jedes Jahr ein bisschen früher dran.

»Wie gefällt es dir denn bisher im White Season?«, fragte ich, um die Stille im Auto zu unterbrechen. »Hast du dich schon an den Schnee gewöhnt?«

»Na ja. Ich bin immer noch kein Fan davon, aber ich kann verstehen, was andere daran finden. Und der Anblick hat definitiv etwas – solange ich ihn mir von einem warmen Plätzchen aus anschauen kann.« Abby wandte sich mir zu und ich glaubte, sie aus dem Augenwinkel lächeln zu sehen. Die Anspannung war noch nicht völlig von ihr abgefallen, aber immerhin saß sie nicht mehr ganz so verkrampft da.

»Das wird mit jedem Tag besser werden«, prophezeite ich. »Und am Ende willst du hier gar nicht mehr weg.«

»Das glaube ich nicht«, erwiderte sie. »Da fehlt mir dann doch das aufregende New Yorker Leben. Auch wenn der Lärm und die Hektik viel sein kann ... All die Menschen mit ihren Zielen und Träumen sind inspirierend.«

»Warte mal ab, bis du New Leighton siehst. Da geht es auch trubelig zu.«

»Laut Internet hat die Stadt nur zweihunderttausend Einwohner«, warf Abby ein.

»Hier oben in den Bergen ist das quasi eine Großstadt.«

Sie lachte. »Das glaube ich sofort.«

Wieder breitete sich Schweigen zwischen uns aus, aber diesmal war es nicht so unangenehm. Da außer uns kaum Fahrzeuge unterwegs waren, drosselte ich das Tempo, um Abby die Landschaft ein wenig länger genießen zu lassen. Mir waren ihre Blicke aus dem Fenster nämlich nicht entgangen. Ich konnte mir an einem Freitagvormittag zwar durchaus bessere Beschäftigungen als das Abklappern irgendwelcher Läden vorstellen, aber jetzt, wo ich schon mal hier war, würde ich das Beste daraus machen. Außerdem konnte ich so mehr Zeit mit Abby verbringen.

Seit dem Gespräch am Samstag, das ich so abrupt beendet hatte, versuchte ich, nicht weiter über sie nachzudenken – was mäßig gut klappte. Wir hatten in den letzten Tagen zwar kaum miteinander gesprochen, und wenn, dann nur wegen der Dreharbeiten. Doch als sie gestern Abend mit diesem Schauspieler aufgetaucht war, war meine

Gelassenheit dahin gewesen. Was wollte sie bloß mit einem eingebildeten Kerl wie ihm?

Dabei sollte es mich nicht mal kümmern. Ich hatte mir schließlich geschworen, sie mir aus dem Kopf zu schlagen, doch jetzt, wo sie so nah neben mir saß, wusste ich nicht mehr, wieso. Abby trug wieder denselben hellen Mantel mit dem roten Schal wie an dem Tag, als sie auf einmal mitten auf der Piste stand. Mit der dazu passenden Mütze sah sie verflucht niedlich aus. Ich brauchte nicht zu ihr rüberzuschauen, um zu wissen, dass sie ihre vollen Lippen heute in einem dunklen Rot angemalt hatte. Oder dass sich unter ihrem Mantel ein enger Pullover verbarg, der ihren Körper auf eine Art betonte, die es mir verdammt schwer machte, mich an die Gründe zu erinnern, warum ich die Finger von ihr lassen sollte.

»Ich habe deine Bilder gesehen«, sagte sie plötzlich, und ich zuckte heftig zusammen.

»Himmel, erschreck mich nicht so.«

»Hast du gerade *Himmel* gesagt?«, fragte sie belustigt.

»In einem Haushalt mit zwei zehnjährigen Kindern sind Wörter wie *fuck* verboten.«

»Ja gut, das macht Sinn«, räumte sie ein. »Diese Bilder … Ich habe die Porträts in *Rosemary's Café* gesehen. Und die im Kaminzimmer und in der Bar im Hotel sind auch von dir, oder?«

»Sind sie.« Ich spürte, wie ein Teil von mir dicht machen wollte. Wie immer, wenn es um meine Kunst ging.

»Sie sind gut«, fuhr sie fort. »Sehr ausdrucksstark. Ich bin natürlich keine Expertin, aber vor allem die Porträts waren krass. Du machst nicht nur eine Kunstrichtung, oder?«

Abby klang ehrlich interessiert, und von ihrer Anspannung war nichts mehr übrig. Vermutlich ließ ich mich deshalb zu einer Antwort hinreißen.

»Manchmal zeichne ich nur, manchmal brauche ich aber auch einen Pinsel in der Hand, um die Stimmung einzufangen. Meistens wird es am Ende allerdings eine Mischung aus Zeichnen und Graffiti. Für die Farben sind Sprühdosen besonders toll, und ich mag es, dass ich das Ergebnis nicht genau vorhersehen kann. Mit einem Stift oder Pinsel geht das schon. Damit kann ich das Bild, das ich im Kopf habe, ziemlich genau auf die weiße Leinwand übertragen. Es sind allerdings immer die Farben, die es dann erst richtig lebendig werden lassen.«

Als Abby nichts auf meine Worte erwiderte, warf ich ihr einen raschen Blick zu und begegnete einem erstaunten Gesichtsausdruck.

»Was ist?«, fragte ich.

»Gar nichts. Du klingst nur so begeistert, wenn du darüber sprichst. Das ist schön. Ich glaube, es ist wahnsinnig wichtig, so eine Leidenschaft zu haben.«

»Das denke ich auch. Dir geht es mit deinem Studium und der Arbeit am Set auch so, oder? Ich stelle mir die Branche hart vor.«

»Ja. Natürlich ist es manchmal auch anstrengend, und es gibt Aufgaben, die weniger spannend sind.« Demonstrativ hielt sie die Liste hoch, die ihr mitgegeben worden war. »Aber ich wüsste keinen Job, den ich lieber machen würde.«

»Dann kannst du dich echt glücklich schätzen«, sagte ich.

»Wünschst du dir manchmal …?« Ein lautes Hupen hinter uns unterbrach Abby. »Ich glaube, du solltest schneller fahren«, bemerkte sie.

Da die Straße zu eng war, um andere Autos zu überholen, drückte ich aufs Gaspedal, und nur wenige Minuten später tauchte hinter einer Biegung New Leighton vor uns auf. Auf den ersten Blick wirkte die Stadt nicht besonders groß, doch der gut besuchte Parkplatz vor dem Stadtzentrum ließ erahnen, wie viel heute los war.

»Mit welchem Laden starten wir?«, fragte Abby, sobald wir ausgestiegen waren.

»Wir?«

»Du begleitest mich doch, oder?« Der Blick, den sie mir zuwarf, war beinahe panisch.

»Natürlich«, erwiderte ich schmunzelnd. »Ich würde dich in einer Großstadt wie New Leighton nie allein lassen. Nicht dass du noch verloren gehst.«

»Sehr witzig.« Sie zog eine Grimasse. »Es ist nur … Da stehen eine Menge Dinge auf der Liste.«

»Zeig mal her.«

Abby zögerte sichtlich, reichte mir dann aber das Stück Papier.

Stirnrunzelnd überflog ich die Liste. »Lichterketten, Perlenohrringe … ein alter Lampenständer?«

»Sorry«, murmelte sie.

»Also, alten Schmuck sollten wir finden, aber für einen Kronleuchter und einen alten Plattenspieler kann ich nicht garantieren«, sagte ich.

»Notfalls improvisieren wir. Solange ich nicht mit leeren Händen zurückkomme, sollte Jennifer zufrieden sein.«

»Na dann. Erst mal holen wir uns aber einen Kaffee bei *Olivia's Coffee Shop*. Die haben außerdem die besten Donuts der Stadt.«

»Koffein und Zucker klingt gut«, sagte Abby lächelnd.

Zwei Stunden später fand ich mich zwischen Duftkerzen und goldenen Luftschlangen wieder. Die künstlichen Gerüche waren so stark, dass ich mir sicher war, sie noch Stunden später in der Nase zu haben.

»Was genau suchen wir hier?«, fragte ich und versuchte, nicht durch die Nase zu atmen. So langsam bereute ich mein Angebot, Abby zu begleiten.

»Etwas dekomäßiges für die Ballszene. In den Zwanzigern gab es vermutlich keine Luftschlangen, aber die goldene Farbe würde passen.«

»Aha.«

Abby warf mir einen entschuldigenden Blick zu. »Sorry, du kannst auch draußen warten. Ich weiß, das alles dauert viel länger, als geplant.«

Da hatte sie nicht ganz unrecht. Wir waren bereits in vier Läden gewesen, hatten eine alte Lampe, verschiedene Perlenketten, Federn und zwei Hüte gekauft. Abby hatte im Secondhandladen außerdem ein Ballkleid mitnehmen wollen, das aussah, als stammte es aus dem neunzehnten Jahrhundert, doch ich hatte sie im letzten Moment davon abhalten können.

»Schon okay. Du kannst es wiedergutmachen, indem du danach mit mir essen gehst«, sagte ich betont beiläufig.

Überrascht drehte sie sich zu mir um. »Sollten wir danach nicht zurück?«

»Für eine Portion Tacos haben wir noch genug Zeit.«

»Ich weiß nicht so recht.« Sie sah mich unschlüssig an, und ich musste kein besonders guter Menschenkenner sein, um zu wissen, dass es hinter ihrer Stirn arbeitete.

»Es sind wirklich gute Tacos«, argumentierte ich. »Außerdem haben wir uns die nach dem Einkaufsmarathon wohl verdient.«

»Auch wieder wahr.« Ein Lächeln stahl sich auf ihre Lippen, und ich klopfte mir innerlich auf die Schulter. Abby so strahlen zu sehen, machte den ganzen Einkaufsstress direkt wieder wett.

»Dann kauf ich jetzt einfach die Luftschlangen, und dann sind wir auch fertig.«

»Ich glaube, das ist das Schönste, was du heute gesagt hast«, bemerkte ich.

»Es war eine kleine Tortur, ich weiß. Aber im Vergleich zu New York war das noch ein entspanntes Shopping.«

Das glaubte ich ihr sofort.

Nachdem Abby ihren Einkauf bezahlt hatte, brachten wir die Sachen ins Auto zurück, um sie nicht länger durch die Gegend schleppen zu müssen.

»Und wo sind jetzt die versprochenen Tacos?«, fragte sie, als wir vom Parkplatz wieder ins Zentrum liefen.

»In einem kleinen Restaurant in einer Seitenstraße. Ist nicht weit von hier.«

Wir gingen zurück zu der vollen Shoppingmeile, bogen aber nach wenigen Schritten links in eine kleine Gasse ein. Sofort rückte das Stimmengewirr der anderen Passanten in den Hintergrund.

Staunend sah Abby sich zwischen den kleinen Häusern auf der kopfsteingepflasterten Straße um. Zugeschneite Blumenkörbe standen auf den niedrigen Fenstersimsen, und alle paar Meter war eine alte Straßenlaterne, die aussah, als käme sie aus einer anderen Zeit.

»Eigentlich wäre das hier das perfekte Setting für den Dreh«, sagte sie plötzlich.

»Ist das nicht zu idyllisch für einen Krimifilm?«

»Ach, und ein geschmücktes Hotel mitten in den verschneiten Bergen ist das nicht?«

»Guter Punkt«, musste ich ihr recht geben. »Okay, da wären wir.«

Das Restaurant war klein und hatte nur wenige Tische, an denen man sitzen konnte, doch zum Glück fanden wir noch einen freien Platz nahe am Fenster. Wenn man nicht wüsste, dass es hier verdammt gutes Essen gab, wäre man vermutlich einfach weitergelaufen. Die Inneneinrichtung war nicht weiter spektakulär, aber Abby schien das nicht zu stören.

Nachdem wir Tacos und zwei Gläser Eistee bestellt hatten, herrschte einen Moment lang Schweigen. Ich konnte Abby ansehen, dass sie mit sich rang, doch was auch immer ihr auf der Zunge lag, sie schluckte es wieder hinunter.

Als aus den Boxen in den Ecken ein neuer Song erklang, verzogen wir gleichzeitig das Gesicht.

»Ich hasse es, dass sie jedes Jahr die gleichen Lieder spielen«, murmelte Abby. »Aber wenn ich ehrlich bin, hasse ich das meiste, was mit Weihnachten zu tun hat.«

»Warum?« Die Frage war mir herausgerutscht, ehe ich darüber nachdenken konnte.

Abby zuckte mit den Schultern. »Mich nervt einfach diese übertriebene Fröhlichkeit. In New York rennen in den Wochen vor den Feiertagen alle durch die Läden, als gäbe es das ganze Jahr nichts zu kaufen. Und dann dieser Kitsch überall. Egal ob in Filmen oder in den Songs, überall wird von einem Happy End, glücklichen Familien und verliebten Paaren erzählt.« Sie war mit jedem Wort lauter geworden.

Ich nickte bloß und gab ihr einen Moment, um sich wieder zu beruhigen. Dass hinter ihrem Ausbruch ein ganz anderes Gefühl als die Genervtheit über unsere Konsumgesellschaft steckte, war nicht schwer zu erraten.

»Klingt, als wären deine Weihnachten nicht ganz so fröhlich abgelaufen«, sagte ich schließlich vorsichtig.

»Kann man so sagen.« Sie stieß ein Schnauben aus und strich sich eine blonde Strähne hinters Ohr. Von ihrem Lächeln, das mich vorhin noch völlig unvorbereitet getroffen hatte, war nichts mehr zu sehen.

Als ein Kellner uns unsere Getränke brachte, nickte Abby ihm dankend zu, bevor sie weitersprach.

»Meine Eltern haben sich vor einigen Jahren getrennt. Ich war damals neun. Mom hat das nicht besonders gut verkraftet, und ich war zu jung, um zu wissen, wie ich ihr hätte helfen können. Außerdem musste ich selbst damit klarkommen, dass mein Dad plötzlich nicht mehr da war und sich auch nicht mehr meldete.« Sie schluckte schwer. »Seither verbringe ich Weihnachten mit meiner Mom, und wir versuchen, uns eine schöne Zeit zu machen, doch im Laufe des Abends bricht sie jedes Mal in Tränen aus. Dann helfen nur Wein, Schokolade und ein Weihnachtsfilm. Während andere Familien also gemeinsam ein Festessen veranstalten und die Kinder sich auf die Geschenke am nächsten Morgen freuen, sitze ich mit meiner Mom auf der Couch und tröste sie über das Verschwinden meines Dads hinweg, das bereits elf Jahre her ist.«

Abby presste ihre Lippen aufeinander. Ihre Augen schimmerten verdächtig, und ich griff instinktiv über den Tisch nach ihrer Hand. Kurz zuckte sie zusammen, doch dann entspannte sich ihr Gesicht langsam.

»Das tut mir leid«, sagte ich ehrlich betroffen. Das Familienglück, das Abby geschildert hatte, kannte ich nur zu gut, denn so war es bei uns. Wir gingen alle zusammen in die Kirche im Dorf, aßen gemeinsam, spielten und lachten. Natürlich war auch meine Familie nicht perfekt, welche war das schon? Aber im Vergleich zu Abby konnte ich mich wohl verdammt glücklich schätzen.

»Danke.« Sie sah auf, und unsere Blicke trafen sich. In ihrem las ich aufrichtige Dankbarkeit und noch etwas anderes, undeutbares, das mich verwirrte.

Alles in mir drängte danach, sie noch näher an mich heranzuziehen, den Tisch beiseitezuschieben und zu vergessen, wo wir waren. Ich schaute auf ihre Lippen, die sich leicht öffneten. Wie es sich wohl anfühlte, Abby zu küssen? Sie musste sich eine ähnliche Frage gestellt haben, denn im nächsten Moment schnappte sie leise nach Luft und lehnte sich unmerklich in meine Richtung. Mein Puls schoss in die Höhe. Verdammt, was passierte hier? So war das alles nicht geplant gewesen.

»Und hier kommt Ihr Essen.« Die Stimme des Kellners ließ den Moment zwischen Abby und mir wie eine Seifenblase platzen. Abrupt zog sie ihre Hand zurück und sank mit einem matten Lächeln gegen die Lehne ihres Stuhls.

»Danke«, erwiderte ich mit einem Seufzen. Wie konnte der Kerl nur so ein beschissenes Timing haben? Die Tacos rochen jedoch fantastisch, und mein Magen reagierte prompt mit einem lauten Knurren.

»Die Shoppingtour muss dich ja ziemlich ausgehungert haben«, bemerkte Abby mit einem unbekümmerten Tonfall, den ich ihr keine Sekunde lang abkaufte. Und als ich sie anschaute, wich sie meinem Blick aus.

»Vielleicht sollte ich von eurem Produzenten dafür einen Zuschlag verlangen«, scherzte ich, obwohl ich am liebsten etwas ganz anderes gesagt hätte. Doch der Moment war vorbei, und Abby und ich waren wieder zwei Menschen, die zusammenarbeiteten und Botengänge erledigten.

»Solltest du wohl, wobei ich bezweifle, dass sie darauf eingehen.« Abby griff nach einem der Tacos und biss hinein. »Hmm. Das schmeckt ja megagut«, rief sie mit vollem Mund.

»Sag ich doch.« Schmunzelnd machte ich mich über meine Portion her, während meine Gedanken immer wieder zu dem Augenblick von vorhin schweiften. Für einen Moment hatte es so ausgesehen, als würde Abby sich genauso zu mir hingezogen fühlen wie ich mich zu ihr. Doch davon war nun nichts mehr zu spüren, und zwischen uns breitete sich eine merkwürdige Stille aus. Was war es, dass sie zurückhielt?

Auch auf dem Rückweg sprach keiner von uns ein Wort. Abby schaute die ganze Zeit aus dem Fenster, während ich mich auf die Straße konzentrierte. Aus dem Radio schallte ein fröhlicher Popsong, der die Stille durchbrechen sollte, sich in meinen Ohren aber viel zu laut anhörte.

Wenig später erreichten wir das Hotel, und als ich das Auto parkte und der Motor erstarb, war es schlagartig still. Dennoch blieben wir beide sitzen, ohne uns zu bewegen.

»Danke, dass du mitgekommen bist«, sagte Abby schließlich.

»Klar«, erwiderte ich leise.

»Na dann …« Sie öffnete die Tür und ging zum Kofferraum, um die Einkäufe zu holen.

»Warte, ich helfe dir.« Ich eilte zu ihr, aber sie winkte ab.

»Schon gut, Jill kann einen Teil tragen.«

Tatsächlich kam in diesem Moment eine junge Frau mit braunen Locken und einem gewinnenden Lächeln auf uns zu und nahm Abby ein paar Sachen ab. Ich hatte schon ein paarmal mit ihr gesprochen, wobei sie auf mich einen übereifrigen Eindruck machte, der selbst Abbys Ehrgeiz noch überbot.

»Okay«, sagte ich und versuchte, mir die Enttäuschung nicht anmerken zu lassen. »Dann bis später.«

»Ja. Danke noch mal.« Abby nickte mir zum Abschied zu und folgte dann Jill mit den Einkaufstaschen im Schlepptau in Richtung Hotel.

Nachdenklich blickte ich ihr nach. Sie versuchte, es zwar zu überspielen, doch trotz des kurzen Moments, den wir hatten, konnte ich die Traurigkeit, die ich im Restaurant in ihrem Gesicht bemerkt hatte, noch immer an ihr erkennen.

Vielleicht irrte ich mich, aber etwas sagte mir, dass ich heute die echte Abby gesehen hatte. Die, die nicht so tat, als hätte sie alles unter Kontrolle. Vermutlich sollte das ein Grund sein, mich jetzt erst recht von ihr fernzuhalten, doch der Drang, sie besser kennenzulernen, war nur stärker geworden. Ich wollte mehr von der echten Abby sehen.

10. KAPITEL

Abby

Am Samstagvormittag drehten wir eine weitere Szene, doch diesmal lief es etwas besser, sodass Jennifer uns bereits nach dem Mittagessen ins freie Wochenende entließ. In der letzten Stunde hatte die Konzentration bei allen langsam nachgelassen, und jeder schien über die Pause froh zu sein.

»Kommst du mit Ski fahren?«, fragte Jill, als wir in unser Zimmer zurückgingen.

»Nee, Wintersport ist nicht so meins.«

»Alles klar.« Sie holte ein paar warme Klamotten aus ihrer Seite des Schranks und verschwand im Badezimmer.

Verblüfft sah ihr nach. Das war ungewohnt freundlich gewesen. Vielleicht sollte ich Jill doch noch mal eine Chance geben und mein Bild von ihr überdenken. Aber dafür war später auch noch Zeit, jetzt brauchte ich erst mal ein bisschen frische Luft – und ich musste dringend mit Bonnie reden. Vielleicht würde ich mich anschließend mal wieder auf die Yogamatte begeben. Es wäre ein guter Ausgleich nach den anstrengenden Drehtagen.

Schnell schnappte ich mir mein Handy, schlüpfte in meine Winterstiefel und den Mantel und verließ das Hotel. Nachdem ich einige Schritte auf eine kleine Anhöhe hinaufgegangen war, setzte ich mich auf eine Bank, von der aus man einen wunderschönen Blick über das gesamte Tal hatte, und rief Bonnie an. Sie befand sich gerade in Rom, und auch wenn mich dieser Anruf vermutlich mein halbes Vermögen kosten würde, musste ich sie sprechen. Wir hatten in den letzten Tagen bis auf ein, zwei Nachrichten keinen Kontakt gehabt, und ich vermisste meine beste Freundin.

Normalerweise würde ich jetzt auf ihrem Bett liegen und mit ihr über meine Arbeit und Logan quatschen. Sie würde Lakritze essen und ich das Gesicht verziehen, weil ich Lakritze für die ekelhafteste Süßigkeit hielt, die es gab. Dafür würde sie mir die Schokolade mit Meersalz überlassen, die wiederum sie nicht mochte. Wir waren ein eingespieltes Team, und unsere gemeinsamen Abende fehlten mir.

Bonnie nahm nach dem vierten Klingeln ab. »Hey, Abby«, rief sie. »Wie schön, von dir zu hören.« Ihre fröhliche Stimme trieb mir die Tränen in die Augen.

Ich presste das Handy fester an mein Ohr, als wäre sie mir so näher. »Hey. Wie geht's dir?«, fragte ich.

»Gut, wir haben gerade zu Abend gegessen und sind jetzt wieder in unserem Hotel.«

»Ach stimmt, bei dir ist ja eine ganz andere Uhrzeit als hier.«

»Ja, draußen ist es schon dunkel, und langsam wird es echt kalt. Aber ich schätze mal, kalt ist es bei dir auch?«

»Ist es«, erwiderte ich. »Wobei ich mich tatsächlich so langsam an den Schnee gewöhne.«

»Was?«, rief sie gespielt entsetzt. »Bist das wirklich du, Abby?« Sie lachte, und sofort wurde mir ein bisschen leichter ums Herz.

»Kaum zu glauben, oder? Da bin ich zehn Tage hier, und schon werfe ich sämtliche Prinzipien über Bord.«

»Ich wusste, dass die Sache eine gute Idee ist«, sagte Bonnie, und auch wenn ich sie nicht sehen konnte, wusste ich, dass sie lächelte. »Aber erzähl, wie sind die Dreharbeiten? Wie läuft es mit Daxton? Ist er wirklich so eingebildet wie befürchtet? Oh, und wie geht es Logan? Hast du endlich mal ein Foto von ihm gemacht?« Die Fragen sprudelten in Rekordgeschwindigkeit aus ihr heraus und brachten mich zum Lachen. Ich hatte Bonnie in meinen Nachrichten von den Gesprächen mit Logan erzählt, und sie hatte natürlich darauf bestanden, dass ich sie auf dem Laufenden hielt.

»Du glaubst gar nicht, wie sehr mir deine Fragerei fehlt.«

»Deshalb gibt es ja Handys. Praktische Erfindung, die Dinger. Aber jetzt lenk nicht ab, wie läuft's bei dir?«

»Gut, ich lerne jeden Tag etwas dazu, und das Filmteam ist wahnsinnig nett. Daxton übrigens auch, allerdings will er das nicht zugeben und tut lieber so, als wäre er nur ein selbstgefälliger Schauspieler.«

»Ich wusste, dass mehr in ihm steckt.« Sie seufzte tief. »Wenn wir wieder in New York sind, kannst du mich dann mit ihm bekannt machen?«

Ich lachte. »Was würde Eric davon halten?«

»Ach, der wäre neidisch. Er ist nämlich auch ein Fan.«

»Na dann.« Schmunzelnd lehnte ich mich zurück und schaute auf die weiße Schneelandschaft vor mir.

»Okay, und jetzt erzähl mir von Logan.«

Kurz zögerte ich, doch dann strömten die Worte aus meinem Mund, als hätten sie nur auf diese Aufforderung gewartet. »Ich glaube, ich verrenne mich da in etwas, Bon. Gestern war ich mit Logan in der Stadt, weil wir ein paar Sachen fürs Set kaufen mussten, und …« Ich seufzte. »Ich mag ihn. Er ist nett und interessant, er bringt mich zum Lachen und dazu, über Dinge zu reden, über die ich normalerweise nicht rede. Aber genau das macht mir auch Angst. Ich will ihn näher kennenlernen, gleichzeitig will ich mich aber auf keinen Fall in ihn verlieben. Denn das würde mir das Herz brechen, schließlich wohnen wir zig Meilen voneinander entfernt und leben einen völlig unterschiedlichen Alltag. Ich weiß, ich sollte daran arbeiten, Menschen zu vertrauen, aber in diesem Fall würde es wirklich zu einem gebrochenen Herz führen, und das ist das Letzte, was ich will.«

Es laut auszusprechen, fühlte sich gut an. Ich hatte die Gedanken seit dem Ausflug nach New Leighton mit mir herumgetragen, und sie jetzt mit jemandem zu teilen, nahm ihnen etwas von ihrer Schwere.

»Das verstehe ich«, fing Bonnie an. »Ich verstehe, warum du vorsichtig bist, aber Abby … das bist du, seit ich dich kenne. In den letzten zwei Jahren hast du dich jedes Mal zurückgezogen, wenn dir jemand zu nahegekommen ist, und immer einen vermeintlich guten Grund dafür gefunden.«

»Ich weiß«, murmelte ich.

»Vielleicht ist es an der Zeit, diesmal auf dein Gefühl zu hören. Das Herz kann einem immer gebrochen werden. Und ja, es ist scheiße, wenn das passiert, aber wenn die Alternative ist, niemanden nah an sich heranzulassen und allein durchs Leben zu gehen, ist es das

Risiko vielleicht wert. Ich kenne Logan nicht, aber wenn dein Gefühl dir sagt, dass du ihm vertrauen kannst …«

»Sollte ich nicht dagegen ankämpfen«, vervollständigte ich ihren Satz.

»Ich will dich nicht zu irgendwas überreden, aber es klingt, als würde er dir guttun.«

Ich seufzte leise. »Vielleicht hast du recht«, sagte ich, auch wenn die warnende Stimme in meinem Kopf noch immer darum bat, mich von Logan fernzuhalten.

Im Restaurant hatte es gestern diesen einen Moment zwischen uns gegeben, den ich seitdem nicht mehr vergessen konnte. Ich sah noch genau sein Gesicht vor mir, den langen Blick, den er mir zugeworfen hatte, und wie die Luft zum Zerreißen gespannt gewesen war. Es hatte nicht viel gefehlt und ich hätte mich zu ihm vorgebeugt, um ihn zu küssen. Der Wunsch, seine Lippen auf meinen zu spüren und mich völlig in dem Augenblick zu verlieren, war beinahe übermächtig gewesen. Doch dann waren wir unterbrochen worden, und die Spannung war verflogen.

Entschlossen schüttelte ich die Erinnerung ab. »Na ja, genug von mir. Wie ist Rom?«, fragte ich.

In den nächsten Minuten erzählte Bonnie in allen Einzelheiten von den Sehenswürdigkeiten, die sie besichtigt hatten, und dem Essen, das sie als das beste Essen der Welt bezeichnete. Sie klang glücklich, und während ich ihren Erzählungen lauschte, hob sich auch meine Laune.

Nachdem wir uns verabschiedet hatten, spazierte ich noch eine ganze Weile durch die Landschaft und genoss die Sonne, die mir ins Gesicht schien. Erst als die Kälte durch meine Kleider kroch, kehrte ich ins Hotel zurück, wo ich es mir nach einer halben Stunde Live-Yoga mit meinen Kursteilnehmern aus New York mit einem guten Film im Bett gemütlich machte.

Als ich später mit Jill zum Abendessen in den Speisesaal ging, schwärmte sie die ganze Zeit vom Skifahren. Zum ersten Mal, seit ich sie kannte, wirkte sie entspannt und losgelöst.

»Du solltest mal mitkommen«, sagte sie.

Ich schüttelte lachend den Kopf. »Glaub mir, ich würde nach wenigen Metern im Schnee liegen und mir wünschen, ich wäre weit weg. Vorzugsweise irgendwo am Meer.«

»Ja gut, dann ist das vielleicht wirklich nichts für dich«, räumte Jill ein. »Daxton war übrigens auch dabei.« Sie strich sich scheinbar beiläufig durch ihre gelockten Haare, doch ich durchschaute sie sofort. Daher kam also die gute Laune.

»Ich wette, er ist ein ziemlich guter Skifahrer.«

»Ist er.« Ihr Blick bekam etwas Schwärmerisches, und ich musste mir ein Lachen verkneifen.

Vermutlich hatte Daxton die Nummer des coolen Profis abgezogen und alle mit spektakulären Moves beeindruckt. Ich hoffte nur, er übertrieb es nicht. Auf eine Zimmergenossin mit gebrochenem Herzen konnte ich nämlich echt verzichten.

»Fährst du über Thanksgiving eigentlich nach Hause?«, wechselte Jill das Thema.

Überrascht sah ich sie an. »Das ist doch schon in fünf Tagen.«

»Schon, aber Jennifer meinte doch, wenn wir wollen, können wir Mittwochabend gehen und Sonntag wiederkommen. Die Schauspieler müssen natürlich bleiben, wir sind aber scheinbar entbehrlich.«

»Stimmt. Ehrlich gesagt habe ich darüber noch gar nicht nachgedacht.«

Mom würde sich bestimmt freuen, andererseits hatte sie sich in den letzten Jahren nicht viel aus dem Tag gemacht. Sie war Vegetarierin und hielt die Tradition des Truthahnessens für überholt und nicht mehr zeitgemäß. Meistens hatte sie daher einfach Pizza für uns bestellt und mit mir alte Klassiker angeschaut, wofür ich sie jedes Mal ein bisschen mehr geliebt hatte. Ein kurzer Stich durchzuckte mich, als mir klar wurde, dass ich mich schon seit einer ganzen Weile nicht mehr bei ihr gemeldet hatte.

An manchen Tagen dachte ich kaum an sie, doch ab und zu wünschte ich mir dann doch, ich könnte mit ihr auf der Couch sitzen und quatschen. Nicht über Männer und die Ungerechtigkeiten dieser Welt, das war ein Gespräch, das ich bereits zu oft mit ihr geführt hatte. Aber ich würde ihr von der Arbeit am Set erzählen können, von Jennifer, die mich mit ihrer professionellen und erfahrenen Art beeindruckte, und von Jill, die ich inzwischen irgendwie doch mochte, obwohl sie mir manchmal auch auf die Nerven ging.

»Fährst du denn heim?«, fragte ich Jill und schüttelte meine Gedanken ab.

»Ich schätze, ja.« Sie zuckte mit den Schultern, als wäre es keine große Sache, doch ihre Stimme verriet sie. Wahrscheinlich machte sie sich Sorgen, etwas Wichtiges zu verpassen.

»Ich kann dir ja berichten, falls etwas Spannendes passiert.«

Sie schenkte mir kurz ein dankbares Lächeln, doch als wir uns zu Matt, Lacy und Daxton an den Tisch setzten, wurde sie wieder ernst. Lacy hingegen redete viel und laut, was mich ehrlich überraschte, denn ich hatte sie bisher nur am Set gesehen, wo wir jedoch kaum ein

Wort miteinander gewechselt hatten. Sie war zwar nur ein paar Jahre älter, vielleicht fünfundzwanzig, trug Outfits, die Jennifers elegantem Kleidungsstil verdächtig ähnelten, schien sich aber für Praktikantinnen wie Jill und mich nicht weiter zu interessieren. Dafür wandte sich Daxton uns zu, kaum dass wir Platz genommen hatten. Wenn er nicht mit seinen Schauspielkollegen aß, setzte er sich meistens zu uns. Bisher waren die Schauspieler hauptsächlich unter sich geblieben, und außerhalb der Drehzeiten bekam ich nicht viel von ihnen mit. Daxton war da eine Ausnahme, was ihn mir direkt noch ein Stück sympathischer machte. Zwar waren die anderen Schauspieler keineswegs arrogant, und wenn sie mit mir sprachen, schwang nur selten ein überheblicher Ton mit, aber sie blieben eben dennoch unter sich.

»Ich hatte heute Morgen noch gar keine Zeit zu fragen. Wie war denn die Shoppingtour gestern?«, sagte er jetzt feixend.

Ich verdrehte demonstrativ die Augen und widmete mich dem Essen, einer Portion Reis mit Curry.

»Jetzt sag schon, ich bin neugierig«, bohrte er weiter nach, und mir war klar, dass er nicht lockerlassen würde.

»Es war gut, okay? Ich bin zwar trotzdem sauer auf dich, weil du dich nicht so hättest einmischen dürfen, aber wir hatten eine schöne Zeit.«

Vielleicht ein bisschen zu schön. Ich verdrängte den Gedanken rasch wieder, bevor er in meinem Kopf Wurzeln schlagen konnte.

»Ich wusste es.« Zufrieden lehnte Daxton sich zurück, als hätte er nur den ersten Teil meiner Antwort gehört.

»Worum geht es?«, fragte Jill und sah irritiert zwischen uns hin und her.

»Um nichts«, erwiderte ich, während Daxton im selben Moment sagte: »Ich habe Abby zu einem Date verholfen.«

»Das war kein Date«, widersprach ich.

»Aber es hätte eins sein können.«

Ich schnaubte und schob eine extra große Portion Reis in meinen Mund. Jill wirkte mit einem Mal beruhigt und stellte Daxton eine Frage zu seinem letzten Film, während Matt und Lacy über die Szene diskutierten, die wir heute Morgen gedreht hatten. Es war ein chaotisches Essen, bei dem der eine dem anderen ständig ins Wort fiel, trotzdem genoss ich es. Ich mochte die bunt zusammengewürfelte Runde und die Diskussionen über die Filmbranche, der ich mich mit jedem Tag ein bisschen zugehöriger fühlte.

Nach dem Essen saßen wir noch eine ganze Weile beisammen, aber irgendwann sehnte ich mich nach Ruhe und meinem Bett. Die letzte Woche war genauso anstrengend gewesen wie die erste, und die nächste würde ähnlich voll werden. Zwar war nicht mehr alles neu, und ich kannte inzwischen die Abläufe, war es gewohnt, dass erst die Szenen besprochen wurden, bevor wir das Set herrichteten, drehten und danach alles wieder aufräumten, dennoch fiel ich abends meist todmüde ins Bett.

»Ich geh in mein Zimmer und lese noch ein bisschen«, verkündete ich schließlich und stand auf.

Die anderen nickten mir kurz zu und wünschten mir eine gute Nacht, bevor sie weiter über den neuen Film mit Jennifer Lawrence diskutierten. Ich hatte den starken Verdacht, dass Daxton heimlich in sie verknallt war, zumindest verteidigte er sie unerbittlich, als Lacy und Jill ihre Performance kritisierten.

Langsam ging ich an den leeren Tischen und Stühlen vorbei, auf denen schon lange keine anderen Gäste mehr saßen. Der Eingangsbereich lag verlassen da, und auch auf der Treppe nach oben begegnete mir niemand. Es war gerade mal halb zehn, doch offenbar hatten sich die anderen Gäste in ihre Zimmer zurückgezogen. Vermutlich machte man das in einem Winterurlaub so. Man las nach dem Abendessen noch ein paar Seiten in einem Buch und ging früh schlafen, um am nächsten Tag schon am Morgen auf der Piste zu sein.

In meinem Zimmer angekommen, machte ich es mir im Bett gemütlich und griff nach meinem Buch, einem Liebesroman, der in den 1920er-Jahren spielte. Ich hatte es vor der Abreise gekauft, um parallel zu dem Dreh ein Buch zu lesen, das in derselben Zeit angesiedelt war wie der Film. Die Handlung war spannend, doch aus irgendeinem Grund konnte ich mich nicht konzentrieren. Alle paar Minuten glitten meine Gedanken zu Logan und dem Moment im Restaurant, der mich einfach nicht mehr loslassen wollte.

Als ich draußen Schritte hörte und kurz darauf ein Schlüssel im Schloss herumgedreht wurde, gab ich es auf. Damit war es ohnehin vorbei mit meiner Ruhe. Jill brauchte jeden Abend mindestens eine halbe Stunde, um sich bettfertig zu machen, und auf ein Gespräch, in dem sie mir wieder von Daxton vorschwärmen würde, konnte ich gerade wirklich verzichten.

Bevor ich es mir anders überlegen konnte, stand ich auf, schlüpfte in meine Sneakers und zog einen weiten Pulli über mein T-Shirt. Mit dem Buch in der Hand wartete ich, bis Jill sich in das Zimmer schob und ging dann mit einem flüchtigen Nicken an ihr vorbei. Das überraschte »Wo willst du denn hin?« ließ ich unkommentiert.

Ohne ein Ziel vor Augen zu haben, lief ich durch die Gänge des Hotels und fand mich kurze Zeit später im Eingangsbereich wieder.

Unschlüssig sah ich mich in der leeren Halle um. Wohin jetzt? Das Kaminzimmer mit den samtgrünen Sofas fiel mir ein. Vielleicht würde ich dort noch ein bisschen Ruhe zum Lesen finden. Entschlossen durchquerte ich den Speisesaal, in dem es ungewohnt still war. Im gedimmten Licht tanzten dunkle Schatten über die Wände, und ich spürte, wie sich eine Gänsehaut auf meinen Armen ausbreitete. Als ein Knacken hinter mir ertönte, fuhr ich herum, doch es war niemand zu sehen. Ich rieb über meine Arme und beschleunigte meine Schritte.

Erst als die Tür des Aufenthaltsraums hinter mir zufiel, atmete ich tief durch. Die Lichter waren noch an, aber außer mir war niemand hier. Mit einem Seufzen ließ ich mich auf einen Sessel neben dem Kamin sinken und schlug das Buch auf. Ruhe hatte ich hier jedenfalls. Zumindest von Jill. In meinem Kopf hingegen kreisten jedoch nach wie vor viel zu viele Gedanken. Die meisten drehten sich um Logan, doch zwischendurch sprangen sie auch zu meiner Mom, bei der ich mich längst wieder hätte melden sollen, und zu meiner Arbeit am Set.

Jill hatte mich mit der Frage, ob ich an Thanksgiving nach Hause fuhr, aus dem Konzept gebracht, dabei machte ich mir seit Jahren nicht mehr viel aus Feiertagen. Vielleicht lag es an diesem Hotel, das von einer Familie geführt wurde, in der Zusammenhalt das Selbstverständlichste der Welt zu sein schien, doch plötzlich hatte ich einen Kloß im Hals. Was Dad an Thanksgiving wohl machte? Vermutlich saß er mit seiner neuen Familie am Tisch, schnitt den Truthahn auf und verkündete mit einem Lächeln, wie dankbar er für sie alle war. Für die *neue* Frau und die zwei *neuen* Kinder, die eigentlich gar nicht mehr neu, sondern längst sein Zuhause waren.

Ich verdrängte den Gedanken rasch wieder und versuchte, mich auf den Abschnitt zu konzentrieren, den ich in den letzten Minuten bereits fünfmal gelesen hatte, ohne tatsächlich zu verstehen, worum es darin ging. Doch ein Geräusch an der Tür machte mir einen Strich durch die Rechnung.

»Hallo?«, rief ich. Mein Puls beschleunigte sich, was albern war. Es konnte schließlich durchaus sein, dass ein Gast um elf Uhr abends noch durch das Hotel spazierte und hier eine kleine Pause einlegen wollte. Allerdings könnte mich auch jemand verfolgt haben. Bevor ich mich noch weiter in meinen Hirngespinsten verstricken konnte, schwang die Tür auf.

»Oh«, entfuhr es mir. »Mit dir habe ich nicht gerechnet.«

Logan sah mich schmunzelnd an. »Mit wem hast du denn gerechnet? Mit einem Axtmörder, der eine gute Gelegenheit gewittert hat, einen Mord zu begehen?«

»Vielleicht«, gab ich zu. Ich beschäftigte mich in letzter Zeit wohl doch ein bisschen zu viel mit Krimigeschichten.

»Hast du was dagegen, wenn ich dir Gesellschaft leiste?«, fragte Logan, und ich schüttelte reflexartig den Kopf.

Ein Lächeln huschte über sein Gesicht. »Gut.« Er setzte sich auf eines der Sofas und legte den Zeichenblock, den er unter dem Arm getragen hatte, auf seinem Schoß ab.

»Bist du zum Zeichnen hergekommen?«

»Ja. Ich kam in meinem Zimmer nicht wirklich zur Ruhe und wollte die Musik nicht laut aufdrehen, weil Daisy und Zoey schon schlafen. Manchmal hilft dann ein Tapetenwechsel. Du?«

Er sah mich abwartend an, und ich brauchte einen Moment, bis ich realisierte, dass er auf eine Erklärung wartete, warum ich hier war. Aber was sollte ich ihm sagen? *Ich konnte nicht schlafen, weil mir unser Besuch im Restaurant gestern nicht mehr aus dem Kopf geht und ich mich die ganze Zeit frage, ob du mich auch küssen wolltest, bevor der Kellner uns unterbrochen hat*. Wohl kaum.

»Mir ging's ähnlich«, sagte ich daher und zuckte mit den Schultern. »Ich war noch nicht müde und wollte ein bisschen Ruhe.«

Er nickte verständnisvoll, ehe er seinen Zeichenblock aufschlug. Ein klares Signal, dass das Gespräch hiermit beendet war. Ich widmete mich wieder dem Buch und las zum sechsten Mal den Absatz. Diesmal fand ich besser in die Handlung hinein, allerdings nur so lange, bis Logan anfing zu zeichnen. Mit dem Buch auf dem Schoß, beobachtete ich ihn aus dem Augenwinkel. Er hatte die Stirn gerunzelt, während er den Stift konzentriert über das Papier gleiten ließ. Es war ihm deutlich anzusehen, wie sehr er diese Beschäftigung liebte. Aus irgendeinem Grund fand ich ihn in diesem Moment so attraktiv wie nie zuvor. Er trug eine verwaschene Jeans und einen grünen Pulli, nichts besonders Aufregendes, aber die Art, wie er auf das Papier vor sich blickte und sich ganz in seinem Tun verlor, machte etwas mit mir. Am liebsten hätte ich mich neben ihn gesetzt, um zu sehen, was er zeichnete, aber das kam mir dann doch etwas zu aufdringlich vor.

»Weißt du, es ist wirklich schwer, sich zu konzentrieren, wenn man angestarrt wird«, sagte er plötzlich. »Vor allem, wenn du es bist, die einen anstarrt.«

Mist. »Sorry«, murmelte ich ertappt.

»Schon okay.« Seufzend legte er den Zeichenblock beiseite, ehe er mich nachdenklich musterte.

Unsere Blicke trafen sich, und ein Kribbeln machte sich in meinem Körper breit. Sofort sagte mir eine Stimme in meinem Kopf, dass das nicht gut war und ich gehen sollte, doch wenn es nicht gut war, warum fühlte es sich dann so großartig an?

»Ich habe dich heute Nachmittag auf der Skipiste vermisst«, sagte Logan leise, und ich glaubte, eine Spur Bedauern darin zu erkennen.

Ich zuckte mit den Schultern. »Wintersport ist nicht so mein Ding.«

»Warum nur überrascht mich das nicht?« Seine Mundwinkel zuckten. »Und was ist dein Ding? Außer am Set herumhängen und Anweisungen geben natürlich.«

»Gute Frage. Ins Kino gehen und alte Filme schauen. Mit meiner Mitbewohnerin und Freundin Bonnie über Flohmärkte schlendern. Früher habe ich eine Zeit lang fotografiert, aber irgendwann hatte ich dafür keine Zeit mehr.« Ich runzelte die Stirn. »Vermutlich sollte ich das mal wieder machen. Irgendwie hatte ich als Kind sowieso viel mehr Hobbys als heute. Ich habe sogar mal Gitarre gespielt und war im Ballett.«

»Echt? Ich auch.«

»Du hast auch Ballett getanzt?«, fragte ich ungläubig.

Logan grinste. »Nein, Gitarre gespielt.«

»Ach so, ich dachte schon. Wobei du dich in einem Tutu sicher gut machen würdest.«

Logan lachte. »Das auf jeden Fall. Ein Freund von mir war in einer Tanzschule in New Leighton und hat dort früher tatsächlich Ballettunterricht genommen, aber ich hab es generell nicht so mit Tanzen.«

»Ich mache das inzwischen auch nur noch in Clubs oder zu Hause«, erwiderte ich.

Logan lachte leise, und sofort wurde mir eine Spur wärmer.

Als wüsste er, was in mir vorging, wurde er schlagartig ernst. Sein Blick bekam etwas Sehnsüchtiges, und mein Körper machte sich selbständig. Wie in Trance legte ich das Buch weg und setzte mich in Bewegung. Ich wollte nicht länger auf dem verdammten Sessel sitzen und ihn nur quer durch den Raum anstarren. Ich wollte ihm nah sein. Wollte wissen, wie seine Lippen schmeckten und ob er mich genauso sehr küssen wollte wie ich ihn.

Erst als ich direkt vor ihm stand, hielt ich inne. Wir sahen uns schweigend an, dann kam Logan in einer fließenden Bewegung auf die Beine und zog mich mit einem Ruck an sich. Das Nächste, was ich spürte, waren seine Lippen auf meinen.

11. KAPITEL

Logan

Abby zu küssen, war die beste schlechte Entscheidung, die ich seit Langem getroffen hatte. In dem Moment, als sie meinen Kuss erwiderte, waren sämtliche Bedenken wie weggewischt.

Ihre Finger vergruben sich in meinen Haaren, und ich schlang meine Arme noch fester um ihre Taille. Seit gestern hatte ich an nichts anderes mehr denken können als an unseren Beinahe-Kuss. Und das, obwohl ich noch keine Ahnung gehabt hatte, wie verflucht gut sich ihre Lippen auf meinen tatsächlich anfühlten.

Abby machte einen Schritt auf mich zu, sodass ich nach hinten stolperte. Meine Kniekehlen trafen auf die Kante des Sofas, und im nächsten Augenblick saß ich auf dem weichen Polster. Ein ersticktes Geräusch drang aus Abbys Kehle, als sie auf mir landete und sich an meinen Schultern festhielt. Ihre Wangen waren gerötet, und die Art, wie sie mich aus halb gesenkten Lidern anschaute, brachte mich fast um den Verstand.

»Also habe ich mir den Moment gestern doch nicht eingebildet«, murmelte sie.

»Den Moment, in dem ich dich im Restaurant am liebsten an mich gezogen hätte? Nein, hast du nicht«, erwiderte ich schmunzelnd.

»Verdammt, Logan. Wenn ich gewusst hätte …« Sie brach ab und biss sich auf die Lippe.

»Wenn du gewusst hättest, wie gut es sich anfühlt, hättest du mich nicht warten lassen?«, mutmaßte ich und ließ meine Hände über ihren Rücken wandern.

Schaudernd presste sie sich enger an mich. »Möglicherweise«, flüsterte sie und beugte sich zu mir, ihre Lippen strichen sanft über meine, bevor sie sich wieder zurückzog.

Ich stieß einen frustrierten Laut aus, was sie jedoch nur zum Grinsen brachte. Bis ich mit meinen Händen unter den Saum ihres Pullis fuhr. Schlagartig verstummte ihr Lachen. Ihr Blick fiel auf meine Lippen, und als sie mich diesmal küsste, tat sie es nicht sanft oder vorsichtig.

Ich spürte ihre Zunge in meinem Mund, und ein tiefes Verlangen erfüllte mich. Mein Griff um ihre Hüfte wurde fester. Abby seufzte leise auf, ein Geräusch, das mir durch und durch ging. In diesem Augenblick vergaß ich, wo wir waren und dass jeden Moment ein Gast hereinkommen könnte. Ich vergaß, dass ich mit Abby zusammenarbeitete und es Tausend gute Gründe gab, warum das hier ein Fehler war. Allen voran der, dass sie in wenigen Wochen wieder verschwinden würde. Doch als sie ihre Finger erneut in meinen Haaren vergrub und ich ihre nackte Haut unter meinen Händen spürte, spielte das alles keine Rolle mehr.

Abbys süßlicher Duft hüllte mich ein, und ich verlor mich in unseren Küssen, die mit jeder Sekunde tiefer wurden.

Bis sie sich atemlos von mir löste und mit ihrem Oberkörper ein Stück zurückwich. Ihre Hände ruhten in meinem Nacken und ihr Blick glitt suchend über mein Gesicht. »Was machen wir hier nur?«

Mein Kopf war noch zu vernebelt, um die richtigen Worte auf diese Frage zu finden. Vielleicht gab es sie aber auch nicht. Denn die Wahrheit war: Ich hatte keine Ahnung, was das zwischen uns war. Warum zwischen uns diese Anziehung herrschte, die sich einfach nicht leugnen ließ.

»Ich sollte zurück in mein Zimmer gehen«, murmelte sie plötzlich. »Es ist schon spät.«

Bevor ich etwas erwidern konnte, stand sie auf.

»Warte, es tut mir leid«, sagte ich und griff nach ihrer Hand. »Ich weiß nicht, was das zwischen uns ist, aber ich weiß, dass es sich gut anfühlt.«

Zumindest hatte es das, bis sie aufgestanden war. Ich wollte sie nicht so abrupt gehen lassen. Nicht, nachdem wir uns eben noch so nah gewesen waren.

»Finde ich auch«, sagte sie leise. »Aber wir sollten nichts überstürzen. Gute Nacht, Logan.« Mit diesen Worten entzog sie sich meinem Griff und ging zur Tür, ohne sich noch mal zu mir umzudrehen.

»Gute Nacht, Abby.« Nur widerwillig ließ ich sie gehen. Doch sie hatte recht, wir durften das nicht zu schnell angehen.

Nachdem sie gegangen war, blieb ich noch eine ganze Weile reglos sitzen. Irgendwann fiel mein Blick auf den Sessel, auf dem sie gesessen hatte und auf dem noch immer ihr Buch lag. Die Wahrscheinlichkeit, ausgerechnet Abby hier anzutreffen, war verdammt gering gewesen. Und doch hatte ein Teil von mir vermutlich genau das gehofft. Kopfschüttelnd griff ich nach meinem Zeichenblock. Ich sollte ebenfalls zurückgehen.

Mit ihrem Buch und meinem Block unter dem Arm verließ ich das Hotel und ging in meine Wohnung. Eine Treppe seitlich am Haus führte direkt zum oberen Stockwerk, sodass ich nicht durch die Etage musste, in der meine Familie schlief. Trotzdem gab ich mir Mühe, leise zu sein.

In meinem Zimmer angekommen, sank ich auf mein Bett. Was auch immer der Kuss zwischen Abby und mir zu bedeuten hatte, wir konnten nicht länger so tun, als gäbe es die Spannung zwischen uns nicht.

Shit. Dabei hatte ich genau das vermeiden wollen, obwohl ich nicht leugnen konnte, dass ein Teil von mir es darauf angelegt hatte. Der Teil spielte meinem Hirn auch immer wieder den Moment vor, als Abby mich leise seufzend enger an sich zog. Ich brauchte nur die Augen zu schließen, um sie vor mir zu sehen.

Nachdenklich griff ich nach dem Zeichenblock. Bis auf ein paar Bleistiftstriche, die die groben Umrisse eines Gesichts darstellten, war noch nicht viel zu sehen. Da mir klar war, dass ich nach dem Kuss viel zu aufgewühlt war, um sofort einschlafen zu können, öffnete ich meinen Laptop und suchte nach einem der Videos, die Tutorials für Porträtzeichnungen enthielten. Nicht dass ich sie tatsächlich nachzeichnete, doch die einzelnen Schritte waren interessant, und ich lernte jedes Mal etwas dazu.

Während der nächsten halben Stunde saß ich auf dem Bett und vervollständigte die Zeichnung. Am Ende zeigte sie das Gesicht einer jungen Frau mit vollen Lippen, auf denen die Andeutung eines Lächelns lag. Erst als ich sie zu den anderen Zeichnungen in einer Mappe abheftete, merkte ich, dass sie Ähnlichkeiten mit Abby hatte.

Verdammt. Was hatte ich mir nur dabei gedacht, sie heute zu küssen?

Seufzend stand ich auf und ging ins Bad. Der Tag war ziemlich lang gewesen, und dass ich nicht schon längst todmüde ins Bett gefallen war, lag nur an Abby.

Nachdem ich am Vormittag ein paar der Gäste zum Skihang geführt hatte, hatte ich selbst ein paar Abfahrten gemacht. Irgendwann war auch die Filmcrew dazugekommen, und ich hatte gehofft, Abby wäre unter ihnen, aber ich hatte vergeblich nach ihr Ausschau gehalten. Auch wenn ich eigentlich wusste, dass sie ihre Abneigung gegen Schnee und Kälte nicht so plötzlich überwinden würde. Andererseits bekam ich immer öfter den Eindruck, dass sie sich langsam an das Hotel und seine Umgebung gewöhnte. Zumindest war mir ihr staunender Blick auf der Fahrt nach New Leighton nicht entgangen, was nur zeigte, wie ernst es um mich stand. Genauso wie die Tatsache, dass ich schon wieder pausenlos an sie dachte.

Wenig später verließ ich das Bad wieder und ging zurück in mein Zimmer. Morgen würde ich ausschlafen und den ganzen Tag mit meinen Schwestern verbringen. In den letzten Wochen hatten sie sich mehrfach beschwert, dass ich kaum noch Zeit für sie hatte. Womit sie nicht ganz unrecht hatten. Aber die Arbeit im Hotel nahm mich voll für sich ein, und an meinen freien Abenden ging ich gern in die Stadt oder ins *Lucky's* – auch wenn meine Kumpel aus der Schulzeit nur noch unregelmäßig in der Stadt waren. Ich brauchte solche Ausflüge als Ausgleich zu meinem Alltag, der manchmal nur wenig Abwechslung bot. Klar, es kamen die unterschiedlichsten

Gäste ins White Season, und ich mochte es, mich mit ihnen zu unterhalten. Doch manchmal fragte ich mich, ob das wirklich schon alles war. Ob es nicht vielleicht ein Fehler war, mit einundzwanzig Jahren bereits voll ins Familienunternehmen einzusteigen. Betty würde sagen Ja, aber ich wollte meistens nichts davon hören.

Gähnend legte ich mich ins Bett und löschte das Licht, während die Gedanken in meinem Kopf sich unermüdlich weiterdrehten. Vielleicht sollte ich das Hotel morgen konsequent meiden, um wirklich freizumachen. Der einzige Grund, es zu betreten, wäre, Abby ihr Buch zu bringen. Dann könnte ich mich gleichzeitig auch versichern, dass zwischen uns alles in Ordnung war.

Ein energisches Rütteln an meiner Schulter weckte mich.

»Logan, machst du uns Pancakes?«

Brummend zog ich mir mein Kissen über den Kopf, doch das Rütteln blieb. Genauso wie Daisys hohe Stimme, die nachdrücklich nach Pancakes verlangte.

»Mom ist im Hotel, weil irgendwas kaputtgegangen ist, und Dad muss für die Gäste Frühstück machen. Das heißt, du musst jetzt auf uns aufpassen.«

Mist. Ich zog das Kissen von meinem Kopf und öffnete blinzelnd die Augen. »Ihr seid zehn Jahre alt. Ihr könnt euch selbst Frühstück machen.«

»Nein«, widersprach Daisy. »Wir brauchen dich dafür.«

»Na schön«, brummte ich. »Gib mir ein paar Minuten.«

»Ist gut.« Daisy strahlte über das ganze Gesicht und verließ mit federleichten Schritten mein Zimmer.

Schmunzelnd sah ich ihr nach. Meine Schwestern hatten mich viel

zu gut im Griff. Da nun an Schlaf nicht mehr zu denken war, schwang ich mich aus dem Bett und ging ins Bad, bevor ich nach unten in die große Küche meiner Eltern ging.

Daisy und Zoey standen in ihren blau-weiß gestreiften Pyjamas bereits in der Küche und rührten in einer Schüssel.

»Ihr habt schon angefangen?«, fragte ich und setzte als Erstes einen Kaffee auf. Den brauchte ich, wenn ich die nächsten Stunden überstehen wollte.

»Wir haben das Rezept von Dad gemacht«, sagte Zoey und schüttete eine verdächtig große Menge Schokodrops in den Teig, während Daisy umrührte.

»Ich sehe schon, ich werde gleich einen Zuckerschock kriegen.« Kopfschüttelnd sah ich den beiden zu.

Bis auf die Arbeitsfläche, an der Daisy und Zoey standen, war unsere Küche wie immer in einem topaufgeräumten Zustand. Meine Eltern waren beide Ordnungsfanatiker, und ein Fremder würde nie auf den Gedanken kommen, dass hier zwei zehnjährige Mädchen wohnten, die die Wohnung regelmäßig ins Chaos stürzten. Wobei sie früh gelernt hatten, hinter sich sauber zu machen. Da kannte Mom kein Pardon.

Nachdem der Kaffee durchgelaufen war und ich einen großen Schluck getrunken hatte, holte ich eine Pfanne aus dem Schrank und stellte den Herd an. »Dann wollen wir mal sehen, wer von uns die meisten Pancakes verdrücken kann«, sagte ich.

»Da gewinnst doch sowieso du«, maulte Zoey. »Das ist nicht fair.«

»Aber zu zweit schaffen wir bestimmt mehr als du«, warf Daisy ein.

Zoey nickte begeistert. »Ich wette um fünf …«

»Zwanzig Dollar«, unterbrach Daisy ihre Schwester. Die beiden warfen sich einen verschwörerischen Blick zu, bevor sie sich mit einem herausfordernden Funkeln in den Augen mir zuwandten.

Sie wurden langsam ganz schön abgebrüht, trotzdem konnte ich mir ein Lächeln nicht verkneifen. »Na schön. Aber unterschätzt meinen Hunger nicht. Und wenn ich gewinne, dann lasst ihr mich nächsten Sonntag ausschlafen.«

»Deal«, entgegneten sie synchron.

Während der nächsten Minuten backte ich einen Pancake nach dem anderen. Die Türme auf unseren Tellern wurden immer größer, genauso wie die Aufregung meiner Schwestern. Als schließlich der ganze Teig weg war, machten wir es uns mit den Tellern an dem großen Tisch im Esszimmer gemütlich.

»Ich habe Daxton Coleman gestern um ein Autogramm gebeten«, platzte Daisy plötzlich heraus, kaum dass wir saßen.

»Ach echt?«, fragte ich und schob mir ein Stück Pancake in den Mund.

Sie nickte. »In der Schule fragen uns immer alle nach ihm. Also hab ich einen Beweis gebraucht, dass er wirklich da ist und wir mit ihm reden und so«, erklärte sie.

»Aha.«

»Du arbeitest doch am Set. Ist er da auch so nett?«, fragte Zoey aufgeregt.

Ich runzelte die Stirn. Bisher hatte ich mit den Schauspielern relativ wenig zu tun gehabt, und Daxton war mir vor allem durch sein übertrieben selbstbewusstes Auftreten und sein nervtötend arrogantes Grinsen aufgefallen. Nett war nicht gerade das erste Wort, mit dem ich ihn beschreiben würde. Wenn man den Medien glaubte, musste er ein ziemlicher Draufgänger sein. Nicht dass ich mich für irgendwelchen Klatsch in der Presse interessierte, aber bevor das Filmteam angereist war, hatte ich natürlich den ein oder anderen Namen gegoogelt. Ich musste schließlich wissen, wer sich da wochenlang bei uns einquartierte.

»Ich habe bisher kaum mit ihm zu tun gehabt«, wich ich der Frage aus.

Zoey zog eine enttäuschte Miene.

»Na los«, forderte ich die beiden auf. »Esst weiter, oder wollt ihr verlieren? Ich bin schon bei meinem vierten Pancake.«

»Ich hatte drei«, verkündete Daisy und sah zu Zoey, die natürlich auch gerade ihren dritten fertig gegessen hatte. Sie stachen gleichzeitig mit ihren Gabeln in einen weiteren Pancake und grinsten mich verschwörerisch an.

»Diesmal wirst du verlieren«, sagte Zoey.

Damit hatte sie vermutlich recht. Das letzte Mal, als ich bei einem Wettessen gegen die beiden gewonnen hatte, waren sie acht Jahre alt gewesen. Seither waren sie nicht nur ein ganzes Stück größer, sondern auch um einiges hungriger geworden.

Nach dem Frühstück, bei dem Daisy und Zoey mit insgesamt acht Pancakes meine sechs Pancakes überboten hatten, gingen wir ins Wohnzimmer, wo wir es uns auf der Couch gemütlich machen wollten. Draußen hatte es wieder zu schneien angefangen, und so vollgegessen wie wir waren, war an Bewegung ohnehin nicht zu denken.

»Schaust du mit uns *Frozen*?«, fragte Daisy.

»Nein.«

»Bitte«, quengelte Zoey.

»Wir schauen ganz sicher nicht einen Film mit einem singenden Schneemann.«

»Spielverderber«, murmelte Daisy. »Wie wäre es dann mit *High School Musical*?«

»Was?« Ich starrte meine Schwester an. »So was schaut ihr?«

»Troy Bolton ist ziemlich süß«, erwiderte sie schulterzuckend, und Zoey nickte zustimmend.

Sprachlos starrte ich die beiden an. »Ihr seid zehn.«

»Ja, und?«, fragte Daisy.

»Ihr solltet Jungs nicht süß finden, sondern … eklig oder so.«

»Ich soll dich eklig finden?« Sie runzelte die Stirn.

»Nicht mich. Jungs.«

»Aber du bist ein Junge.«

Ich seufzte. »Gibt es vielleicht noch einen anderen Vorschlag? So was wie *Das Dschungelbuch* vielleicht?«

»Nee, wir sind doch keine kleinen Kinder mehr.« Daisy schüttelte entschieden den Kopf.

»Wie wäre es mit dem ersten Teil von *Harry Potter*?«, schlug Zoey vor.

»Erlaubt Mom den euch denn?«

»Ja«, riefen beide und nickten entschieden, ein klares Zeichen, dass sie schwindelten.

Trotzdem gab ich nach. »Also gut. Aber wenn es euch zu gruselig ist, sagt ihr Bescheid, dann mache ich den Film wieder aus.«

»Ist gut.«

Nachdem ich die DVD aus dem Schrank über dem Flachbildfernseher geholt und sie eingelegt hatte, setzte ich mich zwischen meine Schwestern, die sofort eine Decke über uns ausbreiteten.

Schon nach wenigen Minuten kuschelte Daisy sich an meine Schulter. Bei den spannenden Stellen kniff sie die Augen zusammen, während Zoey mit begeistertem Gesichtsausdruck jedes Detail in sich aufsog. Lächelnd lehnte ich mich zurück und genoss es, für ein paar Stunden nicht an die Gäste im Hotel, die Zukunft oder Abby zu denken.

12. KAPITEL

Abby

Nach dem Essen setzte ich mich auf mein Bett und scrollte durch den Instagram-Account einer Kommilitonin, die in ihren neuen Beiträgen über ihr Praktikum an einem Set für einen Hollywood-Streifen berichtete. Der Dreh fand wohl in der Nähe von Los Angeles statt, jedenfalls zeigten die Aufnahmen viel Sonne und bei Weitem keine so dicken Pullover, wie ich sie trug. Kurz überkam mich ein Anflug von Neid, doch in Wahrheit würde ich nicht tauschen wollen. Ich hatte mich an die winterliche Umgebung und die Crew gewöhnt. An das Hotel mit seiner liebevollen Gestaltung, an den mäßig guten Kaffee im Speisesaal und sogar an Jill. An den Abenden machte ich inzwischen wieder regelmäßig Yoga, und für nächste Woche hatte ich eine Live-Session geplant, die ich per Video an meine Kursteilnehmer übertragen würde. Es lief also wirklich gut bisher.

Ein Klopfen an der Tür riss mich aus meinen Gedanken. Stirnrunzelnd ließ ich das Handy sinken. Es war acht Uhr abends, und Jill war erst vor etwa einer halben Stunde in den Fitnessraum gegangen. Außerdem hatte sie einen Schlüssel. Aber wer würde sonst an einem Sonntagabend an meine Tür klopfen? Da wir heute alle freihatten, stand auch eigentlich nichts Wichtiges an, und ich hatte mir einen gemütlichen Tag gegönnt. Nachdem ich morgens lange im Bett geblieben war, hatte ich irgendwann einen Spaziergang nach White Oak Valley gemacht. Diesmal war ich zuerst durch die kleinen Läden geschlendert, bevor ich erneut zu Rosemary gegangen war, um einen Kaffee zu trinken. Zwischendurch hatte ich Bonnie eine Sprachnachricht geschickt und ihr von dem Kuss mit Logan erzählt. Instinktiv wanderte meine Hand zu meinen Lippen. Bei dem Gedanken, wie sein Mund sich auf meinen gepresst hatte, beschleunigte sich mein Puls.

Es klopfte erneut. Schnell stand ich auf und ging zur Tür, wo ich dann jedoch kurz zögerte. Ich trug eine gestreifte Pyjamahose und ein Top, da ich nicht damit gerechnet hatte, heute noch jemanden zu sehen.

Bitte, lass es nicht Jennifer sein, dachte ich und öffnete die Tür.

»Hi.«

Es war nicht Jennifer. »Hi«, erwiderte ich und fragte mich, wie selbst ein so kurzes Wort so zittrig klingen konnte.

Logan räusperte sich. »Du hast dein Buch vergessen.« Demonstrativ hielt er ein Buch hoch.

»Oh.«

Wow. Das musste das mit Abstand lahmste Gespräch sein, das es je zwischen zwei Menschen gegeben hatte, die sich weniger als vierundzwanzig Stunden zuvor noch beim Küssen kaum hatten zurückhalten können.

»Wie war dein Tag?«, fragte er, und als er sich mit einer Hand durch die Haare fuhr, wirkte er beinahe verlegen.

Mein Blick verselbständigte sich, glitt über seine dunkelblonden Haare, die markanten Gesichtszüge und blieb schließlich an seinen Lippen hängen. Verdammt. Als ich merkte, dass ich ihn anstarrte, senkte ich hastig den Kopf.

»Gut«, murmelte ich und betete, dass er meinen kurzen Aussetzer nicht bemerkt hatte.

Ein leises Glucksen erklang. »Abby, vielleicht sollten wir …«

»Was machst du denn hier?«, unterbrach Jill ihn, die hinter Logan aufgetaucht war und ihn nun verwundert ansah. Als keiner von uns antwortete, grinste sie vielsagend in meine Richtung. »Na dann, viel Spaß noch.« Mit diesen Worten schob sie sich an uns vorbei und verschwand in unserem Zimmer.

Seufzend wandte ich mich wieder Logan zu.

»Also dann«, sagte er stockend und hielt mir das Buch entgegen, »hier ist dein Buch.«

»Danke«, murmelte ich und presste es schützend an mich.

Unsere Blicke trafen sich, doch wir schienen beide nicht zu wissen, was wir sagen sollten. Im Hintergrund hörte ich Jill ins Bad verschwinden, und auf dem Flur verließ Matt gerade sein Zimmer und ging in Richtung Treppe. Ansonsten war niemand zu sehen.

»Wegen gestern Abend …«, setzte Logan an. »Ist alles okay zwischen uns?«

Unsicher sah ich ihn an. Meinte er damit, dass wir so tun würden, als hätte es den Kuss nicht gegeben, oder dass wir es nicht bereuten, weil es in dem Moment das einzige Richtige gewesen war, auf unsere Gefühle zu hören?

»Ich schätze, ja«, sagte ich leise, denn selbst wenn es falsch gewesen sein sollte, für mich hatte sich ein Fehler noch nie so gut angefühlt. »Zumindest bereue ich nichts.«

Ich suchte in seinem Gesicht nach einer Bestätigung, dass es ihm ähnlich ging, und zu meiner Erleichterung nickte er nach einem kurzen Zögern.

»Dann ist ja gut«, sagte er.

Unter anderen Umständen hätte ich ihn vielleicht gefragt, ob er reinkommen wollte, aber hinter mir verließ Jill in diesem Moment das Badezimmer. »Sehen wir uns morgen?«, fragte ich daher stattdessen.

Er nickte. »Spätestens, wenn du mich brauchst, weil ihr wieder irgendwelche kitschige Deko in unserem Hotel anbringen wollt«, erwiderte er schmunzelnd.

»Hey, die Sache mit den Papierblumen war nicht meine Idee.«

»Bist du dir sicher? Vielleicht ist das ganze Gerede, dass du keinen Kitsch magst, ja auch nur Fassade, und in Wahrheit träumst du von selbst gebastelten Weihnachtssternen und einem Kerl, der dir die Welt zu Füßen legt.«

Ich schnaubte. »Mit einem Mann, der mir auf Augenhöhe begegnet und auch bereit ist, Filme wie *Frühstück bei Tiffany* mit mir zu schauen, wäre ich schon zufrieden.«

»Keine Weihnachtssterne also. Das merke ich mir.« Logans Augen blitzten amüsiert auf, und in meiner Magengrube machte sich ein sehnsuchtsvolles Ziehen bemerkbar.

Ich senkte kurz den Blick, und als ich den Kopf wieder hob, veränderte sich die Stimmung schlagartig. Logans Grinsen wich einem zärtlichen Gesichtsausdruck, der mich vollkommen unvorbereitet traf. Es war nicht fair, dass er mich so ansah. Als würde er hinter meine sorgsam konstruierte Fassade blicken und sehen, wie viele Gefühle sich dort verbargen. Wie viel Chaos.

Auf einmal wurde mir die Spannung zwischen uns zu viel. Der Wunsch, ihm nahe zu sein, wurde beinahe übermächtig. Und das jagte mir eine riesige Angst ein. Ich konnte mich nicht erinnern, wann jemand dieses Gefühl zuletzt in mir ausgelöst hatte. Sofort meldete sich eine Stimme in meinem Kopf, die drängte, dass ich mich zurückziehen musste. Dass ich meine Mauern beschützen musste, bevor sie eingerissen und ich verletzt wurde.

»Ich geh dann mal wieder rein«, stieß ich zwischen zusammengepressten Zähnen hervor. Mein Herz klopfte viel zu schnell, und mich von seinem Anblick loszureißen, fiel mir schwerer als gedacht.

»Okay.« Einen Moment lang sah er aus, als wollte er noch etwas hinzufügen, doch dann presste er die Lippen zusammen. »Schlaf gut, Abby.«

»Du auch«, murmelte ich und drehte mich hastig um. Ich schloss die Tür und lehnte mich mit geschlossenen Augen dagegen. Mein Puls war noch immer viel zu hoch, und in meinem Kopf jagte ein Gedanke den nächsten.

Als ich gestern ins Bett gegangen war, hatte ein breites Lächeln auf meinen Lippen gelegen. Ich hatte mich wie ein frisch verknallter Teenie gefühlt, der kaum glauben konnte, was passiert war. Doch jetzt holte mich die Realität schlagartig ein. Ich war kein Teenie mehr. Und Logan war nicht irgendein Schwarm.

In ein paar Wochen würde ich wieder abreisen, und ich hatte mir geschworen, mich voll und ganz auf dieses Praktikum zu konzentrieren. Gefühle machten nur alles kompliziert, und das konnte ich absolut nicht gebrauchen.

»Ist alles in Ordnung?«

Jills Stimme ließ mich zusammenzucken. Ertappt öffnete ich die Augen und setzte mich wieder aufs Bett. »Ja.«

»Wirklich?« Jill sah mich skeptisch an.

Ich stieß einen tiefen Seufzer aus. »Nein.«

»Was läuft da eigentlich zwischen dir und dem Hoteljungen?«

»Sein Name ist Logan«, schoss ich reflexartig zurück.

»Sorry.« Sie hob abwehrend ihre Hände.

»Und da läuft nichts«, fügte ich hinzu.

Prüfend musterte sie mich. »Das sah gerade aber anders aus.«

»Na schön, es sollte nichts laufen.«

»Verstehe«, sagte sie. »Du willst dich auf nichts einlassen.«

»Genau. Wir sind schließlich nicht lange hier, und ich will mich auf meine Arbeit konzentrieren. Da hat ein Flirt nichts zu suchen.«

»Nicht mal ein bisschen? Ich meine, er sieht nicht schlecht aus, und du musst ihn ja nicht gleich heiraten.«

Ich schnaubte. »Ausgerechnet du schlägst mir vor, hier ein bisschen Spaß zu haben? Erhoffst du dir, dass ich dadurch weniger konzentriert bin und du vor Jennifer mehr glänzen kannst?« Ich kniff die Augen zusammen, und auch, wenn ich die Frage eher scherzhaft gestellt hatte, wussten wir beide, dass ein Hauch Ernst darin mitschwang.

»Genau das ist der Plan«, entgegnete Jill sarkastisch. »Ich verkupple dich mit Logan und bekomme das bessere Praktikumszeugnis.«

»Sorry. Hätte ja sein können«, sagte ich, wobei ich bei der Vorstellung selbst lachen musste. So abgebrüht war nicht einmal Jill.

»Ich weiß, ich wirke manchmal etwas angespannt«, gab Jill zu, »und dieses Praktikum ist mir wirklich wichtig. Aber mir wurde mein Leben lang gesagt, dass ich mich ins Zeug legen muss, wenn ich etwas erreichen will. Dass ich Bestleistungen bringen muss, wenn ich in dieser Welt bestehen will.« Jills Stimme war mit jedem Wort leiser geworden.

Bestürzt sah ich sie an. So langsam dämmerte mir, warum sie so war, wie sie war. »Das tut mir leid«, sagte ich ehrlich betroffen.

»Muss es nicht.« Sie zuckte mit den Schultern. »Ich meine, meine Eltern haben damit nicht unrecht. Wäre ich nicht so ehrgeizig, würde ich heute nicht hier sein. Trotzdem heißt das nicht, dass ich anderen ihr Glück nicht auch gönnen würde. Es fällt mir manchmal schwer, das schon. Aber wenn ich dir sage, dass du auf dein Gefühl hören sollst und dass manchmal ein bisschen Spaß nicht verkehrt ist, steckt kein böser Gedanke dahinter.«

»Danke, Jill. Und tut mir leid, dass ich dir was anderes unterstellt habe. Ich schätze, du bist doch gar nicht so übel, wie ich zuerst dachte.«

»Du auch nicht.« Der Anflug eines Lächelns huschte über ihr Gesicht.

»Tja, dann ...« Ich stand auf. »Ich gehe mich mal bettfertig machen«, sagte ich und verschwand im Badezimmer. Als ich in den Spiegel schaute, blickten mir große Augen entgegen. Kopfschüttelnd betrachtete ich mich selbst. »Was machst du da nur?«, murmelte ich.

Logan zu küssen, war eine dämliche Idee gewesen, aber Jills Worte hatten trotzdem einen Nerv getroffen. Vielleicht konnte ich ja dieses eine Mal die Kontrolle abgeben und die Zeit genießen. Mich auf Logan einlassen und für ein paar Wochen die Nähe zu ihm auskosten. *Und dann kehrst du nach New York zurück und machst einfach weiter wie bisher?* Ich hasste die skeptische Stimme in meinem Kopf. Vor allem, weil sie recht hatte. Das würde so was von schief gehen.

In dieser Nacht lag ich noch lange wach. Ich wünschte, ich könnte die vielen Gedanken abschalten und einfach mal alles so nehmen, wie es kam – so wie es andere Menschen an meiner Stelle tun würden. Stattdessen dachte ich über Logan nach. Über die Dinge, die er in mir auslöste. Ich dachte auch an Mom und daran, wie sie mir immer wieder gesagt hatte, dass ich gut auf mein Herz aufpassen sollte, denn war es erst einmal gebrochen, würde es so schnell nicht wieder heilen. Es war bereits weit nach Mitternacht, als ich endlich einschlief.

»Guten Morgen, Abs.«

Stirnrunzelnd sah ich auf, als Daxton sich mir gegenüber niederließ. Er klang viel zu fit. Und zu fröhlich.

»Nenn mich nicht so«, brummte ich und trank einen großen Schluck meines Kaffees. Den zweiten an diesem Morgen.

Ich hatte mich im Speisesaal bewusst an einen der Zweiertische gesetzt, in der Hoffnung, so meine Ruhe zu haben, bevor das Meeting mit Jennifer losging. Der Drehplan für diese Woche war dicht getaktet, worauf ich mich theoretisch freute, allerdings war mein Körper zu müde, um Freude zu empfinden.

»Ich hätte dich gar nicht als Morgenmuffel eingeschätzt«, sagte Daxton grinsend. Offenbar war er gegen meine schlechte Laune vollkommen immun. »Du wirkst eher wie eine von denen, die um Punkt sieben aus dem Bett springen und sich voller Eifer auf ihre To-do-Liste stürzen.«

»Sehr witzig.« Ich verzog das Gesicht.

»Das war kein Witz. Ich bewundere solche Menschen.« Er biss von seinem Bagel ab, den er sich mit Frischkäse und Marmelade bestrichen hatte. Wie er diese Kombination mögen konnte, war mir ein Rätsel.

»Was willst du, Daxton?«, fragte ich mit einem Seufzen.

»Mich mir dir unterhalten, Sonnenschein.«

Ich warf ihm einen vernichtenden Blick zu, konnte allerdings nicht verhindern, dass meine Mundwinkel sich ein wenig hoben. So nervig Daxton manchmal auch sein konnte, im Grunde war er ein lieber Kerl. Nur würde ich mich hüten, das je vor ihm zuzugeben.

»Wie läuft's mit dem jungen Edwards?«

Ich kniff die Augen zusammen.

»Oh, falsche Frage also.«

»Warum interessiert dich das eigentlich so sehr?«

»Na ja, ich dachte, wir sind jetzt so was wie Freunde«, erwiderte er schulterzuckend. »Außerdem habe ich euch auf diesen Einkaufstrip geschickt und fühle mich deshalb ein wenig verantwortlich.«

»Für was? Mein Liebesleben?«

»Oha! Du sprichst sogar schon vom L-Wort. Erzähl mir alles.« Erwartungsvoll beugte er sich in meine Richtung.

»Da gibt es nicht viel zu erzählen«, wich ich aus.

»Ach komm, du kannst doch nicht so eine Andeutung machen und mir dann keine weiteren Informationen geben. Wie ist der Typ so?«

»Er ist …« Ich zuckte hilflos mit den Schultern. »Er ist aufrichtig und humorvoll, interessiert sich für mich und meine Gedanken, was mich dazu bringt, ihm Dinge anzuvertrauen, die ich normalerweise lieber für mich behalte. Er scheint kein Problem damit zu haben, einfach auszusprechen, was ihm durch den Kopf geht, und wenn ich sehe, wie liebevoll er mit seinen Schwestern umgeht … Er ist der perfekte großer Bruder und offenbar ein Familienmensch, was ich definitiv nicht bin. Gleichzeitig ist er aber in manchen Momenten auch abweisend und distanziert, als wüsste er selbst nicht, was er eigentlich will. Wobei es mir ja genauso geht. Ich glaube, wir halten es beide für eine schlechte Idee, etwas miteinander anzufangen, andererseits ist da diese Anziehung, die es verflucht schwer macht, sich voneinander fernzuhalten.« Ich holte tief Luft. »Es ist kompliziert«, fügte ich hinzu und griff nach meinem Kaffee, um Daxtons amüsiertem Blick auszuweichen.

»Also für mich klingt das ganz einfach. Du stehst auf ihn, er auf dich. Ihr könnt euch hier für ein paar Wochen eine gute Zeit machen und habt dabei nichts zu verlieren.«

Außer mein Herz, dachte ich.

»Und er scheint wirklich in Ordnung zu sein.« Ein nachdenklicher Ausdruck huschte über Daxtons Gesicht, als würde ihn diese Tatsache überraschen.

»Ja. Mal sehen.« Ich trank den Rest meines Kaffees aus und stand auf. »Wir sollten los. Das Meeting beginnt in fünf Minuten, und du weißt ja, wie wichtig Jennifer Pünktlichkeit ist.«

»Warst du früher in der Schule eigentlich auch so eine Streberin?«, fragte Daxton, erhob sich aber ebenfalls. Mit dem Bagel in der Hand ging er neben mir her, als wir den Aufzug ansteuerten.

Gerade als sich die Aufzugstüren öffneten, bemerkte ich Logan, der den Eingangsbereich betrat. Unsere Blicke trafen sich quer durch den Raum, und er hob die Hand, als wollte er winken.

In diesem Moment griff Daxton nach meinem Arm und zog mich in den Aufzug. »Wir müssen los. Für stilles Anschmachten bleibt keine Zeit mehr.«

Logans Hand sank nach unten, doch er schaute mich weiter an. Erst die Türen des Aufzugs unterbrachen unseren Blickkontakt.

Ich holte tief Luft und ignorierte Daxtons leises Lachen. »Ich bin so was von am Arsch«, sagte ich.

13. KAPITEL

Logan

»Wir kriegen das hin, Annie.«

»Das sagst du ständig, aber die Zahlen sprechen nicht gerade für uns. Wenn nicht bald mehr Buchungen für die nächsten Monate kommen, sieht es schlecht aus. Wir hatten noch nie so wenige Buchungen für Januar und Februar wie im Moment. Wäre das Filmteam nicht hier, hätten wir vermutlich ein halb leeres Hotel.«

Moms Stimme hallte laut durch die Küche. Reglos blieb ich vor der Tür stehen.

»Es ist nur eine schlechte Saison, und wir haben noch genug Rücklagen«, sagte Dad in beruhigendem Tonfall. »Vielleicht müssen wir für die Sommersaison noch mal mehr Werbung machen.«

»Ich werde mit Brittany reden. Sie soll unsere Website und die Social-Media-Kanäle aktualisieren. Vielleicht können wir die Sache mit dem Filmdreh auch noch mal hervorheben. Das macht die Leute hoffentlich neugierig.« Mom klang schon eine Spur entspannter.

Ich räusperte mich und stieß die Tür zur Küche auf.

»Oh, hallo, Logan.« Innerhalb von einer Sekunde schaltete sie um und setzte einen unbekümmerten Gesichtsausdruck auf. »Ist alles in Ordnung?«

»Ja, ich wollte Dad eigentlich nur etwas ausrichten.« Ich sah meinen Vater an. »Die Regisseurin fragt, ob auch in der Küche eine Szene gefilmt werden darf.«

»Nein.« Er richtete sich ein Stück auf, was bei seiner ohnehin großen Statur jedes Mal ein bisschen einschüchternd wirkte. »In die Küche kommen die mir auf keinen Fall.«

»Das habe ich auch gesagt«, erwiderte ich beschwichtigend. »Ich wollte es nur noch mal abklären.«

»In der Küche filmen …«, murmelte er. »Die kommen auf Ideen.«

»Wie laufen denn ansonsten die Dreharbeiten?«, erkundigte sich Mom.

Ich lachte. »Als ob du das nicht genau wüsstest. Deine Augen und Ohren sind doch schließlich überall.«

»Allerdings. Deshalb sage ich dir jetzt auch, dass du gern jemanden zu unserem Thanksgiving-Abendessen am Donnerstag einladen darfst, wenn du willst. Falls eine der Schauspielerinnen oder Regieassistentinnen noch keine Pläne hat zum Beispiel …« Mom zwinkerte mir zu, während Dad nur verständnislos die Stirn runzelte.

»Wie … woher weißt du …?« Ich schüttelte den Kopf. »Egal, ich will es gar nicht wissen. Und die Dreharbeiten laufen übrigens gut, soweit ich das mitbekomme.«

Am liebsten hätte ich sie auf das mitgehörte Gespräch angesprochen und gefragt, warum sie es geheim hielten. Ich wusste schließlich, dass die Buchungen nachgelassen hatten, allerdings war mir nicht klar gewesen, dass sie sich tatsächlich ernsthafte Sorgen machten. Dabei sollte ich solche Dinge wissen. Vor allem, wenn Mom wollte, dass ich eines Tages das Hotel übernahm. Trotzdem hielt ich mich zurück, als Mom vorschlug, nach Hause zu gehen. Draußen war es bereits seit einer Weile dunkel, und Dad hätte längst Feierabend machen sollen.

»Los, gehen wir«, sagte Mom. »Ich habe die Zwillinge vor zwei Stunden mit Malsachen im Wohnzimmer zurückgelassen. Hoffen wir, dass sie nicht in einem Anfall besonderer Kreativität die Wände angemalt haben oder so.«

Dad und ich tauschten einen Blick und folgten ihr grinsend.

Am nächsten Tag sah ich Abby erst am Nachmittag wieder, da das Filmteam heute einen weiteren Außendreh hatte. Bereits seit dem Morgen waren alle einige Meter neben dem Hotel zwischen hohen, schneebedeckten Tannen versammelt und eilten geschäftig hin und her. Offenbar war es eine der Schlüsselszenen, in der ein weiterer Mord passierte. Zumindest hantierten die Maskenbildner mit Kunstblut, das sie auf dramatische Weise im Schnee und auf den Klamotten der Schauspieler verteilt hatten.

»Und Cut«, ertönte eine durchdringende Stimme, die ich Jennifer Torres zuordnete. Ihr selbstbewusstes Auftreten, das deutlich machte, wer hier das Sagen hatte, erinnerte mich ein bisschen an Mom.

Ich duckte mich unter dem Absperrband hindurch, das Gäste oder Wanderer davon abhalten sollte, den Dreh zu stören, und steuerte auf Abby zu. Mit ihrer roten Mütze stach sie zwischen den anderen hervor wie eine hell blinkende Sirene. Vielleicht kam es aber auch nur mir so vor, weil sämtliche Antennen in mir automatisch ansprangen und sich an ihr orientierten, sobald sie in der Nähe war. Was nicht gerade dabei half, weniger an sie zu denken; und wenn ich die Anziehungskraft ausschalten könnte, würde ich es tun.

In diesem Moment drehte Abby sich zu mir um. Ein Lächeln huschte über ihr Gesicht, und mein Herz machte einen Sprung.

Nope, keine Chance, das zu ignorieren.

»Was machst du denn hier?«, fragte sie leise, als ich neben ihr zum Stehen kam.

»Ich wollte sehen, wie es so läuft«, erwiderte ich. »Und sicherstellen, dass du dich noch nicht in eine Eisstatue verwandelt hast.«

»Sehr witzig.« Sie verzog das Gesicht und versteckte im nächsten Moment ihr Lächeln, indem sie ihren Schal bis zur Nasenspitze hochzog.

»So schlimm?«

»Schlimmer«, sagte sie gedämpft. »Ich spüre seit locker einer Stunde meine Füße nicht mehr.«

Ich verkniff mir ein Grinsen. Das glaubte ich ihr sofort. »Wie lange macht ihr denn noch?«, fragte ich leise und warf einen Blick zu Jennifer Torres, die gerade mit den Schauspielern sprach, während die anderen redeten oder die Kameras neu einstellten.

»Nicht mehr lange. Jennifer meinte, Jill und ich können auch schon gehen, wenn es uns zu kalt wird.« Abbys Stimme drang abgehackt durch den Schal, als würden ihre Zähne klappern.

»Ich denke, du solltest dieses Angebot annehmen und dich schnellstens aufwärmen.«

Abby sah mich entrüstet an, und ich erwartete bereits Widerworte, doch zu meiner Überraschung nickte sie ergeben.

»Jennifer?«, sagte sie laut und nahm den Schal herunter. »Ist es in Ordnung, wenn ich für heute Schluss mache?«

»Klar. Es wäre allerdings toll, wenn du das Skript für morgen noch für alle ausdrucken könntest und schon mal im Meetingraum verteilst.«

»Okay, dann mache ich das eben noch. Danke.«

Ich folgte Abby, als sie das Hotelgebäude ansteuerte.

»Wann wird der Film eigentlich in den Kinos laufen?«, fragte ich.

»Nächstes Jahr im November. Sie wollen die richtige Jahreszeit dafür abwarten.«

»Klingt logisch.«

Kurz darauf erreichten wir den Eingang, und Abby stieß ein tiefes Seufzen aus, als uns wohlige Wärme entgegenströmte.

»Ich hatte gerade angefangen zu glauben, dass ich mich doch noch an die Kälte gewöhnen könnte«, sagte sie. »Jetzt bin ich mir da nicht mehr so sicher.«

Ohne darüber nachzudenken, stellte ich mich dicht neben sie und rieb ihr über den Rücken. Sofort drehte sie ihren Kopf in meine Richtung und starrte mich mit leicht geweiteten Augen an. Nur wenige Zentimeter trennten unsere Gesichter, was ihr im gleichen Moment bewusst zu werden schien wie mir.

Unwillkürlich hielt ich die Luft an. Wir standen mitten im Eingangsbereich, um uns herum betraten andere Gäste das Hotel, und ich war mir ziemlich sicher, dass Loreen, unsere Empfangsdame, uns neugierig beobachtete.

»Abby«, wisperte ich und holte sie damit aus ihrem erstarrten Zustand.

Räuspernd riss sie sich von mir los und stolperte einen Schritt zurück. Mit roten Wangen sah sie mich an. »Ich sollte jetzt das Skript drucken gehen«, murmelte sie verlegen.

»In Ordnung.« Ich setzte mich gleichzeitig wie sie in Bewegung.

»Ähm, du brauchst mich nicht zu begleiten.«

»Und wo genau wolltest du die Zettel drucken?«, fragte ich und verkniff mir ein Lachen.

Sie biss sich auf die Lippe. »In eurem Büro.«

»Wie praktisch, dass ich den Schlüssel dafür habe.«

Sie verdrehte die Augen, konnte ihr Grinsen jedoch nicht verbergen.

»Warum schickt Jennifer die Seiten euch nicht digital?«, fragte ich, als wir den Eingangsbereich durchquerten und den Fahrstuhl betraten.

»In einem ausgedruckten Skript können leichter Kommentare gemacht werden, und es ist für die Kameraleute und die Regieassistenz angenehmer, wenn sie das Skript zwischendurch in die Hand nehmen können. Die Schauspieler müssen ebenfalls manchmal draufschauen, wenn sie den Text vergessen haben und etwas nachlesen müssen.« Sie zuckte mit den Schultern. »Vermutlich sind auch einfach alle daran gewöhnt, und es wäre zu kompliziert, auf digitale Skripte umzustellen.«

»Klingt logisch.«

Mit einem Ruck setzte sich der Aufzug in Bewegung und glitt lautlos nach oben. Keiner von uns sagte etwas, doch als die Türen aufgingen, glaubte ich zu hören, wie Abby leise die Luft ausstieß. Als hätte sie sie angehalten.

Nachdem ich die Bürotür aufgeschlossen hatte, ließ Abby sich hinter dem Bildschirm nieder und klickte sich durch ihre Mails. Kurz darauf erwachte der Drucker mit einem Brummen zum Leben. Während immer mehr Seiten ausgespuckt wurden, schaute ich aus dem Fenster auf die schneebedeckte Landschaft. Mir wollte das Gespräch meiner Eltern nicht aus dem Kopf gehen. Sie hatten gestern kein Wort mehr darüber verloren, aber wer wusste schon, was sie besprachen, sobald die Kleinen und ich nicht dabei waren.

»Was ist los?«, fragte Abby.

Ertappt zuckte ich zusammen und drehte mich zu ihr um. Der Drucker war verstummt, wie lange schon, wusste ich nicht.

»Nichts, ich war nur in Gedanken versunken.«

»Ist alles in Ordnung?« Sorge lag in ihrem Blick. Ob wegen mir oder weil sie glaubte, dass ich über uns beide nachdachte, konnte ich nicht sagen.

Doch irgendetwas an Abby brachte mich dazu, mich ihr anzuvertrauen. »Ich habe gestern ein Gespräch zwischen meinen Eltern mitgehört«, platzte es aus mir heraus. »Sie machen sich Sorgen um das Hotel. Dass die Zahlen nicht so gut sind wie im letzten Jahr, wusste ich, aber scheinbar ist es ernster als gedacht. Ich hatte gehofft, dass die Sache mit dem Filmdreh für mehr Aufmerksamkeit sorgen würde, aber bisher hat es nicht den gewünschten Effekt.«

»Hm. Das ist natürlich Mist. Ich wünschte, ich könnte irgendwie helfen …« Sie runzelte die Stirn. »Wieso fragst du nicht Daxton, ob er auf seinen Social-Media-Kanälen mal ein kleines Video über das Hotel oder so hochlädt? Er könnte ja sein Zimmer, den Eingangsbereich und die Umgebung zeigen. Und erzählen, wie schön und idyllisch es hier ist. Der perfekte Urlaubsspot …«

»Dieses Video solltest eher du drehen«, warf ich schmunzelnd ein.

»Und Werbung für einen Urlaub im Schnee machen?« Sie lachte. »Ich fürchte, dafür bin ich nicht die Richtige. Mal abgesehen davon, dass mir nicht Tausende von Fans auf Instagram und Co folgen.«

»Gutes Argument. Aber denkst du wirklich, Daxton würde das machen? Er wirkt nicht gerade wie jemand, der sich für das Wohlergehen eines Hotels interessiert.«

»Er ist nicht so oberflächlich, wie die Presse ihn darstellt. Eigentlich ist es sogar richtig nett.«

»Nett? Daxton Coleman?« Stirnrunzelnd sah ich Abby an.

Kurz versetzte mir der Gedanke, dass die beiden sich gut verstanden, einen Stich. Es gefiel mir überhaupt nicht, wie der Kerl Abby musterte, aber ich schob das Gefühl schnell beiseite. Es gab keinen Grund, eifersüchtig zu sein. Zum einen, weil ich Abby nicht so einschätzte, dass sie mit zwei Typen gleichzeitig etwas anfing, und zum anderen, weil wir nicht zusammen waren und ich so etwas wie Besitzansprüche auf einen anderen Menschen hasste. Das war auch ein Problem bei Kelly und mir gewesen. Sie hatte nicht gewollt, dass ich mich mit Betty traf, obwohl ich ihr eine Million Mal versichert hatte, dass wir nur Freunde waren und nie wieder etwas anderes sein würden. Ironischerweise war es am Ende Kelly gewesen, die mir nicht hatte treu sein können.

»Ich kann ihn ja mal fragen«, schlug Abby vor und riss mich aus meinen Überlegungen.

»Okay, gut. Danke dir.«

»Klar. Wenn es dem Hotel hilft, mache ich das doch gern.«

Ihr Blick traf auf meinen, und mein Körper reagierte instinktiv. Dichte Wimpern umrahmten Abbys blaue Augen, in denen ich mich jedes Mal viel zu leicht verlor. Unwillkürlich tauchten in meinem

Kopf Bilder auf, wie sie sich an mich presste, wie ihre Hände durch meine Haare fuhren und ich sie noch ein Stück näher an mich zog.

Als hätte sie meine Gedanken gehört, schluckte Abby schwer. »Logan, wir sollten nicht ... Ich arbeite hier, und ... ich weiß nicht, ob ... In ein paar Wochen bin ich wieder weg, und ...« Sie brach ab und sah mich beinahe hilflos an.

Mit zwei Schritten war ich bei ihr und zog sie sanft von dem Stuhl hoch. »Abby«, sagte ich leise. »Ich weiß genau, was du denkst. Es gibt eine Menge Gründe, die dafür sprechen, dass das mit uns eine schlechte Idee ist.«

»Eine richtig schlechte Idee«, wisperte sie.

»Aber ...« Ein hoffnungsvoller Schimmer trat in ihre Augen, was mich ermutigte, weiterzusprechen: »Aber das ist mir egal. Zumindest einem Teil von mir. Und der Teil will dich einfach nur in meine Arme ziehen und dich noch mal küssen.«

Einen Moment lang sah sie mich nur an. Es war nicht schwer zu erkennen, dass sie gerade mit sich rang. So wie ich Abby einschätzte, war sie niemand, der überstürzt handelte oder einfach nur ihren Gefühlen folgte. Doch dann ging ein Ruck durch ihren Körper, und sie überbrückte den letzten Rest Abstand zwischen uns.

Ihr Atem strich über meine Haut, als sie den Kopf hob und eine Hand in meinen Nacken legte. »Verdammt, Logan«, murmelte sie. »Was machst du nur mit mir?«

Statt einer Antwort senkte ich den Kopf. Unsere Lippen berührten sich für den Bruchteil einer Sekunde, als ein lautes Klopfen ertönte.

Das durfte nicht wahr sein. Abby wich augenblicklich von mir zurück, wobei sie mir einen bedauernden Blick zuwarf.

»Ja?«, rief ich.

Die Tür öffnete sich, und Daxton Coleman steckte den Kopf herein. »Störe ich?«

Abby gab ein Schnauben von sich, und ich musste mich zurückhalten, ihm die Tür nicht vor der Nase zuzuschlagen und mit Abby da weiterzumachen, wo wir aufgehört hatten.

»Oh, ich störe also wirklich.« Er grinste, machte aber keine Anstalten, wieder zu gehen.

»Was gibt's denn?«, fragte Abby seufzend.

»Ich wollte nachschauen, ob das Skript schon gedruckt ist, und meinen Text noch mal durchgehen. Am Handy ist mir das zu umständlich.«

»Es ist alles fertig gedruckt, ich wollte die Zettel gleich im Meeting-Raum auslegen.« Mit einer fahrigen Bewegung nahm sie den Stapel aus dem Drucker. Ihr war anzusehen, dass sie in Gedanken ganz woanders war.

Sie drückte Daxton das Skript in die Hand und warf mir dann einen fragenden Blick zu, den ich im ersten Moment nicht kapierte.

»Wie gefällt dir eigentlich das Hotel, Daxton?«, fragte sie, und da begriff ich. Shit. Wollte sie das Gespräch wirklich jetzt führen?

Ich schaute zu Daxton. Er sah sie sichtlich verwirrt an.

»Gut, warum?«

»Na ja …«, setzte Abby an, doch ich unterbrach sie.

»Ich will ehrlich sein«, sagte ich an Daxton gewandt. »Das Hotel hat in dieser Saison weniger Buchungen als sonst. Meine Eltern wollen das White Season und die Gegend vermehrt über Social-Media-Kanäle bewerben. Das wird hoffentlich etwas bringen, aber wenn jemand mit vielen Followern das Hotel auf seinen Plattformen vorstellen würde, brächte das natürlich deutlich mehr Aufmerksamkeit.«

Ich sah ihn unverwandt an. Ein Muskel an meinem Kiefer zuckte, doch ich gab mir alle Mühe, ruhig zu bleiben und meine Worte nicht zurückzunehmen. Es war beschissen, jemand um Hilfe zu bitten. Vor allem, wenn es jemand wie Daxton Coleman war, der jetzt seinen Mund zu einem breiten Grinsen verzog.

»Sehe ich das richtig? Du und deine Eltern – die Edwards – bitten mich darum, ihr Hotel zu bewerben?« Er schüttelte den Kopf, als handelte es sich hierbei um einen großartigen Witz.

Fragend sah ich zu Abby. War der Kerl verrückt, und sie hatte vergessen, mir das zu sagen?

»Das war meine Idee«, schaltete Abby sich ein. »Ich dachte, dir würde es vielleicht nichts ausmachen, ein, zwei kurze Videoclips hochzuladen, in denen du das Hotel und die Umgebung zeigst. Vielleicht war das aber auch ein doofer Gedanke. Du hast schließlich genug zu tun.« Sie war mit jedem Wort leiser geworden, was Daxton aus seiner komischen Stimmung zu holen schien.

Schlagartig wurde er wieder ernst. »Nein, schon gut. Ich verstehe das. Ist ja nicht das erste Mal, dass ich gefragt werde, ob jemand meine große Reichweite nutzen kann.«

»So ist das gar nicht gemeint«, protestierte Abby. »Wir wollen dich ja nicht ausnutzen. Ich habe dich vorgeschlagen, weil du ein Freund bist, und Freunde helfen sich nun mal, oder nicht?«

»Freunde, ja. Aber mit ihm bin ich nicht befreundet.« Er schaute von Abby in meine Richtung, und ich zuckte reflexartig zurück.

Daxtons Miene war einem kalten, beinahe wütenden Ausdruck gewichen. Wenn ich es nicht besser wüsste, würde ich denken, es ginge hier um etwas Persönliches. Doch ich konnte mich nicht daran erinnern, ihm irgendetwas getan zu haben.

»Sorry«, murmelte Abby. Es war ihr anzusehen, dass sie genauso wenig verstand, was hier abging, wie ich.

»Spar dir das«, sagte Daxton. »Ich mache es trotzdem. Morgen Nachmittag komm ich nach den Dreharbeiten auf dich zu, dann können wir überlegen, welche Motive am geeignetsten wären und was ich über das Hotel erzählen soll.« Mit diesen Worten nickte er mir kurz zu und verließ mit seinem Skript in der Hand den Raum.

Irritiert sah ich ihm nach. »Was zur Hölle war das denn?«

»Keine Ahnung«, entgegnete Abby. »Schauspieler sind manchmal etwas eigenartig.« Sie zuckte mit den Schultern, doch der verwunderte Blick blieb. »Ich gehe dann mal die Skripte auslegen.«

Ehe ich sie aufhalten oder etwas erwidern konnte, war sie ebenfalls verschwunden. Verdammt. So hätte das nicht laufen sollen.

Nachdem ich mich ewig hin und her gewälzt hatte, in der Hoffnung, dass ich einfach irgendwann vor Müdigkeit einschlafen würde, gab ich auf. Ich scrollte eine Weile auf meinem Handy durch verschiedene Bilder von Künstlern, die ich bewunderte, doch irgendwann wanderten meine Gedanken wieder zu meinen Eltern. Ihre Sorge um das Hotel machte deutlich, wie dringend sie mich hier brauchten. Aber gleichzeitig war da auch noch Abby …

Seufzend legte ich das Handy beiseite und starrte an die Decke über mir. Was hatte Betty gesagt? Wenn mich jemand faszinierte, schaffte ich es nicht, mich von dieser Person fernzuhalten. Egal wie sehr ich es auch versuchte. Vielleicht sollte ich mir daher einfach nicht länger den Kopf zerbrechen und stattdessen die Zeit, die wir hatten, mit Abby genießen. Sie war nicht wie Kelly – und ich nicht mehr der Kerl, der sich so leicht das Herz brechen ließ.

Ich mochte unsere Gespräche, ihre direkte Art und dass sie voll und ganz für sich und ihre Träume einstand. Etwas, das ich nicht schaffte. Doch ihre Begeisterung für die Filmbranche erinnerte mich immer öfter an meine eigenen Wünsche. Daran, wie ich es bereits als Kind geliebt hatte, durch Kunstausstellungen zu laufen. Sie rüttelte etwas in mir wach, eine Stimme, die leise nach *mehr* verlangte. Nur was genau dieses *Mehr* war, wusste ich nicht. Aber möglicherweise wurde es Zeit, das herauszufinden.

14. KAPITEL

Abby

»Wenn ich irgendetwas Wichtiges verpasse, erzählst du es mir später, ja?«, fragte Jill zum ungefähr zehnten Mal. Sie hatte ihren Rucksack schon zur Hälfte gepackt und wirkte ziemlich aufgedreht, ein Zustand, der noch anstrengender war als ihr Übereifer.

»Klar. Allerdings bist du nur vier Tage weg, und da morgen Thanksgiving ist, drehen wir etwas kürzer als sonst. Und danach ist Wochenende, das heißt, bis du wieder hier bist, wird bestimmt nichts Ungewöhnliches passieren.« Zumindest ging ich davon aus.

»Ich hoffe es«, murmelte sie.

»Wie kommst du eigentlich nach Denver?«, wechselte ich das Thema.

»Matt fährt mich.« Jill überprüfte gerade ihre Handtasche und die Flugtickets. Auch das machte sie an diesem Morgen nicht zum ersten Mal. Ein bisschen erinnerte mich ihr Kontrollzwang an mich selbst, aber ich würde mich hüten, das laut zuzugeben.

»Ach, stimmt ja. Das ist nett von ihm.«

»Ja, ich weiß.« Jill runzelte die Stirn. »Wo ist mein Handy? Ich hatte es doch eben noch in der Hand.«

»Es liegt auf deinem Bett.« Ich erhob mich und warf einen kurzen Blick auf meine Uhr. Wenn ich vor dem Dreh noch frühstücken wollte, musste ich mich beeilen. »Ich muss los, Jill. Viel Spaß mit deiner Familie. Genieß die Auszeit. Und zerbrich dir nicht zu sehr den Kopf! Du bist nur kurz weg.«

»Mach ich. Danke.« Sie lächelte abwesend und kramte weiter in ihrer Tasche.

Nachdem ich ihr zum Abschied zugewinkt hatte, verließ ich unser Zimmer und nahm den Aufzug nach unten. Für die Treppen blieb keine Zeit. Seit Jill mir gestern offenbart hatte, dass sie doch noch spontan über Thanksgiving zu ihrer Familie fahren würde, nagte das Thema an mir.

In den letzten Jahren hatte ich mir nicht viel aus dem Tag gemacht, aber als ich heute Morgen aufgewacht war, hatte mich eine seltsame Traurigkeit befallen. Ich liebte meine Arbeit am Set. Von Jennifer konnte ich wahnsinnig viel lernen, und auch das Team war wirklich toll. Dennoch gab es da diese Stimme in meinem Kopf, die leise flüsternd fragte, ob das wirklich reichte. Ob es mir reichte, zu arbeiten und meine Karriere zu verfolgen und dabei aber allein zu sein. Keine Familie zu haben, die ich an Thanksgiving besuchte und die mich voller Vorfreude am Flughafen abholte.

Natürlich wäre Mom glücklich, wenn ich für den Feiertag nach Hause kommen würde. Wir hatten uns in den letzten Jahren unsere eigenen Traditionen geschaffen, und dafür liebte ich sie. Dennoch war es nicht das Gleiche.

»Guten Morgen, Abby«, begrüßte mich Daniel, der Tonmeister, als ich mich zu ihm an den größeren Tisch im Speisesaal setzte.

Bisher hatte ich nicht wirklich etwas mit ihm zu tun gehabt. Das Team war ziemlich groß, weshalb sich schnell kleine Grüppchen gebildet hatten. Und ich saß meistens mit Jill und Daxton zusammen. Manchmal war auch Matt dabei – und Lacy, die allerdings ihr Bestes gab, Jill und mich zu ignorieren.

»Du studierst doch in New York, oder?«, fragte Daniel unvermittelt und biss von seinem Toast ab, den er sich mit Marmelade bestrichen hatte.

Ich nickte. »Genau, an der Filmakademie.«

»Kennst du zufällig eine Megs Cruz?«

Kurz musste ich überlegen. »Hat sie kurze schwarze Haare, ist temperamentvoll und will eines Tages Filmproduzentin werden?«

»Genau die«, erwiderte Daniel grinsend. »Sie ist meine Cousine.«

»Ach echt? Wie klein die Welt manchmal doch ist.« Ich hatte nur ein paar Kurse mit ihr zusammen gehabt, aber ich erinnerte mich noch lebhaft an den Moment, als sie lautstark mit einem der Dozenten diskutiert hatte.

»In der Filmbranche passiert das ständig«, meinte Daniel schulterzuckend.

»Kann ich mir vorstellen.« Ich nahm einen großen Schluck Orangensaft und sah mich im dem großen, lichtdurchfluteten Raum um.

Einige der Tische waren nicht besetzt, was ein Zeichen dafür war, dass das Hotel nicht ausgebucht war. Hoffentlich würde Daxton das mit dem Video tatsächlich machen. Seine Reaktion gestern war alles andere als freundlich gewesen, was ich immer noch nicht ganz verstand. War er schon öfter ausgenutzt worden und glaubte jetzt, dass ich dasselbe tat? Dabei hatte ich Logan nur helfen wollen.

»Ist Jill heute gar nicht da?«, fragte Daniel.

Ich schüttelte den Kopf. »Nein, sie fährt über Thanksgiving heim.«

»Ah, verstehe. Hätten wir nicht einen so straffen Zeitplan, würde ich meine Frau und meine beiden Kinder auch gern besuchen. Aber manchmal geht es einfach nicht anders.«

»Das ist sicher nicht leicht, wenn man wochenlang weg ist, oder?«, hakte ich vorsichtig nach.

»Na ja, manchmal finden die Dreharbeiten ja auch in New York statt, und dann kann ich abends nach Hause gehen. Aber klar, es gibt Projekte, für die ist man auch mal mehrere Wochen weg. Das ist eben das Opfer, das man bringen muss, wenn man in diesem Bereich tätig sein will.«

Das hatte ich mir bereits gedacht. Ob Jennifer Kinder hatte? Irgendwie konnte ich mir das kaum vorstellen. In den letzten Jahren hatte sie bei zig Filmen Regie geführt, und ich glaubte nicht, dass da für eine Familie viel Zeit geblieben wäre.

»Und du wolltest über den Feiertag nicht nach Hause fahren?«

Obwohl die Frage sicher nur nett gemeint war, versetzte sie mir einen Stich.

»Nein«, sagte ich. »Für den weiten Weg lohnt es sich nicht richtig, außerdem nehme ich lieber alles von dem Praktikum mit, was ich kann.«

»So ähnlich spricht Megs auch, wenn sie irgendwo schnuppern darf. Ich schätze, die bläuen euch an der Akademie von Anfang an Ehrgeiz ein.«

»Ich denke eher, dass den die meisten schon mitbringen.«

»Das könnte auch sein.« Daniel trank seine Tasse in einem Zug leer und stand auf. »Wir sollten los. Du weißt ja, wie ungehalten Jennifer bei Unpünktlichkeit ist.«

Es war bereits später Nachmittag, als Jennifer uns endlich in den Feierabend entließ. Wir hatten eine weitere Szene im Flur gedreht, in der die Lage zwischen dem Ermittler und der jungen Witwe eskalierte. Sie war inzwischen die Hauptverdächtige für den Mord, allerdings stand sich Daxton alias der Ermittler selbst im Weg, da er sich in die Witwe verliebt hatte. Was sie natürlich gleich noch ein bisschen verdächtiger machte.

»Abigail? Hast du kurz noch eine Minute?«, fragte Jennifer, als die anderen nach und nach aufräumten und den Flur verließen.

»Klar.«

Sie deutete mit einer Kopfbewegung an, in das Zimmer zu gehen, in dem wir morgens immer unser Meeting hatten.

»Ich dachte, ich gebe dir mal etwas Feedback über deine bisherige Arbeit«, kam sie direkt zum Punkt, kaum dass ich die Tür hinter mir geschlossen hatte. »Leider ist das in unserer Branche nicht unbedingt üblich, aber mir ist es wichtig, dass alle Teammitglieder sich wohlfühlen und die Möglichkeit haben, sich zu verbessern oder selbst Rückmeldung zu geben.«

Einen Moment lang stieg Panik in mir hoch, doch als ich sah, dass sie lächelte, was bei ihr nicht besonders oft vorkam, entspannte ich mich augenblicklich.

»Du hast ein gutes Auge für Details, Abigail«, fuhr sie fort. »Das gefällt mir.«

Überrascht starrte ich sie an. Damit hatte ich nicht gerechnet, auch wenn ich bei der Arbeit mein Bestes gab.

»Außerdem hast du schnell verstanden, worauf es bei einer Szene ankommt. Und du bist ehrgeizig und verlässlich. Zwei wichtige Eigenschaften für diese Branche.«

»Vielen Dank«, sagte ich betont ruhig. Am liebsten wäre ich vor Freude auf und ab gehüpft. »Ich habe in den letzten Tagen wahnsinnig viel gelernt und bin unglaublich froh, dass du mir die Chance gegeben hast, bei dem Film mitzuwirken.«

»Darüber bin ich auch froh. Wenn du so weitermachst, werden dir später viele Türen offen stehen, da bin ich mir sicher. Du weißt bestimmt selbst, dass diese Branche kein Zuckerschlecken ist, aber wenn man das nötige Talent und den nötigen Biss hat, um in ihr zu bestehen, kann man viel erreichen.«

Ich konnte es nicht fassen. Passierte das hier gerade wirklich? »Ich werde auf jeden Fall mein Bestes geben«, versicherte ich ihr.

Schmunzelnd deutete Jennifer auf die Tür, hinter der der Flur noch immer als Drehort für andere Gäste gesperrt war. »Tust du das nicht bereits?«

Ich zuckte mit den Schultern. »Ich versuche es jedenfalls.«

Sie lächelte wissend. »Gut, mach weiter so! Und jetzt musst du mich entschuldigen, wir sehen uns dann spätestens morgen beim Meeting. Hab noch einen schönen Feierabend«, sagte sie und ging an mir vorbei in Richtung Tür. Damit war das Gespräch dann wohl beendet.

Mit beschwingten Schritten folgte ich ihr aus dem Raum und steuerte die Treppe an, um nach unten in den Speisesaal zu gehen. Ich konnte etwas zu trinken gebrauchen, außerdem knurrte mein

Magen seit einigen Minuten in regelmäßigen Abständen. Hoffentlich gab es bald Abendessen.

Ein breites Grinsen machte sich auf meinem Gesicht breit, als ich die Treppe betrat. Jennifer Torres hatte mich gelobt. Das war fast schon zu gut, um wahr zu sein. Aufgeregt griff ich nach meinem Handy, das in meiner Hosentasche steckte. Bonnie würde die Sprachnachricht zwar erst später hören, aber davon musste ich ihr unbedingt erzählen.

Den Blick auf das Display gerichtet, merkte ich zu spät, dass mir jemand entgegenkam. In letzter Sekunde wollte ich noch ausweichen, doch ich rutschte auf der Treppenstufe aus und stolperte nach vorn.

Zwei starke Arme fingen mich auf. »Ist das die Revanche für die Sache auf der Piste?«

Ich richtete mich auf und blickte in ein Paar belustigt funkelnde Augen. »Logan!« Erleichtert atmete ich laut aus. »Du bist es.«

»Ich glaube, die Worte, die du eigentlich sagen willst, sind: Entschuldige, ich habe dich zu spät gesehen.« Ein freches Grinsen lag auf seinen Lippen.

»Ach, meinst du?«, fragte ich und hob die Augenbrauen. Erst jetzt merkte ich, dass seine Hand schwer auf meiner Hüfte lag. Er hatte meinen Beinahe-Sturz abgefangen und mich seither nicht losgelassen. Ein angenehmes Kribbeln machte sich in meinem Körper breit, wie immer, wenn er mich berührte.

»Ja, allerdings. Du willst doch nicht genauso unhöflich sein wie der Idiot, der dich damals fast umgefahren hat.«

Meine Mundwinkel bogen sich nach oben, als ich an unsere erste Begegnung dachte. »Möglicherweise habe ich an dem Tag ein kleines bisschen überreagiert.«

»Möglicherweise.« Logan lachte leise, und das Kribbeln wurde stärker.

»Sag mal, was machst du morgen Abend?«, fragte er und wechselte damit unvermittelt das Thema.

Verwirrt runzelte ich die Stirn. »Lesen und früh schlafen gehen. Vielleicht schaue ich auch einen Film. Warum?«

»Na ja, ich habe mich gefragt, ob du vielleicht Lust hast, mit mir und meiner Familie zu Abend zu essen?«

»Was?«, entfuhr es mir. Mit weit aufgerissenen Augen starrte ich ihn an. »Morgen ist doch Thanksgiving«, stotterte ich. »Ein Feiertag ... ein Tag, den man mit der Familie verbringt.«

»Ach, meine Familie ist da ganz unkompliziert, und meine Mom hat nichts dagegen, einen Gast am Tisch zu haben. Wenn ich ehrlich bin, hat sie mich sogar dazu ermutigt, dich einzuladen.« Er zwinkerte mir zu. »Außerdem könntest du dann meinen Schwestern aus erster Hand von den Dreharbeiten berichten, was sie garantiert glücklich machen würde.«

Ich schluckte schwer. In den letzten Stunden hatte ich erfolgreich jeden Gedanken an den bevorstehenden Feiertag verdrängt, doch Logans Worte brachten den Schmerz zurück. Es wäre schön, den Abend nicht allein im Hotelzimmer verbringen zu müssen, andererseits war ich weder Logans Freundin, noch kannte ich seine Familie.

»Was werden sie denn denken, wer ich bin?«

»Eine Freundin, mit der ich zusammenarbeite und die ich dadurch besser kennengelernt habe«, sagte er, ohne zu zögern.

»Eine Freundin also?«

»Das ist zumindest die Version, die ich meiner Familie erzählen werde. Ich kann natürlich auch sagen, dass du die junge Frau bist, die mein Leben seit ihrer Ankunft ganz schön aufwirbelt und die ich vor vier Tagen im Kaminzimmer geküsst habe, was ich seither wiederholen möchte – wenn nicht ständig jemand dazwischenfunken würde.« Logans Blick lag unverwandt auf mir, und ich schnappte leise nach Luft.

»Ich glaube, die andere Version ist vermutlich besser«, murmelte ich und hoffte, dass er nicht bemerkte, wie schnell und laut mein Herz schlug.

Logen schmunzelte. »Dann steht die Sache mit morgen also?«

Kurz zögerte ich und dachte an die vielen Aber, die sich bei dem Gedanken, seine Einladung anzunehmen, automatisch aufdrängten. Doch dann gab ich mir einen Ruck und nickte. Es war nur ein Abendessen. Und so ein kleines bisschen war ich auch neugierig auf die Edwards.

»Perfekt.« Logan wirkte äußerst zufrieden.

Als ein junges Paar an uns vorbeiging, verschwand Logans Hand von meiner Hüfte. »Dann sehen wir uns spätestens morgen Abend«, raunte er und lief die Treppe nach oben.

Verblüfft sah ich ihm nach, bis er um die Ecke verschwand.

Verdammt. Jetzt hatte ich Bonnie gleich zwei Dinge zu erzählen – weshalb es vermutlich besser war, sie später anzurufen. Seufzend steckte ich das Handy wieder weg, ich wusste jetzt schon, dass sie ausflippen würde. Insbesondere, da ich im letzten Jahr noch über sämtliche Feiertagsrituale geschimpft hatte. Aber seit ich im White Season war, schienen sich alle meine Prinzipien in Luft aufzulösen. Allerdings war ich mir nicht sicher, ob ich das heimlich genoss oder ob es mir Angst einjagte. Vielleicht ein bisschen was von beidem.

Nach dem Abendessen ging ich noch kurz in mein Zimmer, tauschte meine Jeans mit einer bequemen Leggins und zog statt einem Pulli ein Top an. Meinen Kursteilnehmern aus New York hatte ich bereits gestern Abend Bescheid gegeben und ihnen wie bei den letzten Malen die Zugangsdaten für das Onlineportal geschickt, über das die Live-Session laufen würde. Mit meinem Tablet und der Matte unterm Arm ging ich nach oben in das Zimmer neben dem Fitnessraum, wo ich auch gleich alles so ausrichtete, dass man mich gut sehen konnte. Nachdem ich die richtige Kameraeinstellung gefunden hatte, wärmte ich mich mit ein paar Dehnübungen auf – und zehn Minuten später trudelten auch schon die ersten Kursteilnehmer ein.

»Hey, Leute«, begrüßte ich sie. Es war immer noch seltsam, mit dem Bildschirm zu sprechen, aber als die Teilnehmer fröhlich zurückwinkten, entspannte ich mich.

»Ich hoffe, es geht euch allen gut«, fuhr ich fort. »Ihr kennt es ja bereits, falls während der Stunde Verzögerungen auftreten, der Ton ausfällt oder Ähnliches, gebt mir bitte sofort Bescheid, okay?«

Wieder erntete ich ein kollektives Nicken.

Inzwischen waren zwölf Teilnehmer online, und ich beschloss, mit der Stunde zu starten. »Okay, dann fangen wir mal an. Begebt euch bitte zum Rand eurer Matte ...«

Gemeinsam mit den Kursteilnehmern nahm ich ein paar tiefe Atemzüge. Sofort spürte ich, wie mein Körper schwerer wurde und meine Gedanken nicht länger wild umhersprangen. Als ich mit dem ersten Flow, einer Abfolge von ein paar sanften Übungen, startete, verbannte ich das bevorstehende Thanksgiving-Essen bei den Edwards aus meinem Kopf. Ebenso die Dreharbeiten oder die Feiertage im Dezember.

Das war es, was ich an Yoga so liebte. Wenn ich auf der Matte war, verweilte ich ganz im Moment. Ich nahm meinen Körper wahr, meinen Atem und schloss den Rest der Welt aus.

»Und einatmen … Richte dich auf, Krieger eins mit gehobener linker Ferse … Ausatmen, verschränke die Hände hinter deinem unteren Rücken. Einatmen … Zieh die Faust nach hinten, öffne dein Herz …« Mit ruhiger Stimme führte ich die Kursteilnehmer durch die verschiedenen Flows.

Am Ende fanden wir uns wie üblich alle noch mal sitzend auf der Matte ein, legten unsere Hände vor der Brust aneinander und bedankten uns für die Stunde. Als die Session vorbei war, blieb ich noch ein paar Atemzüge lang sitzen. Mein Körper fühlte sich tiefenentspannt an, und die Hektik, die seit meiner Ankunft im Hotel tagtäglich am Set herrschte, schien unendlich weit weg zu sein. Als ich schließlich aufstand, um das Tablet auszuschalten und die Matte zusammenzurollen, lag ein breites Lächeln auf meinen Lippen. Genau das hatte ich jetzt gebraucht.

Nachdem ich in mein Zimmer zurückgekehrt war, machte ich es mir in meinem Bett gemütlich und griff nach dem Buch auf meinem Nachttisch. Mit Bonnie würde ich doch erst morgen telefonieren. Dank der Zeitverschiebung war es bei ihr inzwischen ohnehin mitten in der Nacht, und wahrscheinlich schlief sie auch schon.

Ich klappte das Buch auf und las die ersten Sätze. Ein paar Seiten würde ich noch schaffen und dann hoffentlich müde genug sein, um direkt einschlafen zu können, ohne dass mich die Gedanken an das Thanksgiving-Essen die ganze Nacht wach hielten. Darüber konnte ich mir morgen noch genug Sorgen machen.

15. KAPITEL

Abby

Wie zu erwarten, bereute ich meine Entscheidung, mit den Edwards zu essen, als ich am Donnerstagnachmittag vor meinem Schrank im Hotelzimmer stand.

Ich hatte bequeme Klamotten für den Feierabend und stilvollere Outfits für die Arbeit dabei. Aber auf ein Thanksgiving-Dinner mit der Familie, der das Hotel gehörte, war ich nicht vorbereitet. Nachdenklich betrachtete ich den schwarzen, eng anliegenden Rock in meiner Hand. War er nicht viel zu partymäßig? Und vor allem zu kurz?

Seufzend legte ich ihn zurück in die Schublade. Wenn wenigstens Bonnie hier wäre. Sie hatte mir heute Morgen zwar aufmunternd zugesprochen, aber jetzt gerade hätte ich sie am liebsten dagehabt. Selbst Jill wäre eine gute Gesellschaft. Hauptsache irgendjemand, der mir bei der Outfitwahl helfen konnte. Ich warf erneut einen Blick auf mein Handy. Es war bereits kurz vor fünf, was hieß, in nicht mal einer Stunde erwarteten mich die Edwards. O Gott, was hatte ich mir nur dabei gedacht?

Kurz entschlossen griff ich nach einem langärmligen schwarzen Kleid, das bis zu den Knien reichte und an der Hüfte gerafft war, sodass es meine Figur gut zur Geltung brachte. Es war schick, aber nicht zu aufreizend. Damit machte ich also hoffentlich nichts falsch. Bevor ich mir weiter den Kopf zerbrechen konnte, schlüpfte ich hinein und ging dann ins Bad, wo ich meine Haare mit einem Lockenstab bearbeitete, bis sie mir in sanften Wellen über die Schulter fielen. Anschließend legte ich etwas Make-up auf, wobei ich mich für einen dezenten Look entschied. Ich wollte nicht aufgebrezelt wirken, und mein Gefühl sagte mir, dass Logans Eltern Natürlichkeit ohnehin mehr schätzten.

Abgesehen von dem einen Mal, als ich Logans Gespräch mit seinem Vater belauscht hatte, war ich Matthew Edwards nicht mehr begegnet. Aber vermutlich verbrachte er die meiste Zeit in der Küche. Auch sei Frau, Annie Edwards, hatte ich bisher nur ein paarmal gesehen. Schon da war allerdings deutlich geworden, dass alle im Hotel sie sehr schätzen, was meinen Respekt vor ihr nur vergrößerte.

Nervös legte ich ein wenig Lipgloss auf und verließ das Bad wieder. Seit der Schulzeit war ich nicht mehr bei Fremden zu Hause gewesen. Mit Bonnies Familie war ich zwar einmal in einem Lokal essen gewesen, aber das war etwas anderes.

Da ich noch Zeit hatte, setzte ich mich auf mein Bett und griff nach meinem Handy. Gedankenverloren scrollte ich durch die Nachrichten, darunter war auch eine Sprachnachricht von Mom, die ich bisher noch nicht abgehört hatte. Ich klickte sie an, und kurz darauf ertönte ihre vertraute Stimme.

Schätzchen, ich hoffe es geht dir gut und du genießt den Feiertag. Ich wünschte, du wärst heute hier, aber das holen wir nach. Aber ob du es glaubst oder nicht, ich sitze heute mal nicht allein in meiner Wohnung, ich habe nämlich ein Date. Du musst dir also keine Sorgen machen. Lass uns bald mal wieder telefonieren. Oh, und schick mir gern ein paar Fotos vom Set, ja? Fühl dich gedrückt.

Perplex starrte ich mein Handy an. Das war neu. Meine Mom klang ungewöhnlich fröhlich. Kein Wort über meinen Vater oder darüber, dass Männer Idioten waren, die ihr nur das Herz brachen. Hoffentlich war der Kerl, mit dem sie sich traf, kein Fehlgriff. Wenn es jemand verdient hatte, glücklich zu sein, dann Mom.

Schnell schickte ihr ihr eine kurze Nachricht zurück und versicherte ihr, dass es mir gut ging. Dass ich heute bei Logans Familie zum Essen eingeladen war, behielt ich allerdings für mich. Sie würde sich nur unnötig Sorgen machen und mich warnen, dass es unklug wäre, mich auf jemanden einzulassen, der mitten in den Rocky Mountains lebte. Als wüsste ich das nicht selbst.

Um viertel vor sechs hielt ich es nicht mehr aus. Ich schlüpfte in meinen Mantel und verließ das Zimmer. Auf dem Weg nach unten kam mir niemand entgegen, und selbst der Eingangsbereich lag leer und verlassen da. Vermutlich waren die meisten Gäste irgendwo essen oder skypten mit ihren Lieben.

Ich atmete noch mal tief durch, bevor ich ins Freie trat. Das Haus der Edwards lag nur wenige Meter neben dem Hotel. Im Vergleich zum White Season war es ein kleines, beinahe unscheinbares Gebäude. Lediglich die rot angemalten Fensterrahmen und das helle Licht, das nach draußen drang, ließen erahnen, dass drinnen eine gemütliche Atmosphäre herrschte. Neben dem Haus stand ein Schneemann mit einer Karotte als Nase und einem alten, verbeulten Hut auf dem Kopf. Mit den Stöcken an den Seiten, die Arme darstellen sollten, erinnerte er mich ein bisschen an Olaf aus *Frozen*. Das Werk der Zwillinge, wie ich vermutete.

Als ich die kleine Treppe zur Haustür hochging, fiel mein Blick sofort auf den liebevoll gebundenen Kranz aus Tannenzweigen, der an der Tür hing. Es waren auch kleine Weihnachtskugeln und Hagebutten mit eingeflochten worden, und man konnte ihm ansehen, dass alle zusammengeholfen hatten, denn zwischen den Zweigen waren auch ein paar selbst gebastelte Sterne, die aussahen, als hätten Kinder sie gemacht.

Mist. Plötzlich wurde mir deutlich bewusst, dass die Edwards eine richtige Familie waren. Eine, in der gelacht wurde, in der Herzlichkeit, warme Mahlzeiten und liebevolle Umarmungen zur Tagesordnung gehörten. Also ganz anders als meine. Ob Dad mit seiner neuen Frau und den Kindern ebenfalls so umging? Rasch verdrängte ich den Gedanken und betätigte die Klingel.

Logan war der Grund, warum ich hier war. Und weil ein gemeinsames Essen tausendmal besser war, als allein in meinem Zimmer zu sitzen. Dabei war es nur ein Abendessen. Eine nett gemeinte Einladung. Zumindest sagte ich mir das seit gestern.

»Hallo, Abby!« Die Tür schwang auf, und eine strahlende Annie Edwards stand vor mir. »Schön, dass du heute zu uns kommst.«

Sie trug ein bunt geblümtes Kleid, und ihre braunen Haare fielen ihr offen über die Schulter. Ihre Lippen hatte sie in einem beerigen Ton angemalt, was ihr einen edlen Look verlieh.

»Vielen Dank, Mrs Edwards. Ich weiß die Einladung wirklich sehr zu schätzen.«

»Ach, nichts zu danken. Und nenn mich doch Annie«, sagte sie. »Das tun alle. Aber jetzt komm rein, bevor die Kälte weiter hereinströmt.« Sie griff nach meinem Arm und zog mich beherzt in das Innere der Wohnung.

Etwas überrumpelt folgte ich ihr.

»Ist das Logans neue Freundin?«, ertönte eine helle Stimme, gefolgt von einem Kichern.

»Daisy, Zoey, lasst unseren Gast erst mal ankommen«, mahnte Annie, doch die beiden Mädchen kamen bereits um die Ecke und schauten mich mit großen Augen an.

»Du bist hübsch«, sagte die Linke.

Sie trugen beide ein himmelblaues Kleid mit kleinen Schleifen, und wenn sie mir in diesem Moment erzählt hätten, dass sie in Wahrheit Engel oder Feen waren, hätte ich es ihnen vermutlich geglaubt.

»Deine Haare sehen ein bisschen aus wie die von Elsa aus *Frozen*«, bemerkte die andere, die sich ein Stück hinter ihrer Schwester hielt.

Unwillkürlich musste ich schmunzeln. Dann stellte der Schneemann draußen wohl tatsächlich Olaf da.

»Das ist Zoey«, sagte Annie und deutete auf die Linke. »Und das ist Daisy. Aber mach dir nichts draus, wenn du die beiden verwechselst. Das passiert jedem.«

»Gut zu wissen.« Etwas überfordert von der Situation, zog ich meinen Mantel aus.

»Oh, den kannst du mir geben, ich hänge ihn gern …«

»Das übernehme ich«, erklang eine tiefe Stimme hinter Annie.

Erleichtert schaute ich auf und begegnete Logans Blick.

»Kommt, Kinder, gehen wir schon mal ins Esszimmer.« Annie scheuchte die Zwillinge den Flur entlang. Sobald sie um die Ecke verschwunden waren, kehrte schlagartig Stille ein.

»Tut mir leid, sie können manchmal etwas viel sein«, sagte Logan entschuldigend. Sein Blick wanderte über mein Kleid, und ein Lächeln erschien auf seinen Lippen. »Du siehst toll aus.«

»Danke.« Ich strich mir eine Strähne hinters Ohr und zwang mich, ruhig weiterzuatmen. Himmel, warum war ich denn plötzlich so nervös? »Du aber auch.«

Logan trug eine dunkle Hose und ein nachtblaues Hemd, das das Blau seiner Augen betonte. Statt darauf zu antworten, nahm Logan mir lächelnd den Mantel ab und beugte sich zu mir herunter.

Stockend hielt ich die Luft an, doch er küsste mich lediglich auf die Wange und hängte dann den Mantel in der Garderobe auf.

»Also doch«, murmelte ich.

»Also doch – was?«

»Also bist du doch ein Gentleman.«

»Ich kann zumindest einer sein, wenn ich will«, erwiderte er mit einem Zwinkern. »Bist du bereit?«

Nein. »Ich denke schon.«

Logan schaute mich prüfend an, vermutlich stand mir die Aufregung ins Gesicht geschrieben.

»Das wird schon«, sagte er leise. »Mein Dad ist ein hervorragender Koch – schließlich führt er die Küche im Hotel –, und ich verspreche, dass es sich allein für das Essen schon gelohnt hat.« Er griff nach meiner Hand und drückte sie kurz.

Ich atmete tief durch und nickte. Keine Ahnung, warum ich überhaupt so aufgeregt war. Ich schaffte es, Jennifer Torres entspannt entgegenzutreten, da sollte ein Essen mit einer Familie doch ein Kinderspiel sein.

Mit zitternden Beinen folgte ich Logan in das Esszimmer, das direkt an die Küche grenzte. Ein großer, gedeckter Holztisch mit veilchenblauem Porzellangeschirr und einem kleinen Blumenstrauß in der Mitte nahm einen Großteil des Raums ein. An den Wänden hingen überall Familienfotos und selbst gemalte Bilder der Zwillinge. Auf einem waren fünf Personen zu sehen, wobei die Eltern sich an den Händen hielten und die beiden Kinder mit dem Kerl, der nur Logan sein konnte, spielten. Der Anblick versetzte mir einen Stich, und ich kämpfte gegen den jähen Schmerz an, der in mir aufloderte. Es sollte mir nicht immer noch so viel ausmachen, schließlich war es Jahre her, seit Dad gegangen war. Ich hatte mir mehr oder weniger erfolgreich eingeredet, so etwas wie eine große Familie nicht zu brauchen, doch nun merkte ich, dass ich mir etwas vorgemacht hatte. Denn tief im Innern sehnte sich jeder nach Menschen, zu denen man gehörte. Nach Vertrautheit und Zusammenhalt. Allerdings machte es dieses Wissen nicht weniger schmerzhaft.

»Alles klar?«, fragte Logan leise.

»Ja.« Ich zwang mich, meinen Blick von den Bildern zu lösen.

»Sitzt du neben mir?«, rief Daisy aufgeregt und sah mich erwartungsvoll an.

»Das kann ich gern machen«, erwiderte ich, und schon im nächsten Moment wurde ich zu einem der Stühle gezogen.

In den darauffolgenden Minuten erzählten mir die Zwillinge abwechselnd von der Schule und stellten gefühlt Hundert Fragen zum Filmdreh und den Schauspielern. Logan hatte sich auf die andere

Seite neben mich gesetzt und beobachtete das Ganze mit einem wissenden Grinsen.

»Haben die beiden immer so viel Energie?«, flüsterte ich, als Zoey kurz Luft holte.

Er nickte lachend. »Immer.«

»Mein Respekt vor dir wächst gerade ein beachtliches Stück.«

»Das sollte er auch.« Er verzog leidend das Gesicht, doch ich konnte in seiner Stimme hören, wie sehr er seine beiden Schwestern liebte.

»Achtung, Kinder, hier kommt der Truthahn«, verkündete Annie, die dicht gefolgt von ihrem Mann das Zimmer betrat. Nachdem er einen himmlisch duftenden Truthahn auf den Tisch gestellt hatte, wischte er sich die Hände an einer Serviette ab und begrüßte mich mit einem festen Händedruck.

»Hallo, Abby. Schön, dass du heute mit uns isst. Du kannst mich gern Matthew nennen.«

»Vielen Dank«, erwiderte ich.

Als ich Logans Vater das letzte Mal im Hotel gesehen hatte, war mir bereits aufgefallen, wie ähnlich die beiden sich sahen. Genau wie Logan war Matthew groß gewachsen, hatte dunkelblonde Haare und blitzend blaue Augen, die mich aufmerksam musterten, bevor er sich hinsetzte und sich den Zwillingen zuwandte.

»Wer von euch will das Tischgebet sprechen?«

»Ich«, rief Zoey sofort, und als alle ihre Hände falteten, tat ich es ihnen erstaunt nach.

Das war eine weitere Sache, die ich von meiner Familie nicht kannte. Mom und ich starteten meistens direkt mit dem Essen. Manchmal hatten wir auch gar nicht zusammen am Tisch gesessen, sondern jeder für sich allein, wobei ich mich nicht selten nur mit einer Schüssel Cornflakes vor den Fernseher gehockt hatte.

Nach dem kurzen Tischgebet, in dem Zoey voller Inbrunst für das Essen und die Gesundheit der Familie dankte, schnitt Annie den Truthahn an und füllte unsere Teller bis zum Rand mit Kartoffelgratin, geröstetem Rosenkohl und grünen Bohnen. Wenn ich das alles tatsächlich aß, würde ich mich vermutlich aus dem Haus rollen müssen.

Es duftete jedenfalls herrlich, und als ich den ersten Bissen probierte, hätte ich beinahe laut aufgeseufzt. Matthew war wirklich ein begnadeter Koch.

Während des Essens herrsche eine ausgelassene Stimmung. Alle redeten durcheinander, hörten sich gleichzeitig aber so weit zu, dass sie noch auf die Aussagen der anderen antworten konnten. Nur Logan hielt sich zurück und warf mir immer wieder prüfende Blicke zu, als wollte er sich vergewissern, dass es mir gut ging.

»Und du studierst Filmregie in New York?«, wandte sich Annie plötzlich an mich.

»Ja, genau«, sagte ich. »Und jetzt mache ich hier ein Praktikum. Ich darf Jennifer Torres bei der Arbeit über die Schulter schauen und kann dadurch mehr über Regieführung lernen. Was besonders cool ist, ist, dass sie mich und die andere Praktikantin oft aktiv mit einbezieht.«

»Das klingt auf jeden Fall sehr spannend. Wie bist du denn auf diesen Beruf gekommen?« Ehrlich interessiert sah sie mich an, und während ich erzählte, wie ich schon als Kind Filme geliebt und beschlossen hatte, eines Tages selbst in dem Bereich zu arbeiten, hörten sowohl sie als auch ihr Mann aufmerksam zu.

»Das ist wirklich beeindruckend«, sagte Matthew. »So jung schon so hart für die eigenen Träume zu kämpfen.«

Aus dem Augenwinkel nahm ich wahr, wie Logan sich unmerklich verkrampfte.

»Für mich war es die einzig logische Entscheidung«, entgegnete ich, während ich die Serviette auf den leeren Teller legte. »Es gab nichts, was ich lieber machen wollte, also habe ich mich direkt nach der Schule bei der Akademie beworben.«

»Wenn ich groß bin, will ich Schauspielerin werden«, verkündete Daisy.

»Ich nicht. Ich werde Astronautin«, erklärte Zoey.

»Dann musst du aber ins Weltall fliegen«, sagte Daisy und verschränkte ihre Arme. »Das ist viel zu weit weg.«

Annie lachte. »Zum Glück liegen diese Entscheidungen ja noch in der Zukunft«, schaltete sie sich ein. »Und bis dahin solltet ihr euch erst mal auf die Schule konzentrieren.«

Die Mädchen verzogen synchron das Gesicht und widmeten sich wieder ihrem Essen. Mit einem Seufzen lehnte Annie sich zurück und wechselte einen schnellen Blick mit ihrem Mann. Matthew betrachtete sie liebevoll und strich fast beiläufig mit seinen Fingern über ihren Handrücken.

Mit einem Kloß im Hals beobachtete ich die Szene. In ihren Gesten lag so viel Liebe. Für Daisy und Zoey war es vermutlich völlig normal, so aufzuwachsen. Mit einem großen Bruder, der sie liebte, und Eltern, die sich mit Respekt und Zuneigung begegneten. Sie wussten nicht, wie es war, wenn der eigene Vater eines Morgens plötzlich nicht mehr da war. Wie es sich anfühlte, in das Schlafzimmer der Eltern zu rennen, voller Panik den Schrank aufzureißen und festzustellen, dass die Hälfte der Kleider verschwunden war.

Ich schluckte schwer, doch der Kloß blieb. Im nächsten Moment spürte ich eine Hand auf meinem Bein. Es war nur eine sanfte, federleichte Berührung, doch sie hatte eine tröstende Wirkung. Dankbar sah ich Logan an. Ein nachdenklicher Ausdruck lag auf seinem Gesicht. Ob er spürte, wie wenig ich hierherpasste? Und wie sehr ich mir zugleich wünschte, ich würde dazugehören?

Ich hatte mich in den letzten Jahren damit abgefunden, nicht länger Teil einer großen Familie zu sein. Mom und ich bildeten ein gutes Team. Wir hielten zusammen, und auch wenn es mit ihr manchmal anstrengend war, war sie meine Familie. Das musste reichen. Doch der Schmerz in meinem Innern, der in den letzten Tagen immer stärker geworden war, sagte etwas anderes. Er sprach davon, dass ich mich sehr wohl nach einer Familie sehnte. Nach Menschen, bei denen ich mich zu Hause und angekommen fühlen konnte.

»Wer möchte Nachtisch?«, fragte Annie und riss mich damit aus meinen trübsinnigen Gedanken.

»Nachtisch?«, echote ich. Ich hatte meinen Teller nur mit Mühe und Not geschafft, ohne dabei zu platzen.

»Pumpkin Pie geht immer«, beschwor mich Matthew. »Das ist doch quasi ein anderer Magen.«

»Glaub mir, Abby. Den willst du dir nicht entgehen lassen«, sagte Logan.

»Na schön. Aber wenn ich nachher platze, bist du schuld.«

Kurz darauf konnte ich mir ein genussvolles Seufzen nur mühsam verkneifen. Logan hatte nicht übertrieben. »O Gott, der Kuchen ist der beste Pumpkin Pie, den ich je gegessen habe«, verkündete ich, nachdem ich den ersten Bissen hinuntergeschluckt hatte.

»Vielen Dank«, sagte Matthew, sichtlich mit sich zufrieden.

Nach dem Essen blieben wir noch eine ganze Weile sitzen, doch schließlich hielten es die Zwillinge nicht länger aus und drängten danach, einen Film zu schauen. Während die anderen schon mal das Wohnzimmer herrichteten, half ich Matthew, den Tisch abzuräumen. Als ich mich noch einmal für das fantastische Essen und die Einladung bedankte, winkte er ab, als wäre es das Selbstverständlichste der Welt, dass Logan mich mitgebracht hatte.

»Du bist hier jederzeit willkommen«, sagte er, bevor er zu den anderen ins Wohnzimmer ging.

Eigentlich sollte ich ihm folgen, doch stattdessen blieb ich in der Küche stehen und schloss die Augen. Ich brauchte einen Moment, um mich zu sammeln. So viel Herzlichkeit kannte ich nicht, und sie rief Gefühle in mir hervor, die ich normalerweise lieber verdrängte.

»Abby?« Logans Stimme drang sanft an mein Ohr und ich öffnete die Augen. »Es war etwas viel, oder?« Er trat auf mich zu und strich mit seiner Hand langsam über meinen Arm. Eine Gänsehaut breitete sich dort aus, wo er mich berührte.

»Ein bisschen vielleicht. Deine Familie ist sehr herzlich. Das bin ich nicht gewöhnt.« Ich biss mir auf die Lippe und kämpfte gegen den Anflug von Traurigkeit an, der mich ergriff.

Er nickte verständnisvoll. »Soll ich dir meine Wohnung zeigen?«, schlug er zögernd vor. »Ich will dich noch nicht gehen lassen, und ich könnte ebenfalls eine Pause von meiner Familie vertragen.« Sein Blick war vollkommen aufrichtig, und es war ihm deutlich anzusehen, dass er nicht einfach davon ausging, dass ich sowieso Ja sagen würde. Das gefiel mir.

»Sehr gern«, sagte ich daher.

Kurz darauf verabschiedeten wir uns von seiner Familie, und ich musste Zoey und Daisy versprechen, sie über die Dreharbeiten auf dem Laufenden zu halten. Als seine Eltern uns noch einen schönen Abend wünschten, entging mir nicht das wissende Lächeln auf ihren Gesichtern.

Etwas nervös folgte ich Logan die Treppe nach oben in das Stockwerk, wo sich seine eigene kleine Wohnung befand. Kurz darauf öffnete er eine Tür und bedeutete mir, einzutreten. Vor mir lag ein langer Flur, von dem mehrere Türen abgingen.

»Da hinten ist die Küche mit einem kleinen Sitzplatz zum Essen«, erklärte Logan, während er schwungvoll eine weitere Tür aufstieß. »Und hier geht es zu meinem Zimmer.«

Meine Augen weiteten sich vor Überraschung. »Wow.«

Ich wusste nicht, womit ich gerechnet hatte. Vielleicht mit einer chaotischen Studentenbude, die wahllos mit Möbeln vollgestellt worden war. Aber ganz bestimmt nicht mit einem stilvoll eingerichteten und topaufgeräumten Zimmer. Andererseits studierte Logan nicht, und er lebte im Haus seiner Eltern.

»Du darfst ruhig reingehen«, bemerkte Logan schmunzelnd.

Nach einem kurzen Zögern machte ich ein paar Schritte in den großen Raum hinein. Hinter den Fenstern lagen schneebedeckte Hügel und Bäume, die im Dunkel der Nacht nicht viel mehr als schattige Schemen darstellten. In der Ecke befand ich ein großes Bett, daneben ein Eichenschrank, in dem er vermutlich seine Klamotten aufbewahrte. Vor dem Fenster stand ein Sessel, der geradezu zu gemütlichen Lesestunden einlud. Doch was mich am meisten faszinierte, war die aufgestellte Leinwand mitten im Zimmer. Ein halb fertiges Porträt von einem Mann war darauf zu sehen.

Neugierig trat ich einen Schritt näher und betrachtete es genauer. »Du bist wirklich talentiert«, murmelte ich. »Wie du die Emotionen der Menschen einfängst ... Das ist echt bewundernswert.«

»Ach das«, sagte Logan und zuckte mit den Schultern. »Ich male schon seit Jahren. Für mich fühlt es sich gar nicht mehr nach etwas Besonderem an.«

»Das ist es aber. Du solltest deine Werke irgendwann ausstellen! Es würde den Menschen sicher gefallen. Sie tief in ihrem Innern berühren.«

Logan erwiderte nichts. Auf seinem Gesicht lag ein Ausdruck, den ich nicht richtig deuten konnte. War ich zu weit gegangen?

Seufzend setzte er sich auf sein Bett, und ich machte es mir auf seinem Sessel bequem. Abwartend sah ich ihn an. Doch er sagte auch weiterhin nichts.

Gerade als ich mich räuspern wollte, unterbrach Logan das Schweigen. »Wie war der Abend für dich?«, fragte er.

»Schön. Deine Familie ist wirklich sehr herzlich und nett. Daisy und Zoey werden in ein paar Jahren vermutlich die Herzen sämtlicher Jungs im Sturm erobern.«

»Sag doch so was nicht.« Er verzog das Gesicht. »Für mich werden sie immer meine kleinen Schwestern sein.«

Ich lachte leise. »Das wird ihnen nicht gefallen.«

Er stieß einen leisen Seufzer aus. »Vermutlich nicht.«

»Früher habe ich mir auch immer eine Schwester gewünscht.« Der Satz war heraus, ehe ich ihn zurückhalten konnte.

»Hast du keine Geschwister?«

»Nein … Das heißt, theoretisch wohl schon. Mein Dad hat neu geheiratet, nachdem er uns verlassen hat. Mit seiner neuen Frau hat er zwei Kinder bekommen, sie müssten jetzt etwa sechs und neun Jahre alt sein, aber ich habe sie nur einmal kurz gesehen, als ich bei ihm vorbeigefahren bin.«

Ich erinnerte mich noch gut an den Tag. In einem Anflug von Verzweiflung hatte ich mich von meinem Exfreund zu Dads neuer Adresse fahren lassen. Eine halbe Stunde lang hatte ich im Auto gesessen und in den Garten geschaut, in dem er mit seiner Familie Kaffee trank. Er hatte seine Kinder durch die Luft gewirbelt und gelacht. Als wäre er der perfekte Vater, der ihnen jeden Wunsch von den Augen ablas. Der sie beschützte und sicherstellte, dass ihnen nichts Böses zustieß. Der Anblick hatte mich mehr getroffen, als ich zugeben wollte. Das war jetzt drei Jahre her, und bis auf die monatlichen Überweisungen von ihm gab es keinen Kontakt. In all der Zeit hatte er nicht einmal versucht, mich anzurufen. Oder um ein Treffen gebeten.

Natürlich landete jedes Jahr an meinem Geburtstag und an Weihnachten eine Glückwunschkarte in meinem Briefkasten. Allerdings war es immer ein ähnlicher Text, und ich war mir ziemlich sicher, dass der von seiner Sekretärin stammte. Nur die hingekritzelte Unterschrift unter der Karte war aus seiner Feder. Als würde das all die Jahre der Abwesenheit auch nur ansatzweise wiedergutmachen können.

»Das muss schwer sein.« In Logans Stimme schwang echte Betroffenheit mit, und ich verschränkte reflexartig die Arme.

»Es ist okay. Ich habe mich daran gewöhnt. Es kann eben nicht jede Familie so perfekt sein wie deine.«

Logan zuckte zusammen.

»Sorry, das war gemein. Ich meinte es nicht als Vorwurf«, sagte ich schnell. Was war nur los mit mir?

»Schon gut«, erwiderte er ruhig.

Ich nickte, obwohl wir beide wussten, dass es das nicht wirklich war. Die Frage, was ich hier eigentlich machte, drängte sich zurück in meinen Kopf, und ich stand auf. Ich hatte bereits gegen sämtliche meiner Prinzipien verstoßen, indem ich überhaupt zu dem Abendessen zugesagt hatte. Mit Logan in seinem Zimmer zu sein, machte es nur noch schwerer, die Anziehung zu ignorieren, die er auf mich ausübte.

Daxton hatte zwar gesagt, ich sollte einfach Spaß haben und die Zeit genießen, aber nach dem heutigen Abend war ich mir nicht mehr sicher, ob mir das gelingen würde. Ich mochte Logan. Sehr sogar. Er hatte dafür gesorgt, dass ich an Thanksgiving nicht allein geblieben war, und er schien in mir lesen zu können, als wäre ich ein offenes Buch. In seiner Nähe war es irgendwie leicht, über meine Familie zu reden, dabei war mir das immer schwergefallen. Er brachte mich dazu, Gedanken und Gefühle an die Oberfläche zu holen, die ich seit Jahren verdrängte. Doch genau das machte mir auch Angst.

Langsam steuerte ich in Richtung Tür.

»Abby …« Logan sprang auf, durchquerte das Zimmer und griff nach meiner Hand. »Warte! Was ist gerade passiert? Warum machst du dicht?«

»Ich weiß nicht, ob … Ich glaube, ich kann das nicht, Logan«, sagte ich mit zitternder Stimme.

»Was kannst du nicht?«

»Hier sein. Mit dir reden. Mit deiner Familie, die mich voller

Wärme aufgenommen hat, zu Abend essen. So bin ich nicht. Ich bin nicht warm und herzlich. Ich bin nicht wie du oder wie sie. Und ich will nicht … ich will nicht verletzt werden. Oder dich verletzen, das wäre genauso schlimm.«

Logan runzelte die Stirn. In seinen Augen las ich dieselben Zweifel, die mich gepackt hielten. »Mir geht es doch genauso«, wisperte er. »Wenn ich auf meine Vernunft hören würde, hätte ich dich gar nicht einladen dürfen. Seit ich dich auf der Piste gesehen habe, sage ich mir immer wieder, dass ich mich von dir fernhalten sollte.«

Ich gab ein ersticktes Geräusch von mir. »Das ist dir aber nicht sonderlich gut gelungen.«

Er verzog das Gesicht. »Ich weiß.«

Wir sahen uns an, und plötzlich veränderte sich die Luft zwischen uns. Als ich diesmal den Abstand überbrückte, tat ich es in dem Wissen, dass weder Jill noch Daxton uns unterbrechen würden. Dass es diesmal niemanden außer uns beiden gab.

»Scheiß auf kluge Entscheidungen«, flüsterte Logan und küsste mich.

16. KAPITEL

Logan

Ich würde mich nie daran gewöhnen, Abby zu küssen. Hitze durchströmte mich, gefolgt von einem plötzlichen Verlangen, als unsere Zungen sich trafen, sie ihre Hände in mein Hemd krallte und ich meinen Arm um ihre Hüfte schlang. Der Kuss war lange und tief und raubte mir den Atem. Ich hatte schon oft Frauen geküsst, hatte sie nach Hause begleitet und war nicht selten über Nacht geblieben. Doch noch nie hatte ich dabei das Bedürfnis gehabt, jede Sekunde in mir aufzusaugen, als wäre sie ein kostbares Geschenk, das ich nicht vergeuden durfte.

Abby gab ein leises Seufzen von sich und drängte sich noch enger an mich. Ich stolperte rückwärts auf mein Bett zu und sank auf die weiche Matratze. Atemlos blieb Abby vor mir stehen und sah mich an. Ihre Wangen waren gerötet, und in ihren Augen lag ein beinahe fiebriger Glanz.

Ehe ich begriff, was ich tat, zog ich sie zu mir herunter. Mit einem erstickten Lachen landete sie auf mir und fuhr mit ihrer Hand sanft durch meine Haare. Als wir uns diesmal küssten, war der Kuss zärtlich, beinahe vorsichtig. Ich fuhr mit meinen Händen über ihre Taille bis zu ihren Oberschenkeln. Abby keuchte leise auf, was mich mit einer plötzlichen Wärme erfüllte. Sie so nah bei mir zu spüren, war unbeschreiblich. Als hätte ich die ganze Zeit darauf gewartet. Langsam schob ich das Kleid nach oben, bis meine Hände auf nackte Haut trafen.

»Ist das okay?«, fragte ich leise.

Abby erzitterte unter meiner Berührung und richtete sich ein Stück auf. »Ja«, murmelte sie.

Ihr Mund fand meinen, und wir küssten uns erneut. Ich schloss die Augen, gab mich ganz dem Moment hin, bis sie sich von mir löste und sich mit ihren Händen auf meiner Brust aufstützte. Mit unergründlicher Miene sah sie mich an.

Sofort hielt ich in meiner Bewegung inne.

»Warum nur musste ich erst in die Rocky Mountains fliegen, um jemandem wie dir zu begegnen?«, flüsterte sie.

»Ich weiß es nicht.« Mit meinen Daumen malte ich langsam unsichtbare Kreise auf ihre Haut. »Ich weiß nur, dass ich es hasse, dass du in New York wohnst.«

Ein Schatten huschte über ihr Gesicht.

Verdammt, warum musste ich ausgerechnet jetzt mit diesem Thema anfangen?

»Es tut mir leid«, sagte ich schnell. »Ich wollte den Moment nicht ruinieren.«

Ich zog meine Hände zurück, und Abby rutschte mit einem tiefen Seufzer von mir herunter.

»Das hast du nicht«, erwiderte sie. »Daxton meint, ich sollte die Zeit mit dir einfach genießen.«

»Du redest mit Daxton über mich?«, fragte ich überrascht.

»Er ist ein erstaunlich guter Zuhörer.«

»Hmm«, machte ich, und nach einem kurzen Zögern fügte ich hinzu: »Würdest du das denn wollen?«

»Mit dir Spaß haben, solange ich hier bin?«, fragte sie unverblümt. »Ich weiß es nicht. Vermutlich sollte ich sagen Nein, aber du siehst ja, wie gut ich darin bin, an meinen Prinzipien festzuhalten.«

Ich nickte bloß, denn verflucht, es ging mir schließlich genauso. »Und was machen wir jetzt?« Ich streckte eine Hand nach ihr aus und fuhr mit meinem Finger über ihre Seite. Es passierte fast schon automatisch, als würde mein Körper es nicht fertigbringen, neben ihr zu liegen, ohne sie zu berühren.

»Erzähl mir etwas von dir«, sagte sie; meine Frage ignorierte sie einfach.

»Von mir?«

»Ja, erzähl mir etwas von deiner Kunst.« Sie legte ihren Kopf auf meiner Brust ab und sah aus himmelblauen Augen zu mir hoch. Geistesabwesend strich ich durch ihre blonden Haare, während ich überlegte, wo ich anfangen sollte.

»Ich weiß gar nicht, wie ich es beschreiben soll, aber … wenn ich ein Bild male oder ein Porträt anfertige, dann tauche ich ganz in das Motiv ein. Alles andere tritt in den Hintergrund. Ich merke nicht, wie die Zeit vergeht oder ob es draußen hell oder dunkel ist. Meine Sinne sind ganz bei den Farben, bei dem Geruch der Sprühdosen, bei der Person, die ich zeichne. Manchmal verstummen meine Gedanken komplett. Es ist, als würden meine Hände genau wissen, was sie tun müssen. Welcher Strich der richtige ist, welche Farbe am besten passt. Wenn ich male, fühle ich mich frei. Ich bin ganz bei mir selbst und habe gleichzeitig eine Pause von mir und meinem Leben. Keine Ahnung, ob das irgendwie Sinn ergibt.«

»Das ergibt absolut Sinn.« Abby lächelte, und in diesem Moment wünschte ich mir ein Blatt Papier und einen Stift, um den Anblick einzufangen: Abby, wie sie mich aus gesenkten Augenlidern ansah, ein Lächeln auf den Lippen, während sich die blonden Haare über ihren Rücken ergossen.

»Hast du nie überlegt, aus deinem Talent mehr zu machen?«, fragte sie leise. »In einer Stadt wie New York könntest du Kurse belegen, andere Künstler kennenlernen und deine Werke irgendwann in einer Galerie ausstellen.«

»Natürlich kam mir der Gedanke schon. Aber mein Platz ist hier. Bei meiner Familie.« Die Worte klangen härter als beabsichtigt, denn Abby zuckte zurück und biss sich auf die Lippe. Am liebsten würde ich meine Antwort zurücknehmen, doch die Wahrheit war nun mal, dass ich nicht in einer Welt lebte, in der man einfach tun konnte, was man wollte. Es wäre egoistisch, meine Eltern allein zu lassen. Meine Schwestern, die mich noch immer brauchten, auch wenn sie gern so taten, als wären sie bereits groß und selbstständig.

Ich räusperte mich. »Aber genug von mir«, sagte ich, um das Thema zu wechseln. »Was sind deine Top drei Lieblingsfilme?«

»O Gott. Wie soll ich denn da eine Wahl treffen?«, fragte Abby leicht geschockt.

Schmunzelnd fuhr ich mit meiner Hand über ihren Rücken. »Ich gehe mal davon aus, dass du sie alle mehrfach gesehen hast?«

»Selbstverständlich«, erwiderte sie. »Also gut … da wäre natürlich *Frühstück bei Tiffany*. Das ist mindestens Platz zwei. Platz drei ändert sich immer wieder mal, momentan würde ich zu *Der große Gatsby* tendieren.«

»Da habe ich sogar das Buch gelesen …«

»Du liest Fitzgerald?«, fragte sie ungläubig.

»Na ja, ich lese nicht viel, aber wenn, dann greife ich gern mal zu Klassikern. Ich habe eine Zeit lang sogar mit Buchzitaten angegeben, auch wenn die nicht immer zu der Situation gepasst haben.«

Abbys Lächeln wurde breiter, und ich musste mich zusammenreißen, sie nicht auf der Stelle wieder an mich zu ziehen.

»Ich zitiere gern Filme«, fuhr sie fort. »Sehr zum Leidwesen meiner Freundin Bonnie, die sich meine Sprüche viel zu oft anhören muss.«

»Ja, man sollte meinen, dass die Leute diese Fähigkeit viel mehr zu schätzen wüssten«, gab ich mit gespielt ernsthafter Miene zurück.

»Absolut«, sagte Abby.

»Und was ist die Nummer eins?«, fragte ich.

»*Harry und Sally*«, kam es wie aus der Pistole geschossen aus ihrem Mund.

»Den kenne ich gar nicht.«

»Was?« Geschockt sah sie mich an. »Aber das ist einer der großartigsten Liebesfilme, die es gibt!«

»Und ich dachte, du wärst keine Romantikerin«, bemerkte ich grinsend.

»Bin ich auch nicht. Aber diesen Film muss man trotzdem gesehen haben. Es gibt da dieses bekannte Zitat am Ende, als Harry erkennt, dass er ohne Sally nicht leben kann … hach.« Abby seufzte so inbrünstig, dass ich mich nicht länger zurückhalten konnte.

Ich beugte mich zu ihr, und als sie den Kopf hob, presste ich meine Lippen auf ihre. Mit einem erstickten Geräusch öffnete sie ihren Mund, und als unsere Zungen sich berührten, erfüllte eine unbändige Sehnsucht meinen ganzen Körper. Alles in mir drängte danach, ihr noch näher zu sein, doch Abby unterbrach den Kuss.

Schwer atmend sah sie mich an. »Ich glaube, wenn ich nicht bald gehe, schaffe ich es gar nicht mehr, von dir wegzukommen«, murmelte sie.

»Dann bleib.« Die Worte entflohen mir, ehe ich sie zurückhalten konnte.

Abby zögerte, ihr Blick fiel auf meinen Mund, und ich konnte beinahe spüren, wie sie mit sich rang. Wie die Stimme der Vernunft sie ermahnte zu gehen, während ein großer Teil von ihr bleiben wollte.

»Du hast mich vorhin gefragt, ob ich einfach nur Spaß haben könnte … ob ich die Zeit mit dir genießen könnte, ohne daran zu denken, dass ich in ein paar Wochen abreise … Ich glaube, ich kenne jetzt die Antwort.« Ihr Atem stockte, und als ich mich aufrichtete, um ihr in die Augen zu schauen, wich sie meinem Blick aus. »Ich kann es nicht, Logan. Es tut mir leid.«

Sie rappelte sich auf, strich mit einer fahrigen Bewegung ihr Kleid glatt und durchquerte mein Zimmer. Im Türrahmen blieb sie kurz stehen und sah noch mal zu mir zurück.

»Danke für den Abend. Es war das schönste Thanksgiving seit Langem«, sagte sie, bevor sie mit einem Ruck die Tür öffnete und mein Zimmer verließ.

Sprachlos starrte ich ihr nach.

Was um alles in der Welt war gerade geschehen?

17. KAPITEL

Abby

Es war dunkel und kalt. Laute Stimmen drangen zu mir hoch, und ich zog die Bettdecke über meinen Kopf, um sie nicht hören zu müssen. Ich verstand nicht, was sie sagten, aber ich wusste, es waren keine schönen Dinge. Wenn sie so miteinander redeten wie jetzt, waren es nie schöne Dinge.

Ich presste meine Hände auf die Ohren. Ich wollte nichts hören. Wollte nicht, dass sie sich stritten.

Ich hörte Mom etwas rufen.

Ein Schluchzen drang aus meiner Kehle, und ich kniff die Augen zusammen. Es sollte aufhören. Meine Eltern stritten schon seit Wochen. Die Luft unter der Decke wurde immer stickiger. Verzweifelt schlug ich sie zurück und drehte mich auf die Seite. Unten war es still. Schrecklich still.

Erneut legte sich Dunkelheit über mich, und als ich das nächste Mal die Augen öffnete, war es hell. Ich sprang aus dem Bett und lief zum Zimmer meiner Eltern. Meine nackten Füße hallten laut auf dem Parkett. Mit einem Ruck riss ich die Tür auf. Der Kleiderschrank stand offen. Er war leer. Mom saß auf dem Fußboden davor und weinte. Sie weinte so sehr, dass ihr ganzer Körper bebte.

Mit wenigen Schritten war ich bei ihr und schlang meine Arme um sie.

»Er ist fort«, schluchzte sie.

Schweißgebadet schreckte ich hoch. Reflexartig tastete ich nach der Nachttischlampe und schaltete sie an. Ein Blick auf mein Handy zeigte, dass es kurz nach vier war. Also noch mitten in der Nacht. Mein Schädel brummte, und ich brauchte ein paar Sekunden, um mich zu orientieren.

Ich hatte davon geträumt, wie Dad gegangen war. Elf Jahre war es inzwischen her, dass er uns verlassen hatte. Am Anfang hatte ich ständig von ihm geträumt, doch mit der Zeit waren die Erinnerungen blasser, der Schmerz weniger geworden. Nur manchmal holte mich die Nacht von damals wieder ein. Dabei wusste ich nicht einmal, ob es sich um eine reale Erinnerung handelte oder ob mein Unterbewusstsein einfach eine ähnliche Szene kreierte. Es spielte auch keine Rolle. Was jedes Mal gleich war, waren mein Herzrasen und der Wunsch, die Erinnerungen sofort wieder zu vergessen.

Ich griff nach dem Wasserglas auf meinem Nachttisch und trank einen großen Schluck. Die kühle Flüssigkeit rann meine Kehle hinunter und beruhigte mich etwas.

Vor wenigen Stunden war ich noch aus Logans Zimmer geflüchtet, verwirrt und verunsichert, weil ich nicht wusste, was ich tun sollte. Bilder aus dem Traum wirbelten durch meinen Kopf.

Er ist fort. Er war einfach gegangen. Moms Tränen hatte nichts genützt. Genauso wenig wie meine Existenz. Er war gegangen und hatte mich zurückgelassen.

Ich kämpfte gegen die Tränen an, die in meinen Augen brannten, doch diesmal verlor ich den Kampf. Heiß rannen sie über meine Wangen und erinnerten mich an das Versprechen, das ich mir selbst gegeben hatte.

Nie wieder würde ich mich selbst in eine Situation bringen, in der ein Mann mich einfach so verlassen konnte. In der ich mich abhängig machte, nur um dann verletzt zu werden. Wie von Dad. Und von Seth.

Logans Gesicht tauchte vor mir auf. Er war mir viel zu schnell unter die Haut gegangen, hatte beinahe mühelos hinter meine sorgsam errichteten Mauern geblickt. Es hatte mich gestern alle Kraft gekostet, zu gehen. Die Versuchung, bei ihm zu bleiben, war unendlich groß gewesen. Doch dann hätten wir einen Schritt gemacht, den wir nicht zurücknehmen konnten. Und ich wusste nicht, ob mein Herz das aushalten würde. Ob ich jemanden wie ihn in mein Leben lassen konnte, nur um mich dann in ein paar Wochen von ihm verabschieden zu müssen.

Seufzend sank ich zurück in die Kissen und lauschte meinem eigenen Atem. Meine Brust hob und senkte sich unruhig, doch mit jeder Sekunde, die verstrich, wurde mein Herzschlag langsamer. Ich war kein hilfloses achtjähriges Mädchen mehr. Das Essen bei den Edwards hatte erneut die Sehnsucht nach einer intakten Familie in mir entfacht, aber ich konnte da drüberstehen. Ich brauchte keinen Vater, der mich liebevoll ansah. In den letzten Jahren hatte ich es ohne ihn geschafft, und das würde ich auch weiterhin.

Mit diesem Gedanken drehte ich mich auf die andere Seite und kuschelte mich enger in die Decken.

Obwohl ich schnell wieder eingeschlafen war, hing mir der Traum noch lange nach – was sich auch auf meine Konzentration auswirkte. Da Freitag war, hatte Jennifer darauf bestanden, ganz normal zu arbeiten. Thanksgiving hin oder her. Mit meinem dritten Kaffee in der Hand lauschte ich ihren Worten beim Meeting, ohne wirklich zu verstehen, was sie sagte.

»Abby«, wandte sie sich plötzlich an mich, und ich zuckte ertappt zusammen, »wir müssen langsam anfangen, das Setting für den Ball aufzubauen. Ab Mitte nächster Woche drehen wir dort einige Szenen, und es ist wichtig, dass die Details stimmen. Ich habe bereits mit dem jungen Edwards gesprochen, und ich konnte ihn überzeugen, dass wir einen Teil des Speisesaals beschlagnahmen dürfen. Das heißt, ab Montag kann dort dekoriert und alles vorbereitet werden. Schau dir am besten den Raum noch mal genauer an und sammle schon mal erste Ideen.«

Ich nickte und machte mir eine Notiz auf meinem Handy, um den Auftrag nicht zu vergessen. *Speisesaal in Ballsaal verwandeln.* Das konnte ja was werden.

»Was ist los?«, fragte Daxton nach dem Meeting.

Ich runzelte fragend die Stirn. »Was meinst du?«

»Du siehst aus wie eine wandelnde Leiche.«

»Na vielen Dank auch«, sagte ich.

»Kurze Nacht gehabt?« Daxton zog seine Augenbrauen hoch und grinste mich vielsagend an.

»Ja, aber nicht so, wie du denkst.«

»Also gab es kein heißes Rendezvous?«

»Nope. Eher Albträume und eine schlechte Nacht.« Hatte ich das gerade laut gesagt?

»Das klingt mies. Was ist passiert?« Daxton war mitten auf dem Flur stehen geblieben. Die anderen gingen bereits nach draußen, wo gleich eine weitere Szene gedreht wurde, doch das schien ihn wenig zu kümmern. Genauso wenig wie die Maskenbildnerin, die nun schon mehrmals nach ihm gerufen hatte. Er war ja auch nur der Hauptdarsteller, auf den alle warten mussten. Ich wusste nicht, ob ich sein Verhalten unverschämt oder bewundernswert finden sollte.

Ich stieß einen leisen Seufzer aus. »Ich war gestern bei den Edwards zum Essen …«

»Zum Thanksgiving-Dinner?« Ein seltsamer Ausdruck trat auf sein Gesicht. Mit gerunzelter Stirn öffnete er den Mund und schloss ihn wieder. »Abby, es gibt da etwas, das du wissen solltest. Die Edwards …«

»Daxton! Wo bleibst du? Alle warten schon.« Matt kam uns entgegen und machte eine ungeduldige Geste in Daxtons Richtung.

»Verdammt«, fluchte Daxton. »Ich komme ja schon.« Er warf mir einen entschuldigenden Blick zu und eilte hinter Matt her.

Verwirrt sah ich ihm nach. Was hatte er mir gerade sagen wollen?

Einige Stunden später stand ich im Speisesaal, machte Fotos von den Wänden und dem Schnitt des Saals, um mit Jill über mögliche Dekorationen zu sprechen, sobald sie wieder zurück war. Die Müdigkeit hielt mich noch immer gepackt, aber durch die Arbeit schaffte ich es wenigstens, weder an Logan noch an den Traum von meinem Dad zu denken. Zumindest weitestgehend. Wenn ich noch in New York wäre, würde ich mich jetzt mit einer heißen Schokolade bei Bonnie aufs Bett setzen und über die ganze Sache reden. Über meinen Vater, der sich wieder in meine Gedanken geschlichen hatte, aber vor allem auch über meine Gefühle für Logan, denen ich nicht nachgeben sollte. Dabei wusste ich nur zu gut, was sie mir sagen würde – dass ich viel zu hart zu mir selbst war und mich mehr öffnen sollte –, worauf ich ihr entgegnen würde, dass ich nicht sicher war, ob ich das überhaupt konnte. War es möglich, dass ein Herz vergaß zu lieben, wenn man es zu lange verschloss?

Ein Kichern ertönte hinter mir und holte mich aus meinen trüben Gedanken. Als ich mich umdrehte, blickte ich in zwei neugierige Gesichter, die von hellen Locken umgeben waren.

»Was macht *ihr* denn hier?«, fragte ich.

»Dir zuschauen«, erwiderte Daisy. Oder war es Zoey? Die beiden sahen sich wirklich verflucht ähnlich, und ich würde definitiv nicht mit ihren Klassenkameraden oder Lehrern tauschen wollen.

»Oh, da habt ihr euch heute aber einen weniger spannenden Tag ausgesucht. Ich überlege gerade, wie man diesen Teil des Speisesaals umdekorieren könnte. Im Film wird es hier eine Szene geben, in der alle schicke lange Kleider tragen und tanzen.«

Die Augen der Zwillinge wurden noch eine Spur größer.

»Das ist so cool«, hauchte eine von ihnen, Zoey, wie ich vermutete.

»Vielleicht dürft ihr dabei ja mal zusehen«, sagte ich und wollte mir im nächsten Moment dafür auf die Zunge beißen.

Nach meinem Abgang gestern glaubte ich nicht, dass Logan und ich so schnell wieder zu einem normalen Umgang finden würden. Falls es so etwas bei uns überhaupt je gegeben hatte. Das Letzte, was ich tun sollte, war, mit seinen Schwestern zu quatschen. Aber es war verdammt schwer, sie zu enttäuschen, wenn sie einen so freudigen Ausdruck im Gesicht hatten wie jetzt.

»Abby?« unterbrach Daxton uns, der gerade in den Saal geschlendert kam. »Ich soll dir von Jennifer ausrichten, dass wir für heute fertig sind.« Sein Blick wanderte zu den beiden Mädchen, und er hob überrascht die Augenbrauen.

»Hast du zwei neue Assistentinnen?«, fragte er mich, was Daisy und Zoey ein Kichern entlockte.

»Wir könnten dir wirklich helfen«, rief Daisy eifrig.

Ich lachte. »Das ist sehr lieb, vielleicht komme ich darauf zurück. Kennt ihr eigentlich schon Daxton Coleman?«

»Ja, wir haben ihn schon mal um Autogramme gefragt«, sagte Zoey und lächelte schüchtern in Daxtons Richtung.

»Können wir noch mehr haben?«, fragte Daisy.

»Ein paar gleich?« Daxton zog die Augenbrauen noch weiter hoch und grinste, doch sein Blick blieb seltsam ernst. Irgendetwas bedrückte ihn.

»Ja, dann können wir die in der Schule verteilen«, erklärte Daisy.

Daxton nickte. »Verstehe. Dann mache ich das natürlich gern. Wartet hier kurz.« Er verschwand um die Ecke und kehrte kurz darauf mit einem Stapel Autogrammkarten zurück. »Irgendwelche besonderen Wünsche?«

»Kannst du unsere Namen draufschreiben?«, platzte es aus Daisy heraus.

»Mit Herzchen dahinter?«, fragte Zoey.

»Ähm, klar«, sagte Daxton und beugte sich über die Karten, um dem Wunsch der Zwillinge nachzugehen.

Überrascht beobachtete ich, mit wie viel Geduld er den beiden begegnete. Dabei hätte ich ihn gar nicht so eingeschätzt, dass er gut mit Kindern konnte.

Als er fertig war, riefen beide ein lautes Danke und stürmten freudestrahlend den Gang entlang davon.

»Sie sind echt zwei kleine Wirbelwinde.« Lächelnd sah ich ihnen nach. »Es war nett von dir, ihnen die Autogramme zu widmen.«

Ich drehte mich zu Daxton um und hielt erschrocken inne. Ein schmerzvoller Ausdruck lag auf seinem Gesicht, und die Augen, die normalerweise belustigt funkelten, wirkten plötzlich dunkel.

»Was ist los, Dax?«

Er presste die Lippen zusammen und schüttelte den Kopf. »Nicht hier«, stieß er hervor. »Können wir vielleicht ...?« Er sah sich nervös um. »Hast du Lust, rauszugehen?«

Ich nickte. »Klar, ich muss nur meinen Mantel holen.«

»Gut.« Daxton wirkte noch immer angespannt, und langsam machte mir sein Verhalten ernsthafte Sorgen.

Als ich kurz darauf in meinen Wintermantel gehüllt hinaus in die Kälte trat, stand Daxton rauchend vor dem Hotel und wartete auf mich. Kaum war ich bei ihm, setzte er sich auch schon schweigend in Bewegung.

Immer noch verwirrt, folgte ich ihm einen schmalen Weg entlang, der von der großen Straße abzweigte, und bald war nichts anderes mehr als weiße Hügel und schneebedeckte Bäume zu sehen.

Erst nachdem wir eine Weile gelaufen waren, holte Daxton tief Luft. »Erinnerst du dich, als du eine Andeutung gemacht hast, dass du es mit deiner Familie nicht so leicht hast?«, fragte er leise.

»Ja, mein Vater hat uns verlassen, als ich ein Kind war.« Obwohl der Satz inzwischen viel leichter über meine Lippen ging als früher, schmerzte er mich in diesem Moment.

»Ich habe bei dir gleich gespürt, dass uns etwas verbindet. Dass wir ein ähnliches Päckchen tragen. Ich bin auch ohne Vater aufgewachsen. Meine Mom war eine großartige Frau, die alles in ihrer Macht Stehende getan hat, damit es mir gut ging. Sie hat mich zu jedem Football-Spiel und jeder Schauspiel-Stunde gefahren, sich nebenher noch abgerackert, um all das zu bezahlen, und sich nie beklagt. Ihre Eltern haben ihr dabei geholfen, vor allem Grandma. Aber auch, wenn sie immer für mich da waren, konnten sie einen Vater nicht ersetzen.« Daxtons Stimme war voller Bitterkeit.

Ich warf ihm einen schnellen Seitenblick zu. Der Kummer in seinen Augen war fast greifbar, und am liebsten hätte ich ihn getröstet, aber ich wusste nicht, wie. Was auch immer den Schmerz der Vergangenheit in ihm getriggert hatte, er hielt ihn fest gepackt. Ein Gefühl, das ich seit gestern Abend teilte. Vielleicht lag es an der Abgeschiedenheit, dem Hotel oder der nahenden Weihnachtszeit, dass bei ihm alte Wunden plötzlich wieder aufplatzten. Was es auch war, ich konnte Daxton nur allzu gut verstehen. Auch wenn mein Dad im Gegensatz zu seinem die ersten Jahre für mich da gewesen war.

»Ich habe Mom oft gefragt, warum ich keinen Vater habe wie die anderen Kinder«, fuhr Daxton fort. »Ihre Antwort war immer dieselbe: dass mein Dad und sie sich geliebt hatten, aber nur für eine kurze Zeit. Und dass es, als sie merkte, dass sie schwanger war, zu spät war.«

»Zu spät?«, entfuhr es mir.

»Glaub mir, ich habe das auch nie verstanden, aber wenn ich nachgehakt habe, wurde sie traurig, und wenn ich eines gehasst habe, dann Mom weinen zu sehen. Also habe ich nicht weiter nachgefragt und mich damit abgefunden, ohne Vater aufzuwachsen. Bis vor zwei Jahren jedenfalls. Da ist Mom schwer krank geworden, und als ihr

Zustand sich immer mehr verschlechtert hat, hat sie mir schließlich verraten, woher sie meinen Vater kannte und warum ich ihn nie gesehen habe. Warum ich nicht mal wusste, wer er war.«

Daxtons Stimme war mit jedem Wort leiser geworden, und ich konnte sehen, wie er mit seinen Gefühlen rang, wie Wut und Schmerz in ihm hochkochten. Von dem gefassten, selbstbewussten Auftreten, das ich von ihm gewohnt war, war nichts mehr zu sehen.

»Das ist ja furchtbar«, flüsterte ich. »Ist deine Mom …?«

»Sie ist gestorben, ja.« Er blieb stehen, legte den Kopf in den Nacken und atmete hörbar aus. Als er sich mir zuwandte, glänzten seine Augen verdächtig.

»Und warum erzählst du mir das alles?«, fragte ich vorsichtig. »Ich meine, ich bin für dich da. Und wenn ich irgendetwas tun kann, um dir zu helfen …«

»Ich erzähle dir das nicht, weil ich Mitleid oder Hilfe will«, fuhr Daxton dazwischen. »Es gibt einen Grund, warum die Dreharbeiten im White Season stattfinden. Ich kenne Sean, den Produktionsleiter, von anderen Filmen. Der Vorschlag, den Film im Hotel zu drehen, kam von *mir*. Er wäre wohl kaum einfach so auf ein verschlafenes Nest irgendwo in den Rocky Mountains gekommen.«

Ich starrte Daxton an. In meinem Hinterkopf regte sich eine Stimme, eine leise Vermutung, die jedoch zu ungeheuerlich war, um sie auszusprechen.

»Und warum wolltest du ausgerechnet hier einen Film drehen?«, fragte ich tonlos.

»Du kennst die Antwort.« In seinen Augen tobte ein ganzer Sturm an Gefühlen, und ein plötzlicher Druck legte sich auf meine Brust.

»Sag mir, dass das nicht wahr ist …«

»Ich habe es zuerst auch kaum glauben wollen. Erst recht nicht, als ich die Familie gesehen habe. Sie sind so *perfekt*.« Er schüttelte den Kopf und stieß ein bitteres Lachen aus. »Wobei zumindest Matthew Edwards nicht ganz so perfekt sein kann. Immerhin hatte er vor vierundzwanzig Jahren eine Affäre mit einer Hotelangestellten.«

Seine Worte schwebten zwischen uns, und für einen Moment verschwamm alles vor meinen Augen. Bitte nicht, dachte ich. Bitte lass das nur einen schlechten Traum sein.

»Also ist Logan …?«

Daxton nickte. »Matthew Edwards ist mein Vater. Und ja, das macht Logan zu meinem Halbbruder.«

Geschockt starrte ich ihn an.

»Ich weiß, dass ist eine ziemlich krasse Neuigkeit. Aber bitte behalte es erst mal für dich, ja?«

»Logan soll es nicht wissen?«, fragte ich erstaunt.

»Mir ist klar, dass dich das in eine blöde Situation bringt«, sagte Daxton entschuldigend. »Aber es ist nicht deine Sache, es ihm zu sagen, und ich … ich habe es einfach nicht mehr ausgehalten, es für mich zu behalten.«

»Schon gut«, murmelte ich, auch wenn im Moment rein gar nichts gut war. »Ich werde es niemandem sagen.«

Auch wenn es mich innerlich zerreißen würde, weil ich es mit mir herumtragen musste.

18. KAPITEL

Logan

Die Bar war gerappelt voll, und es war ein Wunder, dass wir noch einen freien Tisch im hinteren Teil gefunden hatten. Rockmusik erklang aus den Boxen, und ich trank einen großen Schluck von dem Bier, das Jim, der Besitzer des *Lucky's,* vor mir abgestellt hatte.

»Erzähl, was gibt's Neues?«, fragte Will.

Er und Johnny waren fürs Wochenende nach White Oak Valley gekommen, um Thanksgiving mit ihrer Familie verbringen zu können. In der Schule waren wir immer ein Dreiergespann gewesen, doch dann hatten die beiden nach dem Abschluss beschlossen, nach L. A. zu ziehen, weil sie genug von Winter und Kälte hatten. Und von verschlafenen Dörfern und den ewig gleichen Leuten, die einen täglich auf den Straßen grüßten. Ich konnte es ihnen nicht verübeln, trotzdem dachte ich manchmal, dass es schön wäre, außer meiner Familie und Betty noch andere Freunde zu haben, die ich nicht nur alle Jubeljahre mal sah.

Da keiner von uns sonderlich gern telefonierte oder Nachrichten schrieb, war es mit dem Kontakthalten schwer. Doch ab und zu kamen sie zu Besuch, und dann saßen wir wie früher zusammen im *Lucky's*, redeten über unseren Alltag und tauschten alte Insiderwitze aus. Normalerweise genoss ich solche Abende, aber heute schweiften meine Gedanken ständig ab.

Abbys Abgang nach dem Thanksgiving-Essen ging mir nicht aus dem Kopf. Im einen Moment hatten wir uns noch geküsst und ich mich für den glücklichsten Kerl der Welt gehalten, und im nächsten war sie aus meinem Zimmer geflohen. Ich verstand, dass sie nicht nur Spaß wollte, dass sie sich nicht auf eine lockere Affäre einlassen wollte. Mir ging es da ganz ähnlich, für so was war ich einfach nicht gemacht. Aber ich hatte gedacht, dass wir darüber reden könnten. Über das Knistern zwischen uns, die Anziehung, die mit jedem Tag stärker zu werden schien …

»Hey, alles klar? Du bist in Gedanken ganz woanders, oder?« Johnnys Stimme ließ mich ertappt zusammenzucken. Er war schon immer der Feinfühligste von uns gewesen und hatte ein gutes Gespür für Menschen.

Ich seufzte. »Ja, sorry.«

Abwartend sahen die beiden mich an. Will nippte an seinem Whiskey und klopfte ungeduldig mit einem Finger auf den Tisch. Das hatte er schon früher in der Schule ständig gemacht. Still sitzen war nicht sein Ding. Immer musste er in Bewegung sein, seine Hände mit irgendetwas beschäftigen. Johnny hingegen war die Ruhe selbst. Zumindest äußerlich, innerlich war er vermutlich genauso ungeduldig wie Will.

»Es geht um eine Frau«, gab ich schließlich zu.

»Natürlich geht es das.« Will grinste mich an, als wäre das eine gute Nachricht.

Ich verdrehte die Augen.

»Ach komm«, sagte er, bevor ich etwas erwidern konnte. »In der Schule konntest du dich vor Mädels, die für dich schwärmen, doch kaum retten.«

»Das ist Jahre her.«

Johnny schnaubte. »Jetzt lenk nicht ab. Was ist los?«

»Ihr habt es sicher mitbekommen, dass momentan Dreharbeiten im Hotel stattfinden.«

»Jepp. Nicht schlecht für das White Season, oder?«, fragte Will.

Ich zuckte mit den Schultern. »Anfangs war ich davon eher genervt, aber die Crew ist ganz nett, und es bringt Abwechslung – und vielleicht auch mehr Werbung für das Hotel. Außerdem ist Abby Teil des Teams.«

»Aha. Abby also.« Will wackelte schon wieder mit den Augenbrauen, während Johnny mich eher neugierig musterte.

Er war seit der zehnten Klasse mit seiner Jugendliebe zusammen, weshalb er für das Liebesleben anderer nicht ganz so viel Begeisterung aufbrachte. Will hingegen stürzte sich von einer Beziehung in die nächste und war dementsprechend natürlich sofort Feuer und Flamme, wenn sich bei einem seiner Freunde in Sachen Liebe etwas tat. Ich hatte mich, was das anging, immer irgendwo in der Mitte bewegt.

»Sie ist Regieassistentin«, fing ich an, »na ja, eigentlich Praktikantin, aber mit ihrem Engagement könnte sie den Job der Assistentin vermutlich locker übernehmen.« Gegen meinen Willen breitete sich ein Lächeln auf meinen Lippen aus. Wie immer, wenn ich an Abby dachte.

Zumindest, bis mir wieder einfiel, wie sie regelrecht aus meinem Zimmer geflüchtet war und ich sie seither kein einziges Mal gesehen hatte. Fast so, als wäre sie mir gestern und heute im Hotel absichtlich aus dem Weg gegangen.

»Habt ihr was am Laufen?«, platzte Will heraus, während Johnny nur die Augen verdrehte.

Grinsend musterte ich die beiden. Es war beruhigend, dass sich manche Dinge nicht änderten, ganz gleich, wie anders unser Leben im Vergleich zu früher war.

»Nein, haben wir nicht«, sagte ich. »Also irgendwie schon, aber ich glaube, dass es ein Fehler ist und wir es auf einer rein platonischen Ebene belassen sollten. Zumindest scheint sie das zu wollen.«

»Das klingt kompliziert«, meinte Johnny. »Aber wenn dir wirklich was an ihr liegt, solltest du nicht einfach aus reiner Vernunft aufgeben.«

»Hmm ja, vielleicht hast du recht.« Vielleicht war es aber auch bereits zu spät dafür.

»Gib einfach nicht zu schnell auf, ja?« Aufmunternd sah Johnny mich an.

Ich rang mich zu einem Nicken durch. »Aber genug von mir, wie läuft es bei euch so?«, wechselte ich das Thema.

Während der nächsten Stunden erzählten Johnny und Will abwechselnd von ihrem Leben in Los Angeles. Johnny studierte im vierten Semester Medizin und war sichtlich begeistert davon. Im nächsten Semester stand ein Praktikum in einem Krankenhaus an, worauf er sich sehr freute. Außerdem plante er, Leah einen Heiratsantrag zu machen. Kopfschüttelnd betrachtete ich Johnny; er hatte tatsächlich alles erreicht, wovon er immer geträumt hatte. Will hingegen hatte sein Wirtschaftsstudium hingeschmissen, da er sich stattdessen mit Fotografie selbstständig machen wollte. Dass das verdammt viel harte Arbeit bedeutete, hatte er laut Johnny wohl noch nicht ganz begriffen.

Ich genoss es, den Erzählungen der beiden zu lauschen. Die Stimmung war ausgelassen, und für ein paar Stunden vergaß ich sogar die Arbeit im Hotel und die Frage, was mit Abby los war.

Erst als ich mich auf den Heimweg machte, kehrten die Zweifel zurück. Ich wurde das Gefühl nicht los, dass Abbys und meine Geschichte noch nicht zu Ende erzählt war, und wenn es auch nur den Hauch einer Chance gab, dass sie dasselbe empfand wie ich, wollte ich sie nutzen.

Da ich heute freihatte, gönnte ich mir ein ausgiebiges Frühstück in meiner Wohnung, bei dem ich ausnahmsweise nicht von Daisy und Zoey gestört wurde. In den letzten Wochen hatte ich nur selten den ganzen Tag für mich allein gehabt, umso mehr genoss ich es, heute mit keinen Gästen oder Leuten aus der Filmcrew zu interagieren. Eigentlich hatte ich vorgehabt, auf die Skipiste zu gehen, doch irgendwie hatte ich gerade keine Lust, mich unter Menschen zu begeben. Stattdessen entschied ich mich dazu, ein bisschen spazieren zu gehen und später vielleicht noch ein neues Porträt anzufangen.

Als ich kurz darauf ins Freie trat, atmete ich tief durch und schlug einen schmalen Pfad ein, der vom Hotel wegführte. Doch plötzlich kam mir jemand entgegen.

Überrascht hielt ich inne. Den Mantel und die rote Mütze hätte ich überall wiedererkannt. »Abby?«

Sie blieb einen guten Meter vor mir stehen und starrte mich an. Ihre Augen funkelten in der Sonne, sodass ich mich regelrecht in ihnen verlor. Wie immer, wenn das passierte, wurde mir eine Spur wärmer. Abby öffnete den Mund, ihr Blick huschte zu meinen Lippen, zu den schneebedeckten Bäumen und wieder zurück zu mir. Ich wartete darauf, dass sie etwas sagte, doch dann schloss sie den Mund und presste ihre Lippen fest aufeinander. Was auch immer ihr gerade durch den Kopf ging, sie war nicht bereit, es mit mir zu teilen.

Ich schluckte schwer und versuchte, das alberne Kribbeln zu ignorieren, das sich in meinem Körper ausbreitete. Es war lächerlich, wie stark ich auf sie reagierte. Wie sehr ich mir wünschte, den Abstand zu überbrücken, sie an mich zu ziehen und meine Hände in ihren weichen Haaren zu vergraben …

»Ist alles okay?«, fragte ich stattdessen. »Seit Thanksgiving habe ich dich nicht mehr gesehen.«

Sie zuckte zusammen, und ich bereute meinen Kommentar augenblicklich. Andererseits wollte ich mich versichern, dass zwischen uns alles in Ordnung war und dass es ihr gut ging.

»Alles bestens«, sagte sie kurz angebunden, wobei die Sehnsucht in ihren Augen nicht zu ihrem Tonfall passte. »Ich muss leider direkt wieder zurück zum Hotel. Mein Online-Yogakurs fängt gleich an.« Mit gesenktem Kopf hastete sie an mir vorbei.

Verblüfft sah ich ihr nach, als sie hinter der nächsten Kurve verschwand.

Was war *das* denn gewesen?

Johnnys Worte fielen mir wieder ein: *Wenn dir wirklich etwas an ihr liegt, solltest du nicht einfach aufgeben*. Das wollte ich auch nicht, aber irgendetwas bedrückte Abby. Allerdings wusste ich nicht, ob es an unserem Kuss lag oder ob es etwas anderes war. Doch ich würde es herausfinden. Sobald sie dazu bereit war, wieder mit mir zu reden, würde ich meine Chance ergreifen.

19. KAPITEL

Abby

Dicke Schneeflocken wirbelten auf der anderen Seite des Fensters durch die Luft. Ich saß mit einem Buch auf dem Bett, doch anstatt darin zu lesen, starrte ich gedankenverloren hinaus. Die Flocken hatten etwas Beruhigendes, beinahe Friedliches. Unermüdlich wirbelten sie durch die Luft, als würden sie tanzen.

»Abby? Wir müssen los. Jennifer wartet sicher schon.« Jill warf mir einen besorgten Blick zu. Wenn selbst sie mich schon so anschaute, musste es wirklich schlimm um mich stehen.

Seit Daxton mir vor ein paar Tagen erzählt hatte, wer er war, war meine Freude auf die Dreharbeiten nicht mehr dieselbe. Ich hatte keine Ahnung, wie ich mit diesem Wissen umgehen und mich den Edwards gegenüber verhalten sollte.

Annie und Matthew grüßten mich seit dem Thanksgiving-Dinner mit einem erfreuten Lächeln, wann immer sie mich sahen. Die Zwillinge hatten mich schon zweimal gefragt, ob ich wieder zu

Besuch kam, und alles, was ich tun konnte, war, mir ein Lächeln abzuringen und etwas von Arbeit und straffem Zeitplan zu murmeln. Ich hasste es. Hasste, dass ich das alles mit mir herumtragen musste. Außerdem wollte es einfach nicht in meinen Kopf, dass Matthew Edwards seine Frau betrogen hatte. Dass Logans Dad ein dunkles Kapitel in seiner Vergangenheit hatte, das für die Familie alles verändern könnte.

Im Grunde sollte es mich jedoch nicht wirklich überraschen. Keine Familie war perfekt. So etwas wie vollkommenes Familienglück gab es nicht, aber ich hätte Logan gewünscht, dass seine Eltern die Ausnahme waren.

Wie immer, wenn ich an Logan dachte, machte sich ein schmerzhaftes Ziehen in meiner Brust bemerkbar. Ich vermisste unsere Gespräche, die Neckereien und sein Lachen. Mit meinem fluchtartigen Abgang aus seinem Zimmer hatte ich das, was zwischen uns war, in den Sand gesetzt, und eigentlich sollte ich darüber froh sein. Erleichtert. Denn es war besser so. Nach Daxtons Enthüllung erst recht. Trotzdem setzte mein Herz jedes Mal einen schmerzhaften Schlag aus, wenn ich Logan sah. Ich wusste einfach nicht mehr, wie ich mich ihm gegenüber verhalten sollte. Deshalb war ich bei dem Aufeinandertreffen nach meinem Spaziergang auch so schnell verschwunden. Wie sollte ich ihm in die Augen sehen und so tun, als wäre alles wie immer?

Ich hatte Daxton gefragt, wann er der Familie die Wahrheit sagen wollte und ob das überhaupt sein Plan war. Doch er hatte mich nur verloren angeschaut, als wüsste er selbst nicht, was zur Hölle er sich eigentlich dabei gedacht hatte, hierherzukommen.

»Ich würde ja wirklich gern wissen, was in den Tagen, als ich weg war, passiert ist«, bemerkte Jill und riss mich damit erneut aus meinen Gedanken.

»Gar nichts ist passiert.« Ich stand auf und folgte ihr nach unten in den Speisesaal, wo wir mit dem Dekorieren für die Ballszenen begonnen hatten.

Ich bin nur dabei, mich in Logan zu verlieben, wobei er noch nicht weiß, dass seine Welt möglicherweise bald zusammenbricht.

Am schlimmsten war jedoch, dass ich mit niemandem darüber reden konnte. Nicht mal Bonnie wusste davon. Ich hatte es bei unserem Telefonat gestern nicht über mich gebracht, Daxtons Geheimnis zu erzählen. Auch wenn es mich alle Kraft gekostet hatte, es für mich zu behalten. Doch ich hatte es ihm versprochen. Unwillkürlich fragte ich mich, wie Logan wohl reagieren würde. Wie ging man mit der Nachricht um, plötzlich einen Bruder zu haben?

Dads Weggehen fühlte sich auch Jahre später noch wie Verrat an. Wie musste es dann erst sein, wenn man die eigene Kindheit schlagartig in einem anderen Licht sah? Himmel, Logan würde wahrscheinlich ausrasten. Manchmal wünschte ich fast, Daxton hätte es mir nie erzählt. Andererseits war er mir in den letzten Tagen ans Herz gewachsen, und ich wollte für ihn da sein. Seit dem Tod seiner Mutter musste er ziemlich einsam gewesen sein, und inzwischen verstand ich auch die vielen Eskapaden und Partys, von denen die Presse immer berichtete.

Schweigend arbeiteten Jill und ich nebeneinander her, hängten vergoldete Spiegel und Girlanden auf, sortieren Perlenketten und überlegten, wo die improvisierte Tanzfläche sein könnte. Die Arbeit beruhigte meine Gedanken etwas, wobei jeder Anflug von Ruhe verschwand, als Logan den Speisesaal betrat.

Er trug eine dunkle Jeans und einen grauen Pulli und lächelte auf eine Weise, bei der ich mich plötzlich fragte, ob sie Ähnlichkeit mit Daxton hatte. Als er mich entdeckte, weiteten sich seine graublauen Augen leicht, und ein wohliges Kribbeln durchfuhr mich. Der Rest des Raums schien ein bisschen blasser zu werden, und meine Sinne richteten sich wie automatisch auf den Kerl vor mir. So war es immer, wenn ich Logan sah.

»Hi, Abby«, begrüßte er mich und blieb nur wenige Schritte vor mir stehen.

Ich schluckte schwer und durchforstete mein Gehirn nach Worten, irgendwelchen Worten, doch kein Laut kam über meine Lippen.

»Ich geh dann mal … ähm, Jennifer etwas wegen des Kronleuchters fragen«, murmelte Jill und verschwand, bevor ich sie aufhalten konnte.

»Ist alles in Ordnung bei dir?« Logans dunkle Stimme legte sich wie ein warmer Mantel um mich, lullte mich ein und brachte mich dazu, mich in seine Arme werfen zu wollen. »Du bist gestern so schnell wieder verschwunden.«

»Ich weiß«, sagte ich. »Tut mir leid. Gestern war nicht so mein Tag, und ich hatte noch die Yoga-Stunde …«

Er nickte und sah mich weiter unverwandt an.

Früher hatte ich nie zu den Mädchen gehört, die beim Anblick ihres Schwarms dahinschmolzen. Die von Herzrasen und weichen Knien sprachen, davon, dass sich ihr Fokus wie automatisch verschob, wenn *die* Person den Raum betrat. Ich hatte das als lächerlich abgetan. Als eine übertriebene, hormongesteuerte Reaktion. Doch seit ich Logan begegnet war, dachte ich anders darüber.

Es ging nicht um sein Aussehen oder um sein Lächeln. Darum,

dass er verdammt heiß aussah und seine Küsse mich um den Verstand brachten. Okay, es ging nicht nur darum. Vielmehr war es die plötzliche Wärme in meiner Brust, die ich in den letzten Jahren kaum gespürt hatte, die mir sagte, dass er etwas Besonderes war.

Ich war in den tiefsten Winter gefahren, und trotzdem schien mein Herz mit jedem weiteren Tag mehr aufzutauen. War das verrückt? Verlor ich allmählich den Verstand?

Seit der Schulzeit hielt ich daran fest, dass all meine Energie in das Studium und meine Arbeit floss. Warum also vergaß ich sämtliche Punkte meiner To-do-Liste, sobald Logan mich auf diese Weise musterte?

»Ist es wegen Thanksgiving?«, fragte er vorsichtig.

»Nein … nicht nur. Es ist … es tut mir leid, Logan. Ich wollte nicht einfach aus deinem Zimmer stürmen und dich auch gestern nicht so abblocken. Mich hat der Abend nur ziemlich überwältigt.« Und Daxtons Geständnis, das alles verändert hatte. Ich hasste es, dass ich Logan nicht einfach davon erzählen konnte.

Mein Herz klopfte bis zum Hals, während ich ihn ansah. Warum zum Teufel sprach ich überhaupt über den Abend in seinem Zimmer? Klar, wir hatten die professionelle Ebene schon vor Ewigkeiten verlassen. Falls es die bei uns überhaupt je gegeben hatte. Aber ihm mein Herz auszuschütten, war nicht geplant gewesen. Nichts hiervon war das.

»Weißt du, was ich glaube? Du musst mal hier weg. Ich kenne das. Wenn man zu lange im Hotel ist und nichts als Schnee sieht, fällt einem irgendwann die Decke auf den Kopf.«

Ich zögerte. »Na ja, ich habe hier nicht gerade sonderlich viele Optionen …«

»Ich habe eine Idee. Halte dir Freitagabend frei. Es wird dir gefallen. Versprochen.« Logans Mundwinkel zuckten, sodass seine Grübchen zum Vorschein kamen.

Verdammt.

Mein Herz stolperte, und ich zwang mich, den Blick abzuwenden. »Ich weiß nicht, ob das eine gute Idee ist«, sagte ich langsam.

»Was? Weil du fürchtest, ich kann mich nicht zusammenreißen und würde über dich herfallen? Du hast gesagt, dass du nicht einfach nur Spaß haben kannst – und das verstehe ich. Aber ich dachte, wir wären trotzdem auch so etwas wie Freunde.« Ihm war anzusehen, dass er es ehrlich meinte – was das Ganze nur noch schwerer machte.

»Ich mache mir nicht um deine Selbstbeherrschung Sorgen.« Die Worte entschlüpften mir einfach so. Einmal ausgesprochen, schwebten sie zwischen uns, und als ich den Kopf wieder hob, sah ich, dass seine Augen funkelten.

»Verstehe.« Er trat noch einen kleinen Schritt näher, und sämtliche Muskeln in meinem Körper spannten sich an.

Er verstand nur einen Bruchteil, aber in diesem Moment wollte ich Daxton und seine Worte vergessen. Ich gehörte nicht zu der Familie. Es war nicht meine Angelegenheit, und wenn ich es schaffte, Daxtons Enthüllung zu verdrängen, könnte ich vielleicht dennoch Zeit mit Logan verbringen. Es war ihm gegenüber nicht fair, so abwehrend zu sein, und ich war es leid, mich zurückzuhalten. Ich mochte es, in Logans Nähe zu sein. Er brachte eine Seite an mir zum Vorschein, die mir gefiel. Es war eine optimistische, vertrauensvolle Seite, und die hatte ich viel zu lange nicht mehr gespürt.

»Ich würde mich trotzdem freuen, wenn du zusagst. Und ich verspreche, mich zu benehmen.« Er hielt kurz inne und fügte dann mit einem verschmitzten Lächeln hinzu: »Außer, du willst es nicht. Dann kann ich allerdings für nichts garantieren.«

Ein Schauer durchfuhr mich bei seinen Worten, doch ich zwang mich, den Blick diesmal nicht abzuwenden. »Es wäre also kein Date?«, versicherte ich mich.

»Nein. Nur ein Treffen zwischen zwei Freunden, die sich zueinander hingezogen fühlen und entgegen jeder Vernunft scheinbar nicht voneinander loskommen.«

Ich verzog das Gesicht. »Sehr witzig.« Trotzdem konnte ich nichts gegen das Grinsen tun, das sich auf meine Lippen stahl.

Natürlich nicht. Es war schließlich Logan.

»Also gut«, gab ich schließlich nach. »Ich halte mir den Freitagabend frei.«

»Perfekt. Dann lass ich dich hier mal ...« Er sah sich um und bemerkte stirnrunzelnd die viele Deko. »Weiterarbeiten.«

Mit gemischten Gefühlen sah ich ihm nach. Es war dumm, sich mit ihm zu treffen. Dumm und leichtsinnig. Aber ich hatte es satt, ihn zu vermissen und mir selbst ständig Regeln aufzuerlegen. Vielleicht sollte ich noch mal mit Daxton sprechen, vielleicht sollte Logan zuerst die Wahrheit erfahren, doch letztendlich war es nicht meine Angelegenheit. Ich war da nur hineingeraten, ohne es zu wollen. Wenn Bonnie jetzt hier wäre, würde sie mir sagen, dass ich auf mein Gefühl hören sollte. Dass ich sowieso nicht alles kontrollieren konnte. Und damit hatte sie verdammt noch mal recht. Solange ich trotzdem auf mein Herz aufpasste, konnte ich mit Logan so viel Zeit verbringen, wie ich wollte. Es musste doch schließlich einen Weg geben, glücklich zu sein, ohne sich dabei in Gefahr zu bringen, verletzt zu werden.

Die Tage bis zu der Verabredung mit Logan vergingen wie im Flug. Ich stürzte mich in die Arbeit, übernahm Extraaufgaben von Jennifer, ging mit Daxton seine Texte durch und entwarf mit Jill einen Plan für die Tanzszene auf dem Ball, der von Jennifer sogar übernommen wurde. Sämtliche Gedanken an die Edwards, meine eigene Familie oder die Zukunft drängte ich in den Hintergrund.

Mit dem Einzug des Dezembers hatte Annie das Hotel weihnachtlich geschmückt, doch nicht einmal die Mistelzweige an den Fenstern konnten meine Laune trüben. Ich hatte mir in den Kopf gesetzt, meinen Zweifeln nicht nachzugeben – und daran hielt ich mich auch.

Nach den Dreharbeiten am Freitag ging ich direkt in mein Zimmer, duschte und bereitete mich auf unser Treffen vor. Logan hatte mir immer noch nicht verraten, wo der Ausflug hingehen sollte, nur dass mein Kleid von Thanksgiving ein passendes Outfit wäre, wobei er betonte, dass ich auch in Jeans und Pulli kommen konnte. Ganz, wie ich wollte. Letztendlich war und blieb er ein Gentleman. Nur zu gern hätte ich geglaubt, dass er diese Eigenschaft von seinem Vater hatte, doch seit ich wusste, dass er seine Frau betrogen hatte, fiel es mir schwer, ihn als ehrenhaften Mann zu sehen. Schnell schob ich den Gedanken fort, bevor er Wurzeln schlagen konnte, und griff nach meinen Perlenohrringen, die Mom mir vor ein paar Jahren geschenkt hatte. Sie passten gut zu dem schwarzen Kleid, und mit einem Hauch dunkelrotem Lippenstift vervollständigte ich meinen Look. Ich hoffte nur, dass ich damit nicht overdressed war. Aber Logan würde wohl kaum mit mir eine Schneewanderung machen oder vorschlagen, es mal mit Skifahren zu probieren. Wobei ihm das durchaus zuzutrauen wäre.

Als ich kurz darauf das Hotel verließ, wartete Logan bereits an sein Auto gelehnt. Bei seinem Anblick stockte ich. Sämtliche Sorgen, dass ich overdressed war, waren wie weggewischt. Logan trug eine schwarze Hose und ein waldgrünes Hemd, das unter seiner geöffneten Jacke zu sehen war. In dem Aufzug könnte er glatt auf dem Weg zu einem Ball oder dem nächsten Theater sein. Ich sah an meinem schwarzen Kleid herunter, das unter meinem offenen Mantel hervorblitzte und fragte mich, ob das hier wirklich noch als ein Treffen unter Freunden durchging.

Mit einem Lächeln öffnete Logan die Tür seines Wagens. »Du siehst wunderschön aus«, raunte er, als ich an ihm vorbeiging und einstieg.

Ich brachte keine Erwiderung über die Lippen, weil ich zu sehr von meinen weichen Knien abgelenkt war. Offenbar hatte mein Körper die Memo, dass ich mich nicht in Logan verlieben durfte, nicht bekommen. Stattdessen reagierte er mit einem wohligen Schauer, als Logan sich auf den Fahrersitz schwang und mit einer Hand wie beiläufig über mein Bein strich.

So viel zu »wir würden uns zusammenreißen«.

Ich kniff die Augen zusammen und betete, dass er den Motor schnell startete. Je länger die Stille zwischen uns anhielt, desto dichter schien auch die Spannung im Auto zu werden.

»Bist du bereit?«, fragte Logan und schaute mich aus hell funkelnden Augen an.

Himmel, er sollte besser aufhören, mich so anzusehen.

»Bereit wofür?«

»Für das beste Date deines Lebens.«

»Ich dachte, das hier ist kein Date«, sagte ich leicht alarmiert.

»Ist es auch nicht. Aber wenn es eins wäre, wäre es mit Sicherheit das Beste, das du je hattest.«

Ich gab ein Schnauben von mir, und Logan startete grinsend den Motor. Zumindest was sein Selbstbewusstsein anging, hatte er mit Daxton einiges gemeinsam. Der Gedanke ließ mich kurz zusammenzucken, doch ich fing mich schnell wieder. Für heute Abend würde ich der Sache keinen Raum geben. Weder Daxtons tragischer Geschichte noch meiner Angst davor, erneut verletzt zu werden.

Nach ein paar Minuten glaubte ich zu wissen, wo wir hinfuhren. Oder zumindest die Richtung.

»Fahren wir nach New Leighton?«, fragte ich.

Logan lachte. »Du bist wirklich nicht gut darin, dich überraschen zu lassen, oder?«

Ich dachte an die vielen Listen in meinem Notizbuch, in denen ich Pläne und Ziele für die nächsten Wochen und Monate festgehalten hatte, und schüttelte den Kopf. »So absolut gar nicht, um genau zu sein.«

»Dann betrachte das als Übung. Wir sind sowieso in ein paar Minuten da.«

Kurz darauf fuhr Logan auf einen Parkplatz am Rande der Stadt. Ein großes, hell beleuchtetes Gebäude erhob sich vor uns, und über den gläsernen Eingangstüren stand in rot leuchtenden Buchstaben *New Leighton Cinema*.

»Wir gehen ins Kino?«, fragte ich überrascht. Damit hatte ich nicht gerechnet.

»Exakt. Allerdings ist es eine Sondervorstellung. Einmal im Monat laufen hier Filme, die nicht zu dem neuesten Programm gehören. Es ist üblich, dass die Gäste sich für die Vorstellungen schick anziehen.

Im Grunde ist es von der Atmosphäre wie ein Theaterbesuch, nur dass es eben Kino ist.«

»Das klingt …« Perfekt. Wie für mich gemacht. Nach dem coolsten Kino aller Zeiten. »Toll.«

Logan schmunzelte und warf mir einen wissenden Blick zu. »Na komm. Du hältst es doch eh kaum noch aus, gehen wir rein.«

Das Kino von New Leighton war stilvoll eingerichtet und erinnerte tatsächlich ein wenig an ein Theater. Der Eingangsbereich war groß, und dicke Marmorsäulen säumten den Weg zu der Kasse, der mit einem roten Teppich ausgelegt war. An den Wänden hingen Filmplakate von alten Klassikern. Ich entdeckte Titel wie *Casablanca*, *E.T.*, *Der Herr der Ringe* und *Frühstück bei Tiffany*. Mein Herz machte einen kleinen Sprung, als ich mich mit großen Augen umsah. Ich wusste noch nicht einmal, welcher Film heute laufen würde, und musste Logan bereits recht geben. Das hier war das beste Date, das ich je hatte.

Logan holte unsere Karten und ließ sie in seiner Manteltasche verschwinden, bevor ich den Filmtitel erkennen konnte. Staunend sah ich mich um, während wir auf einen Kinosaal zusteuerten, der gigantisch groß war. Rote Samtsessel reihten sich aneinander und boten einen Blick auf eine riesige Leinwand. An den Wänden hingen in regelmäßigen Abständen schmuckvoll verzierte Lampen, die die Theateratmosphäre noch verstärkten. Fehlte eigentlich nur der Kronleuchter an der Decke.

Unsere Plätze waren in der letzten Reihe. Als wir uns setzten, streiften sich unsere Arme. Doch keiner von uns machte Anstalten, den Kontakt zu unterbrechen und den Abstand zu vergrößern. Ein Kribbeln durchfuhr mich, flutete meinen Körper mit Sehnsucht und dem unbändigen Drang, Logan zu berühren. Was war das nur, dass ich mich bei ihm so schwer zusammenreißen konnte? Mein Atem ging schneller, und ich dachte an den Moment in seinem Zimmer, als wir uns geküsst hatten. Bevor Vernunft und Zweifel mich gestoppt hatten, war ich unendlich glücklich gewesen. Als würde ich in seine Arme und nirgendwohin sonst gehören.

Logan wandte den Kopf, und unsere Blicke trafen sich. Sein Mund öffnete sich, doch kein Laut kam über seine Lippen. Ich beugte mich unmerklich in seine Richtung, verlor die Kontrolle über meinen Körper, der für mich entschied. Gerade als Logan sich endlich bewegte und mir entgegenkam, erloschen die Lichter, und ein lautes Dröhnen setze ein. Abrupt fuhren wir auseinander und sanken in unseren Sitz zurück. Die folgenden Werbeclips nahm ich kaum wahr. Mein Herz pochte viel zu schnell, und in meinem Kopf rangen die unterschiedlichsten Stimmen miteinander. Doch ich ignorierte sie alle.

Nach der letzten Werbung wurde die Leinwand kurz schwarz, bevor der Film startete. Ich brauchte ein paar Sekunden, bis ich erkannte, um welchen es sich handelte, und als ich es begriff, musste ich mich zusammenreißen, um nicht aufzuspringen und Logan um den Hals zu fallen.

»Das glaube ich jetzt nicht«, wisperte ich und tastete nach seiner Hand.

In diesem Augenblick war mir alles andere egal. Die Distanz zwischen dem White Season und New York, mein Herz, das ich seit Jahren davor beschützte, gebrochen zu werden, Daxton und sein Geheimnis. Alles, was zählte, war, dass Logan mich zu einer Filmvorstellung von *Harry und Sally* eingeladen hatte.

»Als ich gesehen habe, dass ausgerechnet dieser Film läuft, musste ich mit dir hierhin«, murmelte er nah an meinem Ohr. Sein Atem strich über meine Haut und verursachte mir eine Gänsehaut. »Auch wenn es unvernünftig ist.«

Seine Worte waren wie eine zärtliche Umarmung, und ich saugte jedes davon auf.

»Danke, Logan.« Ich drückte seine Hand und hoffte, dass er verstand, wie glücklich er mich damit machte.

20. KAPITEL

Logan

Abby bewegte lautlos ihre Lippen. Obwohl es im Kino dunkel war, konnte ich die Tränen in ihren Augen sehen. Ich hatte noch nie jemanden erlebt, der bei einem Film so mitlebte wie sie. Den Text schien sie auswendig zu kennen, sie lachte, bevor die Szene lustig wurde, und wurde ernst, während auf der Leinwand noch alles in Ordnung war. Ich liebte es, ihr dabei zuzusehen. Der Film selbst interessierte mich nicht sonderlich. Was ihn jedoch spannend machte, war, dass Abby ihn liebte. Sie war so in die Handlung vertieft, dass sich ihre Gefühle ungefiltert auf ihrem Gesicht widerspiegelten. Etwas, das ich im Alltag nur selten an ihr sah. Abby hatte von Anfang an gewirkt, als behielte sie gern die Kontrolle. Als hätte sie einen Fahrplan für ihr Leben im Kopf, dem sie streng folgte. Doch hinter dieser Fassade verbarg sich eine Leidenschaft, die sich in Momenten wie diesem zeigte.

Gut möglich, dass ich mich wie ein Idiot aufführte. Sie hatte ihre

Zweifel deutlich gemacht, und ich spürte, dass sie etwas zurückhielt, auch wenn ich nicht begriff, was es war. Trotzdem saß ich jetzt hier und konnte kaum die Augen von der jungen Frau neben mir lösen, die mich mit jeder Sekunde mehr beeindruckte. Mein Kopf wollte nach Lösungen suchen, nach einem Weg, mit ihr zusammen zu sein und die Distanz zu überwinden. Auch wenn es gegen sämtliche Vernunft sprach.

Ich hatte nicht nach jemandem gesucht, der neue Träume in meinen Kopf setzte. Jemand, der mich dazu brachte, die Entscheidung, mein Leben im Hotel für die nächsten Jahre weiterzuleben, anzuzweifeln. Ich hatte auch nicht nach jemanden gefragt, der meine Welt durcheinanderbrachte. Der mich daran erinnerte, dass ich zu jung war, um meine Wünsche hintanzustellen.

Und dennoch hatte ich Abby in mein Leben gelassen. Saß mit ihr in einem kitschigen Film mit noch kitschigeren Dialogen und wollte an keinem anderen Ort lieber sein. Schöner Mist.

Als der Abspann begann, regte Abby sich immer noch nicht. Unverwandt schaute sie auf die Leinwand, wischte sich eine Träne aus dem Augenwinkel und trug gleichzeitig ein breites Lächeln auf den Lippen. Sie hatte nie schöner ausgesehen.

Und ich nie schneller mein Herz verloren.

Verflucht, ich fing sogar schon an, in so kitschigen Worten zu denken, wie Abby sie eben noch synchron mit den Schauspielern mitgeflüstert hatte. Aber meinem Herz war das egal. Es schlug mir weiter bis zum Hals und trieb mich an, die Dummheit zu begehen, nach ihrer Hand zu greifen. Fast rechnete ich damit, dass sie sie wegziehen würde, doch stattdessen verschränkte sie ihre Finger mit meinen.

Erst als die Lichter wieder angingen, drehte Abby sich mit leuchtenden Augen zu mir um. Die meisten Besucher waren bereits gegangen, nur wenige hatten den gesamten Abspann abgewartet.

»Ich gebe es nicht gern zu, weil dein Selbstbewusstsein nicht unbedingt noch gepusht werden muss«, sagte sie. »Aber das war wirklich das beste Date, das ich je hatte.«

»Ich dachte, das hier ist kein Date?«, erwiderte ich schmunzelnd.

»Natürlich ist es das. Das weißt du genauso gut wie ich.« Ein resigniertes Seufzen drang über ihre Lippen. »Ich schätze, ich sollte aufhören, so zu tun, als könnte ich mich von dir fernhalten.«

»Das schätze ich auch.«

Wir sahen uns an und konnten beide ein glückliches Lächeln nicht verbergen.

»Wir sollten gehen, bevor sie uns rausschmeißen«, bemerkte Abby, und tatsächlich hatte ein Angestellter bereits den Saal betreten, um den Müll einzusammeln.

Wir schlüpften in unsere Jacken und verließen Hand in Hand das Kino. Draußen wehte ein kühler Wind. Die Nacht war klar, und ein Blick in den Himmel zeigte hell funkelnde Sterne.

»Ich habe noch nie so viele Sterne auf einmal gesehen wie hier in den Bergen.« Abbys Stimme klang leise, fast schon wehmütig.

»Vermisst du New York?«, fragte ich.

»Nein. Natürlich fehlt mir manchmal mein Zimmer und die Leute von der Akademie. Und gegen einen Latte Macchiato mit einem Schuss Haselnusssirup in meinem Stammcafé hätte ich auch nichts einzuwenden, aber der Abstand tut mir gerade ganz gut.«

»Trotzdem geht's in ein paar Wochen zurück.« Die Worte rutschten mir heraus, doch ich nahm sie nicht zurück.

»Du könntest mitkommen«, meinte Abby plötzlich. »Es gibt genügend verrückte Künstler in der Stadt, mit denen du dich austauschen könntest. Zumindest mehr als im White Season.« Ihr Tonfall war scherzhaft, aber wir beide wussten, dass ein Hauch Ernst in ihrer Aussage mitschwang.

Allerdings müsste ich lügen, wenn ich behauptete, dass ich in den letzten Tagen nicht auch schon darüber nachgedacht hätte. Doch am Ende landete ich jedes Mal wieder bei dem Gedanken, dass ich meine Familie im Stich lassen würde, wenn ich ging.

Dennoch gab ich mich einen Moment lang dieser Vorstellung hin. »Ich könnte tagsüber Porträts von Touristen anfertigen und nachts dann an den Werken arbeiten, die mich tatsächlich begeistern«, sagte ich wehmütig. Es tat gut, so zu tun, als gäbe es diese Option. Ich erlaubte mir viel zu selten, meinen Träumen nachzuhängen.

Abby nickte schmunzelnd. »Damit würdest du auf jeden Fall das Klischee erfüllen. Du müsstest natürlich noch arm sein, viel zu viel Kaffee trinken und solltest einen Hang zu melancholischer Musik haben.«

Ich lachte. »Natürlich. So wie du für einen guten Praktikumsplatz über Leichen gehen würdest?«

»Touché.«

Ich stieß ein leises Seufzen aus. »Aber du hast recht, ich würde tatsächlich gern mehr Künstler kennen. Hier oben gibt es quasi kaum eine nennenswerte Szene, in der ich mich bewegen könnte.«

In der Hinsicht beneidete ich Abby um die Filmakademie, auf der sie sich mit Gleichgesinnten über ihre Erfahrungen und Träume austauschen konnte.

»Vielleicht klappt es ja doch irgendwann«, sagte sie aufmunternd. »Es ist auf jeden Fall noch nicht zu spät dafür, Logan.«

Ich zuckte mit den Schultern. »Ja, vielleicht.«

Darauf erwiderte sie nichts, drückte aber sanft meine Hand, was Antwort genug war. Schweigend gingen wir zurück zum Auto.

Nachdem wir eingestiegen waren, zögerte ich. Zurück ins Hotel zu fahren, hieß, in die Realität zurückzukehren. Am liebsten würde ich mit Abby einfach losfahren, die Nacht durch, bis die Sonne aufging und wir an Orten waren, die wir noch nie bereist hatten. Irgendwohin, wo ich keine Auskunft über Skigebiete geben, Buchungen bearbeiten oder Fragen beantworten musste.

»Logan?«

»Alles gut«, murmelte ich und drehte den Schlüssel im Zündschloss um.

»Danke für den Abend«, sagte Abby leise, aber ich hörte sie trotzdem. »Glaubst du, es gibt einen Weg? Für uns, meine ich. Glaubst du, dass wir eine Chance haben könnten? Trotz allem?«

Ich stellte den Motor wieder ab, sodass uns Stille einhüllte.

»Tut mir leid, ich hätte das nicht sagen sollen.« Abby vergrub ihr Gesicht in den Händen. »Ignorier meine Worte und fahr einfach los.«

»Ich würde es gern glauben«, sagte ich ruhig. »Du hast keine Ahnung, wie sehr.«

»Aber?« Sie ließ ihre Hände wieder sinken.

»Kein Aber. Ich möchte es glauben. Und, na ja ... wir haben noch ein paar Wochen. Vielleicht finden wir bis dahin eine Lösung ... oder schaffen es zumindest, herauszufinden, was das zwischen uns eigentlich ist. Denn darin, die Anziehung zwischen uns zu ignorieren, versagen wir wirklich gründlich.«

Abby gab ein ersticktes Lachen von sich. Im nächsten Moment

beugte sie sich zu mir herüber und küsste mich. Es war ein kurzer, sanfter Kuss. Beinahe flüchtig, trotzdem blieb das Gefühl ihrer Lippen auf meinen, als sie sich zurücklehnte. »Jetzt kannst du losfahren«, sagte sie mit einem Lächeln.

Auf dem Rückweg sprachen wir kaum ein Wort, doch mit Abby war es nicht seltsam, zu schweigen. Vielmehr erfüllte es mich mit einer gewissen Ruhe.

Viel zu schnell tauchte das hell erleuchtete Hotel vor uns auf. Es war kurz nach elf Uhr abends, und wie üblich brannten die Lichter noch. Was allerdings nicht üblich war, war, dass mein Vater mit bestürzter Miene auf mich zulief, kaum dass ich das Auto geparkt hatte. Ihm folgte Daxton, der ähnlich erschüttert wirkte.

Was zur Hölle war hier los?

Als ich aus dem Auto sprang, hielt mein Dad abrupt inne.

»Was ist los?«, fragte ich, als er nichts sagte.

Abby war inzwischen ebenfalls ausgestiegen und warf Daxton einen durchdringenden Blick zu. Was auch immer sie ihm damit mitteilen wollte, schien bei ihm nicht anzukommen, denn er kniff wütend die Augen zusammen.

»Warst du es?« Seine Stimme klang erstaunlich kalt.

»War ich was?« Abby wurde schlagartig bleich im Gesicht und blickte hektisch zwischen Daxton, meinem Vater und mir hin und her.

»Was ist denn los?«, wiederholte ich ungeduldig.

»Logan, es tut mir wahnsinnig leid …«, setzte mein Vater an. Zu meinem Entsetzen sah ich Tränen in seinen Augen schimmern.

»Dad, was ist passiert? Geht es dir gut?« Ich machte einen Schritt auf ihn zu, doch er hob abwehrend eine Hand.

»Warte, Logan. Es gibt da etwas, das ich dir sagen muss. Vor vierundzwanzig Jahren …«

»Verdammt, Abby, ich habe es niemandem sonst gesagt. Wie viel hast du für die Story bekommen, hm? Ich wette, die Presse hat einen guten Preis gezahlt.« Daxton sah Abby grimmig an.

»Ich habe keine Ahnung, wovon du sprichst«, rief sie panisch. »Ich habe niemandem etwas gesagt.«

»Verdammt, kann mir endlich jemand erklären, was hier los ist!« Ich sah von meinem Dad zu Daxton, der mit zusammengepressten Lippen sein Handy aus der Hosentasche zog.

»Du willst wissen, was los ist? Das hier ist los.« Er hielt mir das Display vor die Nase.

Ich brauchte einen Moment, um die Schlagzeile zu entziffern, die auf einem Klatschblatt abgedruckt war: *Hollywood-Star Daxton Coleman von eigenem Vater verleugnet – Familiendrama hinter den Kulissen!*

»Ich glaube, unser Vater hat dir einiges zu erklären«, sagte Daxton und steckte sein Handy wieder ein.

»Unser was?« Entgeistert starrte ich ihn an, wartete auf die Pointe eines Witzes, den ich nicht verstand.

Doch niemand lachte. Dad starrte mich nur aus weit aufgerissenen Augen an und brachte keinen Laut über die Lippen. Verdammt, warum sagte er nichts? Daxton war ein verrückter Kerl, der in zu viele Rollen geschlüpft war und nicht mehr zwischen Fiktion und Realität unterscheiden konnte. Eine andere Erklärung gab es für diesen Wahnsinn nicht. Zumindest keine, die ich akzeptieren konnte.

Hilfe suchend sah ich zu Abby. In ihrem Blick lag Entsetzen, aber keine Überraschung. Und das gab mir den Rest.

»Du ...« Ich sah von ihr zu Daxton und wieder zu meinem Vater. »Dad, was bedeutet das?«

»Wir sollten reden.«

»Dann rede«, fuhr ich ihn an. »Was hat diese Schlagzeile zu bedeuten?«

Mein Vater schluckte. »Daxton ist mein Sohn. Allerdings wusste ich bis vor einer Stunde nichts davon.«

Erneut wartete ich darauf, dass jemand lachte. Dass ich aufwachte und merkte, dass ich nur geträumt hatte.

»Ich hätte nie gedacht, dass ausgerechnet du mir das antun würdest«, sagte Daxton zu Abby.

»Ich hab nichts ...«, setzte sie an, wurde von Daxton jedoch direkt unterbrochen.

»Scheiße, verdammt, mir wird das gerade alles zu viel. Ich muss hier weg.« Er machte auf dem Absatz kehrt und marschierte in Richtung Hotel.

Dad sah ihm hinterher, und für einen Moment glaubte ich, er würde ihm nachgehen, doch er blieb und fixierte mich mit seinem Blick. »Es tut mir so leid, Logan. Lass mich dir das erklären!«, sagte er. »Komm mit rein und lass uns reden.«

»Wusste Mom davon?« Meine Stimme klang seltsam hohl. »Wusste sie von Daxton?«

Er schüttelte den Kopf. »Nicht einmal ich wusste davon. Bis eben hatte ich keine Ahnung ...«

»Wusste sie von seiner Mutter? Wenn er dein Sohn ist, muss es da eine Frau gegeben haben, die nicht Mom ist.«

Dad senkte den Blick, und das war der Moment, in dem ich realisierte, dass das hier gerade wirklich passierte. Ich wankte zurück, die Umgebung verschwamm vor meinen Augen und ich hörte mein Blut unnatürlich laut in meinen Ohren rauschen.

»Logan.« Abby legte mir eine Hand auf den Arm, doch ich schüttelte sie ab.

»Du hast es gewusst?«, fragte ich, obwohl ich die Antwort darauf bereits kannte. Aber ich musste es noch einmal von ihr hören.

»Ich ... ich habe Daxton versprochen ... Es war nicht meine Aufgabe, dir zu erzählen, dass ... Es tut mir leid, aber ...«

»Nicht«, unterbrach ich ihr Gestammel. »Ein Verrat reicht für heute.«

Ohne einen weiteren Blick zu meinem Dad zu werfen, wirbelte ich auf dem Absatz herum und flüchtete in meinen Wagen. Reflexartig startete ich den Motor und drückte das Gaspedal durch. Ich ertrug Dads Anblick keine Sekunde länger. Genauso wenig wie den von Abby oder dem Hotel, in dem sich mein angeblicher Halbbruder Daxton aufhielt.

Erst als ich um die Ecke bog und das White Season nicht länger zu sehen war, atmete ich auf. Ich schaltete das Radio an und drehte die Musik laut auf, in der Hoffnung, dass sie meine Gedanken übertönen würde.

Doch es half nichts, in meinem Kopf herrschte ein einziges Durcheinander. Meine Welt war mit einem Schlag zerstört worden. Mein Leben würde nie wieder sein wie zuvor. Und ich trug noch immer das beschissene Hemd, dass ich zu dem Date mit Abby getragen hatte. Abby, die meine Hand gehalten und mich geküsst hatte, obwohl sie Bescheid gewusst hatte.

Ich beschleunigte und umklammerte das Lenkrad ein Stück fester. Den Blick starr auf die Straße gerichtet, fuhr ich durch die Nacht.

Ich glaube, unser Vater hat dir einiges zu erklären.

Unser Vater … Das war alles so verkehrt.

Bei der nächsten Parkbucht hielt ich an und riss die Autotür auf. Kalte Luft strömte mir entgegen, als die Erkenntnis auf mich einstürzte, dass alles, was ich über meinen Vater geglaubt hatte, eine Lüge war.

21. KAPITEL

Abby

Mist, Mist, Mist.

Wie hatten die Dinge nur so schnell aus dem Ruder laufen können? Vor weniger als einer Stunde war ich noch Händchen haltend mit Logan aus dem Kino spaziert – und jetzt das.

»Lass mich rein. Bitte!« Ich klopfte erneut, meine Fingerknöchel hinterließen ein dumpfes Geräusch auf der hellen Holztür, doch sie ging nicht auf.

»Komm schon«, rief ich. »Lass mich das erklären.«

Ich hob die Hand, um erneut zu klopfen, als die Tür schwungvoll aufgerissen wurde. Mit einem Schreckenslaut wich ich zurück.

Daxton funkelte mich aus zusammengekniffenen Augen wütend an. »Ich fass es nicht, dass du so dreist bist, jetzt auch noch hier aufzutauchen.«

Ich holte tief Luft. Er würde es mir ganz offenbar nicht leicht machen. »Ich habe der Presse nichts verraten. Ich habe überhaupt niemandem etwas verraten! Weder meiner besten Freundin noch sonst irgendwem. Bitte, Daxton, du musst mir glauben. Du bist mir wichtig, genauso wie Logan. Wieso sollte ich so etwas tun?«

»Hm, keine Ahnung … vielleicht, um ein bisschen Geld dazuzuverdienen? Das Leben in New York ist bekanntlich teuer.«

»Denkst du wirklich, ich würde meine Freunde für Geld verraten?« Langsam wurde ich echt sauer. »Die Edwards sind wundervolle Menschen, die mich herzlich empfangen haben, und ich würde nie …«

»Wundervolle Menschen?« Daxton schnaubte. »Weißt du, was, es ist mir egal. Spiel mit ihnen heile Welt, quartiere dich als zukünftige Schwiegertochter bei ihnen ein und sag ihnen beim Thanksgiving-Dinner, wie dankbar du für alles bist. Ich mach da nicht mehr mit. Ich bin hierhergekommen, um herauszufinden, wie mein Vater so ist. Ob er wirklich der herzlose Mann ist, den ich mir immer vorgestellt habe. Und was soll ich sagen? Er ist das komplette Gegenteil! Allerdings ist das alles nur Fassade. Es ist eine Lüge. Nicht mal seine Frau wusste von Mom.« Daxtons Stimme war mit jedem Wort lauter geworden.

»Ich verstehe, wie verletzt du sein musst«, sagte ich betont ruhig. Wenn ich jetzt die Fassung verlor, brachte das niemandem etwas. »Keine Familie ist perfekt, auch die Edwards nicht. Das dürfte spätestens jetzt allen klar werden, aber ich will, dass du weißt, das ich niemandem davon erzählt habe. Und wenn du jemanden zum Reden brauchst, bin ich für dich da.«

Daxton starrte mich einen Augenblick lang an, dann lachte er. Es war ein hohles, verzweifeltes Lachen, bei dem sich mein Innerstes schmerzhaft zusammenzog. Ich hasste es, ihn so zu sehen und nicht zu wissen, wie ich ihm helfen könnte.

»Vielen Dank für das Angebot, Abigail, aber ich denke, du hast genug getan. Kümmere dich um den Goldjungen, er braucht den Zuspruch weiß Gott mehr als ich.« Mit diesen Worten schlug er mir die Tür vor der Nase zu.

»Verdammt«, murmelte ich.

Als eine weitere Tür im Flur sich öffnete und einer der anderen Schauspieler neugierig zu mir schaute, drehte ich mich abrupt um und ging in mein Zimmer, wo Jill mit ihrem Handy auf dem Bett saß.

»Hi, Jill«, sagte ich, woraufhin sie mit gerunzelter Stirn aufsah.

»Wusstest du davon?«, fragte sie.

Die Schlagzeile hatte also schon die Runde gemacht. Großartig. Mit einem schweren Seufzer sank ich auf mein eigenes Bett. »Wie schlimm ist es?«

»Für Daxton? Gar nicht. Er wird in der ganzen Geschichte als das Opfer hingestellt und dafür gefeiert, dass er es trotz dieser Umstände so weit geschafft hat.«

»Daxton wird es hassen«, murmelte ich.

»Vermutlich. Aber seinem Ruf schadet es nicht, vielmehr bringt es ihm noch mehr Aufmerksamkeit. Sein Management dürfte sich freuen. Auch für den Film bedeutet das Werbung, immerhin wird er dort gedreht, wo alles angefangen hat. Für die Edwards sieht es allerdings weniger rosig aus. Ich kann mir gut vorstellen, dass die Telefone im Empfangsbereich gerade unablässig klingeln, weil alle ein exklusives Interview mit Matthew Edwards wollen.«

Shit. Daran hatte ich noch gar nicht gedacht. Die Familie wurde vermutlich mit Anrufen und Nachrichten bombardiert. Bei der Vorstellung, wie die Zwillinge in all dem Chaos versuchten zu verstehen, was überhaupt los war, wurde mir schlecht. Das war eine Katastrophe.

»Also? Hast du es gewusst?« Jill ließ nicht locker.

Kurz überlegte ich, zu lügen oder sie einfach zu ignorieren, doch jetzt war es ohnehin zu spät. »Ja«, gab ich zu. »Aber ich habe es niemandem erzählt. Wie auch immer die es herausgefunden haben, sie haben die Infos nicht von mir.«

»Hat Logan es auch gewusst? Hast du es ihm erzählt?«

»Nein, habe ich nicht. Ich habe Daxton versprochen, nichts zu sagen. Und das würde ich Logan auch erklären, wenn er mir denn zuhören würde. Aber er hat beschlossen, mir gar nicht erst die Chance dazu zu geben. Genauso wie Daxton. In der Hinsicht sind sie ähnlich stur.« Ich verzog das Gesicht.

Seit Logan auf dem Parkplatz einfach davongefahren war, hatte ich nichts mehr von ihm gehört, und ich ahnte, dass er mir auch weiterhin aus dem Weg gehen würde. Ich verstand ja, dass er gerade eine Menge zu bewältigen hatte, aber für mich war das Ganze auch nicht leicht. Jetzt konnte ich nur hoffen, dass er sich bald wieder beruhigte und auf mich zukam, wenn er so weit war.

»Und seit wann weißt du es?«, fragte Jill.

»Noch nicht lange, Daxton hat es mir vor ein paar Tagen anvertraut.«

»Hm.« Jill sah mich nachdenklich an. »Das ist für dich eine ziemlich beschissene Situation, oder?«

»Ist es«, erwiderte ich. »Falls du gerade versuchst, mich aufzubauen, bist du darin übrigens nicht sonderlich gut«, sagte ich mit einem halbherzigen Lächeln.

Jill schnitt eine Grimasse. »Ich weiß. Im Trösten bin ich eine Niete. Ich meine, anfangs konnte ich dich ja nicht einmal leiden.«

»Wow, du bist darin ja wirklich schlecht.«

»Ist mir klar.« Sie zuckte mit den Schultern und warf mir ein zuversichtliches Lächeln zu. »Aber das wird sich schon wieder einrenken, Abby.«

»Ich hoffe es«, murmelte ich seufzend. »Bleibt nur die Frage, ob er mir überhaupt verzeiht.«

»Wer jetzt? Logan oder Daxton?«

»Beide. Wobei Daxtons Reaktion echt heftig war. Dabei sollte er doch wissen, dass ich die Wahrheit sage und so was nie an die Presse geben würde.«

Jill sah mich mitfühlend an. »Sobald sich das Drama legt, wird er sich bestimmt wieder beruhigen.«

»Vielleicht solltest du die Chance nutzen und ihn trösten«, entgegnete ich mit einem ironischen Grinsen.

»Sehr witzig, Abby.«

»Ach komm, glaub nicht, dass ich eure Blicke nicht bemerken würde.«

Jill senkte den Kopf, aber ich sah trotzdem die Röte auf ihren Wangen. »Es muss schwierig sein, ohne Vater aufzuwachsen«, sagte sie leise.

»Ja.« Ich schluckte schwer und dachte an Dad.

Zwar hatte ich mich mit der Zeit an seine Abwesenheit gewöhnt, aber die Erinnerungen an ihn waren trotzdem nicht gerade leicht. Ich hatte meine Freundinnen in der Schule immer darum beneidet, wenn sie von ihren Vätern abgeholt wurden oder diese etwas mit ihnen unternahmen. Es war ein bisschen so, als würde man ständig eine

Lücke mit sich herumtragen, und auch wenn Mom alles dafür getan hatte, um sie zu füllen, und sie mit der Zeit immer kleiner geworden war, war dennoch ein winziges Loch geblieben.

»Ich hätte nie gedacht, dass ich hier in so viel Drama hineingeraten würde«, murmelte ich gedankenverloren.

»Das glaube ich sofort. Es geht mich ja eigentlich nichts an, aber ... na ja, was läuft da zwischen dir und Logan?« Jill sah mich neugierig an. »Also nur, falls du darüber reden willst.«

Ich seufzte. »Keine Ahnung«, gab ich zu. »Anfangs hatte ich vor, mich von ihm fernzuhalten und mich ganz auf das Praktikum zu konzentrieren. Aber er löst Dinge in mir aus ... Gefühle ... und ich kenne das nicht. Bisher bin ich so was immer erfolgreich aus dem Weg gegangen. Doch jetzt weiß ich nicht mehr, ob ich das wirklich noch will.«

»Weiß er das auch?«

»Ja, wir haben gesagt, dass wir uns eine Chance geben und herausfinden, was wir wollen. Aber dann kam das Drama – und ich glaube nicht, dass Logan mir so schnell vergeben wird, dass ich ihm nichts von alldem erzählt habe.«

»Gib ihm Zeit«, sagte Jill. »Er muss gerade 'ne ganze Menge verarbeiten.«

Ich nickte. »Du hast recht. Schätze, du bist doch gar nicht so übel darin, andere aufzubauen.«

Ein zaghaftes Lächeln stahl sich auf Jills Lippen. »Das wird schon alles wieder. Und in den nächsten Tagen kannst du dich tatsächlich erst mal auf die Arbeit konzentrieren, wir müssen nämlich die Dekorationen für die Ballszene fertigstellen und die Szene noch mal detailliert durchgehen.«

»O Mann, diese verdammte Ballszene ... Am Ende wird es vermutlich die schönste und romantischste Stelle des ganzen Films, aber die Vorbereitungen killen mich.«

»Da bin ich ganz bei dir. Ich kann langsam kein Gold mehr sehen. Und wenn ich daran denke, wie sich die Schauspieler passend zu der Musik bewegen sollen ... Das wird noch richtiges Chaos geben.«

Jill und ich sahen uns an und brachen gleichzeitig in Lachen aus. Für den Bruchteil einer Sekunde vergaß ich den Stress der letzten Stunde und das Drama, das alles schlagartig komplizierter gemacht hatte.

Erst als ich kurze Zeit später im Bett lag und Dunkelheit mich umgab, kehrten die unruhigen Gedanken zurück. Was Logan jetzt wohl machte? Vermutlich war er irgendwann umgekehrt, spätestens als er sich so weit beruhigt hatte, bis ihm wieder eingefallen war, dass seine Schwestern ihn jetzt brauchten.

Ich lag noch lange wach, wälzte mich hin und her und zerbrach mir den Kopf darüber, wie ich Logan dazu bewegen konnte, mit mir zu reden.

Wenn ich geglaubt hatte, Daxton würde sich bis zum nächsten Morgen etwas beruhigen, wurde ich nun eines Besseren belehrt. Denn das Drama ging direkt bei dem morgendlichen Meeting mit Jennifer weiter. Daxton war zwar aufgetaucht, doch er sprach kein Wort – und sein Gesichtsausdruck machte deutlich, wie ungern er hier war. Ich suchte ein paarmal den Blickkontakt zu ihm, doch er wich mir nach wie vor aus.

»Ihr habt vermutlich alle von der Schlagzeile gehört«, sagte Jennifer und sah zu Daxton hinüber, der sie daraufhin finster anstarrte.

»Ich erwarte dennoch, dass ihr professionell bleibt und heute eure Arbeit macht. Wenn jemand eine Pause braucht und sich zurückziehen möchte, ist das vollkommen in Ordnung, nur wüsste ich dann gern direkt im Anschluss an das Meeting Bescheid, verstanden?«

Allen war klar, dass die Worte Daxton galten. Trotzdem nickten alle, woraufhin Jennifer direkt wieder zum heutigen Drehtag zurückkehrte und ungerührt mit dem Tagesplan fortfuhr. Bis ein energisches Klopfen an der Tür alle aufblicken ließ.

»Entschuldigen Sie die Störung.« Eine junge Frau, die ich bereits ein paarmal am Empfang gesehen hatte, steckte ihren Kopf in das Zimmer.

»Was gibt es?«, fragte Jennifer.

»Na ja … ich weiß nicht, ob Sie heute draußen drehen, aber …« Sie holte tief Luft, ihr Blick irrte durch den Raum, blieb kurz bei Daxton hängen und glitt dann schnell weiter. »Vor dem Hotel stehen einige Leute von der Presse, die nach Mister Coleman fragen. Es ist ein ziemlicher Aufruhr, die Gäste sind irritiert, und da keiner der Edwards bisher im Hotel aufgetaucht ist, dachte ich, ich sage Ihnen lieber Bescheid.«

»Vielen Dank für die Information.« Jennifer nickte freundlich, ihre Miene blieb unbewegt. Keine Ahnung, wie sie das schaffte.

Nachdem die Empfangsdame mit einem verhaltenen Lächeln die Tür wieder geschlossen hatte, sah ich überall betretene und erschrockene Gesichter. Daxton war noch ein Stück blasser geworden. In seinen Augen lag ein wütendes Funkeln, und die zusammengepressten Lippen ließen erahnen, dass es nicht mehr lange bis zu einem richtigen Wutausbruch dauern würde.

»Na schön«, sagte Jennifer schließlich entschlossen. »Dann starten wir heute mit einer Szene in einem der Hotelzimmer, in der die Witwe mit ihrem Vater über den Tod ihres Mannes spricht.«

Alle nickten und setzten sich in Bewegung. Ich klappte gerade mein Notizbuch zu, als Jennifer mich ansah.

»Abby und Daxton, ihr bleibt bitte noch kurz da.«

Verdammt. Unruhig rutschte ich auf meinem Stuhl hin und her. Auch wenn Jennifer sich vermutlich nur nach den Hintergründen des Dramas erkundigen wollte, um einschätzen zu können, inwiefern unsere Dreharbeiten davon betroffen waren, machte sie mich nervös.

»Es tut mir sehr leid, was sich da gerade abspielt«, sagte sie, nachdem alle den Raum verlassen hatten. »Daxton, ich will, dass du weißt, dass du meine volle Unterstützung hast. Dennoch erwarte ich, dass du weiterhin eine gute Leistung bringst. Wie es scheint, hast du gewusst, wer die Edwards sind, und dich dieser Situation bewusst ausgesetzt.«

»Keine Sorge, ich werde weiterhin mein Bestes geben«, erwiderte er angespannt. »Kann ich jetzt gehen?«

»Einen Moment noch. Es ist nicht mein Job, mir zu überlegen, inwiefern die Sache als Marketingstrategie oder sonst was genutzt werden kann, aber wenn dadurch die Dreharbeiten behindert werden, ist es sehr wohl meine Angelegenheit.« Sie warf Daxton einen Blick zu, bevor sie sich an mich wandte. »Die Zusammenarbeit mit der Familie Edwards war uns bisher eine große Hilfe, und insbesondere für die Ballszenen brauchen wir Logans Unterstützung. Es muss mit den Gästen geredet und die entsprechenden Bereiche abgesperrt werden. Abby, du warst bisher die Kontaktperson zwischen Logan und mir, was sehr gut funktioniert hat. Wirst du diesen Job weiterhin machen können?«

Sie sah mich durchdringend an, und ich fragte mich unwillkürlich, wie viel sie wusste. Hatte sie mitbekommen, dass ich mit Logan auf einem Date gewesen war, bevor die Dinge so aus dem Ruder gelaufen waren? Es würde mich nicht wundern. Jennifer wirkte wie jemand, der seine Augen und Ohren überall hatte.

»Natürlich«, sagte ich.

Es würde zwar ein kleines Ding der Unmöglichkeit werden, Logan dazu zu bewegen, weiterhin mit mir zu arbeiten, aber ich würde nicht aufgeben. Außerdem hatte ich sowieso vor, mit ihm zu sprechen. Auch wenn er es nicht hören wollte, musste ich ihm sagen, dass ich für ihn da war. Dass er da nicht alleine durchmusste.

»Können wir dann weitermachen?«, fragte Daxton ungeduldig.

»Wenn ansonsten alles klar ist, dann ja.« Auf ihre Worte hin stürmte Daxton kommentarlos aus dem Zimmer. Jennifer warf mir einen weiteren prüfenden Blick zu und ging dann ebenfalls nach draußen.

Seufzend folgte ich ihnen. Wie lange würde es dauern, bis Daxton begriff, dass ich der Presse nichts gesagt hatte? Bis Logan mir verzeihen konnte und die Dinge sich wieder einrenkten?

Vor der Kamera verwandelte sich Daxton wie immer in den attraktiven Detective mit den undurchschaubaren Motiven. Doch sobald das Cut ertönte, wurde er zu dem wütenden, verschlossenen Kerl, der mit niemandem ein Wort wechselte. Die anderen ließen ihn in Ruhe. Vermutlich waren alle froh, dass er überhaupt weiterhin seinen Job machte.

Irgendwann am Nachmittag kam Annie Edwards bei uns vorbei. Unter ihren Augen lagen dunkle Schatten, und die Erschöpfung stand ihr ins Gesicht geschrieben. Trotzdem rang sie sich zu einem Lächeln durch, erkundigte sich, ob mit den Dreharbeiten alles klappte, und warf einen prüfenden Blick zu Daxton, der seit ihrem Auftauchen einer unbeweglichen Eisstatue glich. Nachdenklich schaute ich zwischen den beiden hin und her. Sie waren die Betrogenen in dem ganzen Szenario, die Menschen, die vermutlich mehr verletzt worden waren als alle anderen. Dennoch gab sich Annie stark und machte weiter wie bisher, was ich ziemlich beeindruckend fand.

Bevor sie den Flur wieder verließ, kam sie auf mich zu. »Er reißt sich zusammen, aber es geht ihm nicht sonderlich gut«, sagte sie leise. »Wenn er auch nur halb so starrköpfig ist wie mein Mann, wird er erst mal nicht reden wollen, aber ich glaube, er braucht dich.«

»Danke«, entgegnete ich und suchte nach Worten, die Trost spenden konnten, aber sie blieben mir alle im Hals stecken. Seit gestern Abend war die Welt ihrer Familie einmal komplett durchgeschüttelt worden. Welche Worte sollten da helfen?

»Wir stehen das durch.« Annie lächelte tapfer, und erneut fragte ich mich, woher sie ihre Kraft nahm. Wie sie selbst angesichts dieser Katastrophe so ruhig bleiben konnte. Aber vielleicht funktionierte sie schon so lange, dass sie nicht mehr wusste, wie es war, zusammenzubrechen.

Nachdem sie wieder gegangen war, ordnete Jennifer eine weitere Szene an, und die Maskenbildnerin puderte Daxtons Gesicht nach.

Plötzlich trat Jill neben mich und stupste mich leicht mit dem Ellenbogen an. »Na los«, flüsterte sie. »Geh schon. Ich kann deinen Part übernehmen. Sonderlich lange machen wir sowieso nicht mehr, und dir ist an der Nasenspitze anzusehen, wie dringend du gerade woanders sein willst.«

Ich wollte protestieren, doch letztendlich zuckte ich nur mit den Schultern. »Du hast recht. Vielen Dank.«

Mit schnellen Schritten durchquerte ich den Flur, holte meinen Mantel aus meinem Zimmer und fuhr mit dem Fahrstuhl nach unten. Als ich das Hotel verließ, entdeckte ich vor dem Eingang einen Paparazzo mit gezückter Kamera; die anderen Presseleute hatten sich scheinbar fürs Erste verzogen. Ohne ihn weiter zu beachten, lief ich an ihm vorbei und auf das kleine Haus neben dem Hotel zu.

Vor der Treppe an der Außenfassade, die zu Logans Stockwerk führte, blieb ich unschlüssig stehen. Noch vor wenigen Tagen war ich aus seinem Zimmer geflüchtet, überwältigt von den Gefühlen, die er in mir auslöste. Doch jetzt wollte ich nichts lieber, als bei ihm sein. Kopfschüttelnd stieg ich die Treppen nach oben und betätigte die Klingel.

Nach wenigen Minuten erklang eine dunkle Stimme durch den Lautsprecher. »Verpissen Sie sich. Niemand wird hier Fragen beantworten.«

»Ich will keine Fragen stellen«, sagte ich ruhig. »Ich will nur sehen, ob du okay bist.«

Ich rechnete damit, dass Logan mich einfach ignorieren würde, aber kurz darauf riss er die Tür auf.

»Lass es gut sein, Abby. Falls dich dein schlechtes Gewissen hertreibt – das muss es nicht. Ich komme klar. Du hast deine Seite gewählt, als du mit Daxton geredet und mir diese ganze Scheiße verheimlicht hast.«

»Meine Seite gewählt?« Sprachlos sah ich ihn an. In seinen Augen tobte Wut, und auch wenn ich wusste, dass sie sich nicht primär gegen mich richtete, trafen mich seine Worte. »Daxton hat mir ein

Geheimnis anvertraut. Eine wahnsinnig persönliche Sache! Es war nicht meine Aufgabe, dir zu erzählen, dass er dein Bruder ist.«

»Er ist nicht mein Bruder«, fauchte Logan.

Ich hob die Hände und trat einen Schritt auf ihn zu. »Lass mich für dich da sein«, bat ich leise. »Wir müssen nicht reden. Ich will einfach nur für dich da sein.«

Ein Schatten huschte über Logans Gesicht. Ihm war anzusehen, wie er mit sich rang. Wie ein Teil von ihm mich reinlassen und sich von mir trösten lassen wollte. Doch der andere Teil gewann.

»Nein.« Energisch schüttelte er den Kopf. »Ich muss mich jetzt auf meine Familie konzentrieren. Meine Schwestern brauchen mich. Du kannst von mir aus zu Daxton gehen und ihn trösten. Ich brauche dich nicht.« Mit diesen Worten knallte er die Tür vor meiner Nase zu.

»Das darf doch nicht wahr sein«, murmelte ich. Wenn ich noch Zweifel an gewissen Ähnlichkeiten zwischen Daxton und Logan gehabt hatte, waren sie jetzt beseitigt. Die beiden waren ähnlich dickköpfig und ähnlich nachtragend.

Ich wusste, dass Logan um sich schlug, weil er sich nicht anders zu helfen wusste, aber das machte es nicht weniger schmerzhaft. Aber vielleicht brauchte er ja wirklich nur Zeit – und es würde nicht alles zwischen uns ändern. Vielleicht war es doch kein Fehler gewesen, mein Herz zu öffnen und Logan hinter meine Fassade blicken zu lassen. Zumindest sagte ich mir das auf dem Weg zurück ins Hotel immer wieder.

Denn es durfte kein Fehler gewesen sein. Nicht, nachdem ich mein Herz jahrelang mit allen Mitteln vor genau diesem Schmerz beschützt hatte, der jetzt in meinem Innern wütete.

22. KAPITEL

Logan

Es war seltsam, wie schnell die Dinge sich ändern konnten. Wie eine Welt, eine Familie, innerhalb weniger Stunden auf ihre Grundmauern erschüttert werden konnte.

Gestern Morgen war noch alles in Ordnung gewesen. Ich war ein ganz normaler Kerl gewesen, dessen einziges Problem darin bestanden hatte, dass er sich zu leicht den Kopf verdrehen ließ und zu Entscheidungen tendierte, die zu nichts Gutem führen konnten. Gestern … Bis nach dem Date mit Abby alles den Bach runtergegangen war. Seitdem war da diese unbändige Wut in mir. Diese Fassungslosigkeit, die mich rasend machte.

Gedankenverloren starrte ich auf die Tür, die ich vor Abbys Gesicht zugeschlagen hatte. Sie meinte es nur gut, das wusste ich, aber ich war noch nicht bereit, mit ihr zu sprechen. Sie hatte es gewusst. Und trotzdem war sie mit mir ausgegangen. Ohne sich dabei schlecht zu fühlen. Sie hatte ohne mit der Wimper zu zucken nach meiner

Hand gegriffen, obwohl sie wusste, dass meine Welt bald in Scherben liegen würde. Wer machte so was? Unwillkürlich fiel mir wieder Daxtons Vorwurf ein, sie wäre mit der Information an die Presse gegangen. Eisige Kälte ergriff mich bei der Vorstellung, dermaßen von ihr verraten worden zu sein. Aber das konnte nicht sein. Die Abby, die ich kannte, würde so etwas niemals tun. Es mir zu verschweigen, war eine Sache, aber damit zur Presse zu gehen? Andererseits – was wusste ich schon über sie?

Vielleicht waren all die Worte, die sie zu mir gesagt hatte, eine Lüge gewesen. Vielleicht hatte sie inzwischen so viel Zeit mit den Schauspielern verbracht, dass es ihr nicht mehr schwerfiel, selbst in eine Rolle zu schlüpfen? Allerdings blieb die Frage, welchen Nutzen sie davon hatte. Abgesehen von Geld.

Nein. Abby würde mir und meiner Familie das nicht antun. Nicht, nachdem sie mit uns am Tisch gesessen, mit meinen Schwestern herumgealbert und sich bei meinem Vater für das gute Essen bedankt hatte.

Der Gedanke an Dad entfachte meine Wut erneut. Als ich gestern Nacht zurückgekommen war, hatte ich nicht mehr mit ihm und Mom gesprochen, und auch heute Morgen hatte ich mich voll und ganz auf meine Schwestern konzentriert. Hatte mich zusammengerissen, mit Daisy und Zoey gespielt und sie mit allen Mitteln abgelenkt, während Mom und Dad in ihrem Zimmer verschwunden waren und offenbar eine Krisensitzung abgehalten hatten.

Mom wirkte erstaunlich gefasst. Zu gefasst, wenn es nach mir ging. Wie so oft war ihre oberste Priorität, dass es uns allen gut ging. Die Tatsache, dass ihr Mann ihr eine sehr entscheidende Sache verschwiegen hatte, schien sie völlig auszublenden.

Dad hingegen schlich mit hängenden Schultern durch das Haus. In seinen Augen lag ein tiefer Schmerz, was mich nur noch wütender machte. Wie konnte er sich das Recht herausnehmen, betrübt zu sein? Daxtons Schicksal zu bedauern? Hätte er seine Finger bei sich behalten, wäre nichts von dieser verdammten Katastrophe passiert.

»Logan?« Der Klang einer hellen Stimme riss mich aus meinen Gedanken.

Ich atmete tief durch und zwang mich, meine Gesichtszüge wieder unter Kontrolle zu bringen. Dann drehte ich mich zu Daisy um, die mit großen Augen im Türrahmen stand.

»War das Abby?«, fragte sie.

Kurz überlegte ich, den Kopf zu schütteln, aber eine weitere Lüge war das Letzte, was meine Schwester jetzt gebrauchen konnte. Daher nickte ich. »Ja.«

»Und du hast sie weggeschickt?«

Verdammt, wie lange stand Daisy schon in der Tür?

»Es ist kompliziert«, erwiderte ich, woraufhin sich ihr Gesicht verdüsterte.

»Ja, das sagt Mom auch. Es ist kompliziert. Alles ist auf einmal kompliziert. Aber Zoey und ich sind nicht dumm. Das Telefon klingelt andauernd, und wir haben die Fotografen vor dem Hotel gesehen. Dad hat etwas angestellt, stimmt's?«

Ich sah in ihre blauen Augen, die voller Sorge waren. Verfluchter Mist. Allein für diesen Ausdruck würde ich Daxton am liebsten eine reinhauen. Wieso hatte er Dad nicht einfach eine Mail geschrieben oder ihn angerufen? Warum war er nach all den Jahren ohne Vorwarnung hier aufgetaucht? Wollte er sich rächen? Unser Familienglück zerstören, weil es ihm nicht vergönnt war?

»Ich weiß, es ist gerade alles etwas chaotisch und beängstigend«, sagte ich betont ruhig. »Aber Daisy, ganz gleich, was irgendwelche Leute sagen, wir sind eine Familie. Und wir halten zusammen. Mom, Dad und ich lieben dich und deine Schwester über alles. Nichts kann daran etwas ändern. Das darfst du niemals vergessen.«

Sie sah mich unverwandt an. In ihren Augen schimmerte es verdächtig, doch sie schluckte die Tränen hinunter. Ich glaubte, denselben Stolz in ihrer Haltung zu sehen, den Mom ausstrahlte, und unterdrückte ein Seufzen.

»Und was ist mit Daxton?«, fragte sie leise. »Wer hat ihn lieb?«

Die Frage traf mich unvorbereitet. »Du weißt, wer …? Hast du gehört, dass …?« Ich brach mitten im Satz ab und rieb mir mit einer Hand über das Gesicht. Diese ganze Situation fühlte sich völlig verkehrt an.

»Ob ich weiß, dass er unser Bruder ist? Ja, Mom hat es uns vorhin erklärt.«

Natürlich hatte sie das. Während Dad mit der Neuigkeit nicht klarkam, riss Mom sich zusammen und erklärte ihren zehnjährigen Töchtern, dass sie einen Halbbruder hatten. Kurz durchzuckte mich ein schlechtes Gewissen, weil ich mich heute in meiner Wohnung verkrochen und nur mit den Zwillingen gesprochen hatte, aber es war zu viel auf einmal, um allen Beteiligten gerecht zu werden. Dennoch überraschte es mich, dass Daisy – und vielleicht auch Zoey – es scheinbar problemlos schaffte, Daxton als ihren Halbbruder zu betrachten.

»Ich weiß es nicht«, erwiderte ich, da meine Schwester mich immer noch fragend ansah. »Ich weiß nicht, wer ihn lieb hat, aber er hat bestimmt seine eigene Familie. Komm, suchen wir deine Schwester und schauen uns einen Film an. Von mir aus auch einen mit singenden Tieren.«

Daisy zögerte kurz, doch dann nickte sie. Mit Sicherheit hatte sie meinen Ablenkungsversuch durchschaut, aber vielleicht brauchte sie ihn im Moment genauso sehr wie ich.

Kurz darauf saß ich mit meinen Schwestern auf der Couch im Wohnzimmer, während im Hintergrund ein Disney-Film lief. Keiner von uns war wirklich bei der Sache, allerdings spielte das keine Rolle. Wichtig war nur, dass wir zusammen waren. Irgendwann kam Dad ins Zimmer, doch als sich unsere Blicke trafen, schaute er schnell weg. Ich konnte es ihm nicht verübeln. Mit zusammengebissenen Zähnen wandte ich mich dem Bildschirm zu.

»Ich muss rüber ins Hotel, sie brauchen mich in der Küche«, sagte Dad. »Heute Abend bin ich wieder da.«

»Okay. Bis später, Dad.« Zoey winkte ihm zum Abschied und stupste Daisy an, die es ihr gleichtat.

Für sie war Dad nach wie vor der Mann, der sie früher durch die Luft gewirbelt und jedes Mal aufgefangen hatte. Der ihnen abends Geschichten vorlas und die Stimmen der Figuren auf eine so witzige Art nachahmte, dass die beiden oft lachten, bis sie keine Luft mehr bekamen. Vermutlich steckten sie von uns allen die Neuigkeit tatsächlich am besten weg.

Einen Moment sah Dad mich noch unschlüssig an, doch dann drehte er sich um und verschwand. Wenig später betrat Mom das Wohnzimmer; sie sah erschöpft aus.

»Willst du mitschauen?«, fragte Daisy, und bevor Mom etwas sagen konnte, stand meine Schwester auch schon auf, griff nach ihrer Hand und zog sie zur Couch.

Mom und ich warfen uns einen schnellen Blick zu, und ein kleines Lächeln erschien auf ihren Lippen. Zu viert schauten wir den Film fertig und machten danach direkt mit dem nächsten weiter.

Nach dem Telefonterror von heute Morgen klingelte es jetzt zum Glück kein einziges Mal, und bei einer lustigen Stelle lachte Mom sogar. Ich war nicht so naiv zu glauben, dass diese Sache einfach so wieder in Ordnung kommen würde, aber es tat gut, für ein paar Stunden so zu tun, als würde sie es. Als hätte Dad uns nie belogen. Als hätte Abby mir nie etwas Entscheidendes verheimlicht. Als käme ich damit klar, meine Familie erneut an erste Stelle zu stellen und damit meine eigenen Träume zu verleugnen.

»Du siehst aus, als hättest du seit Tagen nicht geschlafen«, bemerkte Betty, mit der ich mich drei Tage später zum Skifahren traf.

»Tja, ja. Ist viel los gerade.« Und das war noch eine Untertreibung.

Seit dem Vorfall glich die Lage im Hotel einem einzigen Minenfeld. Anfangs waren überall Reporter gewesen, die eine weitere Story witterten. Doch ich hatte sie so gut es ging ignoriert, und irgendwann hatten sie aufgegeben. Auch bei der Arbeit hatte ich mich bewusst zurückgezogen und versucht, allen aus dem Weg zu gehen. Mit Dad sprach ich nur noch das Nötigste. Die Stimmung zwischen ihm und Mom war verständlicherweise angespannt, wobei beide sich bemühten, nach außen weiterhin als Team aufzutreten. Darin waren sie schon immer gut gewesen. Allerdings wusste ich nicht recht, was ich davon halten sollte. Oder generell von der ganzen Situation. Sowieso hatte ich seit ein paar Tagen mehr Fragen als Antworten im Kopf.

Mitfühlend sah Betty mich an. »Hat sich der Presserummel noch nicht gelegt?«

»Doch, schon. Nachdem sie gecheckt haben, dass weder wir noch Daxton für ein Interview bereit sind, sind sie wieder abgezogen. Trotzdem rufen sämtliche Verwandte an, um entweder zu zeigen, dass sie besorgt sind, oder um herauszufinden, wie Dad meine Mutter betrügen konnte. Allerdings überwiegt das zweite Motiv deutlich. Mom speist sie alle mit ein paar beschwichtigenden Worten ab, obwohl sie die Betrogene in dem ganzen Szenario ist. Es ist die Hölle. Vor allem, weil die Dreharbeiten weiterlaufen müssen. Wenn es nach mir ginge, würden sie alle abreisen.«

»Ach wirklich?« Betty warf mir einen prüfenden Blick zu, doch ich wich ihr aus und beobachtete stattdessen die Familie, die sich neben uns für die Abfahrt positionierte.

Die Piste leuchtete hell in der Sonne, und normalerweise hätte allein das gereicht, um meine Laune zu heben. Aber nicht heute.

»Du meinst also«, fuhr Betty ungerührt fort, »du könntest mit deinem Leben einfach weitermachen wie zuvor und so tun, als hätte es nie eine Abby oder einen Daxton gegeben?«

»Was weiß ich … aber ja, es wäre vermutlich leichter, wenn sie weg wären.« Meine Stimme hatte einen scharfen Klang angenommen. Schnell presste ich die Lippen zusammen und kämpfte gegen die widerstreitenden Gefühle an, die sich in mir breitmachten.

Seit der Ankunft des Drehteams schien meine gelassene Art Geschichte zu sein. Auf einmal war ich ein Kerl, der sich zu viele Gedanken machte und mit seinem Leben nicht mehr klarkam. Ein Zustand, den ich hasste.

»Sorry«, murmelte Betty. »Ich mache mir nur Sorgen.«

Seufzend warf ich ihr einen schnellen Blick zu. »Ich weiß. Aber das musst du nicht. Das alles ist scheiße, keine Frage, aber ich komme klar. Irgendwie renkt sich das wieder ein. Wenn selbst Mom sich zusammenreißen kann, schaffe ich das auch. Wir sind immerhin eine Familie.«

Betty sah mich nur mit hochgezogenen Augenbrauen an. Das hatte sie früher schon immer getan, wenn ich darüber redete, dass meine Familie an erster Stelle stand. Sie hielt nichts davon, dass ich ständig versuchte, es ihnen recht zu machen.

Seit Jahren sagte sie mir schon, dass ich meine Träume vernachlässigte und mich im Hotel verausgabte, anstatt das zu tun, was ich liebte. Bei ihr klang es immer ganz einfach, alles hinzuschmeißen und das White Season – meine Familie – zu verlassen. Aber das war es nicht. Kein bisschen.

»Lass uns fahren«, sagte ich zu ihr, bevor sie mir noch mehr Fragen über meine Familie oder Abby stellen konnte, die ich nicht beantworten wollte. Ich wollte abschalten. Über die Piste rasen, nichts denken und einfach nur sein.

»Also gut. Wer zuerst unten ist?« Mit funkelnden Augen brachte Betty sich in Position.

»Ein Wettfahren?«, fragte ich überrascht.

Als Kinder hatten wir das ständig gemacht. Waren in halsbrecherischer Geschwindigkeit über die Piste geprescht und hatten gezählt, wer wie oft gewann.

»Angst?«, neckte Betty mich.

»Ha, in deinen Träumen vielleicht.«

Wir schauten uns an und scannten anschließend die Piste, auf der kaum was los war.

Betty zählte bis drei, dann stießen wir uns gleichzeitig ab. Meine Skier glitten über den glatten Schnee, und die Landschaft um mich herum wurde zu einem Schemen, der an mir vorbeiraste. Den Blick auf die Strecke vor mir gerichtet, blendete ich alles andere um mich herum aus. Kalte Luft umströmte mich, und Adrenalin schoss durch meinen Körper, als ich schneller wurde. Es war großartig. Wie eine Vorstufe zum Fliegen. Zumindest stellte ich es mir so vor.

Betty kam knapp vor mir unten an. Mit einem triumphierenden Grinsen drehte sie sich zu mir um. »Gewonnen!« Ihre Wangen glühten, und ich fragte mich unwillkürlich, warum es mit uns nie geklappt hatte.

Sie kam aus derselben Gegend wie ich, was bedeutete, dass die Entfernung es nicht unnötig kompliziert machen würde. Mit ihr wäre es einfach. Sicher. Aber dass das zwischen uns nicht mehr als Freundschaft war, wussten wir beide nur allzu gut. Trotzdem wünschte ich mir in diesem Augenblick, dass es nicht ausgerechnet Abby wäre, nach der ich mich sehnte.

Im Hotel ging ich ihr aus dem Weg. Zumindest, so weit es möglich war. Wir mussten zwar weiterhin zusammenarbeiten, doch ich blockte alles ab, was nicht mit den Dreharbeiten zu tun hatte. Dabei ignorierte ich den schmerzhaften Stich, der mich jedes Mal bei ihrem Anblick durchzuckte. Es war besser so. Wir waren kurz davor gewesen zu glauben, dass wir vielleicht doch so etwas wie eine Chance haben könnten. Was naiv war. Und dumm. Nein, es war besser, wenn sie bald wieder verschwand, und je seltener wir uns bis zu ihrer Abreise sahen, desto besser. Warum ihre blauen Augen und das herausfordernde Lächeln, das sie oft auf den Lippen trug, dennoch alle paar Minuten in meinem Kopf auftauchten, wusste ich auch nicht.

Betty und ich machten ein paar weitere Abfahrten, bevor wir zurück zum White Season fuhren. Ich musste noch die neuen Buchungen im Büro durchgehen und mich um die Zimmerbelegungen kümmern. Außerdem wollte ich noch eine Runde durchs Hotel gehen und nach den Dreharbeiten sehen. Jennifer Torres hatte den kompletten Speisesaal für eine Ballszene belegt, und ich wollte sichergehen, dass die Gäste mit der improvisierten Cafeteria im ersten Stock zurechtkamen. Bei allem, was gerade los war, sollte Mom das nicht auch noch machen müssen.

Nachdem ich mich von Betty verabschiedet hatte, betrat ich den Eingangsbereich. In Gedanken versunken, ging ich die Treppe nach oben, als Abby mir entgegenkam. Sie hatte ein Skript in der Hand und löste nur kurz den Blick, um nicht über die nächste Treppenstufe zu stolpern. Ihre langen Haare fielen ihr offen über die Schulter, und sie trug ein knielanges blaues Kleid, das ihre Figur betonte. Sie sah wunderschön aus. Unwillkürlich blieb ich stehen und sog scharf die Luft ein. Sie bemerkte mich erst, als sie direkt vor mit stand.

Ein erschrockener Laut entfloh ihr. »Logan …« Mit geweiteten Augen starrte sie mich an.

Abwartend sah ich sie an, dabei hatte ich nicht die geringste Ahnung, worauf ich eigentlich wartete. Ich wollte keine Entschuldigung oder Erklärung. Die gab es nicht. Vermutlich verhielt ich mich unfair, weil ich es ihr nachtrug, dass sie nichts gesagt hatte. Es war ihr gutes Recht, Daxton zu versprechen, das, was er ihr anvertraute, für sich zu behalten. Es war auch ihr gutes Recht, trotzdem mit mir auszugehen und während des gesamten Dates kein Wort über Daxton zu verlieren. Doch ich konnte mich nicht dazu überwinden, so zu tun, als wäre zwischen uns alles in Ordnung. Wie sollte ich ihr schließlich je vertrauen, ihren Worten glauben können, wenn sie offenbar eine Meisterin darin war, ihre Gefühle für sich zu behalten? Wie sollte es werden, wenn sie wieder in New York und ich weiterhin hier im Hotel war? Nein. Wir hatten keine Zukunft. Hatten nie eine gehabt.

Ich wollte mich an ihr vorbeidrängen, doch sie hielt mich mit einer Hand auf meinem Arm zurück.

»Irgendwann wirst du mit mir reden müssen«, sagte sie leise. »Du kannst nicht ewig wütend auf mich sein.«

»Ich muss überhaupt nichts«, erwiderte ich kalt und schüttelte ihre Hand ab.

Abby zuckte zusammen und schaute mich mit großen Augen an.

Ich schluckte schwer. Es war gefährlich, sie anzusehen. Die Verletzlichkeit in ihrem Blick zu bemerken. Sie brachte mich dazu, Abby in meine Arme ziehen zu wollen. Sie von sämtlichem Leid auf dieser Welt beschützen zu wollen und gleichzeitig Trost in ihrer Umarmung zu suchen. Aber das würde ich nicht mehr tun.

Stattdessen zwang ich mich, mich von ihr abzuwenden und die Treppe an ihr vorbei hochzugehen. Einen Fuß vor den anderen zu setzen und sie hinter mir zu lassen. Ich drehte mich kein einziges Mal um, doch als ich im ersten Stockwerk ankam, blieb ich im Flur kurz stehen. Mein Herz pochte schmerzhaft schnell gegen meine Rippen. *Ich komme klar*. Das hatte ich zu Betty gesagt und es für eine alberne Sekunde lang sogar geglaubt. Darin, mich selbst zu belügen, war ich schon immer gut gewesen. Dennoch konnte ich tief in mir drin die Wahrheit nicht leugnen. Ich kam nicht klar. Es ging mir absolut beschissen, und es sah nicht so aus, als würde sich daran so schnell etwas ändern.

23. KAPITEL

Abby

Als ich vor etwas über einem Monat die Zusage von Jennifer Torres für den Filmdreh erhalten hatte, hatte ich mich wie der glücklichste Mensch auf dem Planeten gefühlt. Beim Kofferpacken war ich mir sicher gewesen, dass dieses Praktikum großartig werden würde. Dass ich mit Profis zusammenarbeiten und viele neue Dinge lernen würde. Was ich auch tat. Nur hatte ich mir in keinem meiner Träume ausgemalt, dass ich dabei ein angeknackstes Herz mit mir herumtrug. Dass die Mauern, die ich sorgsam um mein Innerstes errichtet hatte, bröckeln würden. Einfach so. Und dass ich jedes Mal zusammenzucken würde, wenn zwei zehnjährige Mädchen an mir vorbeiliefen und mir mit großen Augen zuwinkten.

Sowohl Logan als auch Daxton gingen mir aus dem Weg. Ersterer mit erstaunlichem Erfolg, obwohl wir weiterhin zusammenarbeiteten, Zweiteren sah ich zwar täglich bei den Dreharbeiten, doch unsere Freundschaft schien der Vergangenheit anzugehören. Sogar Jill hatte ihm gut zugeredet und ihn gebeten, mir zuzuhören, aber Daxton hatte abgeblockt. Immerhin machte er das nicht nur bei mir, sondern bei jedem, der ihm zu nahe kam. Wirklich besser fühlte ich mich dadurch allerdings nicht.

»Wir brauchen mehr Glitzer.« Jennifers Stimme riss mich aus meinen Gedanken.

»Im Lagerraum haben wir noch goldene Girlanden«, sagte Jill eifrig und setzte sich prompt in Bewegung.

Mit einem Grinsen dachte ich an die ersten Tage des Praktikums zurück, als mich genau diese Haltung in den Wahnsinn getrieben hatte. Weil ich davon ausgegangen war, dass Jill nur Karriere im Kopf hatte. Doch inzwischen war sie zu einer guten Freundin geworden, und ich fragte sie sogar um Rat, wenn mich die Situation mit Logan und Daxton fertigmachte. Sie hatte sich als erstaunlich gute Zuhörerin entpuppt.

Ich sah von Jennifer zu dem Raum, den wir in den letzten Tagen dekoriert hatten und in dem wir bereits zwei Szenen gedreht hatten. Nur die große Ballszene, bei der sämtliche Schauspieler gleichzeitig vor die Kamera mussten, stand noch aus.

Der Speisesaal erstrahlte inzwischen in goldenem Licht. Wir hatten schmuckvolle Spiegel aufgehängt, ein goldenes Tuch an die große Wand im Hintergrund drapiert und einen gefälschten Kronleuchter angebracht, der nicht viel mehr wog als eine normale Lampe. Doch das würde man auf dem Bildschirm nicht bemerken. Ich fragte mich unwillkürlich, wie viele der Requisiten, die ich in Filmen schon bestaunt hatte, nicht viel mehr waren als eine billige Attrappe.

»Es nimmt Gestalt an«, sagte Jennifer in zufriedenem Ton, als Jill mit den Girlanden zurückkam. »Das Finale ist zum Glück bereits gedreht, das heißt, in den nächsten Wochen können wir uns voll und ganz den kleineren Zwischenszenen widmen. Zuerst kommt allerdings die Kernszene des Balls dran. Das wird noch mal eine Menge Arbeit, aber wir liegen gut im Zeitplan.«

Das hatten wir vor allem ihr zu verdanken. Sie trieb uns zu Höchstleistungen an, machte gefühlt nie Pause und kam jeden Morgen mit einer neuen guten Idee an. Meine Bewunderung für ihre Arbeit hatte sich in den letzten Wochen nur verstärkt. Wenn ich in ein paar Jahren auch nur ansatzweise so souverän wäre wie sie, hätte ich mein Ziel erreicht.

Da die Schauspieler noch in der Maske waren, hatten wir eine kurze Pause, bevor es weiterging. Gerade als ich Jill dabei helfen wollte, die Girlanden aufzuhängen, kam Jennifer auf mich zu. »Wie kommst du mit allem zurecht?«, fragte sie.

»Gut. Ich lerne jeden Tag dazu, was mir wahnsinnig viel Spaß macht.« Ich zwang mich zu einem Lächeln und versuchte, nicht an Logan zu denken. Solange ich mich auf die Arbeit konzentrierte, kam ich klar.

»Das freut mich.« Sie warf mir einen prüfenden Blick zu, und mir wurde bewusst, dass sie nicht von den Dreharbeiten gesprochen hatte.

Auf alles andere hatte ich jedoch keine Antwort.

Wie sollte ich ihr auch erklären, dass in meinem Kopf das reinste Chaos herrschte und ich mich mit Gefühlen konfrontiert sah, die ich in den letzten Jahren nicht zugelassen hatte. Logans enttäuschter Gesichtsausdruck verfolgte mich immer noch, seit unserer Begegnung auf der Treppe gestern konnte ich ihn nicht mehr vergessen. Unter seinen Augen hatten dunkle Schatten gelegen, und die Verzweiflung darin hatte mir den Atem geraubt. Am liebsten hätte ich meine Arme um ihn geschlungen, aber er hatte sehr deutlich gemacht, wie wenig er meine Anwesenheit wünschte. Was mich zwar einerseits traurig machte, aber auch wütend. Er schloss mich aus, als wäre ich diejenige, die einen Fehler begangen hatte. Dabei wollte ich nie, dass er verletzt wird. Oder Daxton. Und jetzt litten beide und gaben mir keine Chance, mich zu erklären.

Ich versuchte, die Gefühle wegzuschieben, aber es wurde mit jedem Tag schwerer. Natürlich konnte ich Logan verstehen. Zumindest konnte ich mir vorstellen, wie beschissen es sein musste, wenn man erfuhr, dass der eigene Vater seine Frau betrogen hatte und noch dazu einen Sohn hatte, der plötzlich auftauchte und alles durcheinanderbrachte. Ich wusste schließlich, wie es war, wenn einem der Boden unter den Füßen weggerissen wurde. Als Dad damals gegangen war, war es mir genauso ergangen. Wenn die eigene Welt erst einmal erschüttert wurde, war danach nichts mehr wie zuvor. Trotzdem hatte ich gehofft, dass Logan mir verzeihen würde, sobald er Zeit hatte, den anfänglichen Schock zu verarbeiten. Schließlich war nicht ich es, die für den ganzen Mist verantwortlich war.

»In Ordnung.« Jennifer klatschte laut in die Hände, als die Schauspieler aus der Maske kamen. »Machen wir weiter. In der Szene sind alle Hauptfiguren im Bild, ihr müsst also genau wissen, wer wann wo steht. Alles klar?«

Alle nickten und begaben sich auf ihre Position, darunter auch Daxton, der ein fröhliches Grinsen auf den Lippen trug, das eine Spur zu breit war. Die Presse hatte in den letzten Tagen weitere Artikel über ihn gebracht, dabei wurden jedoch nicht nur Vermutungen aufgestellt, sondern auch alte Fehltritte erneut ausgeschlachtet, um das Bild des tragischen, fehlgeleiteten Schauspielers zu ergänzen. Es war furchtbar. Hatte ich zuvor die Klatschpresse lediglich verachtet, so machte sich jetzt ein unbändiger Zorn in mir breit, sobald ich an die Artikel dachte. Das war die Schattenseite der Branche. Ich hoffte nur, dass es Bonnie nie so ergehen würde, wenn sie erst mal eine erfolgreiche Schauspielerin war.

Der Rest des Tages zog sich in die Länge. Jill und ich machten uns Notizen, während Jennifer die Szene wieder und wieder neu drehen ließ. Es gab so viel, auf das man achten musste, dass mir von den vielen Informationen der Kopf brummte. Doch es machte auch Spaß. Ich beobachtete genau, wie das Licht fiel, wann die Kamera herumschwenkte, welche Wege die Schauspieler machten und wann Jennifer die Szene abbrach, weil jemand an der falschen Stelle stand oder seinen Einsatz verpasste. Am Abend waren alle ziemlich erledigt, doch die Szene war im Kasten und Jennifer zufrieden.

Zurück in meinem Zimmer sah ich als Erstes auf mein Handy; es zeigte zwei verpasste Anrufe von Mom an. Vermutlich hatte sie die Schlagzeile gelesen und wollte nun wissen, wie die Dreharbeiten liefen. Sie hatte schon immer eine Schwäche für Klatsch gehabt.

Seufzend drehte ich das Handy in meiner Hand. In meinem Kopf hatte im Laufe des Nachmittags ein leichtes Stechen eingesetzt, und ich brauchte dringend eine Pause. Oder frische Luft. Kurz entschlossen schlüpfte ich in meinen Wintermantel und machte mich auf den Weg nach unten. Das Gespräch mit Mom aufzuschieben, bewahrte mich nicht davor, irgendwann mit ihr reden zu müssen. Außerdem gab es da einen Teil in mir, der sich danach sehnte, ihre Stimme zu hören. Wie früher, wenn ich mich als kleines Kind verletzt hatte und sie mir aufmunternde Worte zugeflüstert hatte. Mit schnellen Schritten durchquerte ich die Eingangshalle und verließ das Hotel.

Während ich ein Stück vom Hotel wegging, atmete ich tief durch und wählte Moms Nummer. Inzwischen mochte ich den Anblick der Schneelandschaft, der jedes Mal eine beruhigende Wirkung auf mich hatte. Auf Wintersport war ich immer noch nicht sonderlich scharf, und spätestens, wenn die Kälte unter meine Kleider kroch, flüchtete ich zurück ins Hotel, aber ich hatte meine Abneigung gegen die weiße Weite erfolgreich abgelegt. Manchmal kam es mir fast schon absurd vor, wenn ich daran dachte, dass ich in ein paar Wochen zurück nach New York gehen würde, wo mich lauter Straßenlärm und Menschenmassen erwarteten, die doppelt so schnell liefen und redeten wie die Menschen hier.

Mom ging nach dem vierten Klingeln ran. Sie klang leicht atemlos, als wäre sie auf der Suche nach dem Handy einmal durch die Wohnung gerannt. »Abigail, Schätzchen! Wie schön, dass du anrufst. Wir haben uns lange nicht mehr gesprochen.«

Sofort bekam ich ein schlechtes Gewissen. »Sorry, es war wahnsinnig viel los in letzter Zeit.«

»Schon in Ordnung.« Plötzlich wurde Mom ernst. »Geht es dir denn gut?«

»Na ja, wie man's nimmt«, gab ich zu. »Vermutlich hast du in den Medien mitbekommen, was über Daxton Coleman geschrieben wurde ...«

»Die Sache mit seinem Vater, der ihn verleugnet hat?«

»Genau die. Nur dass Matthew seinen Sohn nie verleugnet hat, weil er bis vor Kurzem nichts von seiner Existenz wusste.«

»Oh. Das klingt nach Chaos und Stress. Kommst du zurecht? Ich habe mir Sorgen gemacht.« Deshalb also die Anrufe.

Ich unterdrückte ein Lächeln und nickte, obwohl sie es nicht sehen konnte. »Ja, die Dreharbeiten laufen trotzdem wie gewohnt weiter.«

»Aber?«

Mom musste gespürt haben, dass das nicht alles war. Das liebte ich so an ihr. Sie war zwar manchmal chaotisch und zu sehr mit ihren eigenen Gefühlen beschäftigt, um etwas von der Welt mitzubekommen, doch wenn es mir nicht gut ging, konnte ich mich darauf verlassen, dass sie für mich da war.

»Ich habe mich mit Daxton angefreundet«, sagte ich leise, »und er hat mir die Sache anvertraut, bevor sie publik wurde ...« In wenigen Sätzen erzählte ich ihr die ganze Geschichte, bis hin zu Logan und mir und dem Drama, das seit der dämlichen Schlagzeile mein Leben auf den Kopf stellte.

»Und jetzt wollen beide nicht mehr mit mir reden«, schloss ich. »Dabei habe ich absolut nichts falsch gemacht. Ich hasse diese ganze Situation. Genau deshalb wollte ich mich gar nicht erst verlieben oder mein Herz an diese Familie hängen.«

Mom schwieg einen Moment lang. Ich hörte sie atmen, und obwohl sie nicht da war, konnte ich regelrecht vor mir sehen, wie sie ihre Stirn runzelte und überlegte, welche Worte mich jetzt trösten würden.

»Gib ihnen Zeit«, sagte sie schließlich. »Und gib auch dir selbst Zeit. Das ist eine Menge, die du gerade durchmachst. Ich kann mir vorstellen, dass mit den Gefühlen für Logan auch andere Emotionen wieder hochkommen ...« Sie musste es nicht sagen, ich wusste auch so, dass sie damit auf Dad anspielte.

»In letzter Zeit musste ich tatsächlich wieder öfter an Dad denken«, gestand ich ihr zögernd. »Manchmal fürchte ich, dass er mich vergessen wird. Ich meine, ich habe mich daran gewöhnt, dass bis auf eine unpersönliche Karte im Jahr nichts von ihm kommt, und er hat eine neue Familie – warum sollte er sich also um mich sorgen? Aber andererseits bin ich trotz allem seine Tochter – das sollte ihm doch wichtig sein, oder nicht?«

»Oh, Abby. Weißt du, als ich damals schwanger wurde, hatte ich auch Angst. Ich wusste nicht, ob ich eine gute Mutter werden würde. Ob ich der Verantwortung gewachsen war. Ich bin gerade erst dreiundzwanzig Jahre alt geworden und habe von einer Weltreise geträumt. Doch dann kamst du. Und während ich mit den Ängsten zu kämpfen hatte, war dein Vater sich absolut sicher, dass du das Beste bist, das uns passieren konnte. Er hat sich vom ersten Moment an auf dich gefreut. Was später passiert ist, war nicht fair oder gut. Aber er hat dich immer geliebt. Und ich habe keine Zweifel daran, dass er dich auch jetzt immer noch liebt.«

»Aber warum meldet er sich dann nie?«, flüsterte ich. Tränen brannten mir in den Augen, denn Moms Worte waren schmerzhaft und tröstend zugleich gewesen. Ich wollte ihr unbedingt glauben. Wollte an diese Version von meinem Vater glauben, die so viel besser klang als die Schimpftiraden, die sie früher oft auf ihn gehalten hatte.

»Vielleicht weiß er nicht, was er sagen soll. Er war nie ein Mann vieler Worte. Vielleicht hat er einfach Angst, dass es zu spät ist und du ihn nicht sehen willst.« Sie klang erstaunlich gefasst dafür, dass sie über meinen Vater sprach. Doch scheinbar gelang es ihr dieses Mal, ihn als meinen Dad zu betrachten und nicht als den Kerl, der sie verlassen und ihr Herz gebrochen hatte.

»Danke, Mom«, sagte ich leise, weil ich wusste, wie viel Überwindung sie das kostete.

»Ich bin da, wenn du mich brauchst, okay?«

»Okay.« Ich schluckte die Tränen hinunter und beschleunigte meine Schritte. Schnee knirschte unter meinen Schuhen, und ein kalter Wind wehte mir entgegen, doch ich kehrte nicht um. Noch nicht.

»Wirst du an Weihnachten heimkommen?«, wechselte sie das Thema, worüber ich ihr dankbar war.

»Natürlich«, sagte ich. »Wir machen uns einen gemütlichen Abend. Wie jedes Jahr.«

»Gut. Ich will nur, dass du weißt, dass ich mich dieses Jahr zusammenreißen werde. In den letzten Wochen ist einiges passiert. Lionel, der Mann, den ich kennengelernt habe, ist anders als die anderen Männer. Ich glaube, diesmal könnte es etwas werden.«

»Wirklich?« Ich konnte nichts gegen die Zweifel in meiner Stimme tun. Mom hatte sich schon zu oft Hoffnungen gemacht, die dann zerschlagen worden waren.

»Wirklich. Er hat eine Stelle als Schulsozialarbeiter, ist zuvorkommend und höflich, ein bisschen chaotisch – so wie ich – und liebt alte Filme. Du wirst ihn bestimmt mögen. Außerdem versteht er, dass ich Zeit brauche, um mich auf ihn einzulassen. Nicht alle Männer verlassen uns, Abigail.«

Ihre Worte hallten in meinem Kopf nach, setzten sich dort fest und blieben, auch dann noch, als ich das Gespräch kurze Zeit später beendete. *Nicht alle Männer verlassen uns*. Meine Mom hatte aufrichtig geklungen. Sie glaubte daran, dass es diesmal anders laufen würde, und ich wünschte mir nichts mehr, als dass ich es auch glauben könnte. Doch ein Teil von mir war dazu nicht bereit. Wenn mein Herz jetzt schon schmerzte, wie würde es sich dann erst anfühlen, wenn es richtig brach? Was ich in Logans Nähe fühlte, überstieg alles, was ich kannte. Und das machte mir Angst. Schreckliche Angst.

An dem Tag, als Dad gegangen war, hatte ich mir geschworen, mich nie wieder verletzen zu lassen. Was ich dabei nicht bedacht hatte, war, dass sich manchmal Menschen in ein Herz schlichen, ohne dass man etwas dagegen tun konnte. Mit einem Mal waren sie da, und man sorgte sich um sie, wollte ihnen helfen, bei ihnen sein.

Ich schloss kurz die Augen, steckte mein Handy weg und nahm die Kälte auf meiner Haut ganz bewusst wahr. Wieder einmal fragte ich mich, ob mir ein Leben, in dem nur meine Karriere zählte, reichte.

Vermutlich nicht. Allerdings war es leichter, mich auf die Arbeit zu konzentrieren, denn da wusste ich, was ich tat. Da wurde mir nicht das Herz gebrochen.

Nach einer Weile öffnete ich meine Augen wieder und drehte um. Was ich jetzt brauchte, waren eine Tasse heiße Schokolade und einen guten Film. Mit Tausend durcheinanderwirbelnden Gedanken im Kopf ging ich zurück ins White Season.

24. KAPITEL

Abby

Die Woche verging, und das Wochenende kam, ohne dass ich darüber besonders glücklich war. Ich aß zu viele Kekse, lag den ganzen Sonntag im Bett und machte nur am Nachmittag einen kurzen Spaziergang zu *Rosemary's Café*.

Am Montag beschloss ich, dass ich genug Trübsal geblasen hatte. Ich wollte wieder mehr zu der alten Abby zurückfinden, die voller Elan und Ehrgeiz war. In den letzten Tagen hatte ich kaum etwas gelesen, obwohl ich neben dem Krimi auch ein paar Bücher zu Filmregie und Theatergeschichte dabeihatte. Aber damit war Schluss. Ab jetzt würde ich mich wieder ganz auf meinen Job konzentrieren. Auf meine Leidenschaft, die mich hierhergebracht hatte. Und daran würden weder Daxton noch Logan oder ein anderes Familienmitglied der Edwards etwas ändern. Ich hatte die Nase voll von Fragen und Zweifeln. Sämtliche verwirrende Gefühle schob ich beiseite und stürzte mich stattdessen in die Arbeit.

Mein Plan funktionierte. Ich brachte beim Dreh eigene Ideen mit ein, die bei Jennifer Gehör fanden, machte mir Notizen und schrieb weitere Vorschläge auf. Am Abend war ich zufrieden mit mir und dem Tag. Endlich war ich wieder auf der richtigen Spur und zerbrach mir nicht mehr im Minutentakt den Kopf über Logan. Zu behaupten, ich hätte ihn gänzlich aus meinen Gedanken verbannt, wäre eine Lüge, aber es war ein Fortschritt.

Als ich nach dem Essen auf mein Zimmer kam, schlüpfte ich direkt in meine Sportsachen. Ich hatte meinen Kursteilnehmern gestern noch geschrieben, dass ich am Abend eine halbstündige Yoga-Session machen würde, was sie mit Begeisterung aufgenommen hatten, da ich sie letzte Woche hatte ausfallen lassen. Mit meinem Tablet in der Hand lief ich nach oben und betrat das kleine Zimmer neben dem Fitnessraum.

Nachdem ich mich ein paar Minuten aufgewärmt hatte, richtete ich das Display so aus, dass ich gut zu sehen war, und startete mit dem Livestream. Bereits nach wenigen Atemzügen verschwand der Stress des Alltags. Ich konzentrierte mich ganz auf meinen Körper und führte die Teilnehmer durch eine dynamische Abfolge verschiedener Yoga-Haltungen. Am Ende setzten wir uns wieder auf die Matte und bedankten uns bei uns selbst für die Zeit, die wir uns für die Praxis genommen hatten.

Als mir von den Teilnehmern ein zufriedenes Namasté entgegenschallte, lächelte ich. »Danke, dass ihr mitgemacht habt.«

»Danke dir«, erwiderte Isabell, eine Teilnehmerin, die meinen Kurs seit einigen Monaten besuchte und jedes Mal voller Elan dabei war. »Wir freuen uns schon darauf, wenn du wieder zurück in New York bist.«

Mein Lächeln erstarb. »Ich mich auch«, sagte ich und hoffte, dass sie nicht bemerkte, wie meine Laune erneut sank.

Mein Leben in New York schien mit jedem Tag weiter weg zu sein. Ich wusste, dass ich mich früher oder später der Tatsache stellen musste, dass ich nach den Dreharbeiten wieder zu meinem Alltag zurückkehren würde, aber daran wollte ich jetzt nicht denken.

Wenig später hatten sich alle Teilnehmer verabschiedet, und ich stand auf. Unschlüssig sah ich mich um. Ich fühlte mich noch nicht vollends ausgepowert und wollte noch nicht zurück in mein Zimmer, wo meine Gedanken mich vermutlich sofort wieder einholten.

Nach kurzer Überlegung steckte ich mir Kopfhörer in die Ohren und betrat den Fitnessraum. Wenn nichts anderes mehr half, würde ich mich eben mit Sport ablenken.

Entschlossen machte ich *Single Ladies* von Beyoncé rein und startete auf dem Laufband. Schon nach wenigen Sekunden musste ich mich zusammenreißen, nicht laut mitzusingen. Bis auf einen anderen Typen war niemand sonst in dem Raum, der allerdings auch lediglich über ein paar Geräte verfügte. Ich vermutete, dass die meisten Gäste den Wintersport oder den Spa-Bereich mit Sauna im obersten Stockwerk bevorzugten.

Nach zwanzig Minuten auf dem Laufband stieg ich ab, um mich nach einem anderen Gerät umzusehen. Stattdessen erblickte ich neben dem Cycle-Heimtrainer eine nur allzu bekannte Gestalt: Logan.

Überrascht riss ich die Kopfhörer aus den Ohren und starrte ihn an, während er gierig aus einer Wasserflasche trank. Er trug eine Shorts und ein Shirt mit dem Logo einer Basketballmannschaft drauf. Schweiß stand ihm auf der Stirn, was ihn nur noch attraktiver machte. War ihm nicht aufgefallen, dass ich da war? Oder ignorierte er mich weiterhin? Erst jetzt fiel mir auf, dass der andere Typ den Raum inzwischen verlassen hatte. Wir waren also allein. Wunderbar.

Ich räusperte mich, suchte nach der toughen, zielstrebigen Abby und fand ein wild pochendes Herz und weiche Knie. Mist. Das war nicht gut.

»Ich habe gar nicht bemerkt, dass du reingekommen bist«, sagte ich und wollte mir im selben Moment an den Kopf schlagen. Lahmer ging es kaum noch.

»Tja, jetzt hast du es offenbar bemerkt.« Logans Stimme hatte einen kühlen Ton angenommen, und etwas darin reichte aus, dass er einen Funken in mir entzündete.

Doch es war kein Feuer der Leidenschaft, das er entfachte. Wut trieb an die Oberfläche, und diesmal drängte ich sie nicht zurück. »Wann hörst du endlich auf, mich so dermaßen abschätzig zu behandeln? Ich habe gewusst, wer Daxton ist – na und? Das hat doch nichts daran geändert, was mir unser Date bedeutet hat. Oder was ich für dich empfinde.«

Logan zuckte zurück. Seine kühle Maske bekam einen Riss, und für einen Moment sah ich wieder den Kerl vor mir, der sich liebevoll um seine Schwestern kümmerte und mit leuchtenden Augen von seiner Kunst sprach. Mein Herz zog sich zusammen, und es fehlte nicht viel, dass ich eine Hand nach ihm ausstreckte.

»Es geht nicht nur darum«, sagte Logan schließlich und stellte die Wasserflasche neben sich auf dem Boden ab. »Wenn wir ehrlich sind, hatten wir doch nie eine Chance, oder? Du hast von Anfang an nicht an ein Happy End geglaubt. Und vermutlich hattest du damit recht.«

Ich runzelte die Stirn. »Ist das dein Ernst? Du willst dein Verhalten der letzten Tage damit entschuldigen, dass ich diejenige mit den Problemen bin?«

Jeglicher Anflug von Wehmut verschwand und machte erneut einem heißen Zorn Platz.

Abwehrend hob Logan die Hände. »So habe ich das nicht gemeint. Aber du kannst ja wohl nicht leugnen, dass deine Einstellung Beziehungen gegenüber eher pessimistisch ist.«

»Das glaube ich jetzt nicht.« Ich verschränkte meine Arme vor der Brust, um meine zitternden Hände zu verstecken. »Du willst das wirklich auf mich schieben? Dabei bin ich nicht diejenige, die sich und der Welt etwas vormacht. Lieber komme ich aus einer kaputten Familie und habe keine verklärten falschen Hoffnungen, was Liebe und Glück angeht, als noch immer bei meiner Familie zu wohnen und so zu tun, als wäre alles perfekt. Du versteckst dich hier oben hinter den Aufgaben im Hotel, anstatt deinem Traum zu folgen. Ja, vielleicht tue ich mich mit Gefühlen manchmal schwer, aber zumindest stehe ich für mich und meine Leidenschaft ein.«

Logan war bleich geworden. Er presste seine Lippen zusammen, kalter Zorn blitzte in seinen Augen auf, doch dahinter lag ein Ausdruck von tiefer Trauer. Ich hasste es, ihn so zu sehen, und bereute meine Worte augenblicklich.

Ich machte einen Schritt auf ihn zu. »Shit, ich hätte nicht …«

»Du hast recht, ich lebe nicht meinen Traum«, unterbrach mich Logan mit bebender Stimme. »Aber es kann nun mal nicht jeder so egoistisch sein wie du. Immerhin habe ich noch eine Familie, die sich für mich interessiert.«

Ich taumelte zurück, als hätte er mich geschlagen. »Du hast keine Ahnung von mir oder meiner Familie.«

»Es tut mir leid, Abby, ich wollte nicht …«

»Lass es gut sein. Du hast recht. Das mit dir und mir war von Anfang an zum Scheitern verurteilt.«

Ohne eine Erwiderung abzuwarten, wirbelte ich herum und verließ den Raum. Tränen liefen mir über die Wangen, als ich zurück zu meinem Zimmer eilte. Ich machte mir nicht die Mühe, sie wegzuwischen. Logans Worte hatten genau meine Schwachstelle getroffen. Hatten den Schmerz hervorgeholt, den ich immer wieder mühsam tief in mir vergraben hatte. Es war ein hässlicher, alles verschlingender Schmerz.

Mit einem Mal war ich wieder ein kleines Mädchen, das sich bei jeder fallenden Sternschnuppe und jeder ausgeblasenen Geburtstagskerze wünschte, ihr Dad würde wiederkommen.

Doch meine Wünsche hatten sich nie erfüllt. Und irgendwann hatte ich mich an meine und Moms Tränen gewöhnt. Sie hatten mich dazu gebracht, stark zu werden. Anstatt mir meinen Vater zurückzuwünschen, hatte ich angefangen, von Filmsets zu träumen. Davon, wie ich den Vorort verließ und nach New York City zog, um meinen Traum wahr zu machen. Ohne Dad. Ohne irgendjemanden. Ich hatte es allein schaffen wollen – und ich hatte meine Ziele erreicht. Allein.

Warum also fühlte ich mich jetzt so verdammt einsam und verlassen?

25. KAPITEL

Logan

Scheiße. Ich lief in meinem Zimmer auf und ab, unfähig, einen klaren Gedanken zu fassen. Abbys Worte schwebten wie eine dunkle Wolke über mir. Wir hatten uns hässliche Dinge an den Kopf geworfen, die besser nicht ausgesprochen worden wären. Doch es war zu spät und der Schaden angerichtet. Wieso waren die Dinge bloß erneut so schnell eskaliert? Dabei hatte ich ihr gar nicht die Schuld für unser Dilemma geben wollen, auch wenn ein Teil von mir das, was ich gesagt hatte, glaubte. Wir hätten von Anfang an auf unseren Kopf hören sollen. Stattdessen war ich wie ein verliebter Idiot blind in die Katastrophe gelaufen. Was ich nun davon hatte, war ein dumpfer Schmerz in meiner Brust, der nicht schwächer wurde, ganz gleich, wie laut ich die Musik aufdrehte.

»Fuck«, rief ich und schleuderte mein Handy auf die Couch.

Mir entglitt die Kontrolle. Eine tiefe Enttäuschung brach aus meinem Innern hervor und überschwemmte mich. Dads schuldbewusster Gesichtsausdruck, Daxtons wütend zusammengepresste Lippen und Abbys verletzter Blick legten sich in meinem Kopf übereinander und wurden zu einem erdrückenden Gewicht. Ich wusste nicht mehr, was ich denken oder fühlen sollte. Alles, was ich wusste, war, dass ich diesen Zustand nicht länger aushielt.

Abrupt schnappte ich meine Jacke und verließ die Wohnung. Kalte Nachtluft strömte mir entgegen, und am Himmel funkelten helle Sterne, doch die Idylle kam mir mit einem Mal trügerisch vor. Mein Blick wanderte automatisch zu dem Hotel, und ich kehrte ihm mit einem Schnauben den Rücken zu. Mit schnellen Schritten bog ich in einen schmalen Pfad ein, der mich weg von den hell erleuchteten Häusern und in dunkle Schneelandschaft führte. Doch anstatt mich zu beruhigen, hatte der Anblick heute eine beklemmende Wirkung. Dabei hatte ich unsere Gegend immer geliebt, kannte selbst im Dunkeln die Strecke. So wie jeden verdammten Weg, den es hier gab. Ich war die Straßen zu oft entlanggelaufen, hatte die schneebedeckten Berge zu oft gesehen.

Einen Moment lang wünschte ich mir nichts mehr, als von hier zu verschwinden. In den nächsten Bus oder das nächste Flugzeug zu steigen und irgendwo neu anzufangen, wo mich nicht jeder Dorfbewohner beim Namen kannte. Wo ich nicht der perfekte Sohn der Edwards war, der ihr Hotel irgendwann übernehmen würde. Denn davon schienen alle auszugehen, ohne mich je gefragt zu haben.

Du versteckst dich hier … Abbys Worte hallten erneut in meinem Kopf wider, und ich ballte die Hände zu Fäusten. Wenn sie nicht gewesen wäre, wäre mir diese Krise vielleicht erspart geblieben. Ich war mit meinem Leben zufrieden gewesen. Bis sie gekommen und über Träume und Leidenschaften gesprochen hatte. Über Künstler in

New York, mit denen ich mich austauschen könnte, und die Chance, irgendwann meine Bilder auszustellen. *Verflucht, Abby*. Ich stolperte über einen Stein und strauchelte. Atemlos blieb ich stehen. Mein Herz schlug schnell und kraftvoll, Blut rauschte in meinen Ohren und ich sog tief die Luft ein.

Was zur Hölle machte ich hier?

Eine Weile blieb ich reglos stehen. Mein Atem formte kleine Wölkchen, die vor meinem Gesicht schwebten. Es war ruhig. Friedlich. Wie immer. Zum ersten Mal seit Langem wünschte ich mir, ich würde Straßenlärm, Gelächter und Stimmen hören. Irgendetwas anderes als diese ewige Stille.

Als ich meine Füße kaum noch spürte, machte ich mich auf den Rückweg. Die Wut war verflogen und hatte einer nachdenklichen Stimmung Platz gemacht, die sich wie eine schwere Umarmung um mich legte.

Ich hatte es mit Abby verbockt. Wir hätten vielleicht nie ein Happy End bekommen, aber wir hätten zumindest Freunde sein können. Doch jetzt hatte ich auch das zerstört. Wir beide hatten es zerstört. Mit unseren dummen Worten, die viel zu zielsicher auf die Wunden geschossen hatten, die sonst kaum jemand kannte. Das war das Gefährliche, wenn man sich einem Menschen anvertraute. Er kannte die verletzlichsten Stellen, und wenn er darauf abzielte, war man dem Schmerz schutzlos ausgeliefert.

Wenig später tauchte das White Season zwischen den Bäumen auf. Helles Licht schimmerte herüber, und meine Füße führten mich darauf zu. Ich legte den Kopf in den Nacken und starrte mit zusammengekniffenen Augen auf die Fenster. Hinter welchem war Abby? Tausend Entschuldigungen lagen mir auf der Zunge, und kurz überlegte ich, sie anzurufen, doch dann dachte ich an ihre Worte und verwarf den Gedanken wieder.

Früher hatte ich an die Liebe geglaubt. An die eine wahre Liebe, die ein Leben lang hielt. Eine Liebe, wie meine Eltern sie gefunden hatten. Inzwischen wusste ich es jedoch besser. Liebe war niemals nur gut oder schön. Sie brach Herzen, riss glückliche Familien auseinander und machte Menschen schwach.

Bevor ich mich endgültig vom Hotel abwandte, sah ich noch einmal zu den Fenstern hoch. Meine Brust fühlte sich seltsam eng an, und für den Bruchteil einer Sekunde erlaubte ich es mir, an Abbys Lachen zu denken. An ihre Finger auf meiner Haut, ihre Lippen auf meinen. Ihren warmen Mund, der mich geküsst hatte, als wären wir die einzigen Menschen auf der Welt. Als könnten wir jedes Hindernis beiseiteräumen.

Aber das war vorbei. Und es wurde Zeit, das zu akzeptieren.

Nach meinem nächtlichen Spaziergang hatte ich kaum geschlafen, und entsprechend gerädert fühlte ich mich jetzt. Die Zwillinge waren bereits auf dem Weg zur Schule, und Dad stand in der Küche des Hotels. Nur Mom und ich saßen noch an unserem Esstisch, tranken Kaffee und genossen die Ruhe.

Mom sah ähnlich erschöpft aus wie ich, allerdings nicht ganz so fertig. Wie auch immer sie es schaffte, in dieser Krise eine gewisse Stärke aufrecht zu halten, sie schaffte es.

»Bist du denn gar nicht wütend auf Dad?«, platzte es aus mir heraus, als sie die Kaffeetasse gerade zu ihrem Mund führte.

Sie setzte die Tasse wieder ab und warf mir einen langen Blick zu. Dann seufzte sie tief.

»Natürlich bin ich wütend, Logan«, sagte sie leise. »Aber dein Vater und ich haben uns vor vielen Jahren ein Versprechen gegeben. Wir haben uns versprochen, uns in schweren Zeiten genauso beizustehen wie in guten. Das hier ist eine schwere Zeit, und wir haben in den letzten Tagen viel geredet.«

»Also verzeihst du ihm? Einfach so?«

»Nicht einfach so, nein. Das zu tun, wäre unmenschlich großzügig. Bis diese Schlagzeile aufgetaucht ist, habe ich nichts von der Affäre gewusst, aber es hat mich auch nicht völlig überrascht. Dein Vater und ich sind damals erst kurze Zeit zusammen gewesen und hatten es anfangs nicht gerade leicht. Er kam aus einer Großstadt und wollte nur vorübergehend in der Küche des Hotels arbeiten. Er hatte nie vor, hierzubleiben, doch dann hat er sich in mich verliebt. Ich hatte zu dem Zeitpunkt unglaublich viel im Hotel zu tun und war gerade dabei, so richtig einzusteigen. Die Sache mit Daxtons Mutter war nicht in Ordnung, aber ich glaube, dass er sich nach Aufmerksamkeit gesehnt hat, und die konnte ich ihm damals nicht geben. Er sagt, dass er die Sache schnell wieder beendet hat, weil er sich so schlecht gefühlt hat. Und dass ihm rückblickend dadurch erst bewusst wurde, wie sehr er mich liebt und dass er tatsächlich das Hotel mit mir führen will.«

Ich starrte Mom an, die traurig, aber tapfer lächelte. »Und das glaubst du ihm?«

»Ja«, sagte sie. »Dein Vater hat mir eine wichtige Sache verheimlicht, aber er hat mir nie ins Gesicht gelogen. Ihm nicht zu verzeihen, würde bedeuten, uns beiden wehzutun. Und dir und den Zwillingen. Warum sollte ich es ihm also weiterhin vorwerfen?«

»Keine Ahnung, weil Menschen das eben tun? Weil es Worte und Taten gibt, die zu sehr schmerzen, um sie zu vergeben.«

Ich dachte an den Streit mit Abby, und ein schwerer Druck engte meine Brust ein.

»Das ist das Seltsame, nicht wahr? Wir alle machen Fehler, sind aber so wahnsinnig schlecht darin, sie zu vergeben.« Aufmerksam musterte Mom mich. »Ist bei dir alles in Ordnung? Abgesehen von dem ganzen Drama mit Daxton?«

»Ja«, erwiderte ich reflexartig, zuckte aber im nächsten Moment mit den Schultern. »Ich habe mich mit Abby gestritten.«

»So was habe ich bereits befürchtet. Ist es schlimm?«

»Ich weiß es nicht. Fühlt sich jedenfalls ziemlich beschissen an.« Ich senkte den Blick und starrte in meine Kaffeetasse, als könnte die dunkle Flüssigkeit meine Probleme für mich lösen.

»Ich kann dir nicht sagen, was du tun sollst, aber ich bin da, falls du mich brauchst. Und ich kann mir nur für dich wünschen, dass du nicht einen Fehler machst, den du dann in ein paar Jahren bereuen wirst.«

Sprach sie jetzt wieder von Dad? Ich suchte in ihrer Miene nach einem Hinweis, doch sie lächelte nur und stand auf, um die Tasse in die Küche zu bringen.

»In zehn Minuten solltest du drüben im Büro sein«, rief sie mir zu und verschwand um die Ecke.

Seufzend trank ich meine Tasse leer und sprintete die Stufen nach oben in meine Wohnung, um mir eine Jacke überzuziehen, bevor ich ins Hotel ging. Trotz des Koffeins spürte ich die Müdigkeit in jedem Knochen. Ich konnte mich nicht daran erinnern, wann ich zuletzt so ungern zur Arbeit gegangen war.

Wenig später klickte ich mich durch die neuen Mails. Vom Empfang war die Nachricht gekommen, dass zwei Familien heute Morgen ausgecheckt hatten und der Zustand der Zimmer kontrolliert werden musste. Doch darum würde ich später Reese, eine der Angestellten, bitten. In der nächsten Nachricht hatte eine Hochzeitsgesellschaft eine Anfrage geschickt und sich erkundigt, ob es eine Bühne für Livemusik sowie eine Tanzfläche für die Gäste gab. Ich beantwortete alles mit den üblichen Worten und Erklärungen, die ich in den letzten drei Jahren so oft schon verwendet hatte.

Du versteckst dich hier … Ich presste die Augen zusammen und rieb mir müde über das Gesicht. In meinem Kopf hatte ein schmerzhaftes Pochen eingesetzt, und dass Abbys Worte ständig darin auftauchten, war keine Hilfe.

Gegen Mittag hielt ich es nicht mehr aus. Ich stand auf, um mir im Mitarbeiterraum neben dem Speisesaal einen Kaffee zu holen. Gerade als ich die Treppen nach unten in den Eingangsbereich lief, entdeckte ich Daxton mit einem jungen Kerl, den ich schon ein paarmal bei den Dreharbeiten gesehen hatte. Er hatte die Stirn gerunzelt und redete eindringlich auf den Typen ein.

Am unteren Treppenabsatz blieb ich stehen. Daxton hatte seine Stimme erhoben, und sie schallte durch den gesamten Eingangsbereich. Es war eigentlich nicht meine Art, zu lauschen, aber wenn es ein Problem gab, das sie hier öffentlich austrugen, konnte ich nicht einfach wegsehen. Immerhin waren auch noch andere Gäste im Hotel, und die sollten ihren Aufenthalt genießen können. Da gerade niemand sonst in der Nähe war, hielt ich mich vorerst zurück und beobachtete die Szene mit Argwohn.

»Was hast du dir nur dabei gedacht?«, rief Daxton wütend.

Der andere Kerl ließ die Schultern hängen. Die Schuldgefühle standen ihm regelrecht ins Gesicht geschrieben, und ich trat unwillkürlich einen Schritt näher.

»Hast du eigentlich eine Ahnung, wie viel Schaden dein Verrat angerichtet hat? Ich habe die ganze Zeit über Abby verdächtigt ...« Unruhig fuhr sich Daxton durch die Haare. »Scheiße aber auch!«

»Es tut mir leid«, stammelte der andere. »Ich wollte euch nicht belauschen, ich wollte euch nicht einmal folgen, aber du klangst, als wäre etwas nicht in Ordnung, und ich war neugierig und dachte, vielleicht schnappe ich etwas aus, das ich ...«

»Das du an die Presse verkaufen kannst?« Daxton schnaubte. »Dann musst du dich ja mächtig gefreut haben, als ich mit der tragischen Geschichte meiner Herkunft rausgerückt bin.«

»Es tut mir leid«, wiederholte der Typ, doch Daxton wischte seine Einwände mit einer abrupten Geste beiseite.

Kein Wunder. Offenbar hatte dieser Kerl der Presse erzählt, wer Daxtons Vater war.

»Ich will nichts mehr von dir hören, Matt. Halte dich von mir fern. Und von Abby! Kein Geld der Welt war diese Sache wert.« Mit diesen Worten drehte Daxton sich um. Als er mich entdeckte, zuckte er kurz zusammen, doch dann setzte er wieder eine glatte Miene auf und rauschte wortlos an mir vorbei.

Ich sah ihm mit gemischten Gefühlen nach. Bis eben war ich mir nicht sicher gewesen, ob nicht doch Daxton hinter allem steckte, aber spätestens jetzt wusste ich, dass er unschuldig war. Beinahe hatte ich Mitleid mit ihm. Es musste beschissen sein, wenn einen der eigene Kollege verriet. Einen Moment verharrte Matt noch unschlüssig in der Eingangshalle, doch dann folgte er Daxton. Mit gesenktem Blick ging er an mir vorbei. Ob er mich dabei überhaupt wahrnahm, konnte ich nicht sagen – jedenfalls machte er keinerlei Anzeichen, dass ihm meine Anwesenheit aufgefallen war. Ich konnte nur hoffen, ihn so schnell nicht wieder sehen zu müssen. Am liebsten hätte ich ihn aufgehalten, aber ihn anzuschreien, machte das Drama nicht ungeschehen. Außerdem hatte das Daxton bereits übernommen.

Kurz darauf kehrte ich mit einem Kaffeebecher in der Hand zurück ins erste Stockwerk. Das Streitgespräch zwischen den beiden kreiste immer noch durch meinen Kopf. Daxton hatte erschöpft ausgesehen, und unter seinen Augen lagen dunkle Schatten. Vermutlich gaben wir ein ähnlich jämmerliches Bild ab. Wieder kam mir der Gedanke, dass er dieses Chaos nicht gewollt hatte. Zumindest wirkte es nicht, als wäre es ihm seit der Schlagzeile sonderlich gut ergangen. Aber warum war er dann überhaupt gekommen? Nur um zu sehen, wer sein Vater war?

Unter anderen Umständen hätte ich ihn vielleicht verstanden oder sogar Mitleid mit ihm gehabt. Hätte vielleicht sogar mit ihm geredet. So war er jedoch der Kerl, der einen Stein ins Rollen gebracht hatte, der mit vollem Karacho in meine Familie geknallt war. Auch wenn Mom und die Zwillinge es erstaunlich gut wegzustecken schienen.

Als es draußen schon längst dunkel war, schaltete ich den Computer aus und ging mit schnellen Schritten durchs Hotel und zurück in meine Wohnung. Ich hatte es geschafft, Abby aus dem Weg zu gehen und auch sonst mit niemandem zu reden. Dad hatte ein paar Mal das Gespräch mit mir gesucht, aber ich war ihm jedes Mal ausgewichen. Gut möglich, dass Mom es schaffte, ihm weiterhin zur Seite zu stehen, ich konnte es nicht. Noch nicht.

In meinem Zimmer setzte ich Kopfhörer auf und verband sie mit meinem Handy. Ich suchte nach einer Playlist von Queen, und sobald die lauten, rockigen Töne erklangen, atmete ich zum ersten Mal an diesem Tag tief durch. Kurz entschlossen zog ich mir eine Jacke über und holte eine Leinwand aus dem Schrank. Was ich jetzt brauchte, war Ablenkung. Auf dem Balkon stellte ich die Leinwand auf. Die Kälte, die mir dabei entgegenschlug, ignorierte ich. Stattdessen griff ich nach einer Sprühdose. Sofort kroch mir der beißende Geruch der Farbe in die Nase, doch ich beachtete ihn gar nicht. Gebannt starrte ich auf die Leinwand, auf der ich mit verschiedenen Dosen die unterschiedlichsten Farben explodieren ließ. Blau und Rot vermischten sich und wurden zu Lila. Sobald alles getrocknet war, sprühte ich mit einem dunklen Schwarz die Silhouette einer Frau drüber. Es war kein Porträt, kein fein gezeichnetes Gesicht, das eine Geschichte erzählte. Stattdessen ließ ich all die Wut und Verwirrung der letzten Tage auf die Leinwand fließen.

Mit dem lauten Beat der Musik in meinen Ohren sprühte ich weiter, bis auch der letzte Fleck weiße Wand mit Farbe versehen war. Dann trat ich atemlos einen Schritt zurück.

Das Gemälde war bunt, hatte jedoch auch einen düsteren Touch, da ich zu eher dunkleren Farben gegriffen hatte, die auf der Leinwand wild wirkten. Die Silhouette der Frau hatte etwas Sinnliches, obwohl ich das gar nicht beabsichtigt hatte. Der Anblick löste etwas in mir aus, doch ich wandte mich ab, bevor meine Gedanken erneut zu Abby driften konnten.

Zurück in meinem Zimmer schnappte ich mir meinen Laptop und machte es mir auf dem Sessel neben dem Fenster bequem. Gedankenverloren gab ich den Namen einer Kunstakademie in New York ein. Es war nicht das erste Mal, das ich mir die Seite ansah, die neben Kunstgeschichte auch unzählige Kurse anbot, bei denen verschiedene Techniken und Stilrichtungen behandelt wurden. Lauter interessante

Themen, die tausendmal spannender klangen als die Frage, ob wir im Hotel eine Hochzeitsgesellschaft unterbringen konnten. Kurz durchzuckte mich der Impuls, Abby davon zu erzählen. Sie würde sich sofort für die Idee begeistern und mir sagen, wie sehr ich es verdient hatte, meinem Traum zu folgen. Zumindest hätte sie das vor unserem Streit getan.

Ich schüttelte den Kopf über mich selbst und klappte energisch den Laptop zu. Es riefen immer noch Leute von der Presse an, meine Mom hatte alle Hände voll mit dem Hotel zu tun, die Zwillinge fragten, warum wir Daxton nicht mal zum Essen einluden, und Dad versuchte, mit dem Ganzen irgendwie klarzukommen und gleichzeitig Mom zu unterstützen. Jetzt war der denkbar schlechteste Zeitpunkt, um von irgendwelchen Kunstkursen in New York zu träumen.

26. KAPITEL

Abby

Schweißgebadet schreckte ich auf. Bilder von Dad wirbelten durch meinen Kopf. Bilder, wie er mir auf unserem Sofa in der alten Wohnung ein Buch vorlas. Wie er an Weihnachten mit mir losging, um einen Baum zu kaufen, den ich dann ganz allein schmücken durfte. Wie er dabei sein tiefes, dröhnendes Lachen erklingen ließ, das mir immer das Gefühl gegeben hatte, in Sicherheit zu sein. Weil er da war.

Blind tastete ich nach dem Handy und sah auf die Uhr; es war kurz nach fünf. Jill schlief tief und fest in ihrem Bett. Einen Moment lang lauschte ich ihren regelmäßigen Atemzügen, dann schob ich die Bettdecke beiseite und stand leise auf. An Schlaf war ohnehin nicht mehr zu denken. Nachdem ich mich so leise wie möglich angezogen hatte, ging ich in den Aufenthaltsraum im ersten Stock. Cremefarbene Sofas standen an den Wänden und ließen das Zimmer hell wirken. Es war minimalistisch eingerichtet, mit Vasen auf den Fenstersimsen und zwei Spiegeln an den Wänden. Anders als im Kaminzimmer wirkte es nicht wie ein Wohnzimmer, sondern wie ein typischer Hotelraum. Gemütlich, aber auch unbelebt.

Seit dem Date mit Logan hatte ich das Kaminzimmer jedoch nicht mehr betreten. Die Erinnerungen an unseren Kuss klebten dort in jeder Ecke, und ich wollte ihnen nicht noch mehr Raum geben, als sie in meinem Kopf ohnehin schon hatten. Mein Blick blieb an einer Sternenlichterkette hängen, die am Fensterrahmen befestigt war und ein sanftes Licht ausstrahlte. Weihnachten nahte, und das Hotel war am Wochenende neu geschmückt worden. Wie jedes Jahr musste ich bei den vielen Lichterketten und gebastelten Sternen an die Weihnachtsfeste denken, die wir früher gefeiert hatten. Damals, als Dad noch da und wir eine Familie gewesen waren, die nicht nur aus Mom und mir bestand. Ich hatte Weihnachten geliebt. Am fünfundzwanzigsten Dezember war ich jedes Mal viel zu früh aufgewacht und barfuß ins Wohnzimmer geschlichen, wo gefüllte Socken und Geschenke vor dem Kamin warteten. Ich hatte jedes Einzelne davon inspiziert, aber nichts ausgepackt, sondern gewartet, bis meine Eltern endlich wach wurden.

Doch jetzt musste ich an Weihnachten immer an den schmerzhaften Teil meiner Kindheit denken. Mehr noch als zu jeder anderen Zeit des Jahres. Die Erinnerungen an meinen Dad und die Vergangenheit begleiteten mich natürlich ständig, aber normalerweise waren sie nur sehr leise und im Hintergrund da. Doch mit den Dekorationen, dem Geruch nach Zimt und frisch gebackenen Plätzchen kamen die Bilder zurück. Das war jedes Jahr so, weshalb ich mir alle Mühe gab, dem Weihnachtsrummel zu entkommen. Nur dieses Mal würde der Plan nicht aufgehen. Nicht in einem Hotel, das von

Schnee umgeben war und von einer Frau wie Annie Edwards geführt wurde.

Seufzend ließ ich mich auf eines der Sofas sinken, griff nach meinem Handy und scrollte in meinem Kontaktbuch zu seinem Namen. Robert Jones. Ich hatte ihn mit seinem vollen Namen eingespeichert, weil sich *Dad* falsch anfühlte. Davon abgesehen rief er sowieso nie an. Mein Daumen zitterte, als er über dem Namen schwebte. Ein Teil von mir wollte ihn anrufen, ihn fragen, warum er Mom und mich im Stich gelassen hatte. Ich wollte ihm sagen, dass ich seither Schwierigkeiten hatte zu vertrauen und dass ich es hasste, keinen Vater mehr zu haben, der für mich da war. Dass ich es hasste, dass ich ihn dennoch manchmal vermisste.

Doch ich tat es nicht, sondern steckte das Handy wieder weg. Zum einen schlief mein Vater um die Uhrzeit vermutlich ohnehin noch und hätte meinen Anruf gar nicht bemerkt. Zum anderen konnte ich bei allem, was gerade los war, keinen weiteren emotionalen Tiefschlag gebrauchen.

Also lehnte ich mich zurück und blickte aus dem Fenster, hinter dem noch die Nacht lag. Die Dunkelheit hatte schon immer eine beruhigende Wirkung auf mich, und inzwischen mochte ich auch die Stille, die einen hier oben umgab. Zurück in New York würde ich vermutlich erst mal einen kleinen Schock erleiden. Aber daran wollte ich noch nicht denken. Zuerst mussten wir die Dreharbeiten erfolgreich zu Ende bringen. Laut Jennifer lagen wir gut im Zeitplan, aber die Sache mit der Presse hatte die Stimmung erheblich beeinträchtigt und wir hatten für einige Szenen länger gebraucht als sonst, weil nicht alle zu einhundert Prozent bei der Sache waren.

Ein Knarren riss mich aus meinen Gedanken. Erschrocken blickte ich auf. Die Tür öffnete sich und Daxton schaute vorsichtig in den Raum. Als er mich erblickte, runzelte er die Stirn und drehte sich wieder um.

»Warte«, rief ich, bevor er wieder verschwinden konnte. »Bitte, hör mir zu.«

Kurz zögerte er noch, doch dann gab er nach. »Na schön«, murmelte er, während er mit verschränkten Armen das Zimmer betrat und sich mit etwas Abstand neben mir auf die Couch fallen ließ.

»Ich habe der Presse nichts verraten«, sagte ich. Wie oft ich diesen Satz in den letzten Tagen wiederholt hatte, wusste ich selbst nicht mehr.

»Ich weiß.«

»Was?« Verwirrt starrte ich ihn an.

Daxton zuckte mit den Schultern und wich meinem Blick aus. »Matt war's.«

»Matt? Matt, unser Kameramann? Matt, der ungefähr freundlichste Mensch am Set?«

»Genau der.« Daxton verzog keine Miene, doch ich kaufte ihm seine Gleichgültigkeit nicht ab. Er war vielleicht nicht eng mit Matt befreundet, aber ein Verrat war es trotzdem.

»Woher weißt du das?«

»Mein Manager hat sich umgehört, und einer von der Presse hat erzählt, dass die Info direkt vom Set kam. Ich hatte Matt sowieso im Verdacht, weil er sich seit einigen Tagen seltsam benimmt. Und als ich ihn gestern damit konfrontiert habe, ist er eingeknickt.«

»Krass.« Ich schüttelte ungläubig den Kopf. »Das hätte ich ihm nie zugetraut.«

»Nein, ich auch nicht. Ich hab ihn deswegen auch schon zur Rede gestellt. Er hat wohl das Geld gebraucht.« Daxton schnaubte. »Genau wegen solchen Dingen hasse ich die Branche manchmal.«

»Das verstehe ich.«

Daxton nickte, erwiderte jedoch nichts. Schweigend saßen wir da, wobei ich ihn abwartend ansah.

»Was?«, fragte er, als die Stille zu drückend wurde.

»Ich warte«, sagte ich ruhig.

Daxton zog entschuldigend die Schultern hoch. »Na schön … Es tut mir leid, okay? Ich hätte dir glauben sollen. Es ist nur … in den letzten Jahren haben mich so viele Leute ausgenutzt oder hinter meinem Rücken Scheiße über mich erzählt. Ich weiß nie, wem ich wirklich vertrauen kann, und ich kenne dich erst seit ein paar Wochen. Außerdem habe ich dir mitten im Schnee von der Sache erzählt. Wer hätte ahnen können, dass Matt uns gefolgt ist und alles mitangehört hat? Es sah nun mal nicht gut für dich aus. Trotzdem hätte ich dir zuhören sollen.«

»Hättest du.« Ich zögerte kurz, doch dann gab ich mir einen Ruck und sah ihn direkt an. »Aber ich kann's irgendwie verstehen. Da ist schließlich 'ne Menge auf dich eingeprasselt.«

Erleichterung huschte über Daxtons Gesicht. »Also verzeihst du mir?«

»Nur wenn du mir versprichst, dass wir so schnell nicht wieder etwas zwischen unsere Freundschaft kommen lassen.«

»Versprochen«, sagte er, und endlich erschien auf seinem Gesicht wieder ein Lächeln. Zwar noch nicht das strahlende, breite Lächeln, das ich von ihm kannte, aber es war ein Anfang.

»Wie geht es dir mit alldem?«, fragte ich vorsichtig.

»Was denkst du denn? Die Presse bringt weiterhin nur Müll über mich, die Edwards reden nicht mit mir – na ja, abgesehen von Annie, die mich ernsthaft gefragt hat, ob ich irgendwann bereit wäre, zu ihnen zum Abendessen zu kommen. Wie schräg ist das bitte? Matthew hat sie betrogen, und sie lädt das Ergebnis der Affäre zum Essen ein? Mit der stimmt doch was nicht.«

»Oder sie ist einfach nur ein sehr großartiger Mensch und weiß, dass du für all das nichts kannst.«

Daxton sah mich skeptisch an. »Hm. Ich weiß nicht. Der Gedanke, irgendwann vielleicht zu einer Familie wie den Edwards zu gehören, ist seltsam. Ich meine, sie sind so ...«

»Harmonisch? Echt? Halten zusammen? Ich weiß. Seltsam.« Ein ironisches Lachen entfuhr mir.

Einen Augenblick lang schüttelte Daxton nur den Kopf, doch dann wanderten seine Mundwinkel nach oben – und diesmal war sein Lächeln ein Stück breiter. »Das hat mir gefehlt, Abs. Du verstehst den ganzen Mist irgendwie.«

Schulterzuckend sah ich ihn an. »Ich geb mir zumindest Mühe.«

»Wie läuft es zwischen dir und Logan eigentlich? Habt ihr euch aussprechen können?«

Ich schnaubte. »Schön wär's. Er geht mir aus dem Weg. Und als ich ihn zur Rede stellen und ihm alles erklären wollte, haben wir uns gestritten. Dabei hat er sehr deutlich gemacht, dass ich nicht in sein Leben passe. Es ist ziemlich beschissen gelaufen, ehrlich gesagt. Wir haben uns unschöne Dinge an den Kopf geworfen, und vermutlich sollte ich froh sein, weil wir sowieso nie eine Chance hatten, aber na ja ... er fehlt mir.« Den letzten Teil sagte ich nur leise, aber Daxton hörte mich trotzdem.

Sanft legte er eine Hand auf meinen Arm und überbrückte damit den Abstand zwischen uns. »Ach, verdammt. Das tut mir echt leid. Würde Matt sich vor schlechtem Gewissen nicht eh schon selbst hassen, würde ich ihm ordentlich meine Meinung geigen. Aber davon wären unsere Probleme vermutlich auch nicht gelöst.«

»Vermutlich nicht, nein. Was hast du jetzt vor?«

»Was meinst du?«

»Na ja, wegen deinem Dad und Annies Einladung.«

Daxton zuckte mit den Schultern. »Keine Ahnung. Logan macht kein Geheimnis daraus, dass er nichts mit mir zu tun haben will, und bisher bin auch ich nicht gerade sein größter Fan. Dass er dich verletzt hat, ist nur ein Grund mehr, ihn nicht kennenlernen zu wollen. Andererseits ist er mein Bruder.« Daxton verzog das Gesicht. »Es fühlt sich komisch an, das zu sagen. Aber daran werde ich mich gewöhnen müssen. Die einzigen Mitglieder der Familie, die man sofort ins Herz schließt, sind die Zwillinge. Die Vorstellung, für sie irgendwann ein großer Bruder sein zu können, ist irgendwie schön.«

»Das glaube ich dir aufs Wort.« Ich dachte an Daisys und Zoeys Lächeln, das trotz der Schlagzeile jedes Mal auf ihren Gesichtern lag, wenn sie mich sahen. Bestimmt war diese Phase auch für sie schwer, aber Logan und seine Eltern taten mit Sicherheit alles, damit es den beiden gut ging.

Kurz darauf wurde ich wieder ernst. »Am Ende musst du jedoch selbst wissen, was für dich das Beste ist, Daxton. Aber wenn ich an deiner Stelle wäre … keine Ahnung. Er ist dein Vater. Sie sind deine Geschwister. Man sucht sich die Familie nicht aus. Aber sie *ist* nun mal die Familie.« Tränen traten mir in die Augen, die ich hastig wegblinzelte. »Tut mir leid, ich muss gehen und jemanden anrufen. Wir sehen uns später, okay?«

Bevor mich der Mut verlassen konnte, verließ ich den Raum und wählte Dads Nummer. Es war zwar immer noch viel zu früh, aber einen Versuch war es wert – und ich wusste nicht, ob ich in einem anderen Moment noch mal den Mut dazu aufbringen könnte.

Ich stand mitten auf der Treppe, als die Mailbox anging. Mein Atem zitterte, doch ich legte nicht auf.

»Dad …«, begann ich. Millionen Satzanfänge wirbelten durch meinen Kopf. Wo setzte man an, wenn so viele Jahre lang nur Schweigen geherrscht hatte?

Erneut holte ich tief Luft, bevor ich einfach losredete. Ich erzählte von den Dreharbeiten und meinem Studium. Von dem Schnee und der Weihnachtsdeko, die mich an früher erinnerte. Irgendwann unterbrach ein lauter Ton meine Nachricht, was nicht weiter schlimm war. Ich hatte gesagt, was ich sagen wollte.

Da bis zu den Dreharbeiten noch mehr als genug Zeit war, kehrte ich in mein Zimmer zurück, um mich in Ruhe für den Tag fertig zu machen. Trotz der Müdigkeit fühlte ich mich leicht. Durch das Gespräch mit Daxton war ein großes Gewicht von mir gefallen. Neben Logan auch noch ihn zu verlieren, wäre zu viel gewesen.

»In Ordnung. Heute drehen wir den aufwendigen Teil der Ballszene«, verkündete Jennifer, kaum dass wir uns alle im Speisesaal versammelt hatten.

Aufregung lag in der Luft. Die Schauspieler steckten bereits in Anzügen, und die Frauen trugen silberne und goldene Kleider, die an die Ballkleider der 20er-Jahre erinnerten, sowie Federschmuck und die typischen Perlenketten. Wo ich hinschaute, glitzerte und funkelte es. Ich liebte es auf Anhieb.

»Abigail, Jill«, wandte Jennifer sich an uns. »Da wir möglichst viele Leute auf der Tanzfläche brauchen, dürft ihr heute, wie bereits angekündigt, auch in die Maske.«

»Was?«, fragte ich erschrocken, doch Jennifer fuhr bereits mit ihren Anweisungen fort.

»Hast du das schon vergessen?«, fragte Jill mit leuchtenden Augen neben mir. »Wir sollen im Hintergrund auf der Tanzfläche tanzen. Jennifer hat doch sogar ein paar Mitarbeiter des Hotels gefragt, damit wir genügend Leute haben. Normalerweise werden für so was ja Statisten gesucht, aber extra Leute hierherkommen zu lassen, wäre viel zu teuer.«

»Ich kann aber nicht Charleston tanzen«, rief ich. »Ich höre nicht mal Swing oder Jazz.«

»Ach komm, das macht sicher Spaß«, sagte Jill. »Außerdem ist nicht jeder Song so schnell, dass du Charleston dazu tanzen musst. Schau dir nur die Kostüme an, allein dafür lohnt es sich. Außerdem ist es doch eine coole Erinnerung, wenn wir dann kurz im Film auftauchen. Selbst, wenn uns niemand erkennt, wissen wir, dass wir dabei waren.«

»Hm.« Zugegeben, Jills Argumente klangen einleuchtend. Und wenn ich mir die Kostüme so ansah, hätte ich durchaus Lust, mal in eines der Kleider zu schlüpfen.

»Abigail, Jill, warum seid ihr noch nicht in der Maske?«, fragte Jennifer, und ich zuckte zusammen.

Offenbar war sie mit ihrer kleinen Ansprache fertig. Großartig, jetzt hatte ich sämtliche Anweisungen verpasst. Allerdings schienen wir heute ohnehin nicht als Regieassistentinnen gebraucht zu werden.

»Na komm.« Jill griff nach meinem Arm und zog mich in Richtung Fahrstuhl.

Als wir in das Zimmer kamen, das für die Maskenbildner eingerichtet worden war, schlug uns lautes Stimmengewirr entgegen. Laura, eine junge Frau in unserem Alter, dirigierte uns zu zwei Stühlen. Keine Minute später waren zwei Mädchen aus ihrem Team bei mir und begannen, mich zu schminken. Ich schloss die Augen, während sie routiniert nach dem Make-up griffen und mein Gesicht leinwandtauglich zauberten. Obwohl es anfangs etwas ungewohnt war, genoss ich es nach einer Weile sogar, wie sie mich herrichteten und ich nichts weiter tun musste, als stillzuhalten. Nachdem auch meine Haare frisiert waren, durfte ich endlich in den Spiegel hinter mir schauen.

Der Anblick verschlug mir die Sprache. Meine Lippen waren in einem hellen Rot angemalt worden, meine Augen stark getuscht und dunkel umrandet, was das Blau darin besonders betonte. Meine Haare hatten sie seitlich geflochten und zu einer Frisur zusammengesteckt, wie es in den 1920er-Jahren üblich gewesen war. Ein silbernes Band hielt das Ganze zusammen und verlieh dem Look einen edlen Touch.

»Fehlt nur noch das hier.« Laura tauchte mit einem silbernen Kleid hinter mir auf, das mir nur knapp über die Oberschenkel reichen würde. Es endete in langen Fransen, die bei jeder Bewegung um den Körper tanzten.

»Wow«, hauchte ich.

»Du wirst großartig darin aussehen«, versprach Laura.

Kurze Zeit später musste ich ihr recht geben. Das Kleid passte wie angegossen. Probeweise drehte ich mich vor dem Spiegel hin und her. Es glitzerte im Licht der Deckenbeleuchtung und ließ erahnen, wie es sich zwischen all der Deko auf der Tanzfläche machen würde. Die Szene würde definitiv ein Highlight des Films werden. Aufregung machte sich in mir breit.

»Siehst du, ich habe doch gesagt, dass das eine gute Idee ist.« Jill stellte sich neben mich.

Sie trug ein goldenes Kleid und eine lange Perlenkette. Ihre Haare waren zu einer ähnlichen Frisur zusammengesteckt worden, nur trug sie statt einem Haarband Federn im Haar, was an ihr großartig aussah.

»Wenn Daxton das nicht umhaut, weiß ich auch nicht«, sagte ich und deutete auf ihr Outfit.

Jill lächelte breit. In diesem Moment erinnerte sie mich kaum noch an das verbissene Mädchen, das ich vor wenigen Wochen kennengelernt hatte.

Räuspernd wandte sie sich ab. »Ich glaube, wir sollten los.«

Ich nickte, und als sich wenig später die Aufzugtüren öffneten, drang laute Jazzmusik zu uns herüber. Offenbar hatten sie bereits mit dem ersten Probedurchgang begonnen.

Wir bogen um die Ecke und betraten den Speisesaal, der kaum noch Ähnlichkeiten mit einer Cafeteria hatte. Auf dem Boden lag goldenes Konfetti, und an den Wänden glitzerte und funkelte unsere aufgehängte Deko. Zusammen mit der Musik entführte das Setting mich direkt auf einen Ball in die 1920er-Jahre.

Leicht nervös stellte ich mich zu den anderen Statisten auf die Tanzfläche. Wir sollten uns im Hintergrund halten, während Daxton und Selena im Vordergrund tanzten. Der Detective, der kurz vor der Lösung des Falls stand, verfiel in dieser Nacht endgültig der Witwe, die ihn wenige Stunden nach dem Ball töten würde. Für Daxton gab es somit kein Happy End, wobei ich auf die Szene am meisten hinfieberte. So wie ich Daxton einschätzte, würde es eine dramatische Stelle im Film werden, die seiner Rolle mehr als gerecht wurde. Er hatte bereits zu Beginn der Dreharbeiten gesagt, dass das Beste der Rolle sein Tod sei, weil er dadurch endlich etwas anderes als das übliche glückliche Ende spielen durfte. Ich konnte es ihm nicht verübeln. Daxton hatte in den letzten Jahren in sämtlichen Liebeskomödien den Schönling gespielt, der schließlich mit seiner Geliebten in den Sonnenuntergang ritt.

»Wenn gleich die Musik einsetzt, will ich, dass ihr euch dazu bewegt. Es muss nicht perfekt sein, Hauptsache, ihr habt Spaß. Unterhaltet euch, tanzt, trinkt. Es soll eine Party werden, also macht die Szene zu einer.«

Jennifers Ansage war eindeutig. Kurz darauf ertönte die Klappe und das übliche *Kamera läuft*. Ich stand neben Jill, die ein Glas Wasser in ihrer Hand hielt. Hin und wieder nippte sie daran, legte den Kopf in den Nacken und lachte. Als wäre sie zum Schauspielen geboren, hatte sie sich in eine losgelöste junge Frau verwandelt, die mit ihrer Ausstrahlung alle Umherstehenden in den Bann zog.

»Du solltest wirklich öfter vor der Kamera stehen«, bemerkte ich.

»Danke.« Sie strahlte mich an.

In diesem Moment setzte die Musik ein, und Jill begann augenblicklich, sich im Takt zu bewegen. Kurz erstarrte ich, doch dann drückte sie mir einfach ihr Glas in die Hand.

»Du bist nur im Hintergrund zu sehen«, erinnerte sie mich. »Beweg dich ein bisschen und lächle. Mehr musst du nicht tun.«

Ich nickte, nippte an dem Glas und versuchte, mich zu der Musik zu bewegen. Die Kameras fuhren um uns herum, doch ich ignorierte sie. Gedanklich stellte ich mir vor, ich wäre mit Bonnie auf einer Mottoparty. Als ich Jill zuprostete und einen weiteren Schluck von dem Wasser trank, fühlte es sich nicht länger gestellt an. Die Fransen des Kleids flogen bei jedem Schritt um meine Beine, und so langsam bekam ich Spaß bei der Sache. Ich stellte das Glas auf einem der Tische am Rand ab und mischte mich unter die Menge der tanzenden Statisten. Einen Augenblick lang schloss ich die Augen und ließ mich von der ausgelassenen Stimmung mitreißen.

Bis die Musik wechselte und ein langsamer Song erklang.

»In Ordnung, das war sehr gut. Jetzt findet euch bitte zu zweit zusammen. Ihr steht nicht im Fokus der Kamera, also keine Scheu. Im Grunde könnt ihr nicht viel falsch machen, wenn ihr euch einfach ein bisschen hin und her bewegt.«

Auf Jennifers Anweisung hin setzten sich alle in Bewegung. Hastig drehte ich mich um, in der Absicht, nach jemandem zu suchen, der zu diesem verflixt langsamen Lied mit mir tanzte.

Ich kam nicht sehr weit. Mein Blick traf auf ein dunkles Graublau, und mein Herz setzte aus. Logan stand direkt hinter mir. Er trug eine schwarze Hose, ein helles Hemd mit Hosenträgern und eine rote Fliege. Das Outfit stand ihm unverschämt gut. Zu meiner Überraschung streckte er im nächsten Moment eine Hand aus. Ungläubig starrte ich darauf. Meinte er das ernst? Ich sah mich um. Alle anderen hatten sich bereits zu Zweierpärchen zusammengefunden und bewegten sich eng umschlungen zu dem viel zu langsamen Song. Verdammt.

»Darf ich bitten?«, fragte er leise.

Seine dunkle Stimme jagte mir einen Schauer über den Rücken.

Ich wollte zurückweichen, doch mein Körper machte bereits einen Schritt auf ihn zu. Seine Hand landete auf meiner Hüfte und fuhr sanft zu meinem Rücken. Mit der anderen griff er nach meiner Hand und brachte uns in Tanzhaltung. Sein Blick lag schwer auf mir, und ich betete, dass die laute Musik mein trommelndes Herz übertönte.

Was zur Hölle machte ich hier bloß?

27. KAPITEL

Logan

Keine Ahnung, wie ich hier gelandet war. Doch als Abby sich auf der improvisierten Tanzfläche eng an mich presste, hörte ich auf, darüber nachzudenken. Zu fasziniert war ich von ihren Augen, die im schummrigen Licht der Deckenbeleuchtung dunkler leuchteten als sonst. Irgendwo in meinem Hinterkopf wusste ich, dass wir gefilmt wurden, dass das hier kein echter Ball war, aber je länger ich Abby ansah, desto mehr vergaß ich die Dreharbeiten. Sie sah atemberaubend schön aus. Ihre vollen Lippen waren rot angemalt, und ich konnte nicht anders, als ihren Mund anzustarren. Unwillkürlich tauchten Bilder von unseren Küssen in meinem Kopf auf, und mein Körper reagierte mit einem wohligen Schauer.

Es gab Tausend Gründe, warum das hier eine idiotische Idee war. Als Jennifer Torres mich vorhin in die Maske gerufen hatte, hatte ich mir nicht viel dabei gedacht. Solange ich nicht neben Daxton durchs Bild laufen musste, war alles gut. Doch ich hatte nicht mit Abby gerechnet. Die langsame Musik lullte uns ein, und als sie mich aus herabgesenkten Lidern ansah, war es endgültig um mich geschehen.

In diesem Augenblick hörten das Drama der letzten Tage und unser Streit auf zu existieren. Es spielte keine Rolle mehr, dass sie bald zurück nach New York ging und ich zurückbleiben würde, mit ihren Worten im Ohr, dass ich meinen Traum verleugnete. Es spielte auch keine Rolle, dass sie mit meinem Halbbruder befreundet war, von dessen Existenz ich bis vor Kurzem nichts gewusst hatte. Was zählte, war ihr Lächeln. Und ihr langer Blick, der mich mitten ins Herz traf.

Ich dachte wieder an unsere Gespräche, an die Shopping-Tour in New Leighton, wie sie mit meiner Familie an Thanksgiving am Tisch gesessen und im Kino neben mir vor Freude gestrahlt hatte. Abby hatte sich still und heimlich in mein Leben und mein Herz geschlichen, und für ein paar kostbare Sekunden wollte ich nicht mehr dagegen ankämpfen.

Als ihre Hand von meinem Arm zu meinem Nacken wanderte, zog ich sie enger an mich, und wir lösten uns aus der Tanzhaltung. Eng umschlungen standen wir da, atemlos und in den Augen der anderen Person versunken.

Abbys Mund öffnete sich, und ich kam ihr entgegen. Mein Körper reagierte instinktiv, drängte mich dazu, ihr nahe zu sein. Ihre Lippen streiften meine, als ich meinen Kopf senkte. Mein Herz setzte einen Schlag aus, wildes Verlangen schoss durch mich hindurch. Ich wollte sie küssen, wollte meine Hände in ihren Haaren vergraben, die kunstvoll zusammengesteckt worden waren.

»Und Cut.«

Jennifers Stimme schallte laut durch den Raum und riss mich schlagartig in die Realität zurück. Abby taumelte zurück, die Sehnsucht in ihren Augen wich einem erschrockenen Ausdruck.

Ich atmete tief durch und zwang mich, mich von ihr zu lösen. Mein Körper pochte verräterisch, und es brauchte ein paar Sekunden, bis ich mich wieder so weit im Griff hatte, dass ich mich den umstehenden Leuten stellen konnte. Jill starrte uns unverhohlen an. Genauso wie Daxton. Seine Miene war schwer zu lesen, aber ich glaubte, Wut darin zu sehen. Zumindest dieses Gefühl schienen wir gemeinsam zu haben.

Während Jennifer weitere Anweisungen für den nächsten Take gab, wandte ich mich wieder Abby zu. Ihre Wangen waren gerötet, und sie schaute schnell weg.

»Das war …«, setzte ich an und brach sofort wieder ab. In meinem Kopf herrschte ein einziges Chaos, und ich hatte keine Ahnung, was ich sagen sollte.

»Alle zurück auf die Anfangsposition«, rief Jennifer.

Wie aufs Stichwort wich Abby noch weiter zurück und verschwand zwischen den anderen Statisten. Ich sah ihr nach, prägte mir ihren Anblick ein und wandte mich dann ebenfalls ab. Da die Szene noch mal gedreht wurde, verließ ich rasch die Tanzfläche. Abby hatte deutlich gemacht, dass sie Abstand brauchte. Der Bann, der uns vorhin gefangen gehalten hatte, war gebrochen und ich wieder an einem Filmset, zu dem ich nicht gehörte.

Noch bevor die Szene im Kasten war, verschwand ich in mein Büro und zog mich um. Als die Tür aufgestoßen wurde, fuhr ich herum. Halb rechnete ich mit Abby, die sich mit mir aussprechen wollte, doch es war Dad, der im Türrahmen stand.

»Oh, hallo. Mit dir habe ich nicht gerechnet«, sagte er. »Ich wollte nur kurz etwas ausdrucken.«

»Ich arbeite hier.« Mit gerunzelter Stirn sah ich ihn an. »Wo sollte ich sonst sein?« Dass ich bei der Ballszene ausgeholfen hatte, hatte ich ihm schließlich nicht erzählt.

Er seufzte, und ich war kurz davor, meine barsche Antwort zurückzunehmen. Andererseits war da noch immer diese Wut in mir, die einfach nicht weichen wollte.

»Hör zu, Logan«, sagte er. »Ich weiß, dass die Dinge in letzter Zeit schwer waren und wir noch nicht die Gelegenheit hatten, richtig darüber zu reden, aber du musst mir glauben. Ich wollte unsere Familie nie verletzen. Keinen von euch.« Er machte einen Schritt in das Zimmer hinein und zog die Tür hinter sich zu.

»Das hättest du dir etwas früher überlegen müssen, meinst du nicht?«, gab ich scharf zurück.

»Vielleicht. Aber das ist Jahre her. Ich habe einen Fehler gemacht. Einen, den ich jeden Tag bereut habe. Es war nie meine Absicht, deine Mutter zu hintergehen. Nie. Ich liebe sie über alles.«

»Und warum hast du es dann hinter ihrem Rücken mit einer anderen getrieben?« Die Worte waren heraus, ehe ich darüber nachdenken konnte.

Ein schmerzhafter Ausdruck trat auf Dads Gesicht. »Deine Mutter hatte immer wahnsinnig viel im Hotel zu tun, kam abends spät nach Hause und stand vor mir wieder auf. Das ist keine Entschuldigung und erst recht keine Rechtfertigung, ich weiß. Daxtons Mom hat damals in der Küche ausgeholfen, wir haben uns jeden Tag gesehen und uns schließlich angefreundet. Zu spät habe ich gemerkt, dass sie mehr wollte, und dann bin ich schwach geworden.« Bedauernd sah er mich an. »Ich war erleichtert, als sie abgereist ist. Sie war zu einer Zeit im Hotel, in der ich mich nach Aufmerksamkeit und Nähe gesehnt habe. Sie hat das erkannt und mir genau das gegeben, obwohl es nie sie war, von der ich beachtet werden wollte.«

Auf seine Worte herrschte einen Moment lang Schweigen. Was sollte ich dazu auch sagen? Dass er einen Fehler gemacht hatte, wusste er selbst. Dennoch verschwand ein Teil der Wut, und zum ersten Mal seit der Schlagzeile konnte ich verstehen, wie es zu der Affäre gekommen war. In Ordnung war die Sache trotzdem nicht.

»Und was ist mit Daxton?«, fragte ich. »Wie stehst du zu ihm?«

Dad zögerte kurz. Die Furchen auf seiner Stirn wurden noch tiefer, und auf einmal kam er mir ein ganzes Stück älter vor.

»Gute Frage«, gab er zu. »Er ist mein Sohn. Ich weiß nicht, was er erwartet, aber wenn er ein Teil dieser Familie sein möchte, werde ich ihn nicht fortschicken. Das kann ich nicht. Und das will ich auch nicht. Genauso wenig wie deine Mutter.«

»Ich weiß«, erwiderte ich. Mom war schon immer zu gut für diese Welt gewesen. »Trotzdem wünschte ich, er wäre nicht hier.«

»Das würde nichts an der Tatsache ändern, dass er existiert«, sagte Dad. »Oder daran, dass wir diese Krise am besten durchstehen, wenn wir zusammenhalten.«

»Diese Krise hätte es gar nicht geben müssen, wenn er zu Hause geblieben wäre«, warf ich ein.

Dad nickte, und ich sah den Ausdruck tiefen Bedauerns in seinem Blick. »Daxton ist nicht derjenige, der einen Fehler gemacht hat. Das bin ich.«

»Das ist mir bewusst. Glaub mir.« Meine Stimme klang bitterer, als beabsichtigt.

»Ich werde alles tun, um das wieder in Ordnung zu bringen, okay?« Eindringlich sah Dad mich an.

Ich zuckte mit den Schultern. »Was anderes bleibt dir ja auch nicht übrig. Wir können ab jetzt wohl nur nach vorn sehen.«

Er fuhr sich mit einer Hand durch die Haare und nickte. Damit war alles gesagt. »Ich lass dich dann mal weiterarbeiten.« Mit diesen Worten verließ er das Büro wieder und schloss die Tür hinter sich. Dass er eigentlich etwas ausdrucken wollte, hatte er inzwischen scheinbar vergessen.

Missmutig ließ ich mich auf den Stuhl sinken und starrte auf den Bildschirm. Der Tag könnte von mir aus auf der Stelle vorbei sein, denn im Postfach des Hotels warteten nur neue Mails auf mich, die ich beantworten sollte. Doch mein Kopf war zu voll mit anderen Dingen, um auch nur eine davon zu lesen.

Ständig tauchte Abby vor meinen Augen auf, in dem wunderschönen silbernen Kleid, das viel zu viel Bein zeigte. Es hätte nicht viel gefehlt und wir hätten uns mitten auf der Tanzfläche geküsst. Vor laufender Kamera. Verdammter Mist.

Ich verlor die Kontrolle, und es hatte keinen Sinn, weiterhin so zu tun, als wäre es anders. Abby löste noch immer eine Menge in mir aus. Durch ihre Nähe war mir erneut bewusst geworden, dass ich jemanden wie sie nicht einfach so gehen lassen durfte. Dass es sich dieses eine Mal lohnen könnte, zu vertrauen. Eventuell. Kopfschüttelnd stand ich auf. Wem wollte ich hier etwas vormachen? Ich hatte genug andere Sorgen.

Das Gespräch mit Dad war ein Schritt in die richtige Richtung gewesen. Ein Anfang, den Knacks zu kitten, den unsere Beziehung bekommen hatte. Doch wir waren noch nicht da, wo wir einmal gewesen waren. Vielleicht würden wir das auch nie wieder sein. Denn er war nicht mehr der Mann, der weder Mom noch mich je verletzen würde.

Ich griff nach meiner Jacke und verließ das Hotel. Wenn die Gedanken sich so wie jetzt überschlugen, half nur noch frische Luft.

Mit schnellen Schritten schlug ich den Weg in Richtung Dorf ein. Vielleicht hatte ich Glück und Betty arbeitete gerade in *Rosemary's Café*. Dann könnte ich ihr einen Besuch abstatten. Mir den Frust und die Verwirrung von der Seele reden. Bekanntlich sollte das ja manchmal helfen.

Die Dämmerung hatte längst eingesetzt, und erste Sterne funkelten bereits am wolkenlosen Nachthimmel. Für Dezember war es gewohnt frisch, weshalb ich den Reißverschluss der Jacke bis unter mein Kinn hochzog. Der Schnee knirschte unter meinen Schuhen, und wie üblich war niemand sonst unterwegs. Die meisten Gäste hatten sich um die Uhrzeit schon in ihre Zimmer oder den Spa-Bereich zurückgezogen.

Nach ein paar Metern hörte ich jedoch plötzlich Schritte hinter mir und blieb abrupt stehen.

»Hallo?«, rief ich in die anbrechende Dunkelheit, aus der sich langsam eine Gestalt löste, die ich sofort erkannte. »Was machst du denn hier?«

»Ich wollte noch mal raus.« Abby kam kurz vor mir zum Stehen. Ihre Haare trug sie inzwischen offen über die Schulter, und das Kleid war einer Jeans und dem beigen Wintermantel gewichen.

»Ging mir ähnlich. Ich bin auf dem Weg ins Dorf. Willst du mitkommen?« Die Worte entflohen mir, bevor ich begriff, was ich sagte.

»Ja … warum nicht.«

Mir war ihr Zögern nicht entgangen, doch als sie sich in Bewegung setzte, folgte ich ihr, und wenige Minuten später gingen wir nebeneinander die Straße entlang. Stille hüllte uns ein. Zwischen uns schwebten Tausend ungesagte Worte in der Luft, aber keiner machte Anstalten, das Schweigen zu brechen. Vielleicht, weil wir beide wussten, dass dann der Frieden vorbei war. Mit den Worten würden Vorwürfe und Zweifel kommen, und wir würden wieder an dem Punkt landen, an dem klar wurde, wie wenig unsere Leben zusammenpassten. Doch für heute Nacht wollte ich nicht daran denken. Das hatte ich in den letzten Stunden oft genug getan.

»Ich habe heute zum ersten Mal seit Jahren wieder mit meinem Dad geredet.«

Abbys Stimme klang so leise, dass ich mir im ersten Moment nicht sicher war, ob ich sie mir nicht doch nur eingebildet hatte.

Abrupt blieb ich stehen. Wenige Meter vor uns lagen die ersten Häusern, hinter deren Fenstern warmes Licht erstrahlte.

»Habt ihr telefoniert?«, fragte ich vorsichtig nach.

»Nein, ich habe ihm eine Nachricht auf der Mailbox hinterlassen. Bisher hat er auch nicht geantwortet. Ich ... keine Ahnung. Ich wollte es jemandem erzählen.«

Ihr Blick suchte meinen, und ich nickte verständnisvoll. Für den Augenblick waren wir wieder Freunde. Vertraute, die sich von ihren Gedanken und Sorgen erzählten. Wie vor wenigen Wochen, als es noch keine aufgedeckten Geheimnisse gegeben hatte.

»Wie kam es dazu? Ich meine, warum jetzt?«

»Na ja, seit ich hier bin, muss ich wieder öfter an ihn denken. In New York kann ich das ganz gut verdrängen und so tun, als bräuchte ich keine große Familie. Als würde es mir reichen, meine Mom zu haben. Doch hier geht das nicht. Vor allem nicht, wenn die Familie, die das Hotel führt, sich so wahnsinnig nah ist.«

Sie sah mich mit unergründlicher Miene an, und ich gab mir alle Mühe, bei ihren Worten nicht das Gesicht zu verziehen.

»Wir sind nicht halb so perfekt, wie du vielleicht denkst.«

»Das meine ich gar nicht. Natürlich seid ihr nicht perfekt, aber ihr seid füreinander da. Das ist mehr, als die meisten Familien schaffen.«

So hatte ich das noch gar nicht betrachtet.

»Vielleicht wird er auch gar nicht zurückrufen«, fuhr Abby fort. »Aber selbst wenn nicht, ich habe es zumindest versucht und gesagt, was ich sagen wollte.«

»Das ist 'ne Menge wert.«

»Eben.«

Kurz darauf setzten wir uns wieder in Bewegung und steuerten auf das Café zu, das mit wohliger Wärme lockte.

Mir war klar, dass wir irgendwann über unseren Streit reden mussten. Aber nicht heute. Heute wollte ich einfach nur Abbys Nähe genießen und so tun, als wäre alles in Ordnung. Als wären wir nur ein Kerl und eine Frau, die zusammen Zeit verbrachten.

28. KAPITEL

Abby

In meinem Bauch kribbelte es, als hätte es sich ein Schwarm Schmetterlinge dort gemütlich gemacht. Jeder meiner Gesten war ich mir überdeutlich bewusst. Wie ich mit der Hand durch meine Haare fuhr. Wie ich nach der Tasse mit heißer Schokolade griff und dabei aufpasste, das leichte Zittern zu verbergen. Wie ich vergeblich versuchte, nicht in Logans Augen zu versinken. Es war zum Verrücktwerden.

Logan lachte über etwas, das ich gesagt hatte, und die Schmetterlinge begannen zu tanzen. Wir saßen nun schon eine ganze Weile in *Rosemary's Café* an einem Tisch direkt am Fenster. Eine junge Frau hatte uns bedient, die seither immer wieder neugierige Blicke in unsere Richtung warf. Sie schien Logan zu kennen, aber ich hatte nicht weiter nachgefragt. Und er hatte auch nichts gesagt.

Kurz fiel mein Blick nach draußen auf die erleuchtete Straße und die lichterkettenumschlungenen Laternen, vereinzelt waren sogar ein paar Leute zu sehen, die gemächlich durch das Dorf schlenderten. Die Stimmung war idyllisch, beinahe unwirklich.

Wenn ich daran dachte, wie Logan und ich uns vor wenigen Tagen noch gestritten und uns gemeine Dinge an den Kopf geworfen hatten, fragte ich mich, wie wir jetzt hier sitzen konnten. Lachend und scherzend, als wäre nie etwas gewesen. Aber vermutlich brauchten wir einfach beide eine Auszeit von unseren Gedanken und dem Stress. Und so zu tun, als wäre alles in Ordnung, war dafür die beste Strategie. Nur hatte ich Logans Wirkung auf mich unterschätzt. Sobald mein Kopf nicht mehr alle paar Sekunden Warnsignale schickte, fing mein Körper an, sich zu entspannen – und das war gefährlich. Ich fühlte mich wohl bei Logan. Fast schon geborgen. Er brachte mich dazu, meine Gedanken laut auszusprechen und die Fassade der ehrgeizigen, kontrollierten jungen Frau fallen zu lassen.

»Und du hast wirklich vor dem gesamten Kurs eine Szene aus *Harry und Sally* nachgespielt?«

Ich nickte. »Sie haben mir nicht geglaubt, dass ich den Text auswendig kann, und sie konnten nicht verstehen, warum ich den Film zu den Klassikern zähle. Da musste ich es ihnen eben demonstrieren«, erwiderte ich grinsend.

»Das hätte ich nur zu gern gesehen.«

»Ich würde es ja wiederholen, aber hier fehlt mir das Publikum.«

»Was, bin ich etwa nicht Publikum genug?« Logans Augen funkelten im schummrigen Licht der Cafébeleuchtung, und mir wurde eine Spur wärmer.

Himmel, wir flirteten wie zwei frisch verknallte Teenager, dabei sollte ich genau das unterlassen.

»Aber gut, dann vielleicht ein anderes Mal«, sagte Logan unbekümmert, bevor ich mir eine Antwort überlegen konnte.

Ich nickte. »Vielleicht«, sagte ich und verdrängte den Gedanken, dass es kein weiteres Mal geben würde, weil ich in wenigen Wochen das Hotel verließ.

»Wie geht es eigentlich Zoey und Daisy?«, fragte ich nach einem kurzen Moment des Schweigens.

Da ich mir nicht sicher war, ob das Thema die gelöste Stimmung zwischen uns kaputt machen würde, hatte ich seine Familie bisher nicht angesprochen. Doch die Frage brannte mir seit einer Weile auf der Zunge. Die Zwillinge hatten es nicht verdient, unter dem Drama zu leiden, das die Schlagzeile verursacht hatte.

»Gut. Erstaunlicherweise scheinen sie mit alldem gut zurechtzukommen. Vielleicht sogar am besten von uns.« Sein Gesicht bekam einen abwehrenden Ausdruck. Es war mehr als deutlich, dass er mit mir nicht über seine Familie sprechen wollte.

»Das freut mich. Die beiden sind wirklich toll.«

Ein winziges Lächeln erschien auf seinen Lippen. »Allerdings. Auch wenn sie mich manchmal in den Wahnsinn treiben.«

»Ist das nicht die Aufgabe von kleinen Geschwistern?«

»Vermutlich.« Logan griff nach seinem Kaffee, wobei er meine Hand streifte, die neben meiner Tasse auf dem Tisch lag.

Ein Kribbeln durchfuhr mich dort, wo er mich berührt hatte. Die Wärme in meinem Innern verwandelte sich in Hitze, und als unsere Blicke sich diesmal trafen, veränderte sich die Stimmung schlagartig. Ein dunkles Funkeln trat in Logans Augen, und mir wurde klar, dass es längst zu spät war. Ich würde nicht einfach aufstehen und gehen können.

Nicht, wenn er mich so ansah und alles in mir danach schrie, ihm nahe zu sein. Näher als je zuvor.

»Sollen wir …?« Logan räusperte sich. »Sollen wir zurück?« Seine Stimme klang heiser, was seltsame Dinge mit meinem Körper anstellte.

Ich schaffte es, zu nicken und meinen Mantel anzuziehen, ohne meinen weichen Knien nachzugeben, während Logan schnell zahlte und sich von der Kellnerin verabschiedete.

Da war ein Teil in mir, der noch klar denken konnte und verzweifelt fragte, was ich hier eigentlich machte. Doch sobald Logan nach meiner Hand griff, verstummte die Stimme. Alles verstummte. Ich verschränkte meine Finger mit seinen, und für eine irrwitzige Sekunde lang ergab alles wieder Sinn. Er und ich, Hand in Hand in den Straßen der hell erleuchteten Ortschaft, mitten in den Rocky Mountains. Es sollte mir seltsam vorkommen, falsch und verdreht. Aber alles, was ich dachte, war, dass sich selten etwas so richtig angefühlt hatte wie wir beide in diesem Moment.

Wir ließen das Dorf hinter uns. Die Nacht war kalt, doch ich spürte es kaum, denn in mir brannte ein Feuer, das mich selbst gegen die Kälte immun machte.

Auf halber Strecke blieb Logan stehen. »Schau mal nach oben«, sagte er leise.

Ich legte den Kopf in den Nacken und hielt überrascht inne. Millionen kleine Lichter funkelten am dunklen Nachthimmel.

»Wow«, hauchte ich.

Der Anblick hatte etwas Magisches. Je länger ich hinaufschaute, desto heller schienen die Sterne zu funkeln. Sie verharrten reglos am Firmament, eine Erinnerung daran, dass manche Dinge ewig währten. Selbst wenn es sich bei ihnen in Wahrheit um tote Himmelskörper handelte, die längst erloschen waren, würden wir dort oben immer ein Leuchten sehen.

Ruhe kehrte in mir ein. Die Anspannung der letzten Tage fiel von mir ab, und ich konnte endlich wieder richtig durchatmen. Als ich den Blick senkte, bemerkte ich, dass Logan mich beobachtete; auf seinen Lippen lag ein Lächeln, das ich wie automatisch erwiderte.

»Es ist wunderschön hier«, wisperte ich und drückte sanft seine Hand.

»Wusste ich doch, dass die Berge dich noch kriegen würden.«

Die Berge oder du? Ich verkniff mir die Frage, Logan wusste auch so, was ich dachte.

Mit einer schnellen Bewegung zog er mich zu sich heran. Er löste seine Hand aus meiner, um sie stattdessen um meine Taille zu schlingen. Instinktiv hielt ich mich an ihm fest, legte meine Hände in seinen Nacken und sah zu ihm auf.

Er kam mir entgegen, seine Lippen trafen auf meine und die Welt verschwand. Unsere Münder fanden sich in einem stürmischen, beinahe verzweifelten Kuss. Ich krallte eine Hand in seine Haare, was ihm ein Keuchen entlockte. Mein ganzer Körper spannte sich an, als ich mich an ihn presste und in seinen Armen versank, die sich noch enger um mich schlangen. Wärme explodierte in meinem Innern, breitete sich aus und hüllte mich ein. Logan verstärkte den Druck seiner Lippen an meinen, seine Hand löste sich von meiner Taille und vergrub sich stattdessen tief in meinen Haaren. Er neigte den Kopf ein kleines Stück, um den Kuss zu vertiefen. Sanft zogen seine Zähne an meiner Unterlippe. Keine Sekunde später spürte ich seine Zunge an meiner. Ich seufzte auf, drängte mich ihm noch mehr entgegen.

Mein Herz schlug so wild, dass ich fürchtete, es würde aus meinem Körper springen. Spürte er, wie sehr mein Körper bebte? Wie sehr ich das hier wollte?

Nach Luft schnappend, löste ich mich von ihm. Sehnsucht durchflutete mich, und ich konnte nur noch daran denken, dass wir viel zu viele Kleider am Leib trugen.

Als hätte er meine Gedanken gehört, griff Logan nach meiner Hand. Wortlos liefen wir im Schnellschritt zurück, wobei ich alle paar Meter stehen blieb, um ihn zu küssen. Einmal angefangen, war es schwer, damit wieder aufzuhören.

Kurz darauf tauchten die Lichter des Hotels zwischen den Bäumen auf. Dennoch ließ Logan meine Hand nicht los, und ich machte ebenfalls keine Anstalten, mich von ihm zu lösen. Erst auf der Treppe zu seiner Wohnung hielt er inne und wandte sich mir zu.

»Das hier«, er zeigte leicht atemlos zwischen uns hin und her, »ist verrückt und unglaublich dämlich, aber es fühlt sich auch richtig an. Trotzdem wäre jetzt ein guter Zeitpunkt, wenn du gehen willst …« Abwartend sah er mich an, doch wenn er dachte, dass ich ihm diese Entscheidung abnahm, hatte er sich geschnitten.

»Vergiss es. Ich werde nicht die Vernünftige spielen. Nicht heute Nacht. Nicht jetzt, wo ich zum ersten Mal seit Tagen wieder entspannt und glücklich bin.« Die Worte kamen ganz leicht über meine Lippen. Scheinbar war der Damm endgültig gebrochen und jeglicher Versuch, mich zurückzuhalten, ohnehin vergebens.

Ein breites Lächeln huschte über Logans Gesicht. »Dann muss ich ja kein schlechtes Gewissen haben, wenn ich dich jetzt zu mir nach oben in meine Wohnung einlade.«

»Absolut nicht.«

Bevor er seinen Schlüssel herausholte, beugte er sich zu mir und gab mir einen langen Kuss. Das reichte aus, um das aufgeregte Kribbeln zurückzubringen. Mit zittrigen Knien folgte ich Logan in seine Wohnung.

Kaum hatten wir unsere Jacken ausgezogen und auf die Couch im kleinen Wohnzimmer gelegt, war Logan bei mir. Seine Arme umfingen mich und hoben mich hoch. Ich schlang meine Beine um ihn, neigte den Kopf und versank in weiteren Küssen. Mit erstaunlich sicheren Schritten trug Logan mich in sein Schlafzimmer, wobei ich fast am Türrahmen hängen blieb, was ihm ein ersticktes Lachen entlockte. Wenige Augenblicke später legte er mich sanft auf sein Bett. Er hauchte mir einen zarten Kuss auf die Lippen, bevor er sich von mir löste und sich aufrichtete, um eine kleine Lampe in der Ecke des Zimmers anzumachen.

Sanftes Licht sickerte durch den Raum, und ich konnte den sehnsüchtigen Ausdruck auf Logans Gesicht sehen. Atemlos wartete ich auf seine nächste Bewegung. Stumm sahen wir uns an und gaben uns das Versprechen, für diese Nacht alles andere zu vergessen. Vielleicht würde ich es morgen bereuen, vielleicht machte es unsere Situation nur schlimmer, aber in diesem Augenblick fühlte es sich richtig an. Und das war es, was zählte.

Tausendmal hatte Bonnie mir gesagt, ich sollte mehr auf mein Gefühl hören. Weniger Pläne machen und dem Leben mehr vertrauen. Und genau das würde ich jetzt tun. Meinem Herz folgen. Meiner Intuition, die mir sagte, dass das mit Logan kein Fehler war. Selbst wenn wir keine gemeinsame Zukunft hatten. Wir hatten das Jetzt.

»Du siehst wunderschön aus«, murmelte Logan und kam endlich neben mich auf das Bett.

Mit einer Hand fuhr er mir über die Wange, an meinem Hals herab und über meine Seite, bis er sie schließlich an meiner Hüfte liegen ließ. Ich wandte mich ihm zu und zog ihn zu mir, bis unsere Münder sich trafen. Seine Lippen landeten sanft und bestimmt zugleich auf meinen. Ein wohliger Schauer durchfuhr mich. Es war nicht fair, wie stark mein Körper auf ihn reagierte. Wie schnell er sich entspannte und sich gleichzeitig nach Logans Berührungen sehnte.

»Als ich dich damals auf der Piste getroffen habe, hätte ich nie gedacht, dich irgendwann in meinem Bett liegen zu sehen«, sagte er, als wir uns kurz voneinander lösten, um nach Luft zu schnappen.

»Ich auch nicht. Damals war ich mir sicher, dass du ein rücksichtsloser Idiot bist.«

»Und was denkst du jetzt?« Ein ernster Ausdruck trat in seine blauen Augen.

Ich schluckte schwer. Es war gefährlich, jetzt über Emotionen zu reden. »Na ja, ich weiß zumindest, dass du nicht rücksichtslos bist.«

»Autsch.« Er verzog gespielt gekränkt das Gesicht. »Aber du hast recht, ich kann manchmal schon ein Idiot sein.«

Er schien noch mehr sagen zu wollen, doch bevor er das tun konnte, versiegelte ich seine Lippen mit einem weiteren Kuss. Ich wollte nicht reden. Oder denken. Dafür klopfte mein Herz viel zu schnell.

Langsam stützte ich mich auf einem Arm auf und stieß Logan auf die Matratze. Er gab einen überraschten Laut von sich, packte jedoch meine Hüften, als ich mich auf ihn setzte. Logan so nah zu spüren, war überwältigend. Seine Finger strichen über die nackte Haut unter meinem Pullover, den ich mir mit einer schnellen Bewegung über den Kopf zog.

Es war eine Weile her, dass ich die Nacht mit einem Kerl verbracht hatte, doch das waren bedeutungslose Nächte gewesen. Kein Vergleich zu dem, was ich jetzt empfand. Logans Hände glitten sanft und fordernd zugleich über meinen Körper. Seine Berührungen brannten auf meiner Haut und erinnerten mich daran, wie gut es war, die Kontrolle abzugeben und einfach nur zu fühlen. Zu sein. Er richtete sich auf, fuhr mit den Händen zum Saum meines Tops und zog es mir aus. Nur noch in BH und Jeans bekleidet saß ich auf ihm. Langsam griff ich hinter mich und öffnete den Verschluss des BHs. Als ich ihn auszog, glitt Logans Blick beinahe andächtig über mich.

»Ich will, dass du weißt, dass das hier etwas bedeutet«, sagte er leise. »Ganz gleich, was morgen ist. Oder in der Zukunft. Ganz gleich, was wir uns an den Kopf geworfen und welche Fehler wir gemacht haben. Das hier – du und ich. Es bedeutet etwas.«

Seine Worte legten sich wie eine warme Umarmung um mich. Liebkosten mein Herz und all die Risse, die es in den letzten Jahren abbekommen hatte.

»Ja«, erwiderte ich. »Das tut es.« *Du bedeutest mir etwas*. Ich hoffte, dass er auch die unausgesprochenen Worte verstand, die ich trotz allem noch nicht über die Lippen brachte.

Im nächsten Moment zupfte ich an Logans Shirt, das er sich hastig über den Kopf zog. Nachdem wir uns beide aus unseren Jeans geschält hatten, sanken wir wieder auf die Matratze. Logans Gewicht senkte sich auf mich, und ich schnappte leise nach Luft. Seine nackte Haut lag warm auf meiner, und als er eine Spur aus Küssen über meinen Hals zog, war es um mich geschehen. Ich hörte auf zu denken, hörte auf mich zu fragen, was wir hier taten.

Alles, was ich wahrnahm, waren seine Hände, seine Lippen, sein warmer Atem, der über meine Haut strich. Ich krallte mich mit einer Hand in seinen Haaren fest, zog ihn zu mir und küsste ihn mit allem, was ich hatte. Ein Bein um seine Hüfte geschlungen, presste ich mich an ihn. Spürte, wie sehr er mich wollte. Mein Atem ging schneller, als er seine Hand bewegte und sie langsam nach unten gleiten ließ.

»Magst du das?«, fragte er mit heiserer Stimme und suchte meinen Blick. »Ist es in Ordnung so?«

Ich brachte nicht viel mehr als ein Nicken zustande, und im nächsten Moment berührte er mich auch schon dort, wo ich mich am dringlichsten nach ihm sehnte. Ich drückte den Rücken durch, wölbte mich seiner Hand entgegen, die mir Empfindungen schenkte, die ich lange nicht mehr gespürt hatte. Den Kopf in den Nacken gelegt, gab ich mich ihm hin, genoss die Hitze, die durch meinen Körper strömte. Doch es war noch nicht genug. Ich wollte alles von Logan, wollte ihm endlich so nah sein wie nur möglich.

»Logan«, murmelte ich.

Er hielt sofort inne und richtete den Blick auf mich. Es brauchte keine weiteren Worte, er verstand auch so.

Seine Finger glitten zu dem Bund meines Slips, und als er sie unter den Stoff schob, keuchte ich auf. Quälend langsam zog er mir das letzte Kleidungsstück aus; dabei sah er mich unverwandt an. Als er nach seiner Boxershorts griff und sie abstreifte, hielt ich unwillkürlich den Atem an. Mein Magen zog sich vor Aufregung zusammen. Das sehnsuchtsvolle Pochen in meiner Mitte wurde stärker, und als Logan sich ein Kondom überstreifte und zu mir zurückkehrte, wusste ich, dass er recht hatte. Diese Nacht – wir beide – bedeuteten etwas. Kein Fehler der Welt konnte sich so richtig, so gut anfühlen, wie er es tat.

Als er sich endlich zwischen meine Beine schob, war ich mir sicher wie nie zuvor. Ich wollte das hier. Ich wollte ihn.

»Ist das okay?«, flüsterte Logan und drang langsam in mich ein.

Ich nickte, unfähig, ein Wort über die Lippen zu bringen.

»Gut«, murmelte er. Seine Augen leuchteten, und als er diesmal den Kopf senkte und seinen Mund auf meinen presste, nahm ich nur noch ihn wahr.

Es gab nichts mehr außer uns beiden. Mit jeder Bewegung, mit jedem Stoß füllte Logan mich aus. Er ließ mich nicht aus den Augen, zeigte mir all seine Zweifel und Ängste, und ich erkannte das unbändige Verlangen, das sich in seinem Blick spiegelte. Ich sah, was ich selbst fühlte. Die Angst, sich einem Menschen so vollkommen hinzugeben, und gleichzeitig das unbändige Glück, jemanden gefunden zu haben, bei dem es möglich war, loszulassen. Zu vertrauen.

Ich hatte lange gedacht, dass ich dazu nicht in der Lage war. Doch als unsere Körper zu einem gemeinsamen Rhythmus fanden, wurde mir deutlich bewusst, dass ich mich in Logan verliebt hatte. Dass ich mein Herz geöffnet und die Gefühle, die tief in mir vergraben gewesen waren, an die Oberfläche gelassen hatte. Und das Seltsame war, dass es sich zwar beängstigend, aber auch unendlich gut anfühlte. Befreiend. Als hätte ich endlich eine Mauer niedergerissen, die mich beschützt, aber auch eingesperrt hatte.

Ich gab die Kontrolle ab, verlor mich in Logan, in seinem Körper, der eins wurde mit meinem. Mein Herz schlug hart und schnell, und die Welt rückte in den Hintergrund. Was blieb, war Logans Blick und mein geflüsterter Name, als er zitternd auf mir zusammensackte. Unser Atem, schnell und abgehackt. Bebend hielten wir uns fest, und es wurde still in mir. Ich schloss die Augen, prägte mir diesen Moment ein. Logans Gewicht auf meinem, seine Hand, die nach meiner tastete und unsere Finger miteinander verschränkte.

Ich hatte keine Ahnung, wann ich zuletzt so glücklich gewesen war.

29. KAPITEL

Abby

Mollige Wärme hüllte mich ein. Mein Atem ging ruhig und langsam. Ich liebte diesen dämmrigen Zustand, kurz bevor man die Augen öffnete und den Tag begann. Noch war ich nicht ganz wach. Noch war die Welt in Ordnung.

Ich drehte mich auf die Seite und landete mit meiner Wange auf nackter Haut. Schlaftrunken kuschelte ich mich an Logan. Er schlang einen Arm um mich, regte sich aber ansonsten nicht. Vermutlich befand er sich in demselben Delirium, in dem alles warm, weich und wunderbar war. Je länger ich die Augen geschlossen hielt, desto später musste ich mich der Realität stellen. Die letzte Nacht war unglaublich gewesen und hatte mich noch nicht vollends entlassen. In Gedanken schwebte ich auf der Wolke aus Glück, die Logan und ich erschaffen hatten. In seinen Armen gab es keine Erinnerungen an die Vergangenheit oder Gedanken an die Zukunft.

Am liebsten würde ich ewig so liegen bleiben und den Rest der

Welt ohne mich weitermachen lassen. Dann müsste ich mir den Kopf nicht über die nächsten Wochen, meine Familie oder Logans Familie zerbrechen. Und erst recht nicht darüber, wie ich in New York mit einem gebrochenen Herzen weitermachen sollte, wenn ich das White Season verließ. Die Vorstellung, all das zu verdrängen, war verlockend. Ich kuschelte mich enger an Logan, was ihm ein tiefes Brummen entlockte.

»Guten Morgen«, murmelte er, und ich blinzelte. Der neue Tag zerrte an uns, und mit jeder Minute, die verstrich, schwand der Zauber der Nacht mehr.

»Morgen«, erwiderte ich und ließ zu, dass mich helles Tageslicht traf. Die Umrisse von Logans Zimmer wurden schärfer.

»Hast du gut geschlafen?« Logan strich mir eine Haarsträhne aus dem Gesicht und sah mich liebevoll an. Sofort kehrte die Wärme in mein Inneres zurück.

»Ziemlich fantastisch sogar.«

»Das freut mich.« Er drückte einen Kuss auf meine Stirn, und ich schmiegte mich enger an ihn.

Die nächsten Worte lagen bereits in der Luft, aber keiner von uns machte Anstalten, sie auszusprechen. Ich wusste, dass wir über letzte Nacht reden mussten. Über unseren Streit, meine Vorwürfe und seine verletzenden Worte. Über die Zukunft, die wir nicht hatten, und über meine Angst, dass er mir das Herz brach, sobald ich dieses Bett verließ. Aber ich wollte nicht. Jahrelang hatte ich mich vor genau solchen Gesprächen gedrückt, hatte niemanden nah genug an mich herangelassen, um überhaupt über meine Gefühle reden zu müssen. Plötzlich jemanden zu haben, den ich unter keinen Umständen verlieren wollte, war neu. Ich wusste nicht, was ich tun sollte, wie ich mich vor dem Schmerz schützen konnte, der unweigerlich auf das Glück folgen würde.

»Abby …« Logan strich mit einem Finger über meine Stirn, die ich unbewusst gerunzelt hatte. »Du machst dir Sorgen.«

»Nein«, widersprach ich. »Zumindest will ich das nicht. Ich will einfach hier liegen und nichts denken. Am liebsten für immer.«

»Da wäre ich dabei«, erwiderte er schmunzelnd. »Wir bräuchten nur jemanden, der uns zwischendurch mit Essen versorgt.«

»Dafür gibt es ja Lieferdienste«, warf ich ein.

Logan lachte. »Ich sehe schon, du hast das bereits alles durchgedacht. Und Jill übernimmt dann einfach deinen Part bei den Dreharbeiten?«

»Na ja …« Der Gedanke an den Filmdreh holte mich kurzzeitig aus unseren Tagträumen. Ich unterdrückte den Impuls, nach meinem Handy zu tasten. War ich bereits spät dran?

»Du würdest es vermutlich keine Sekunde hier aushalten, wenn du wüsstest, dass du am Set gebraucht wirst.«

»Vermutlich nicht«, gab ich zu.

»Diesen Ehrgeiz hab ich von Anfang an bewundert.« Logan strich beiläufig mit seiner Hand über meinen Bauch, was mich schaudern ließ.

»Ach ja?«

»Allerdings. Wobei dieser Ehrgeiz es auch ist, der uns im Weg stehen könnte.« Er beugte sich zu mir herüber, um mich zu küssen, doch ich wich zurück.

»Was meinst du damit?«, fragte ich leise. Ich wusste, dass die sorgenlose Blase, in der wir schwebten, kurz vor dem Platzen war.

Mir war schon früher von Kerlen, die ich gedatet hatte, vorgeworfen worden, dass mir meine Karriere zu wichtig sei. Dass ich mich mehr um die Beziehung kümmern sollte als um meine Zukunft. Logan konnte es nicht wissen, doch mit seinen Worten traf er einen wunden Punkt. Die Sache mit der Distanz und unseren unterschiedlichen Lebensvorstellungen stand noch immer zwischen uns. Ich hatte sie in den letzten Stunden nur verdrängt.

»Na ja, nach letzter Nacht wünsche ich mir nichts mehr, als dass wir das mit uns irgendwie hinkriegen«, sagte Logan.

»Aber?«, fragte ich, denn der Ausdruck in seinem Gesicht zeugte von einem kommenden Aber.

»Aber ich weiß noch immer nicht, wie das klappen soll. Du hast dein Leben in New York, strebst eine große Karriere an, bei der die Arbeit an erster Stelle steht …«

»Und so bist du nicht«, ergänzte ich seinen Satz.

Er schüttelte den Kopf. »Nicht wirklich, nein.« Ernst sah er mich an, und ich spürte, wie die Spannung im Raum sich veränderte.

Dort, wo eben noch Leichtigkeit gewesen war, lag nun eine Schwere in der Luft, die sich auf meine Brust legte. Ich wollte die zweifelnden Gedanken nicht zulassen, wollte den schönen Moment nicht kaputt machen, doch die Realität war schneller.

Ich setzte zu einer Antwort an, die vermutlich alles nur schlimmer machen würde, als plötzlich die Tür mit einem heftigen Ruck aufgestoßen wurde.

»Logan, ich brauche sofort deine Hilfe … Oh.« Annie Edwards blieb mitten im Zimmer stehen und starrte mich mit großen Augen an.

Reflexartig setzte ich mich auf und zog die Decke bis zum Kinn hoch. Mein Herz klopfte wie verrückt, diesmal jedoch aus ganz anderen Gründen als in den letzten Stunden.

»Shit«, fluchte Logan. »Was ist denn los?«

»Ich ... also ... die Zwillinge ...« Annie räusperte sich und wandte sich von uns ab.

Logan nutzte die Chance und schlüpfte in Rekordgeschwindigkeit in seine Hose. Ich hingegen blieb weiterhin wie erstarrt im Bett sitzen und wartete auf das Erdloch, in dem ich verschwinden konnte.

»Draußen zieht ein Sturm auf«, erklärte Annie mit dem Rücken zu uns. »Die Zwillinge sind zu Fuß zur Schule gelaufen, und ich mache mir Sorgen. Dein Vater ist bereits drüben in der Küche und kann da nicht weg, aber vielleicht könnten wir beide rausgehen und nach ihnen schauen?« Ihre Stimme klang nun wieder gewohnt fest. Offenbar hatte sie ihre Fassung zurück – was ich von mir nicht behaupten konnte.

»Alles klar. Ich mache mich sofort auf den Weg.« Logan warf einen schnellen Blick zum Fenster.

Dunkle Wolken türmten sich am Himmel auf, und erst jetzt bemerkte ich das laute Pfeifen des Windes. Waren Stürme in den Bergen gefährlicher als in der Stadt? Annies und Logans Reaktion zufolge, ja.

»Danke«, sagte Annie und verließ hastig das Zimmer.

»Bis später.« Logan sah mich entschuldigend an und eilte seiner Mutter hinterher.

Seufzend sank ich zurück in das Kissen. Shit. So hätte das ganz bestimmt nicht laufen sollen. Wir waren schließlich endlich dabei gewesen, über uns zu sprechen. Andererseits verstand ich seine Sorge. Die Zwillinge in Sicherheit zu bringen, stand jetzt an erster Stelle.

Ich hoffte nur, dass sie noch nicht mitten im Sturm steckten. Nachdem ich mich gesammelt hatte, stand ich auf. Ich musste mich auf die nächsten Schritte konzentrieren. Klamotten suchen. Anziehen. Zur Arbeit gehen.

»Wir drehen heute im dritten Stock«, ließ Jill mich wissen, kaum dass ich unser Zimmer betreten hatte.

Ich nickte nur, bevor ich mich in Windeseile richtete, meine Zähne putzte und ein dezentes Make-up auflegte.

»Lange Nacht gehabt?« Jill musterte mich schmunzelnd von oben bis unten, als ich aus dem Bad kam.

»So in der Art«, murmelte ich und konnte mir ein Grinsen nicht verkneifen.

Sobald ich an Logan dachte, verschwand der Anflug von Glücksgefühlen jedoch wieder. Seine Worte hatten sich in meinem Kopf festgesetzt, denn die Zweifel darin waren überdeutlich gewesen. Unsere Leben passten nicht zusammen, und wenn wir ehrlich waren, glaubte keiner von uns daran, dass eine Fernbeziehung wirklich funktionieren konnte.

Wir hätten Zeit gebraucht, um über das zwischen uns zu reden. Aber Zeit schien etwas zu sein, das uns nicht vergönnt war.

Jill stieß einen leisen Pfiff aus. »Ich will alles wissen.«

»Später, ja? Jetzt sollten wir lieber herausfinden, was es heute zu tun gibt.« Wenn ich erst einmal anfing, über die letzten Stunden zu reden, würde ich den Gefühlen nicht mehr ausweichen können. Und mich mitten im Hotel in ein heulendes Häufchen Elend zu verwandeln, war das Letzte, was ich wollte.

Wir gingen gerade die Treppe nach oben in den dritten Stock, als uns Daxton mit seiner Jacke in der Hand entgegenkam. »Ist es wahr?« Mit undurchdringbarer Miene sah er mich an. »Sind die Zwillinge in Gefahr?«

»Ich weiß es nicht«, sagte ich. »Annie und Logan schauen nach ihnen. Sie sind scheinbar zu Fuß zur Schule.«

»Verdammt«, fluchte Daxton und sprang die Stufen nach unten.

»Wo willst du hin?«, rief Jill ihm hinterher, doch er beachtete sie nicht.

Besorgt folgte ich ihm. Offenbar hatte ich die Sache mit dem Sturm doch falsch eingeschätzt. Sorge breitete sich in mir aus, und mir wurde schlagartig schlecht. Wenn den Zwilling etwas passierte … Ich wollte den Gedanken nicht einmal zu Ende denken.

Am Eingang musste ich feststellen, dass sich die Lage in den letzten Minuten tatsächlich verschlimmert hatte. Wo sich vorhin ein paar dunkle Wolken aufgebaut hatten, war der Himmel jetzt eine schwarzgraue Wand. Shit. Das sah nicht gut aus.

»Was machst du denn da?« Jills Stimme riss mich aus meiner Starre. Sie eilte Daxton hinterher, der sich bereits seine Jacke übergezogen hatte und hinaus in den Sturm lief. »Die anderen suchen doch schon! Du bringst dich nur unnötig in Gefahr.«

Daxton warf ihr einen entschuldigenden Blick zu, bevor er sich wieder umdrehte und weiter in Richtung Straße rannte.

»Dieser Idiot«, schimpfte Jill und blieb stehen.

Ich stellte mich zu ihr, wobei uns eine Windbö kalt entgegenschlug und uns beinahe von den Füßen riss. Der Sturm schien mit jeder Sekunde stärker zu werden. Äste und Blätter wirbelten über den Parkplatz, und als ich den Kopf in den Nacken legte, erschauderte ich. Naturgewalten hatten mich schon immer beeindruckt. Sie waren beängstigend und faszinierend zugleich, auch wenn heute die Angst überwog.

»Jetzt fängt es auch noch an zu schneien«, stieß Jill stöhnend hervor und rieb sich über die Arme. »Sollen wir jemanden informieren? Mister Edwards weiß ja sicher Bescheid, aber es muss doch auch so was wie einen Rettungsdienst oder eine Bergwache geben, die die Zwillinge mit dem Auto aufgabeln kann. Dass hier sämtliche Mitglieder der Familie durchs Schneegestöber rennen, scheint mir jedenfalls nicht sonderlich klug.«

Da konnte ich ihr nur recht geben. Durch die Schneeflocken, die in Sekundenschnelle immer dichter fielen, konnte ich höchstens zwei Meter weit sehen. Dort, wo Daxton eben noch verschwunden war, tobte inzwischen ein Schneesturm, wie ich ihn nur aus Filmen kannte.

»Okay, lass uns zu Matthew gehen. Er wird wissen, was zu tun ist, hier draußen erfrieren wir ohne Mäntel sonst noch«, sagte ich zu Jill.

Erleichtert nickte sie und wandte sich von dem Sturm ab. Wir durchquerten die Eingangshalle, die heute komplett verlassen dalag. Selbst die Empfangsdame saß nicht an ihrem üblichen Platz hinter der Theke.

Gerade als wir die Treppe ansteuerten, passierte es. Ein Knacken ertönte, und im nächsten Moment erloschen alle Lampen. Jill stieß einen Schrei aus, während ich wie erstarrt stehen blieb. Nur noch schwach sickerte das Licht von draußen durch die Fenster. Das war nicht gut.

»Was war das?«, wisperte ich.

»Ich schätze, wir haben einen Stromausfall.«

Stöhnend kniff ich die Augen zusammen. »Das hat uns gerade noch gefehlt.«

Kurz darauf leuchtete Jills Handy auf. »Natürlich – kein Netz. Wüsste ich es nicht besser, würde ich sagen, wir befinden uns mitten in einem Horrorfilm. Schneesturm, tote Leitungen, Stromausfall ...«

Ich fröstelte. Jills Worte hinterließen einen Schauder der unangenehmen Art. »Und jetzt?«, fragte ich leise.

»Keine Ahnung. Wir könnten immer noch Matthew suchen. Oder wir warten hier, bis wir Genaueres wissen. Drehen können wir jetzt sowieso nicht. Vor allem, da Daxton sich gerade durch den Schneesturm kämpft.«

»Und Logan.« Die Angst legte sich wie eine eiskalte Faust um mein Herz. O Gott, Logan war da draußen. Ich rang nach Atem, zwang mich, der Panik nicht nachzugeben.

»Lass uns erst zu Jennifer gehen und ihr Bescheid geben«, sagte ich. »Danach können wir immer noch im Empfangsbereich warten. Sie werden die Zwillinge bestimmt finden und hierher zurückkommen. Sie müssen.« Meine Stimme zitterte, doch Jill hakte sich entschlossen bei mir unter.

»So machen wir es.«

Schweigend stiegen wir die Treppen nach oben in den dritten Stock. Bei jedem Geräusch zuckte ich zusammen und sah mich panisch um. Einige Gäste waren aus ihren Zimmern gekommen und riefen nach dem Personal, das gerade damit beschäftigt war, Kerzen zu verteilen und beruhigend auf die Leute einzureden. All das nahm ich nur aus dem Augenwinkel wahr. Mein Herz schlug unnatürlich schnell, und die Angst um Logan und seine Familie wuchs mit jedem Atemzug.

Vor wenigen Stunden noch hatte ich in seinen Armen gelegen. Die Welt war in Ordnung gewesen. Ein Ort, an dem ich tatsächlich glücklich sein konnte. Und jetzt? Wieder einmal drohten die Dinge schrecklich schiefzugehen. Ich schnappte nach Luft. Einen Fuß vor den anderen, sagte ich mir und betrat die nächste Treppenstufe. Doch die Panik ließ sich nicht verdrängen. Sie setzte sich in mir fest, hielt mich gepackt und begleitete mich bei jedem Schritt.

In meinem Kopf tauchten Bilder von Daxton und Logan auf, die durch den Sturm irrten. Die vom Weg abkamen und einen Absturz riskierten. Ich sah die Zwillinge, verfroren und ängstlich. Es waren Bilder des Grauens, die mich mit Sicherheit noch lange verfolgen würde. Und ganz gleich, wie sehr ich versuchte, sie abzuschütteln, sie blieben.

»Alles wird gut«, flüsterte Jill.

Ich nickte und wünschte mir, ich könnte ihr glauben.

30. KAPITEL

Logan

»Daisy! Zoey!« Meine Stimme war heiser vom Rufen, doch ich hörte nicht damit auf. Ich würde nie damit aufhören.

Die Sicht vor meinen Augen verschwamm, und ich blieb schwer atmend stehen.

Aus den dunklen Wolken war ein heftiger Schneesturm geworden. Dichte Flocken peitschten durch die Luft und machten es unmöglich, etwas zu sehen. Die Straße unter meinen Füßen war der einzige Halt, den ich noch hatte. Ich wusste, wie gefährlich es war, bei diesem Wetter draußen zu sein. Ein falscher Schritt reichte, um sich in ernsthafte Gefahr zu bringen. Daisy und Zoey wussten das ebenfalls. Der Gedanke tröstete mich und bewahrte mich davor, den Verstand zu verlieren. Ich hatte es nie verstanden, wenn Mom sagte, sie sei krank vor Sorge um uns. Jetzt begriff ich, was sie meinte.

Ein schwerer Druck lag auf meinem Magen, und Tausend Gedanken schossen gleichzeitig durch meinen Kopf, doch ich ließ nur einen davon zu. Ich musste meine Schwestern finden.

»Daisy«, rief ich erneut. »Zoey! Wo seid ihr?«

Keine Antwort. Nur der Wind heulte laut, als wollte er mich verhöhnen.

Mom hatte ich nach wenigen Metern wieder zurück ins Haus geschickt, für den Fall, dass die Zwillinge dort auftauchten. Es nutzte nichts, sie ebenfalls im Schneegestöber zu verlieren.

Ich kämpfte mich weiter, stemmte mich gegen den Wind, der mir kalt um die Ohren pfiff. Meine Zehen spürte ich schon seit einer Weile nicht mehr, aber es kümmerte mich nicht. Wichtig war nur, dass ich Daisy und Zoey fand.

Der Weg vom Hotel ins Dorf war nicht weit, doch es gab keine Häuser am Straßenrand, die einen Unterschlupf bieten könnten, falls das Wetter einen plötzlich überraschte. Nur die Schutzhütte auf halber Strecke war ein Anlaufpunkt, den die beiden hoffentlich genutzt hatten.

»Haltet durch«, schrie ich und fragte mich, wie lange meine Stimme noch mitmachen würde. Wie lange mein Körper sich durch die eisige Kälte kämpfen konnte, bevor er aufgab.

Unbeirrt lief ich weiter, in geduckter Haltung und mit eiskalten Fingern. Inzwischen befand ich mich mitten im Sturm. Der Wind zerrte an meinen Kleidern und machte jeden Schritt zu einer Qual. Fluchend richtete ich mich auf und blendete den Gedanken daran aus, dass die beiden sich womöglich immer noch hier draußen befanden. Sie mussten es in die Schutzhütte geschafft haben. Eine andere Möglichkeit gab es nicht. Mühsam setzte ich einen Fuß vor den anderen. Ging weiter die Straße entlang.

Lass ihnen nichts passiert sein. Bitte. Wie ein Mantra wiederholte ich die stumme Bitte, wobei ich nicht wusste, zu wem ich sprach. Falls es einen Gott gab, konnte ich seine Hilfe jetzt jedenfalls dringend gebrauchen.

Ich wischte mir mit der Hand über das Gesicht und blinzelte angestrengt. Versuchte, in dem Sturm etwas zu erkennen. Doch alles, was ich sah, waren Schneeflocken. Ich hatte Schnee selten so gehasst wie in diesem Moment. Das verfluchte Weiß würde mich noch in den Wahnsinn treiben.

»Zoey«, rief ich erneut und lauschte. Doch wie erwartet kam keine Antwort.

Ich schleppte mich weiter. Angst machte sich in mir breit, füllte jeden Winkel meines Körpers aus, aber ich gab nicht auf. Der Rest der Welt rückte in den Hintergrund. Sämtliche Sorgen und Zweifel erschienen mir schlagartig unbedeutend. Wenn Daisy und Zoey etwas zustieß, spielte alles andere sowieso keine Rolle mehr. Wie viele Stunden hatte ich mit mir gehadert? Mich gefragt, ob ich nicht doch Kunst studieren und die Berge verlassen sollte. Ich hatte mir Gedanken um Abby gemacht, mir Tausend Gründe zurechtgelegt, warum ich mich nicht auf sie einlassen durfte. Dabei war nichts davon wirklich wichtig gewesen. Ich wünschte nur, es hätte nicht eine Katastrophe gebraucht, um das zu begreifen.

»Hallo?«

Ruckartig blieb ich stehen und schaute mich um. Niemand war zu sehen. Hatte ich mir die Stimme nur eingebildet? Fing ich schon an, zu halluzinieren?

»Ist da wer?«, schrie ich.

»Hallo!« Es war nicht viel mehr als ein leises Rufen, aber es war da.

Mein Herz machte einen Sprung, und ich lief in die Richtung, aus der die Stimme erklungen war. »Ich komme.«

Hoffnung machte sich in mir breit. Sie gab mir noch mal Kraft, was ich dringend brauchte. Meine Füße waren kurz davor, ihren Dienst zu versagen, doch ich trieb sie weiter an. Ich durfte nicht aufgeben. Nicht jetzt.

Daxton

Mir war eiskalt. Meine Finger spürte ich schon seit einer Weile nicht mehr, und lediglich das Pochen in meinem verletzten Fuß erinnerte mich daran, dass ich Beine hatte. Das und die zwei Körper, die sich an mich pressten, als könnte ich sie vor der ganzen Welt beschützen. Als wäre ich ihr Rettungsanker, der einzige Halt, der ihnen geblieben war.

Ich schlang meine Arme enger um sie, versuchte, ihnen den letzten Rest Wärme zu geben, den ich besaß. Doch es war nichts mehr übrig. Meine Zähne klapperten, und ein Blick in Daisys und Zoeys Gesicht reichte aus, um zu sehen, wie ernst die Lage war. Ihre Lippen waren bereits blau angelaufen, und ihre Körper bebten.

Der Gedanke, dass wir möglicherweise sterben würden, war mir in den letzten Minuten mehr als einmal gekommen.

Ich hatte die beiden vorhin am Straßenrand gefunden. Eng aneinandergeklammert und mit weit aufgerissenen Augen. Sie hatten etwas von einer Schutzhütte gemurmelt, und da sie so sehr gezittert hatten und kaum noch laufen konnten, hatte ich sie kurzerhand hochgehoben. Es hatte mich alle Kraft gekostet, mehr als ich je für möglich gehalten hatte. Doch wir waren ohnehin nicht weit gekommen. An einer holprigen Stelle war ich gestolpert und umgeknickt. Seither pochte mein Fuß wie verrückt. An Weiterlaufen war nicht mehr zu denken. Ein paar Meter hatte ich es noch versucht, aber dann hatten meine Kräfte nachgelassen und wir waren am Straßenrand stehen geblieben. Sich hinzusetzen, war bei der Kälte gefährlich. Es lud zu schnell dazu ein, die Augen zu schließen. Und das durften wir jetzt auf keinen Fall tun.

»Wir schaffen das«, flüsterte ich. »Jemand wird uns helfen.«

Sie hörten mich vermutlich nicht einmal, aber tröstende Worte waren alles, was uns noch blieb. Ich senkte den Kopf und hielt die beiden Mädchen fest. Sie waren doch gerade erst in mein Leben getreten. Ich durfte sie nicht verlieren. Der Gedanke lief in Endlosschleife durch meinen Kopf. Ich durfte sie nicht verlieren. Nicht, bevor ich nicht wusste, ob ich ihnen eines Tages ein richtiger Bruder sein konnte. So fremd sich das Wort jetzt auch noch anfühlte, die Vorstellung, irgendwann ein Teil der Familie zu sein, jemand, zu dem Daisy und Zoey aufsahen, erfüllte mich mit Hoffnung.

»Wir stehen das durch.« Ich drückte sie noch enger an mich. Daisys Augenlider flatterten, und ihre Beine gaben nach. »Nein«, rief ich und zog sie wieder nach oben. Schnell schob ich einen Arm unter ihren und hielt sie fest. »Bleib bei mir, hörst du? Du darfst die Augen nicht zumachen. Sieh mich an.«

Müde hob sie den Kopf, kämpfte tapfer gegen die Erschöpfung an. »So ist gut«, murmelte ich. »Haltet durch.«

Mit letzter Kraft erhob ich meine Stimme. »Hallo?«, rief ich. Ein

Akt der Verzweiflung, doch Aufgeben war keine Option. Ich verlagerte mein Gewicht auf das gesunde Bein und nahm Daisy auf meinen Arm. »Hallo«, rief ich noch einmal.

»Ist da wer?« Ein dunkler Schemen schälte sich aus dem undurchdringbaren Weiß.

Ich blinzelte. Konnte das möglich sein?

Als die Gestalt näher kam, hätte ich vor Erleichterung beinahe geweint. Es war jemand da. Wir bekamen Hilfe. Zoey griff nach meiner Hand, und ich drückte sie, so gut es mit meinen tauben Fingern ging.

»Oh, Gott sei Dank!« Die Stimme kam mir bekannt vor.

Ich kniff die Augen zusammen, und die Umrisse der Gestalt wurden schärfer. »Logan?«, keuchte ich.

Er stürzte auf uns zu, hob Zoey hoch und presste sie an sich. »Ihr seid am Leben. Gott sei Dank.« Sein Körper zitterte ebenso stark wie meiner.

Als unsere Blicke sich trafen, las ich Dankbarkeit und Erleichterung in seinen Augen. Ein Ausdruck, der mit Sicherheit auch in meinem Gesicht lag.

»Wir müssen es zu der Hütte schaffen«, sagte er. »Es dürfte nicht mehr weit sein. Kannst du Daisy tragen?«

Ich nickte mit zusammengebissenen Zähnen. Den Schmerz in meinem Fuß ignorierte ich. Ein paar Schritte noch, dann durfte ich zusammenbrechen. Zuerst aber mussten wir die Hütte erreichen.

Daisys Körper in meinen Armen wurde schlaff, und ich beeilte mich, hinter Logan durch den Schnee zu stapfen. Den eisigen Wind ignorierte ich. Er riss an meinen Kleidern, peitschte mir Schneeflocken ins Gesicht, doch er kriegte mich nicht klein. Nicht, solange

Daisy mich brauchte. Ich konzentrierte mich ganz auf ihr Gewicht, auf ihren Atem, der flach und abgehackt ging. Jetzt zählte jede Sekunde. Als hätte Logan meinen Gedanken gehört, beschleunigte er das Tempo. Wir kämpften uns durch den Schnee, widersetzten uns mit jedem Schritt dem Sturm, der sich uns mit voller Wucht entgegenstellte.

Nach einer gefühlten Ewigkeit tauchten die Umrisse einer Hütte vor uns auf. Mit letzter Kraft schleppte ich mich darauf zu. Inzwischen spürte ich kaum noch etwas. Weder die Kälte noch das schmerzhafte Pochen meines Fußes.

Logan riss die Tür auf, und ich stolperte hinein. Kaum hatte ich Daisy auf dem Boden abgesetzt, versagten meine Beine ihren Dienst. Ich fiel auf die Knie, unfähig, mich noch länger aufrecht zu halten.

»Ihr braucht Decken.« Logan lief zu einer der Holzbänke, die unter dem Fenster der Hütte standen. Er löste einen Mechanismus unter der Bank und klappte sie nach oben. Dann holte er einen Stapel Decken hervor.

Ich versuchte, etwas zu sagen, brachte jedoch lediglich ein Krächzen über die Lippen. Mein ganzer Körper zitterte.

Daisy und Zoey hatten sich eng aneinandergedrängt, wobei Daisys Augenlider erneut flatterten. Keine Sekunde später war Logan bei ihnen. Er hüllte sie in Decken, zog ihnen die Schuhe aus und knetete in routinierten Bewegungen ihre Füße.

»Alles wird gut«, sagte er immer wieder. »Alles wird gut.«

Ich richtete mich ein Stück auf, was sich sofort rächte. Schwarze Flecken tanzten vor meinen Augen, und ich sank gegen die Wand hinter mir.

»Shit«, hörte ich Logan fluchen.

Im nächsten Moment hatte auch ich eine Decke. Logan breitete sie über mir aus, als wäre ich ein kleines Kind, doch ich beschwerte mich nicht. Reglos saß ich da. Jetzt, wo wir in Sicherheit waren, fiel die Anspannung von mir ab. Die Kälte zog sich zurück, und erst jetzt spürte ich, wie sehr mein Körper schmerzte. Jeder Muskel tat weh. Ich war an meine Grenzen gegangen, und vermutlich hätte nicht mehr viel gefehlt, dass ich sie überschritten hätte. Doch wir hatten es geschafft.

Ich schaute zu den Zwillingen, die immer noch am ganzen Leib zitterten. Ihr schneller Atem war das schönste Geräusch, das ich je gehört hatte. Tränen schossen mir in die Augen, und eine plötzliche Enge schnürte mir den Hals zu. Wie knapp war es tatsächlich gewesen?

»Danke«, sagte Logan.

Als ich mich zu ihm umdrehte, merkte ich erst, wie unendlich müde er aussah. Der Schock stand ihm noch immer ins Gesicht geschrieben. Er war in den letzten Minuten vermutlich ebenfalls durch die Hölle gegangen.

Ich nickte bloß, er verstand mich auch so. »Was machen wir jetzt?«, fragte ich heiser.

»Warten. Ich habe einen Notruf abgesetzt.« Er deutete auf einen kleinen Knopf an der Wand auf der anderen Seite der Hütte. Er musste ihn betätigt haben, als er die Decken geholt hatte.

»Das ist gut«, murmelte ich und sank erneut gegen die Wand hinter mir.

Mein Fuß pochte, und ein unangenehmes Kribbeln setzte in meinem Körper ein, der mit jeder Minute weiter auftaute. Doch der

Schmerz kam nicht gegen das unendliche Glück an, das ich empfand, wenn ich Daisy und Zoey betrachtete.

In den letzten Jahren hatte ich keine Familie mehr gehabt. Niemanden, den ich beschützen musste. Niemanden, zu dem ich gehörte. Ich war in das White Season gekommen, um einen Blick auf den Menschen zu werfen, der mich gezeugt hatte. Der nie mein Vater gewesen war. Allerdings hätte ich nicht damit gerechnet, hier eine Familie zu finden, zu der ich eines Tages vielleicht gehören könnte. Ich war überzeugt gewesen, bestens alleine zurechtzukommen. Niemanden zu brauchen. Doch wenn ich mich jetzt umsah und in die Augen der anderen blickte, begriff ich, dass ich mich nicht mehr hätte irren können. Ich brauchte Menschen, zu denen ich gehörte. Bei denen ich einen Platz hatte. Und vielleicht konnten die Edwards eines Tages genau das für mich sein.

Drei Stunden später waren wir alle im selben Krankenhauszimmer. Daisy, Zoey, Logan und ich. Ein blütenweißer Verband lag um meinen Fuß, der zum Glück nicht gebrochen war, sondern nur verstaucht. Nichts, was man nicht mit entsprechenden Salben und viel Ruhe wieder kurieren konnte.

Erleichtert betrachtete ich die Zwillinge, die zwar eine ziemlich starke Unterkühlung hatten, aber laut Arzt bald wieder fit sein würden. Sie waren umgehend von ihren nassen Klamotten befreit und in warme Decken gehüllt worden, und wenig später waren auch schon Annie und Matthew ins Krankenhaus gekommen. Seitdem wichen sie den Mädchen nicht mehr von der Seite.

Mein Blick huschte zu Logan, der auf einem Bett einige Meter neben mir saß. Er trug eine Decke um die Schultern und sah mich mit unergründlicher Miene an. Im Grunde hatten wir unser Leben ihm zu verdanken. Hätte er uns nicht gefunden, wer weiß, was dann passiert wäre.

»Ist gerade noch mal gut gegangen, nicht wahr?«, sagte ich zu ihm. »Wenn du nicht gewesen wärst …« Den Rest ließ ich unausgesprochen, er verstand auch so.

Er nickte zögernd. Ihm war anzusehen, dass er mit sich rang. »Wir haben das zusammen geschafft. Ich habe es vorhin schon gesagt … danke, dass du ihnen zu Hilfe geeilt bist. Das war alles andere als selbstverständlich.«

Ich öffnete den Mund, doch es kamen keine Worte heraus. Der Schock der letzten Stunden saß noch immer in meinen Knochen. Trotzdem rang ich mich zu einem dankbaren Nicken durch. Es lag noch ein weiter Weg vor uns, bis wir keine Fremden mehr füreinander waren. Aber der Anfang war gemacht.

»Ja, vielen Dank dir.« Annie richtete sich auf und sah mich quer durch den Raum an. »Du hast Zoey und Daisy gerettet. Ohne dich und Logan wären wir jetzt alle nicht hier.« Sie kam auf mich zu und griff nach meiner Hand.

Die Geste erwischte mich kalt, und ich musste gegen die Tränen anblinzeln, die erneut in meine Augen traten.

»Ich weiß, dass die letzten Tage für dich nicht leicht waren«, fuhr sie fort. »Für niemanden von uns. Aber wenn die letzten Stunden eines gezeigt haben, dann, dass wir zusammenhalten müssen.« Sie lächelte mich warm an, und mein Herz zog sich zusammen.

Reflexartig sah ich an ihr vorbei zu Matthew.

»Danke«, sagte er leise, während er langsam auf uns zukam und dann neben meinem Bett stehen blieb. »Was du getan hast, werden wir dir nie vergessen. Und es würde mich freuen …« Er holte tief Luft. »Es würde mich freuen, wenn du Weihnachten mit uns verbringst.«

In seinem Blick lagen Tausend ungesagte Worte, aber ich verstand, dass das ein Anfang war. Ein erster Schritt auf mich zu.

»Danke«, brachte ich hervor und schluckte die verdammten Tränen hinunter. Ich würde jetzt ganz sicher nicht losheulen.

»Mom, wann kriegen wir den Pudding, den sie hier immer ausgeben?« Zoeys helle Stimme durchbrach die spannungsgeladene Luft.

Lachend drehte Annie sich zu ihrer Tochter um. Matthew lächelte ebenfalls, und die Sorgenfalte auf seiner Stirn verschwand. Das Eis war gebrochen.

Ich atmete erleichtert auf. Meine Welt war einmal komplett durchgerüttelt worden, und es würde eine Weile brauchen, das alles zu verarbeiten. Instinktiv wusste ich allerdings, dass die letzten Stunden unwiderruflich etwas verändert hatten. Ich würde sie nicht ungeschehen machen können. Ich wollte es nicht einmal. Die Aussicht, mit den Edwards die Feiertage zu verbringen, war beängstigend. Aber gleichzeitig auch schön.

»Du musst diesen Pudding probieren, Daxton«, rief Daisy kurze Zeit später.

Die Zwillinge hatten sich erstaunlich schnell von dem Schock erholt. Fast schon fröhlich saßen sie auf ihren Betten, aßen Pudding und lachten, als hätten sie nie in Lebensgefahr geschwebt.

»Ach ja?«, sagte ich. »Die weiße Farbe macht mich dann doch etwas skeptisch.«

»Quatsch. Der ist total lecker«, versicherte Zoey mir, stand auf und drückte mir einen Plastikbecher in die Hand.

»Na schön.« Lächelnd nahm ich das Ding entgegen.

»Das ging ja schnell«, sagte Logan plötzlich.

Fragend sah ich ihn an.

»Dass sie dich im Griff haben«, fügte er schmunzelnd hinzu. »Glaub mir, du wirst ihnen nie wieder etwas abschlagen können.«

»Damit kann ich leben.« Ich sah von Zoey zu Daisy, die genüsslich ihren Löffel abschleckte.

Und wie ich damit leben konnte.

31. KAPITEL

Abby

Im Hotel herrschte auch nach dem Sturm noch das reinste Chaos. Der Stromausfall hatte fast den ganzen Vormittag angedauert, und an eine Weiterführung der Dreharbeiten war heute nicht mehr zu denken. Jennifer hatte geflucht, wie ich sie nie zuvor hatte fluchen hören. Dass Daxton im Schnee verschwunden war, hatte die Sache nicht besser gemacht.

Voller Unruhe war ich in der Eingangshalle auf und ab gelaufen und hatte alle paar Minuten mein Handy gecheckt. Irgendwann war Annie, die die ganze Zeit im Hotel geholfen hatte, weil sie das Warten zu Hause nicht aushielt, zusammen mit Matthew auf uns zugekommen. Aufgewühlt und ziemlich durcheinander hatte Annie mir erzählt, dass die Zwillinge gefunden worden waren. Sie waren im Krankenhaus, zusammen mit Daxton und Logan. Es ging ihnen gut. Danach waren die beiden direkt aufgebrochen, und ich hatte ihnen mit gemischten Gefühlen hinterhergesehen.

Natürlich war ich froh, dass es allen gut ging, doch ich hatte nicht gewusst, wie schlimm sich Angst anfühlen konnte. Sämtliche Gedanken waren schlagartig ausgelöscht gewesen. Meine Nerven zum Zerreißen gespannt. Ich hatte unzählige Stoßgebete zum Himmel geschickt und gewartet. Es war schrecklich gewesen. Die Gewissheit, nichts tun zu können, hatte mich fast umgebracht. Ich hasste es, mich hilflos und ausgeliefert zu fühlen. Festzustecken und nicht zu wissen, was ich tun sollte. Mit der Nachricht, dass es allen gut ging, war die Angst zwar von mir abgefallen. Die Anspannung jedoch blieb.

»Jetzt ist alles in Ordnung, oder?« Jill trat neben mich. Sie war mir in den letzten Stunden kaum von der Seite gewichen, und es war ihr zu verdanken, dass ich nicht völlig die Nerven verloren hatte.

»Ich weiß es nicht.«

Mit der abebbenden Panik kehrten die Zweifel zurück. Das Gespräch mit Logan drängte sich zurück in meine Gedanken. Jetzt, wo die Zwillinge in Sicherheit waren und es allen gut ging, holte mich alles andere auch wieder ein.

Ich hatte mich in seinen Armen wohlgefühlt, und ich wünschte mir nichts mehr als eine gemeinsame Zukunft. Doch wenn ich dafür meine Träume aufgeben musste, war das ein Preis, den ich nicht zahlen konnte. Und Logan würde das auch nicht zulassen. Ich liebte New York. Das bunte Treiben, die Geschäftigkeit der Leute, die vielen Möglichkeiten. Wenn ich irgendwo meine Träume verwirklichen konnte, dann dort. Ich stand noch immer am Anfang, und es würden noch weitere Praktika und Jobs folgen. Weitere Dreharbeiten und Regieaufträge. Doch dafür konnte ich nicht jedes Wochenende in die Berge fliegen. Ich konnte nicht mit meinem Herz an einem Ort hängen, der meilenweit entfernt war. Das würde mich kaputt machen.

Plötzlich merkte ich, wie unendlich erschöpft ich mich fühlte. Ausgelaugt. Und nicht wie ich selbst.

»Vielleicht sollte ich abreisen«, hörte ich mich sagen.

Die Worte kamen über meine Lippen, ohne dass ich es beabsichtigt hätte. Mir war nicht einmal bewusst gewesen, dass ich sie im Kopf formuliert hatte. Dass das die einzige Option war, die der klar denkende Teil meines Gehirns sah.

»Was?« Entgeistert starrte Jill mich an. »Warum *das* denn?«

»Du kannst meine Aufgaben hier übernehmen«, sagte ich tonlos. »Jennifer wird das hoffentlich verstehen. Ich muss natürlich mit ihr reden, und das macht möglicherwiese mein gutes Zeugnis und alles, was mir an diesem Praktikum wichtig war, zunichte, aber ich glaube …« Ich verstummte, brauchte einen Moment, um mich zu sammeln. »Ich glaube, ich ertrage es nicht, mich in ein paar Wochen von Logan und den Edwards zu verabschieden. Wenn ich jetzt bleibe, werde ich mich nur noch mehr in diesen Ort verlieben. Und in ihn. Ich weiß nicht, ob mein Herz das aushält. Ob ich das aushalte. Meine Zukunft liegt nun mal in New York. Er hat es selbst gesagt … Ich habe noch so viele Pläne, und die passen nicht zu seinen. Es werden weitere Praktika folgen, aber ich kann nicht mein Herz verlieren. Ich kann nicht mich selbst verlieren.« Meine Stimme war mit jedem Wort leiser geworden.

»Oh, Abby.« Jill legte eine Hand auf meinen Arm. »Ihr wärt nicht die Ersten, die eine Fernbeziehung schaffen. Du liebst dieses Praktikum, und wenn du erst mal mit Logan redest, wird sich das bestimmt klären.«

Ich schluckte schwer. Der Kloß in meinem Hals wurde mit jeder Sekunde größer. »Das habe ich versucht, aber ich weiß einfach nicht mehr, wie wir eine Lösung finden sollen. Ihm ist die Familie zu wichtig, und ich will auch nicht, dass er meinetwegen alles hier aufgibt. Vielleicht ist es besser und einfacher für uns beide, wenn ich gehe. Wenn ich es ihm erspare, sich verabschieden zu müssen.«

Ich konnte es nicht erklären, doch die Vorstellung, hier auf seine Rückkehr zu warten, erdrückte mich. Wir würden reden und uns wahrscheinlich sagen, dass wir eine schöne Zeit hatten. Dass wir unter anderen Umständen sicher glücklich wären. Zusammen. Ich würde wieder an Mom denken, die sich mit Liebeskummer besser auskannte als sonst jemand, und daran, dass ich mir geschworen hatte, mir nicht noch mal von einem Kerl das Herz brechen zu lassen. Es würde Tränen geben, und der Schmerz, der mich in den letzten Stunden fast um den Verstand gebracht hatte, würde zurückkehren. Es würde mich innerlich zerreißen. Und das konnte ich nicht zulassen.

Ich hatte immer auf mich selbst aufgepasst. Hatte mich ermahnt, nicht zu schnell zu viel zu fühlen. Weil ich tief in mir drin gewusst hatte, wie sehr es mich zerstören würde.

Ohne eine Antwort abzuwarten, machte ich auf dem Absatz kehrt und floh in mein Zimmer. Ich hatte einen Koffer zu packen.

Das Hotelzimmer in Denver wirkte fremd und ungemütlich, die Einrichtung kalt und unpersönlich. Kein Vergleich zu den Räumen im White Season. Aber das spielte keine Rolle. Ich würde sowieso nur für eine Nacht bleiben und morgen früh den ersten Flug nach New York City nehmen.

Jill hatte mir schließlich doch noch beim Packen geholfen. Zwar nur widerstrebend, aber sie hatte letztlich eingesehen, dass sie mich von meinem Plan nicht würde abhalten können. Und noch bevor Logan und seine Familie aus dem Krankenhaus zurückgekehrt waren, war ich mit dem Taxi abgereist. Ich hatte kein einziges Mal zurückgeschaut. Zwar musste ich meine Fingernägel in die Handfläche rammen, um mich davon abzuhalten, doch ich hatte es geschafft. Der körperliche Schmerz hatte mich auch von der plötzlichen Traurigkeit abgelenkt, die mich in dem Moment regelrecht überflutet hatte. Sie war auch jetzt noch da – wie ein ungebetener Gast, der nicht wieder gehen wollte. Ich hoffte, dass die Zwillinge verstanden, warum ich nicht auf ihre Rückkehr gewartet hatte. Dass Logan und Daxton es verstanden. Ich liebte sie alle, doch jetzt musste ich mich selbst an erste Stelle stellen, um mein Herz zu schützen und nicht noch mehr verletzt zu werden. Zumindest redete ich mir ein, dass das der wahre Grund war.

Seufzend schaltete ich den Fernseher an, um die Stille zu übertönen, in der meine Gedanken viel zu laut waren. Jede Ablenkung war willkommen. Hauptsache, ich dachte nicht darüber nach, was ich getan hatte.

Mit Jennifer hatte ich vor der Abreise noch kurz gesprochen. Sie war natürlich enttäuscht gewesen, was ich auch verstehen konnte. Dennoch nagte es an mir.

»Du machst deinen Job hier sehr gut, und bist eine große Bereicherung für das Team. So eine Chance solltest du nicht einfach so wegwerfen«, hatte sie gesagt.

Ich wusste, dass sie recht hatte, doch ich war mit meinem Entschluss standhaft geblieben. Irgendetwas musste sie schließlich in meinem Gesicht gesehen haben, denn sie hatte verständnisvoll genickt.

»Wenn dein Herz dir sagt, dass du gehen musst, und du nicht in der Lage bist, die Dreharbeiten mit uns fortzuführen, halte ich dich natürlich nicht auf.« Das war mehr Verständnis, als ich erwartet hatte, und zeigte einmal mehr, was für ein großartiger Mensch Jennifer war. Mit einem Lächeln hatte sie mir noch alles Gute gewünscht und mir versprochen, dass das Zeugnis dennoch gut ausfallen würde.

Das Summen meines Handys riss mich aus meinen Gedanken, und ich warf einen schnellen Blick auf das Display. Logans Name leuchtete auf. Sofort zog mein Herz sich zusammen. Ich drehte das Handy mit dem Display nach unten auf die Decke und richtete meine Aufmerksamkeit zurück auf den Fernseher. Eine Folge von *Sex and the City* flimmerte über den Bildschirm. Sie hätte mich kaum weniger interessieren können, doch ich gab mir alle Mühe, die Dialoge zu verfolgen.

Nur nicht denken.

Oder fühlen.

Als das Vibrieren meines Handys verstummte, schaltete ich es schnell in den Flugmodus, bevor Logan erneut anrufen konnte. Es war besser so. Für uns beide. Wenn ich mir das oft genug sagte, glaubte ich es vielleicht irgendwann sogar.

Ich zwang mich, nicht an das Hotel oder die Dreharbeiten zu denken und stellte den Ton des Fernsehers lauter. Fest in die Decke gekuschelt, ließ ich mich von den Gesprächen im Fernseher berieseln, bis ich irgendwann weit nach Mitternacht endlich einschlief.

Am nächsten Tag klingelte der Wecker meines Handys noch vor Sonnenaufgang. Verschlafen und unendlich müde zog ich mich an und rief ein Taxi, das mich zum Flughafen brachte. Das Flugtickt hatte ich bereits auf dem Weg ins Hotel gebucht, wobei mir der Preis egal gewesen war. Spätestens in ein paar Tagen, wenn ich wieder klarer denken konnte, würde ich das vermutlich bereuen, aber im Moment wollte ich einfach nur weg von hier.

In mir hatte sich eine seltsame Leere breitgemacht, die mit jeder Minute größer wurde. Selbst die Traurigkeit war verschwunden.

Als ich wenig später den Flughafen betrat, haute mich die Menschenmenge im ersten Moment regelrecht um. Ich war es nicht mehr gewohnt, so viele Stimmen durcheinander zu hören. Auch die Anzeigentafel leuchtete mir fast schon grell entgegen, sodass ich die Augen zusammenkneifen musste, als ich nach meinem Flug suchte. Um mich herum umarmten und küssten sich Menschen. Tränen wurden vergossen und Abschiedsworte gemurmelt. Entschlossen blendete ich alles aus; ich wollte nichts hören oder sehen.

Nachdem ich mein Gepäck aufgegeben und eingecheckt hatte, ging ich mit schnellen Schritten zu meinem Terminal. Je weniger ich von meiner Umgebung mitbekam, desto besser. Ich musste nur den Flug überstehen und danach die Fahrt in mein Apartment. Sobald ich in meinem Zimmer war, würde ich bestimmt wieder durchatmen können. Und die Abby sein, die ich vor all dem gewesen war. Die das Leben anpackte und ihre Ziele verfolgte, ohne sich zu sehr von ihren Gefühlen leiten zu lassen. Augenblicklich stiegen Zweifel in mir auf, doch ich verdrängte sie, vergrub sie tief in mir. Dort, wo auch die Erinnerungen an Logans Stimme und seine Berührungen lag. Ich musste wieder in mein altes Leben finden. Weitermachen wie zuvor. Eine andere Option gab es nicht.

Nach einer gefühlten Ewigkeit wurde endlich mein Flug aufgerufen. Ich sprang auf und betrat als eine der Ersten das Flugzeug. Ein paar Ansagen später rollten wir los. Und hoben ab. Ich wurde tief in den Sitz gedrückt, während die Landschaft unter mir immer kleiner wurde. Mein Blick glitt zu den schneebedeckten Bergen, und der Schmerz kehrte zurück. Wie ein Inferno entzündete er sich in meinem Innern und fegte durch mich hindurch. Die Wucht, mit der er mich traf, ließ mich nach Luft schnappen. Meine Kehle fühlte sich auf einmal an wie zugeschnürt.

»Ist dir nicht gut, Liebes?« Die Frau neben mir musterte mich besorgt. Erst jetzt merkte ich, dass ich weinte.

»Nein, danke, alles gut«, murmelte ich.

Doch sie legte mir trotzdem eine Hand auf den Arm und strich sanft darüber, als könnte die Geste das Loch in meinem Innern füllen. Als könnte sie ungeschehen machen, dass mein Herz brach, obwohl ich es immer nur hatte beschützen wollen.

Unwillkürlich musste ich an Logan denken, stellte mir vor, wie er bei seiner Familie saß, überglücklich darüber, dass es ihnen gut ging. Und wie er sich gleichzeitig fragte, warum ich so überstürzt gegangen war. Wie mein Verschwinden einen Schatten auf die Erleichterung warf, dass alle unversehrt waren.

Was hatte ich nur getan?

Würde er mir irgendwann verzeihen können? Verstand er, dass ich um unser beider willen gegangen war? Um ihn vor einer weiteren Enttäuschung zu schützen. Vor weiterem Schmerz.

Ich konnte es nur hoffen. Denn ich hatte Logan nie wehtun wollen.

»Möchtest du einen Tee?« Die Frau neben mir gab nicht auf. Sie hatte mir bereits eine Packung Taschentücher auf den Schoß gelegt, die ich dankbar angenommen hatte.

Ich schüttelte erneut den Kopf, putzte die Nase und richtete mich etwas auf. Langsam versiegten die Tränen, und ich gewann die Fassung zurück. Nur der Schmerz in meinem Innern blieb.

»Ich brauche nichts, danke«, sagte ich. Nichts, außer mein altes unerschütterliches Herz zurück. Mein Leben, das nicht perfekt, aber gut gewesen war. Ohne Überraschungen, ohne Herzschmerz, ohne Schnee. Ohne Logan. Der Gedanke reichte aus, um mir die Tränen erneut in die Augen zu treiben.

Die Frau sah mich weiterhin besorgt an, zog jedoch ihre Hand zurück, als ich ihr tapfer zulächelte. Um mich abzulenken, griff ich nach meinen Kopfhörern. Vielleicht würde ja ein Film helfen.

Als wir nach knapp vier Stunden gegen Mittag in New York landeten, war ich überrascht, wie riesig die Stadt selbst aus der Luft wirkte. Ich wappnete mich innerlich gegen den Lärm und die Tausend Lichter, doch die Stadt überwältigte mich dennoch, als ich schließlich den Flughafen verließ. In meinem Apartment angekommen, fiel ich todmüde auf mein Bett. Ich war ausgelaugt wie nach einem zwanzigstündigen Dreh. Oder nach einem Marathon. Nicht dass ich je einen gelaufen wäre.

Mit letzter Kraft schlüpfte ich in eine Jogginghose und zog meinen Laptop aus der Tasche. Jetzt half nur ein Film, der mich von meinen Gedanken ablenkte. Ich entschied mich für die Disney-Version von *Rapunzel*, die mich jedes Mal zum Lachen brachte. Obwohl der Film die Stille durchbrach, spürte ich Bonnies Abwesenheit in jedem Winkel. Sie würde noch eine Weile auf Reisen sein, und es würde hart werden, ohne sie in der Wohnung zu sein.

Nachdem ich in den letzten Wochen pausenlos unter Menschen gewesen war, fühlte sich die plötzliche Einsamkeit erdrückend an. Doch ich würde mich daran gewöhnen. Ich brauchte nur etwas Zeit.

Die Wunden würden irgendwann heilen, da war ich mir sicher. Vor mir hatten schließlich schon unzählige Frauen ein gebrochenes Herz überwunden, und meins war ja noch nicht in Tausend Teile zersprungen wie das von Mom, als Dad gegangen war. Ich hatte rechtzeitig die Notbremse gezogen. Zumindest versuchte ich, mir das einzureden. Der Schmerz in meinem Innern sprach jedoch eine andere Sprache.

Ich rollte mich auf dem Bett zu einer Kugel zusammen und starrte auf den Bildschirm. Zwang mich, mich auf die Geschichte zu konzentrieren, wo Rapunzel gerade in ihrem Turm ihre Pfanne schwang, um sich vor Flynn Rider zu schützen. Von Rapunzels Unerschrockenheit konnte ich mir eine Scheibe abschneiden.

Ich würde das hier durchstehen. Ich musste.

Nach dem Film legte ich einen weiteren ein und danach noch einen. Dazwischen bestellte ich mir eine Pizza. Mein Handy brummte ein paarmal, doch ich ignorierte es, vermutlich waren es nur neue Nachrichten von Jill, Daxton, Logan und Bonnie. Aber damit würde ich mich später befassen.

Nach einer gefühlten Ewigkeit kickte endlich die Müdigkeit ein. Meine Augenlider wurden schwer, und ich stellte den Laptop aus. Ich brauchte die Filme nicht mehr als Ablenkung, der Schlaf würde das jetzt übernehmen. Er würde mich für ein paar Stunden den ganzen Mist vergessen lassen. Vor allem aber würde er mich vergessen lassen, wie sehr ich Logan und die Berge vermisste, obwohl es gerade mal zwei Tage her war, dass ich in seinen Armen eingeschlafen war.

Ich kuschelte mich in die Decke und schloss die Augen. Wenn es mir früher schlecht ging, hatte Mom mir eine heiße Schokolade gemacht und sich an mein Bett gesetzt. Mit sanfter Stimme hatte sie mir gesagt, dass die Welt morgen ein Stückchen besser und leichter aussehen würde. Eine Lüge, an der wir uns beide festgehalten hatten. Immer wieder. Und auch jetzt hielt ich mich an Moms Worten fest, hoffte, dass sie recht behalten würde. Dass die Welt morgen wie durch ein Wunder tatsächlich besser aussehen würde.

32. KAPITEL

Logan

Sie ist weg.

Jills Worte liefen in Endlosschleife in meinem Kopf ab. Trotzdem verstand ich sie nicht.

Abby konnte nicht weg sein. Sie durfte nicht in dem Moment beschlossen haben zu gehen, in dem ich verstanden hatte, wie viel sie mir bedeutete. Und wie recht sie mit allem gehabt hatte.

Ich hatte meine Träume zu oft hintangestellt und das Glück meiner Familie an erste Stelle gesetzt. Als ich sie alle im Krankenhaus versammelt gesehen hatte, war mir klar geworden, dass ich etwas ändern musste. Das Leben war zu kurz, um Mails mit Hotelbuchungen abzuarbeiten und im Hotel nach dem Rechten zu sehen, anstatt Kunst zu studieren und meinem Traum zu folgen. Voller Energie war ich aufgebrochen, um im White Season direkt Abby zu suchen und ihr genau das zu sagen.

Und dann hatte statt ihr nur Jill auf mich gewartet.

Sie ist weg. Das Bedauern in ihrer Stimme hatte alles nur noch schlimmer gemacht. Ich verstand nicht, wie sie Abby hatte gehen lassen können. Wieso niemand sie aufgehalten hatte.

Wieder musste ich daran denken, wie Abby in meinen Armen aufgewacht war und wie sehr ich mir wünschte, dass sie das noch viel öfter tun würde. Unser Gespräch direkt vor dem Sturm war allerdings nicht so gelaufen wie geplant. Ich hatte ihr erklären wollen, dass unser Alltag zwar unterschiedlich war, wir aber dennoch eine Chance haben könnten. Stattdessen hatte ich ihr gesagt, dass ihre Karrierepläne uns im Weg stehen könnten, und ihrem Gesichtsausdruck nach zu urteilen war das der Auslöser für ihre Abreise gewesen. Zumindest konnte ich es mir anders nicht erklären.

Zwei Tage war es nun her, dass sie in meinen Armen aufgewacht war, und es wollte mir einfach nicht in den Kopf, dass sie tatsächlich fort war. Abby hatte keinen meiner Anrufe entgegengenommen. Und auch meine Nachrichten ignorierte sie. Als hätte sie mich einfach so aus ihrem Leben gestrichen. Genauso wie Daxton, das Filmteam und den Rest meiner Familie.

Ich konnte mir bildhaft vorstellen, wie sie in New York durch die Straßen lief und mit ihrem Leben weitermachte wie zuvor. Oder aber sie litt genauso sehr wie ich und fragte sich, ob unsere Geschichte wirklich einfach so beendet sein sollte.

Am liebsten würde ich zu ihr fahren, doch was sollte das bringen? Ich wusste ja nicht mal, wo ich sie finden konnte. Um nicht ständig an Abby zu denken, hatte ich mich den Vormittag über in Arbeit gestürzt, doch die Ablenkung war mir nur halbwegs geglückt. Alles im White Season erinnerte mich an sie.

»Hat sie sich bei dir gemeldet?«, unterbrach Daxton meine Gedanken, als er mit schnellen Schritten den Speisesaal durchquerte und sich zu mir an den Tisch setzte.

»Nope. Keine Nachricht, kein Anruf, nichts. Bei dir?«

Ich fürchtete mich vor der Antwort und hoffte zugleich, dass sie positiv ausfallen würde. Dann hätte ich zumindest Gewissheit, dass sie okay war.

Daxton schüttelte den Kopf. »Nein. Schätze, sie hat einen klaren Schnitt gebraucht.«

»Einen klaren Schnitt? So nennst du es, wenn man abhaut, ohne sich zu verabschieden?« Frustriert fuhr ich mir durch die Haare. »Wir haben gerade noch zusammen in meinem Bett gelegen, und dann … Nein. Scheiß auf einen klaren Schnitt.«

Unwillkürlich musste ich wieder an die Dinge denken, die sie mir über ihre Familie erzählt hatte. Vermutlich sollte es mich nicht einmal wundern, dass sie abgehauen war. Von ihrer Mutter hatte sie gelernt, dass Männern nicht zu trauen war, und ihr Vater hatte diese Ansicht bestätigt, indem er sie mit einer neuen Familie ersetzt hatte. Abby hatte kein Geheimnis daraus gemacht, dass es ihr schwerfiel anderen zu vertrauen. Ich selbst hatte ihr an den Kopf geworfen, dass wir nie eine Chance haben würden, weil sie nicht an Happy Ends glauben konnte. Trotzdem traf mich ihre Abreise. Ich hatte gehofft, nach dem Sturm und dem ganzen Drama in Ruhe mit ihr reden zu können. Endlich Zeit für uns zu haben. Aber sie hatte uns diese Chance nicht geben können, weil ich sie mit meinen Zweifeln vertrieben hatte.

»Und was willst du jetzt tun?«, fragte Daxton leise.

Ich zuckte zusammen. Einen Moment lang hatte ich Daxtons Anwesenheit völlig vergessen. Allerdings war es noch immer etwas seltsam, mit ihm über meine Gefühle zu sprechen oder ihn gedanklich meinen Bruder zu nennen. Doch seit dem Sturm hatte sich etwas zwischen uns verändert, und wir näherten uns langsam an. Er war nicht halb so eingebildet, wie ich vermutet hatte, und wie er mit den Zwillingen umging, zeigte, dass er kein schlechter Mensch sein konnte.

Mom betonte täglich, dass sie sich freute, dass Daxton Weihnachten mit uns verbringen würde. Dass es gerade zu dieser Jahreszeit darum ging, zu lieben und zu verzeihen. Während Dad sich Daxton gegenüber nach wie vor eher unbeholfen verhielt, schien es Mom leichtzufallen, nach vorn zu schauen.

»Ich weiß es nicht«, sagte ich zu Daxton, der mich abwartend ansah. »Ist ja nicht so, als könnte ich sie einfach zurückholen.«

»Das stimmt. Aber du könntest hinfahren.«

»Wohin?« Verständnislos sah ich ihn an.

»Na, nach New York natürlich.«

Ich runzelte die Stirn. »Abby hat ziemlich deutlich gemacht, dass das mit uns vorbei ist. Ich wüsste also nicht, was ich dort machen sollte. Mal davon abgesehen, dass ich gar nicht weiß, wo sie wohnt.«

»Meine Güte, gibst du immer so schnell auf?« Mit hochgezogenen Augenbrauen musterte Daxton mich.

Ich gab nur ein Schnauben von mir und stand auf. Diesen Mist musste ich mir nicht anhören. »Ich geh dann mal weiterarbeiten. Bis später.« Daxtons gemurmeltes »Bis nachher« ignorierte ich.

Auf dem Weg zur Tür blickte ich mich in dem Speisesaal um, der jetzt wieder aussah wie vor dem Ball. Nichts deutete mehr darauf hin, dass hier vor einigen Tagen noch zwischen goldenen Luftschlangen zu Swingmusik getanzt wurde.

Dennoch musste ich sofort wieder daran denken, wie ich die Tanzfläche betreten hatte. Ich konnte es vor mir sehen, als wäre es erst gestern gewesen. Abby in dem glitzernden Kleid. Ihr überraschter Gesichtsausdruck, als ich sie zum Tanz aufgefordert und meine Arme um sie geschlungen hatte. Das Licht des Kronleuchters, das sich in ihren kristallblauen Augen spiegelte. Unsere Lippen, die nur wenige Zentimeter voneinander entfernt schwebten.

Ein Kribbeln durchfuhr meinen Körper, gefolgt von einer quälenden Sehnsucht. Ich hasste es, dass ich sie vermisste. Dass ich mich nach ihrer Nähe sehnte, obwohl sie mich verlassen hatte. Dass ich mich ständig fragte, wie es ihr ging. Abby war nicht länger meine Angelegenheit. Und dennoch – mein Herz schien nicht einsehen zu wollen, dass sie mich aus ihrem Leben gestrichen hatte.

Seufzend griff ich nach meinem Handy und wählte ihre Nummer. Es war wie ein Reflex.

Hallo, dies ist die Mailbox von … Enttäuscht ließ ich das Handy sinken. Keine Ahnung, warum es mich jedes Mal aufs Neue traf. Vielleicht, weil ich ein hoffnungsloser Idiot war.

Statt ins Büro zu gehen, lief ich zurück in meine Wohnung und holte meine Kunstwerke hervor. Sie waren nicht perfekt, und ganz bestimmt würde ich mich zukünftig noch verbessern. Aber sie waren ausdrucksstark. Echt. Etwas, womit ich möglicherweise sogar eine Chance bei den Kunstakademien in New York haben könnte.

Bevor ich wusste, was ich tat, hatte ich meinen Laptop hochgefahren und die Homepage der Kunstakademie geöffnet, von der ich insgeheim seit Jahren träumte. Bisher war es jedoch immer nur das gewesen. Ein Traum, ein Hirngespinst, das ich nicht ernsthaft verfolgte. Doch während ich durch die Seite scrollte, dachte ich wieder an Abby. Sie glaubte an ihre Träume und Ziele wie kaum jemand anders. Und sie hatte auch mich mehrfach dazu ermutigt, an meine Träume zu glauben. Ich stellte mir vor, wie es wäre, wenn ich tatsächlich nach New York gehen würde, um Kunst zu studieren. Wie es wäre, in Abbys Nähe zu wohnen, jeden Tag Zeit mit ihr zu verbringen. Meinen Träumen zu folgen. Bei ihr klang es so leicht, doch war ich wirklich dazu bereit, meine Familie zu verlassen? Andererseits, würde ich das je sein? Vielleicht musste ich den Schritt trotzdem einfach wagen?

Die letzten Wochen hatten mich verändert, und ich wollte nicht länger nur träumen, ohne etwas zu erleben. Und als ich mich zum wiederholten Mal durch die Bilder der Kunstakademie klickte, fasste ich einen Entschluss.

»Du willst was?« Dad sah mich mit großen Augen an.

Ich konnte es ihm nicht verübeln. Unsere Familie hatte in den letzten Tagen mit genug Enthüllungen klarkommen müssen. Aber den idealen Zeitpunkt würde es nie geben. Außerdem war meine Entscheidung längst gefallen. Jetzt musste ich sie auch durchziehen. Zwar konnte ich einen Rest Unsicherheit nicht abschütteln, aber das gehörte wohl dazu. Veränderungen waren immer beängstigend, aber auch eine Chance. Und die wollte ich ergreifen.

»Ich will nach New York gehen und Kunst studieren.« Es tat gut, den Satz laut auszusprechen. Er machte meinen Entschluss realer.

Dad tauschte einen Blick mit Mom, den ich nicht deuten konnte. Im nächsten Moment kam Mom zu mir und zog mich in ihre Arme. Überrumpelt erwiderte ich die Umarmung. Damit hatte ich nicht gerechnet.

»Endlich«, sagte sie und machte lächelnd einen Schritt zurück. Sie wirkte glücklich und traurig zugleich. »Versteh mich nicht falsch, Logan. Es ist nicht so, dass ich dich gern gehen lasse. Aber Kunst war schon immer deine Leidenschaft. Und wir wollen, dass du glücklich bist. Wenn du das also wirklich willst, dann stehe ich hinter dir.«

»Genauso wie ich.« Dad trat neben sie, doch in seinem Blick lag auch ein sorgenvoller Ausdruck. »Allerdings kommt das jetzt sehr plötzlich, und ich frage mich, ob da vielleicht eine gewisse Praktikantin etwas damit zu tun hat …«

»Nein, Dad«, unterbrach ich ihn. »Abby hat mich zwar daran erinnert, dass es mich auf Dauer nicht glücklich machen wird, meine Träume hintanzustellen. Aber ich habe schon von der Akademie geträumt, bevor ich sie kannte. Ich will das nicht ihretwegen machen, sondern meinetwegen. Momentan weiß ich auch noch gar nicht, ob es überhaupt klappen wird, aber ich will es zumindest versuchen.«

Als ich es laut aussprach, wurde mir bewusst, dass es die Wahrheit war. Ich tat das nicht wegen Abby. Zum ersten Mal seit Ewigkeiten wollte ich etwas nur für mich machen. Egoistisch sein und meine Ziele verwirklichen.

Dad nickte. »Dann ist ja gut«, sagte er.

Kopfschüttelnd sah ich zwischen meinen Eltern hin und her. »Eure einzige Sorge war also, dass ich das nur wegen Abby machen will? Ihr macht es mir ja leichter als erwartet. Und ich kann euch wirklich allein lassen?« Ich verzog das Gesicht. »Die Zwillinge werden sicherlich nicht besonders glücklich darüber sein.«

»Natürlich kannst du das«, sagte Mom. »Für deine Arbeit im Hotel werden wir einen Ersatz finden, und was die Zwillinge angeht … Ich nehme doch an, dass du uns regelmäßig besuchen wirst.«

»Das werde ich«, versprach ich, auch wenn ich den Entschluss bisher noch gar nicht viel weiter gedacht hatte.

Ich hatte ihn lediglich getroffen. Es würde also noch eine Weile dauern, bis ich nach New York ging. Es war auch möglich, dass ich an der Akademie abgelehnt wurde oder kein Stipendium bekam. Aber ich musste es zumindest versuchen. Es war an der Zeit, die Berge zu verlassen und meinen eigenen Weg einzuschlagen.

»Na also.« Mom nickte und drehte sich zu Dad um, der ein gequältes Lächeln auf den Lippen trug.

»Du wirst mir hier fehlen«, sagte er.

»Ihr mir auch.« Ich schluckte schwer und kämpfte erfolglos gegen den Kloß in meinem Hals an. »Aber noch bin ich ja da«, sagte ich und zwang mich zu einem Lächeln, das Mom und Dad halbherzig erwiderten.

»Ich glaube, ich brauche jetzt einen Schnaps«, murmelte Dad. »Das war in letzter Zeit dann doch etwas viel für meine Nerven.«

»Wem sagst du das.« Mom und er sahen sich an, und in ihrem Blick lag so viel Liebe, das ich mich rasch abwandte. Es schien, als hätten sie die Krise, die die Schlagzeile hervorgerufen hatte, endgültig überwunden.

Während die beiden es sich mit einem Drink im Wohnzimmer gemütlich machten, ging ich zu den Zwillingen. Das würde nicht leicht werden. Vor ihrer Zimmertür blieb ich stehen und atmete tief durch, bevor ich klopfte.

»Ja?«, rief Zoey. Sie klang fröhlich. Wie meistens.

Ich drückte die Klinke herunter und betrat den Raum.

Daisy und Zoey saßen auf dem Boden, malten Mandalas aus und hörten nebenher ein Hörbuch. Das Bild versetzte mir einen Stich.

Sie würden mir fehlen. Mehr, als ich mir vermutlich vorstellen konnte.

»Na, ihr zwei, alles gut? Habt ihr euch von dem Schock erholt?«

»Ja.« Daisy sah von ihrem Bild auf. »Wir sind schließlich alle in Sicherheit. Und haben noch dazu einen neuen Bruder bekommen. Das ist schon ziemlich cool.«

»Vor allem, weil er berühmt ist«, fügte Zoey hinzu.

»Außerdem ist er nett und echt witzig. Aber keine Sorge, du bleibst unsere Nummer eins.« Die Ernsthaftigkeit in Daisys Stimme brachte mich zum Lachen.

»*Darum* machst du dir Sorgen? Dass ich mich von Daxton bedroht fühle? Kommt schon, niemand kann mich darin schlagen, der großartigste Bruder der Welt zu sein.«

»Du bist so eingebildet«, sagte Zoey und verdrehte übertrieben die Augen, musste dann aber über sich selbst lachen.

»Na gut, ein bisschen vielleicht«, gab ich zu, bevor ich ernst wurde. Ich stellte das Hörbuch auf Pause und setzte mich zu ihnen.

»Was ist los?«, fragte Daisy sofort. Sie hatte Moms direkte Art. Das hatte ich schon immer an ihr gemocht.

»Es gibt da etwas, das ich mit euch besprechen möchte.« Ich erzählte von der Kunstakademie in New York und dass ich mich dort bewerben wollte. Dass ich bald in die Stadt ziehen würde, um nach einem Job zu suchen und herauszufinden, wer ich war, wenn ich nicht bei meiner Familie lebte und im Hotel arbeitete.

»Also wirst du uns verlassen?« Mit großen Augen sah Zoey mich an.

Ich nickte. »Ich werde euch aber regelmäßig besuchen«, versprach ich. »Und ich schicke euch auch ganz oft Pakete.«

»Mit Süßigkeiten und Andenken aus New York?« Daisy hatte die Stirn gerunzelt.

»Natürlich. Was immer ihr wollt.«

»Ich fände es besser, wenn du hierbleiben würdest«, meinte Zoey. »Andererseits kannst du so natürlich bei Abby sein. Sie kommt doch aus New York, oder?«

Verwundert sah ich sie an. Woher wusste sie das?

»Ähm ja. Aber das hat eigentlich nichts mit Abby …«

»Also wirst du zu ihr reisen und ihr sagen, dass du sie liebst?«, fragte Daisy aufgeregt.

»Natürlich wird er das«, rief Zoey. »Und dann heiraten sie.«

»Und bekommen ganz viele Kinder, mit denen wir dann stundenlang spielen können. Vielleicht können wir sie sogar in unseren alten Puppenwagen legen und …«

»Woah. Moment«, stoppte ich meine Schwestern, die sich gar nicht mehr einkriegten. »Ich werde nach New York gehen, um dort hoffentlich zu studieren. Nicht um zu heiraten und Kinder zu kriegen.« Allein die Vorstellung war völlig absurd. Ich würde Mom sagen müssen, dass sie darauf achten sollte, welche Filme die zwei sich anschauten.

»Und weil du Abby dann öfter sehen kannst«, beharrte Zoey.

Sie würde so schnell nicht lockerlassen, weshalb ich ergeben nickte. »Ja, vielleicht auch deshalb.«

Bisher hatte ich es mir verboten, den Gedanken zu Ende zu führen. Nur weil ich nach New York gehen wollte, hieß das nicht, dass Abby und ich wieder zueinander finden würden. Dennoch konnte ich nichts dagegen tun, dass so etwas wie Hoffnung in mir aufstieg. Ein leises Vielleicht, das sich nicht leugnen ließ.

Außerdem wurde ich das Gefühl nicht los, dass unsere Geschichte noch nicht zu Ende war. Wir hatten uns aus den falschen Gründen immer wieder gegeneinander entschieden, nur um dann doch der Anziehung zwischen uns zu erliegen. Bis Abby den Schlussstrich gezogen hatte. Aber ich wollte nicht einsehen, dass es das gewesen war.

Als ich mich durch den Schneesturm gekämpft hatte, war es der Gedanke an Abby gewesen, der mir Kraft gegeben hatte. Ihr unerschütterlicher Ehrgeiz und ihre Stärke, die mich von Anfang an fasziniert hatten. Abby hätte ihre Träume niemals aufgegeben, sie hörte nicht auf, ehe sie sie erreichte. Nur für uns hatte sie nicht kämpfen können. Aber vielleicht musste sie das auch nicht. Vielleicht brauchte sie dieses eine Mal jemand anders, der sie daran erinnerte, dass Gefühle zwar verdammt beängstigend sein konnten, sie das Risiko aber manchmal auch wert waren.

Ich hatte mich nie in Abby verlieben wollen. Doch bereits bei ihrer Ankunft war mir klar gewesen, dass sie meine Welt durcheinanderbringen konnte.

Wie sehr, wusste ich erst jetzt, als es zu spät war. Ich hatte mein Herz längst an sie verloren.

»Logan?« Zoey sah mich fragend an.

»Sorry, was hast du gesagt?«

»Ich habe gefragt, was Abbys Lieblingsfarbe ist. Ich will ihr ein Mandala zu Weihnachten malen.« In Zoeys Gesicht lag nichts als ernsthafte Neugier, und mein Herz schwoll augenblicklich an.

Meine wunderbaren Schwestern glaubten in ihrer kindlichen Naivität noch immer an ein Happy End. An ein Weihnachten, an dem wir alle zusammen am Tisch saßen. Trotz allem, was in den letzten

Wochen passiert war, zweifelten sie nicht daran, dass schlussendlich die Liebe siegen würde. Etwas, um das ich sie beneidete.

»Ich habe keine Ahnung«, gestand ich. »Aber weißt du was? Ich werde sie fragen.«

33. KAPITEL

Abby

In einem hatte Mom recht gehabt. Liebeskummer war verdammt beschissen.

Seit meiner Ankunft in New York waren vier Tage vergangen. Weihnachten stand vor der Tür, was ich jedoch mit aller Macht verdrängen wollte. Angesichts der Weihnachtsdeko überall war das allerdings ein Ding der Unmöglichkeit.

Da ich das Semester an der Filmakademie wegen des Praktikums pausiert hatte, gab es auch keine Kurse, die ich besuchen konnte. Stattdessen hatte ich mich in den letzten Tagen in meiner Wohnung verschanzt und zu meinem eigenen Entsetzen genau das getan, was ich nie hatte tun wollen. Ich hatte Weihnachtskekse gebacken, eine Weihnachtsplaylist nach der anderen angehört und mir Bilder von schneebedeckten Bergen angeschaut. Zwischendurch hatte ich geheult wie ein Schlosshund und mich in Selbstmitleid gebadet. Es war furchtbar.

Ich vermisste Logan und das White Season. Mir fehlte alles. Die Filmcrew, Daxton, Jill und die lachenden Gesichter der Zwillinge. Mir fehlte sogar der Schnee, der in New York bisher ausgeblieben war.

Das Klingeln meines Handys riss mich aus meinen trübsinnigen Gedanken. Es war später Vormittag, ich trug noch immer meinen Pyjama und ich hatte es noch nicht geschafft, das Bett zu verlassen. Bisher hatte es auch keinen Grund gegeben, aufzustehen. Durch die Stadt zu schlendern, war in der Weihnachtszeit eine Katastrophe. Das Letzte, was ich jetzt gebrauchen konnte, waren gestresste New Yorker, die in letzter Minute Geschenke kauften. Nein, danke. Da blieb ich lieber in meinem Bett, in dem es wohlig warm war. Auch wenn das bedeutete, meinen Erinnerungen ausgeliefert zu sein, weil inzwischen auch ein Film nicht mehr ausreichte, um mich abzulenken. Dass das bei Herzschmerz half, war nur eine weitere Lüge, die in Büchern und Filmen erzählt wurde. In Wahrheit half nämlich weder Schokolade noch ein Serienmarathon. Inzwischen war ich der Überzeugung, dass rein gar nichts helfen konnte. Außer vielleicht, meiner Sehnsucht ein Ende zu bereiten, indem ich zurück ins White Season ging, aber das war keine Option. Ich war zu stolz dafür. Und zu verletzlich. Einen weiteren Riss würde mein Herz nicht ertragen.

Ich griff nach dem Handy und nahm den Anruf an, bevor die Mailbox anspringen konnte.

»Wie schlimm ist es?«

Bonnies Stimme reichte aus, um die Tränen zurückzubringen. Ich hatte gedacht, sie alle ausgeweint zu haben, aber scheinbar waren noch welche übrig. Faszinierend, wie viel Flüssigkeit der Körper bilden konnte.

Meine beste Freundin wartete geduldig, bis mein Schluchzen verebbte.

»Ich vermisse ihn so«, brachte ich schließlich hervor. »Ich wusste nicht, dass sich das so anfühlen kann. Dass es einen innerlich so zerreißen kann.«

»Oh, Süße.« Ich sah Bonnies Gesicht deutlich vor mir. Wie sie mich mit einer Spur aus Mitleid und Liebe anschaute, bereit, alles zu tun, um mich aufzumuntern. »Ich wünschte, ich wäre bei dir«, sagte sie auch schon im nächsten Moment. »Dann könnten wir zusammen Filme anschauen und Eis essen.«

»Das habe ich bereits ausprobiert, und weißt du, was? Es hilft kein bisschen. All die Szenen, in denen die Schauspielerinnen genau das tun, um sich über ihren Kummer hinwegzutrösten, sind nichts als Lügen. Ich vermisse Logan trotzdem. Und die Frage, ob ich einen riesigen Fehler gemacht habe, geht dadurch auch nicht weg.«

»Und?«

Ich richtete mich ein Stück auf. »Was und?«

»Denkst du, du hast einen Fehler gemacht?«, fragte Bonnie sanft.

Ich seufzte. »Keine Ahnung. Ich bin gegangen, um mich vor weiterem Leid zu schützen. Weil ich dachte, dass wir keine Chance haben, und weil er das auch so sieht. Nur fühlt es sich nicht so an, als hätte ich mich vor irgendwas beschützt. Es tut trotzdem schrecklich weh.«

»Hast du seit deiner Abreise mit Logan gesprochen?«

»Nein.« Ich schüttelte den Kopf, obwohl Bonnie mich nicht sehen konnte. »Er hat ein paarmal angerufen, aber seit gestern Morgen habe ich nichts mehr von ihm gehört. Vielleicht hat er begriffen, dass es besser ist, mich aufzugeben.«

Bonnie schwieg, und das sagte mehr als Tausend Worte.

»Du denkst, dass ich einen Fehler gemacht habe, oder?«, murmelte ich.

»Nein«, widersprach sie. »Du hast so gehandelt, wie es dir in diesem Moment richtig erschienen ist. Und ich verstehe, dass du dir selbst noch mehr Schmerz ersparen wolltest. Aber ich kenne dich, Abby. Du warst schon immer vorsichtig, wenn es um Liebe ging. Die Sache ist nur die … Liebe ist niemals nur unkompliziert und schmerzfrei. Einen anderen Menschen nah an sich heranzulassen, bedeutet, sich verletzlich zu machen. Doch genau darin liegt auch eine großartige Chance. Denn genau das macht uns Menschen schließlich aus. Wir fühlen. Wir können Glück, Schmerz und Liebe empfinden. Nur kann man sich leider nicht ausschließlich die positiven Emotionen herauspicken.«

»Du meinst, es gibt nur das Gesamtpaket?«, fragte ich schniefend.

»Ganz genau«, erwiderte Bonnie, und ich konnte hören, dass sie schmunzelte. »Es fühlt sich jetzt wie ein Weltuntergang an. Aber das ist es nicht. Dass du leidest, heißt, dass das zwischen dir und Logan echt war. Dass es etwas bedeutet hat. Dass du ihn hinter deine Mauern hast blicken lassen. Und das ist etwas Gutes.«

»Ach ja? Es fühlt sich aber nicht gut an.«

»Ich weiß.«

»Es gab ein paar Momente, in denen ich dachte, dass wir eine Chance haben könnten, weißt du«, sagte ich leise. »Aber dann ist jedes Mal etwas passiert, das die Hoffnung zerschlagen hat. Ich hätte mich nie in ihn verlieben dürfen.«

»Hm, ja. Das ist das Gemeine mit der Liebe. Sie fragt nicht nach Erlaubnis.«

Bonnie brachte es wie üblich genau auf den Punkt.

»Und was soll ich jetzt tun? Einfach abwarten, bis der Schmerz weniger wird?« Keine schöne Vorstellung.

»Du könntest Logan anrufen«, schlug sie vor.

»Und ihm sagen, wie sehr ich ihn vermisse?« Ich schnaubte leise. »Und was soll dadurch besser werden?«

Darauf hatte Bonnie auch keine Antwort. Und es war sowieso zu spät, ich hatte den letzten Rest Hoffnungsschimmer zwischen uns zerstört, als ich gegangen war.

»Ich hab es vermasselt, Bonnie. Und zwar so richtig. Was mir jetzt bleibt, ist nach vorn zu schauen.« Ich versuchte, möglichst viel Zuversicht in meine Stimme zu legen, merkte aber selbst, dass ich dabei kläglich versagte.

»Ich kann früher zurückkommen«, bot Bonnie an und bewies damit, wie schlimm es um mich stand.

»Auf keinen Fall wirst du das machen. Ich komme schon zurecht, ich verspreche es.«

»Okay.« Bonnie klang nicht überzeugt, beließ es aber dabei. »Fährst du an Weihnachten zu deiner Mom?«

»Das ist der Plan, ja. Sie ist übrigens frisch verliebt und der festen Überzeugung, dass es diesmal der Richtige ist.« Noch immer wusste ich nicht so recht, was ich davon halten sollte, aber wenn er sie wirklich glücklich machte, wäre ich die Letzte, die ihr im Weg stehen würde.

»Oje. Ich hoffe, sie liegt damit richtig. Deine Mom hat es nicht verdient, dass ihr schon wieder das Herz gebrochen wird.«

»Ich werde ihn unter die Lupe nehmen, wenn sie ihn mir vorstellt. Bei den kleinsten Anzeichen schlage ich Alarm. Ich stehe das nicht noch mal mit ihr durch.«

Erst recht nicht jetzt, wo ich wusste, wie schlimm sich so ein gebrochenes Herz tatsächlich anfühlte.

Um mich von meinem Liebeskummer abzulenken, wechselte Bonnie das Thema und erzählte von London und wie sie sich in Großbritannien verliebt hatte. Ihre Stimme und ihre Begeisterung halfen, dass ich eine Weile nicht mehr an Logan dachte. Als wir uns wenig später verabschiedeten, verflog mein kurzes Hoch jedoch sofort wieder, und die Wohnung erdrückte mich mit ihrer Stille.

Kurz entschlossen stand ich auf und schlüpfte in Jeans und Pulli. Ich hielt es hier drin keine Sekunde länger aus. Da war mir selbst die lärmerfüllte Stadt mit ihren Tausenden Menschen lieber.

Mein Versuch, mich im Getümmel von meinem Kummer abzulenken, hatte leider nicht die erhoffte Wirkung. Eine Weile war ich noch durch die überlaufenen Shoppingstraßen geschlendert, doch schon nach kurzer Zeit war mir das alles zu viel geworden: Aus jedem zweiten Laden erklang die Melodie von Jingle Bells, und überall drängten sich Leute mit zehn Taschen auf einmal durch die Türen und rempelten sich gegenseitig an. Meine ohnehin schon angeschlagenen Nerven hatten das nicht ausgehalten. Dennoch tat es gut, etwas anderes als meine eigenen vier Wände zu sehen und meine Gedanken von den vielen Geräuschen übertönen zu lassen, die in der Stadt allgegenwärtig waren. Auch wenn ich es nicht lange ausgehalten hatte und mich inzwischen in einem Secondhandshop vor dem Rummel versteckte und durch alte Schallplatten stöberte. Wie Logan wohl mit all dem klarkommen würde? Einmal mehr wurde mir bewusst, dass das White Season und die Berge eine völlig andere Welt waren als New York.

Als mein Handy brummte, zuckte ich zusammen. Hastig zog ich es hervor. Wie jedes Mal bei dem Geräusch machte mein Herz einen hoffnungsvollen Sprung, aber es war nicht Logan, der geschrieben hatte. Stattdessen wurde eine neue Nachricht auf der Mailbox angezeigt. Und ein verpasster Anruf von Dad.

Mit klopfendem Herzen ging ich in den hinteren Teil des Ladens, in dem sich gerade keine Kunden aufhielten, und versteckte mich zwischen gebrauchten Wintermänteln und Schuhen.

Ich atmete tief durch und zwang mich, ruhig zu bleiben, als ich mir das Handy ans Ohr hielt. Mitten im Laden loszuheulen, gehörte nicht zu den Dingen, die ich heute tun wollte.

Hallo, Abby. Seine Stimme war vertraut und fremd zugleich. *Es tut mir leid, dass ich mich erst jetzt melde.*

Dad machte eine Pause, gefolgt von einem tiefen Einatmen, als wüsste er nicht recht, wo er anfangen sollte. Reflexartig presste ich mir das Handy fester ans Ohr.

Ich bin froh, dass du mich angerufen und von dir erzählt hast. Ich weiß, dass ich in den letzten Jahren viel zu wenig präsent in deinem Leben war. Und das tut mir wahnsinnig leid. Bitte glaub mir, dass ich dir nie wehtun wollte. Ich war überzeugt, dass es dir ohne mich besser geht, aber ich verstehe jetzt, wie falsch diese Annahme war. Vielleicht können wir uns nach den Feiertagen persönlich sehen? Ich würde mich sehr freuen, wenn du mich besuchen würdest. Oder ich dich. Wie immer es dir lieber ist. Erneut zögerte er. *Pass auf dich auf, Abby. Und viel Freude weiterhin bei den Dreharbeiten. Es ist schön zu hören, wie glücklich dich diese Arbeit macht. Du kannst sehr stolz auf dich sein. Ich bin es jedenfalls.*

Ein Piepen beendete die Nachricht. Langsam ließ ich das Handy sinken und wischte mir über die nassen Wangen.

»Kann ich Ihnen helfen? Ist etwas passiert?« Der Ladenbesitzer, ein älterer Mann mit schiefer Mütze und langem Bart, kam mit besorgtem Blick auf mich zu.

»Nein, nein. Es geht mir gut. Ich habe nur eine sehr überraschende Nachricht bekommen.«

Dads Worte hallten in meinem Kopf nach. Ich wusste nicht recht, was ich davon halten sollte, doch ich wollte glauben, dass er meinte, was er sagte. Noch vor ein paar Wochen wäre ein persönliches Treffen für mich ausgeschlossen gewesen. Seit dem Aufenthalt im White Season sah ich die Dinge jedoch anders. Familie war wichtig, und Dad war nun mal ein Teil davon. Ob ich es wollte oder nicht. Der Gedanke an ihn würde mich ein Leben lang begleiten, würde mich nicht loslassen. Egal wie sehr ich versuchte, ihn zu verdrängen, er würde spätestens dann wieder auftauchen, wenn ich irgendwann für einen Film ausgezeichnet werden sollte, heiratete oder Kinder bekam. Bei jedem dieser Ereignisse würde ich zwangsläufig an Dad denken. Daran, dass er die besonderen Momente meines Lebens verpasste. Und vielleicht würde ich es irgendwann bereuen, dass er nicht dabei gewesen war. Dass ich es nicht geschafft hatte, ihm zu verzeihen. Ich wusste, dass es noch einiges an Zeit und möglicherweise auch einige Gespräche und Treffen brauchen würde, um ihm tatsächlich zu vergeben. Doch zum ersten Mal seit Jahren spürte ich in mir die Bereitschaft dazu. Nicht, um ihm einen Gefallen zu tun, sondern um mir selbst die Chance zu geben, nicht ohne Vater leben zu müssen.

»Wollen Sie vielleicht eine Tasse Tee?« Die Stimme des Ladenbesitzers holte mich wieder zurück in die Realität. »Und ein paar Kekse dazu? Überraschende Nachrichten können einen im ersten Moment erschlagen. Aber lassen Sie sich davon nicht stressen. Die Weihnachtszeit ist schon seltsam genug. In der Stadt geht es hektisch zu, dabei sollte es in diesen Tagen darum gehen, Zeit mit den Liebsten zu verbringen.«

»Da haben Sie absolut recht. Ich glaube, ich habe das dieses Jahr zum ersten Mal begriffen.«

»Das freut mich zu hören. Weihnachten ist eben trotz allem ein Fest der Liebe, nicht wahr? Eine Zeit, um das Herz weit zu öffnen. Halten Sie diese Liebe gut fest. Es gibt nichts Wichtigeres.« Er warf mir ein breites Lächeln zu, nichts ahnend, wie sehr seine Worte mich trafen.

»Danke«, sagte ich und wusste nicht, ob ich seine Worte oder doch das Angebot mit dem Tee meinte. Vielleicht beides. »Ich muss leider weiter, aber ich wünsche Ihnen frohe Weihnachten!«

Er nickte mir freundlich zu, und bevor ich den Laden verließ, nahm ich mir einen Keks aus der Dose, die er mir auffordernd hinhielt.

Draußen an der frischen Luft atmete ich tief ein. Obwohl ich nichts gekauft hatte, fühlte ich mich um etliches reicher. Dads Anruf hatte ein Stück von dem Loch in meinem Innern wieder gefüllt. Noch lange nicht komplett, aber es war ein Start.

Nach ein paar Schritten blieb ich stehen. Hielt ganz bewusst inne, während Leute an mir vorbeieilten, ohne mich überhaupt zu bemerken. Die Worte des Ladenverkäufers gingen mir nicht mehr aus dem Kopf. *Halten Sie diese Liebe gut fest*. Er konnte nicht wissen, dass ich genau das nicht getan hatte. Dass ich mich von der Angst hatte leiten lassen, anstatt darauf zu vertrauen, dass es auch für mich ein Happy End geben konnte. Dass Logan und ich einen Weg für uns finden würden.

»Verdammt«, murmelte ich, holte mein Handy hervor und wählte seine Nummer. Im Gespräch mit Bonnie war ich mir noch unsicher gewesen, doch jetzt wusste ich es mit absoluter Gewissheit. Ich hatte einen Fehler gemacht. Einen gigantisch großen Fehler, der mich für den Rest meines Lebens begleiten würde, wenn ich ihn nicht in Ordnung brachte.

Logan nahm nach dem zweiten Klingeln ab.

»Abby?« Seine Stimme klang hoffnungsvoll und schmerzlich vertraut.

Wie erstarrt stand ich mitten auf der Straße und presste das Handy fest an mein Ohr. Ich wurde blind für die vorbeieilenden Passanten und nahm weder die blinkenden Reklametafeln noch die Weihnachtssongs wahr, die aus den Läden drangen.

»Es tut mir leid«, platzte es aus mir heraus. »Ich vermisse dich, Logan. Und ich habe einen furchtbaren Fehler gemacht. Das weiß ich jetzt. Ich hätte nicht einfach gehen dürfen. Seit ich zurück bin, kann ich an nichts anderes mehr denken als an meine Zeit im White Season und wie sehr ich das alles vermisse. Weißt du noch, was du gesagt hast, in der Nacht, als ich bei dir geschlafen habe? Du meintest, es bedeutet etwas. Und du hattest recht. Es *hat* etwas bedeutet. Wie viel, ist mir erst jetzt klar geworden, und ich wünschte, ich hätte das früher begriffen, ich wünschte, ich wäre nicht …«

»Abby«, unterbrach er meinen Redefluss. »Wo bist du?«

»Was meinst du, wo bin ich?«

»Wo bist du?«, wiederholte er seine Frage.

»In New York. Hast du gehört, was ich gerade alles gesagt habe? Das war nämlich meine Art, dir zu sagen, wie sehr es mir leid tut, und dich anzuflehen, mir noch eine Chance zu …«

»Mein Gott, Abby. Du machst es einem aber auch nie leicht, oder? Wo in New York bist du?«

Verwirrt hielt ich inne. Straßenlärm erklang vom anderen Ende der Leitung, und ich glaubte, eine Sirene heulen zu hören. Moment, eine Sirene beim White Season?

»Bist du …?«

»In New York? So wie du?« Er lachte leise, und das Geräusch traf mich mitten ins Herz. »Ja. Bin ich. Also versuche ich es noch mal. Wo genau bist du?«

34. KAPITEL

Logan

Im Schnellschritt lief ich die Straße entlang, wobei ich alle paar Meter jemandem ausweichen musste.

New York war noch lauter und voller, als ich es in Erinnerung hatte. Möglicherweise war es der Jahreszeit zuzuschreiben, doch ich konnte mich nicht daran erinnern, jemals so viele Leute auf einmal gesehen zu haben. Überall leuchtete und blinkte es, Autos hupten, Geschäftsleute und Touristen drängten sich an den Straßenrand und warteten darauf, dass die Ampeln umschalteten. Es war ein beinahe skurriles Bild, das sich in keiner Weise mit New Leighton oder einer anderen Stadt in unserer Gegend vergleichen ließ. Trotzdem gefiel mir New York. In all dem Chaos pulsierte auch unendlich viel Leben, was ich in der Stille der Berge manchmal vermisst hatte.

Ich schaute auf mein Handy, verglich meinen Standort mit dem, den Abby mir geschickt hatte. Sie hatte etwas von einem kleinen Park gesagt, der nicht weit von dem Secondhandshop entfernt lag, in dem sie gerade noch gewesen war. Ihre Stimme zu hören, hatte alles zurückgebracht. Die Erinnerungen an ihr Lachen, an ihre Küsse und ihre Erzählungen, die mich von Anfang an begeistert hatten.

Seit ich heute Morgen in der Stadt angekommen war, hatte ich mit mir gerungen, sie anzurufen. Doch dann war sie mir zuvorgekommen.

Ich beschleunigte meine Schritte. Mein Herz pochte hart und schnell in meiner Brust. Jeder Schlag erinnerte mich daran, wie sehr ich Abby verfallen war. Wie sehr ich sie vermisste.

Diesmal würde ich sie nicht einfach gehen lassen. Ich würde mit ihr reden, richtig reden, und kein Schneesturm, keine Dreharbeiten oder wichtigen Termine würden uns im Wege stehen. Diesmal nicht.

Als ich eine halbe Stunde später den kleinen Park erreichte, von dem sie gesprochen hatte, war ich völlig außer Atem. Ich entdeckte sie an einen Zaun gelehnt neben einer großen Eiche und rannte die letzten Meter auf sie zu.

Abby sah mich, kurz bevor ich sie erreichte. Ihre Augen weiteten sich, und im nächsten Moment fiel sie mir auch schon um den Hals. Ich fing sie auf, schlang meine Arme um sie und zog sie eng an mich.

»Du bist wirklich hier«, flüsterte sie fassungslos, als sie sich von mir löste und zu mir aufblickte.

Ich schnappte nach Luft und nickte. »Ja«, keuchte ich. »Bin ich.«

»Aber wie … seit wann? Und warum? Ich meine, ich bin einfach gegangen, ohne etwas zu sagen, warum …?« Sie brach ab, schüttelte den Kopf und umarmte mich erneut.

Lachend hielt ich sie fest, genoss das Gefühl ihres warmen Körpers an meinem.

»Haben wir Zeit?«, fragte sie. »Ich meine, du wirst nicht gleich wieder fahren, oder?«

»Nein, werde ich nicht. Wir haben alle Zeit der Welt.«

Ich war nach New York geflogen, um die Akademie anzuschauen und meine Bewerbung direkt dort einzuwerfen. Außerdem wollte ich schon mal anfangen, nach einer Wohnung und möglichen Jobs zu suchen. Doch wenn ich ehrlich zur mir war, waren diese Gründe nur vorgeschoben. In Wahrheit hatte mich meine Sehnsucht nach Abby hergetrieben.

»Na ja.« Ich räusperte mich. »Zumindest bis Weihnachten, dann muss ich zurück, sonst macht Mom mich einen Kopf kürzer.«

»Natürlich.« Sie nickte, schüttelte den Kopf und legte eine Hand an meine Wange. »Ich glaube, ich muss das erst mal verarbeiten.«

»Zugegeben, ich hätte dich vorwarnen können. Andererseits bist du auch ohne eine Warnung verschwunden ...«

Augenblicklich wurde sie ernst. »Es tut mir so leid. Ich bin durchgedreht und hatte Angst, dass alles nur schlimmer wird. Die Vorstellung, mich irgendwann von dir zu verabschieden, war nach allem, was passiert ist, unerträglich. Nach deinen Worten dachte ich, dass du das auch so siehst. Dass wir eigentlich keine gemeinsame Zukunft haben.«

»Also bist du gegangen, ohne dich zu verabschieden«, schlussfolgerte ich. So etwas in der Art hatte ich mir bereits gedacht.

»Ja.« Sie senkte den Blick und zog ihre Hand zurück. »Ich würde es verstehen, wenn du nach all dem nicht mehr mit mir reden willst.«

»Abby ... ich wäre nicht hier, wenn ich nicht bereit wäre, genau das zu tun. Wobei es auch noch einen anderen Grund für meinen

Besuch in New York gibt, aber das erzähle ich dir später. Erst mal ...« Ich verstummte. Wo sollten wir anfangen? Seit unserer gemeinsamen Nacht war nur eine Woche vergangen, doch es fühlte sich nach viel mehr an.

»Willst du mit in meine Wohnung kommen?«, fragte sie vorsichtig. »Da ist es etwas ruhiger als in der Stadt. Und wärmer. Wir könnten Essen bestellen und über alles reden.«

»Das klingt gut.« Ich nickte, erleichtert darüber, dass wir uns wiedergefunden hatten.

Was auch immer die nächsten Stunden bringen würden, es war besser als die Funkstille. Alles war besser als das.

»Daxton hat sie gerettet?« Mit großen Augen sah Abby mich an. »Ich habe nur gehört, dass es allen gut geht, aber nicht, dass es Daxton zu verdanken ist.«

»Ja, er ist jetzt so was wie ein Held in unserer Familie«, sagte ich und griff nach dem letzten Stück Pizza.

Unauffällig blickte ich mich erneut in ihrem Zimmer um. Abbys Wohnung war klein und bot nicht sonderlich viel Platz, weshalb wir auch eine Decke ausgebreitet und auf dem Fußboden gegessen hatten, doch das störte mich nicht. Hauptsache, ich konnte endlich wieder bei ihr sein. Wenn ich daran dachte, wie ich noch vor einigen Stunden in den Bergen gewesen war, kam mir die ganze Szene hier beinahe absurd vor. Wochenlang hatte Abby sich in meiner Welt, in meinem Alltag aufgehalten. Plötzlich in ihrem zu sein, war neu. Und aufregend. Ich wollte wissen, welche Plätze sie in New York am liebsten hatte, wo sie Kaffee trinken ging und in welchen Kinos sie Filme schaute. Ich wollte ein Teil ihres Lebens sein.

»Wow«, sagte Abby und schob die Pizzakartons zur Seite. »Er genießt das sicher.«

»Und wie. So ganz habe ich mich noch nicht daran gewöhnt, dass er jetzt ein Teil meiner Familie ist, aber das wird schon. Daxton ist nicht so übel wie befürchtet.«

»Ach was.« Ein Lächeln erschien auf ihren Lippen.

»Er wartet übrigens darauf, dass du dich bei ihm meldest. Genauso wie Jill.«

Ein schuldbewusster Ausdruck trat in ihre Augen. »Ich weiß. Sie sind vermutlich ziemlich wütend, oder?«

»Na ja … dein plötzlicher Abgang hat uns alle sehr überrascht. Bis auf Jill natürlich, aber ich glaube, sie vermisst dich mehr, als sie zugeben würde. Zumindest wirkt sie am Set nicht sonderlich glücklich darüber, jetzt die einzige Praktikantin zu sein.«

»Es tut mir so leid.« Sie richtete sich etwas auf und sah mich entschuldigend an.

»Das weiß ich«, versicherte ich ihr. »Und mir tut es auch leid. Ich wollte dir nie vorwerfen, dass du zu sehr an deiner Karriere festhältst. Dafür bewundere ich dich nämlich. Du hast mich wieder daran erinnert, dass es sich lohnt, für die eigenen Träume loszuziehen, und ich bin mir sicher, dass es anderen Menschen auch so geht.«

»Danke«, sagte sie leise. »Das bedeutet mit viel. Ich weiß, dass ich nicht so überstürzt hätte gehen sollen, aber ich war überzeugt, dass es den Abschied nur schwerer gemacht hätte, wenn ich noch länger geblieben wäre. Während es gestürmt hat, stand ich im Hotel und hab nach draußen gesehen. Die Vorstellung, dass du allein durch den Schnee irrst und dich dabei in Gefahr bringst, war furchtbar. Ich kann mich nicht daran erinnern, wann ich zuletzt so viel Angst hatte. Das war einfach zu viel für mich. Ich wollte mich nie wieder so fühlen … so hilflos. Mir ist in diesem Moment klar geworden, wie sehr ich dich mag und wie wenig ich es ertragen würde, dich zu verlieren. Und dann habe ich daran gedacht, dass genau das passieren würde, wenn das Praktikum vorbei ist und wir erkennen, dass wir ab nun getrennte Wege gehen werden. Dieser Gedanke war noch schlimmer als die Angst.«

»Also bist du Hals über Kopf abgereist.«

»Ganz genau. Ich dachte, ich könnte hier in New York mit meinem alten Leben weitermachen. Nur habe ich nicht damit gerechnet, dass ich dich so sehr vermissen würde. Die letzten Tage waren einfach nur beschissen.« Tränen glitzerten in ihren Augen, und ich griff nach ihrer Hand.

Die Wut über ihre Abreise verschwand. Es wäre einfacher gewesen, wenn sie mit mir geredet hätte, aber ich verstand, was ihr in diesem Moment durch den Kopf gegangen war.

»Als ich im Krankenhaus war und wusste, dass wir alle in Sicherheit sind«, fing ich an, »da wollte ich nichts lieber, als dich sehen. Ich wollte dir sagen, dass ich überzeugt bin, dass wir einen Weg finden, zusammen zu sein.«

»Und dann war ich weg.« Ihre Stimme brach.

Ich nickte und verdrängte die Erinnerung an meine Enttäuschung, als ich realisiert hatte, dass Abby das Hotel verlassen hatte. »Warst du.«

»Logan, wenn ich es rückgängig machen könnte, würde ich es tun. Aber das kann ich nicht. Ich kann nur hoffen, dass du mir verzeihst. Und vielleicht … vielleicht habe ich mich ja tatsächlich geirrt, und wir haben doch eine Chance. Ich meine, die Distanz ist nicht gerade wenig, aber ich könnte in den Ferien ins White Season kommen. Und du könntest mich hier besuchen, wenn du mal länger am Stück frei hast. Andere haben das schließlich auch schon geschafft, oder?«

In ihren Augen spiegelte sich ehrliche Hoffnung, und der Drang, sie an mich zu ziehen und ihren Mund mit Küssen zu bedecken, wuchs ins Unermessliche.

»Das stimmt«, sagte ich langsam. »Es gibt Paare, die eine Fernbeziehung schaffen.« Dass ich selbst nicht daran glaubte, behielt ich in diesem Moment für mich. Es spielte sowieso keine Rolle für uns.

Doch offenbar war es mir nicht vollständig gelungen. Denn Abby musterte mich skeptisch. »Aber?«

»Aber dieses ständige Fliegen stelle ich mir sehr anstrengend vor. Abgesehen davon, dass es schlecht für die Umwelt ist.« Als die Hoffnung in ihren Augen erlosch, fügte ich schnell hinzu: »Es wäre um einiges leichter, wenn ich in New York leben würde. Wir könnten uns regelmäßig sehen. Zusammen frühstücken, alte Filmklassiker schauen, bei denen du jedes Wort mitsprechen kannst. Du könntest mir die coolsten Cafés der Stadt zeigen und ich neue Inspiration für meine Kunstwerke sammeln. Und in den Ferien könnten wir zusammen ins White Season fahren.«

»Was?« Verwirrung spiegelte sich in Abbys Gesicht. »Das wäre natürlich toll, aber du wohnst nicht hier, und … deine Arbeit im Hotel, deine Familie … du …«

Ein Lächeln stahl sich auf meine Lippen. Ich wusste, dass die nächste Worte alles verändern würden, und hoffte, sie freute sich genauso sehr wie ich. »Ich werde mich bei der Kunstakademie hier in New York bewerben«, unterbrach ich sie.

Abbys Augen wurden noch eine Spur größer. Ein paar Sekunden

lang regte sie sich nicht, dann schnappte sie nach Luft und fiel mir um den Hals.

»Ist das dein Ernst?«, fragte sie, als sie sich wieder von mir löste. »Ich meine, willst du das wirklich?«

»Ja«, erwiderte ich lachend. »Meine Familie weiß auch schon Bescheid. Sie lassen mich zwar nicht unbedingt gern gehen, aber sie stehen hinter mir. Ich glaube, sie haben schon die ganze Zeit darauf gewartet, dass ich endlich meinem Traum folge und herausfinde, was ich will.«

»Das ist ja der Hammer! Die von der Akademie werden dich garantiert nehmen. Bei deinem Talent ... Wahnsinn.« Ein breites Lächeln erschien auf ihren Lippen, und zum ersten Mal, seit ich sie wiedergesehen hatte, wirkte sie glücklich.

»Was bedeutet das für uns?«, fragte sie nach einem kurzen Moment, in dem wir beide geschwiegen hatten.

»Es bedeutet, dass wir noch eine Chance bekommen. Dass wir es diesmal richtig machen könnten.«

»Ohne Hindernisse und Komplikationen«, ergänzte Abby.

»Ich fürchte, ganz ohne werden wir wahrscheinlich nicht auskommen«, warf ich lachend ein. »Aber ja. Wir können auf ganz normale Dates gehen und uns die Zeit geben, die wir brauchen.«

Statt einer Antwort beugte sich Abby zu mir und legte ihre Lippen auf meine. Der Kuss war kurz und zärtlich. Viel zu wenig, um die Sehnsucht in mir zu stillen, aber wir mussten nichts überstürzen. Wir hatten Zeit. Endlich schwebte kein Abreisedatum über uns, keine vorgeschobenen Gründe, warum das zwischen uns keine Zukunft hatte.

»Ich kann's immer noch nicht fassen, dass du tatsächlich hier bist.«

Abby schüttelte ungläubig den Kopf. »Vor ein paar Stunden saß ich noch wie ein Häufchen Elend verheult auf dem Bett, und jetzt fühl ich mich wie das glücklichste Mädchen auf der Welt. Das ist doch verrückt.«

Sie strahlte mich an, und in diesem Moment verschwand auch der letzte Rest Zweifel. Abby war wie ein Wirbelsturm in mein Leben gekommen und hatte alles durcheinandergebracht. Anfangs hatte mir genau das Sorgen bereitet, doch jetzt verstand ich, wie sehr ich diesen Sturm gebraucht hatte.

»Liebe ist eben manchmal verrückt«, sagte ich und merkte zu spät, was ich da von mir gegeben hatte.

Abbys Mund klappte auf, und sie sah mich sprachlos an.

»Na ja«, versuchte ich zurückzurudern. »Ich meine …«

»Ich liebe dich auch«, flüsterte sie und küsste mich ein zweites Mal.

Diesmal vergrub ich meine Hand in ihren Haaren und zog sie zu mir. Ohne sich von mir zu lösen, kletterte sie auf meinen Schoß und vertiefte den Kuss. Ihr vertrauter Duft hüllte mich ein und ließ mich alles um mich herum vergessen. Es existierten nur noch ihre Berührungen, ihr Mund auf meinem, der sich unendlich weich anfühlte.

Ich hatte nicht nach Liebe und Glück gesucht. Oder nach jemandem, der mir zeigte, wie viel mehr das Leben zu bieten hatte, als ich dachte. Stattdessen hatte die Liebe mich gefunden. Und ich würde sie festhalten, solange es sich für uns richtig anfühlte.

Als ich sanft über Abbys Seite strich, über ihre Hüfte und zu ihren Schenkeln, seufzte sie an meinen Lippen auf und drängte sich mir entgegen. Unser Kuss wurde intensiver, leidenschaftlicher. Sie vergrub ihre Hand in meinem Nacken und presste sich noch enger an mich. Spätestens jetzt musste sie spüren, wie sehr ich sie wollte.

»Wir können es langsam angehen lassen«, murmelte ich, als wir uns atemlos voneinander lösten. »Ich bin gerade erst wieder bei dir.«

Ein dunkler Glanz lag in ihren Augen »Willst du das denn?«, fragte sie.

Ein ersticktes Lachen entfloh mir, und ich hob leicht meine Hüfte an, sodass sie meine Erektion durch den rauen Stoff der Jeans spürte. »Wirkt es so, als wollte ich es langsam angehen?«

Sie lachte. »Nein. Und darüber bin ich verdammt froh.«

Wieder landete ihr Mund auf meinem. Fordernd strich sie mit ihren Lippen über meine. Gleichzeitig griff sie nach dem Saum meines Pullis und zupfte daran. Ich löste mich erneut von ihr, aber diesmal nur, um mir den Pulli über den Kopf zu ziehen. Ihr Oberteil war als Nächstes dran. Nur noch mit Jeans und BH bekleidet saß sie auf mir und ließ mich nicht aus den Augen. Hitze breitete sich in mir aus, und das Verlangen wurde fast unerträglich.

Doch es war nicht nur diese unbändige Sehnsucht, die mich erfüllte. Während ich Abby betrachtete, stieg eine tiefe Wärme in mir auf, die nichts mit Lust zu tun hatte. Mein Herz setzte einen Schlag aus, so wie es das bei ihrem Anblick immer tat. Ich streckte eine Hand nach Abby aus und legte sie sanft an ihre Wange.

»Du bist wunderschön«, sagte ich. »Und damit meine ich nicht deine tollen Kurven oder deine strahlend blauen Augen. Ich meine das, was in dir steckt. Was nicht sofort sichtbar ist.«

»Ich schätze, das ist ein Kompliment?«, fragte sie lächelnd.

»Ja, auch wenn ich darin offenbar nicht sonderlich gut bin.«

Sie grinste. »Wir haben genug Zeit, um daran zu arbeiten.«

»Stimmt.« Wir hatten alle Zeit der Welt.

Eine Welle des puren Glücks ergriff mich. Die letzten Tage waren aufwühlend und anstrengend gewesen, aber jetzt in diesem Moment, als ich Abby in die Augen sah, wusste ich, dass das vorbei war. Dass ich endlich angekommen war. Vor mir lag eine ungewisse Zukunft, die mit Sicherheit nicht nur leicht werden würde, aber mit Abby an meiner Seite würde ich meine Träume verwirklich können.

»Ich liebe dich«, sagte ich, und diesmal rutschten mir die Worte nicht einfach so heraus. Diesmal wusste ich genau, was ich tat.

»Du hast keine Ahnung, wie glücklich mich das macht«, flüsterte sie. »Wie glücklich *du* mich machst.«

Stumm schauten wir uns an, und als Abby aufstand, um sich ihre Jeans auszuziehen, klopfte mein Herz noch ein bisschen schneller.

Während der nächsten Stunde sagte keiner von uns ein Wort. Wir ließen unsere Körper sprechen, zeigten uns mit jeder Berührung, mit jedem Kuss, wie sehr wir uns liebten. Und als ich mit den Händen über ihre Haut strich und in sie eindrang, wusste ich, dass ich endlich genau da war, wo ich sein wollte.

Abby flüsterte meinen Namen. Wellen der Lust überwältigten erst sie und dann mich, und ich schwor mir, dieses Glück nie für selbstverständlich zu nehmen. Und dass ich dafür kämpfen würde, falls notwendig.

Ich wollte mich wieder und wieder in Abby verlieben. Wollte wieder und wieder bei ihr ankommen, denn in diesem Augenblick wurde mir klar, dass unsere Geschichte nicht nur ein neues Kapitel, sondern ein Happy End bekommen hatte.

EPILOG

Abby

»Ich will neben Abby sitzen!« Daisy sah mich flehend an.

»Ich auch«, rief Zoey.

»Und was ist mit mir?«, fragte Logan.

»Ich schätze, du wirst mich heute von der anderen Seite des Tisches aus bewundern müssen«, erwiderte ich augenzwinkernd und sah mich im Wohnzimmer der Edwards um, wo Annie und Daxton vorhin bereits alles für das Essen vorbereitet hatten. Die weinroten Servietten und der Blumenstrauß in der Mitte des Tisches strahlten eine warme, weihnachtliche Feststimmung aus.

»Kein Problem.« Logan senkte seine Stimme. »Ich habe schließlich noch die ganze Nacht mit dir.«

»Igitt«, rief Daisy. »Das hab ich gehört.«

Logan lachte und wuschelte ihr durch die Haare, was sie mit einem empörten Schnauben quittierte.

Als ich die beiden schmunzelnd beobachtete, musste ich an Mom denken. Heute war der vierundzwanzigste Dezember, und es war das erste Mal, dass wir die Feiertage nicht zusammen verbrachten, da ich kurzfristig beschlossen hatte, mit Logan und seiner Familie im White Season zu feiern.

Erst war ich noch etwas unsicher gewesen, weil ich Mom nicht allein lassen wollte, aber als ich ihr erzählt hatte, wie glücklich Logan mich machte und wie sehr ich das White Season vermisste, hatte sie mich dazu ermutigt, Weihnachten mit den Edwards zu verbringen. Ich solle mir um sie keine Sorgen machen, sie würde mit ihrem neuen Freund feiern. Scheinbar war es doch etwas Ernstes, und sie wollte mich demnächst sogar schon mit ihm besuchen, damit ich ihn kennenlernen konnte.

Auch mit Bonnie hatte ich lange telefoniert und sie um Rat gebeten. Ich konnte es kaum erwarten, dass sie von ihrer Reise zurückkam. Unsere stundenlangen Gespräche fehlten mir, aber sie hatte sich von Herzen für mich gefreut, mir gesagt, ich solle auf jeden Fall mit Logan feiern, und danach mit ernster Stimme verkündet, ihn nach ihrer Rückkehr erst mal ganz genau unter die Lupe nehmen zu wollen. Bei dieser Vorstellung musste ich unwillkürlich grinsen.

Da Logan gerade von seinen Schwestern in Beschlag genommen wurde, setzte ich mich zu Daxton auf das Sofa, der gerade durch sein Handy scrollte.

Lächelnd schaute er auf. »Wer hätte gedacht, dass wir heute hier sitzen würden? Mit einer großen Familie, die an Weihnachten das volle Programm mit Festessen und Geschenken durchzieht.«

»Ich jedenfalls nicht«, erwiderte ich lachend.

Nachdem ich mich mit Logan ausgesprochen hatte, waren wir zusammen nach Denver geflogen und ins White Season zurückgefahren. Obwohl ich mich mehrfach bei Daxton entschuldigt hatte, hatte er noch eine ganze Weile geschmollt, mir dann aber schließlich doch verziehen. Die letzten Tage hatten ihn verändert. Er strahlte eine Zufriedenheit aus, die neu an ihm war. Eine Familie zu haben, zu der er gehörte, tat ihm definitiv gut.

»Aber ich glaube, ich könnte mich daran gewöhnen«, sagte er leise, während er die Zwillinge und Logan beobachtete.

»Das glaube ich auch.«

»Und wirst du die Dreharbeiten noch mit uns beenden?«

»Ja. Ich habe nach meiner Ankunft direkt mit Jennifer geredet. Sie ist zum Glück nicht nachtragend gewesen und gibt mir noch eine Chance. Allerdings war sie deutlich distanzierter als sonst. Ich schätze, ich muss mir ihr Vertrauen erst wieder verdienen. Aber das ist okay. Außerdem kann ich Jill nicht einfach das Feld überlassen«, sagte ich zwinkernd.

Daxton verdrehte gespielt genervt die Augen. »Ihr Praktikantinnen immer mit eurem Ehrgeiz. Schrecklich.« Nach einer kurzen Pause fügte er hinzu: »Weiß sie eigentlich schon, dass du wieder da bist?«

»Ja, ich hab ihr geschrieben.« Da Jill über die Feiertage zu ihrer Familie gefahren war, würde ich sie erst wieder sehen, wenn die Dreharbeiten im neuen Jahr weitergingen. Ich freute mich schon darauf, ihr zu erzählen, wie Logan plötzlich in New York aufgetaucht war. Sie würde die Geschichte garantiert lieben.

»Dann ist ja gut. Es wird toll, wenn ihr wieder als Duo am Set seid«, sagte Daxton lächelnd, bevor er mich neugierig musterte. »Und wie geht es mit dir und Logan weiter?«

Kopfschüttelnd dachte ich daran, wie er mich von Anfang an

ermutigt hatte, meinem Bauchgefühl zu folgen. Und das, obwohl er Logan gegenüber jede Menge Vorbehalte gehabt hatte. »Er weiß noch nicht sicher, ob er einen Platz auf der Kunstakademie bekommt, aber ich habe eigentlich keine Zweifel, dass es klappt. So oder so wird er nach New York ziehen.« Ein Lächeln breitete sich auf meinen Lippen aus.

Logan würde nach den Feiertagen anfangen, nach Nebenjobs zu suchen und alles für den Umzug vorzubereiten. Er hatte bereits auf ein paar Wohnungsangebote geantwortet und war optimistisch, bald etwas zu finden. So ganz konnte ich es nach wie vor nicht glauben, dass wir bald in derselben Stadt wohnen würden. Mein Herz machte immer noch jedes Mal einen Sprung, wenn ich ihn sah.

»Das freut mich für euch.« Die Aufrichtigkeit in Daxtons Stimme rührte mich.

»Ihr Lieben.« Annie klatschte in die Hände und zog die Aufmerksamkeit aller Anwesenden auf sich. »Das Essen ist fertig.«

Prompt setzten sich alle in Bewegung und ließen sich am Tisch nieder: Annie, Matthew, Logan, Daisy, Zoey, Daxton und ich. Eine bunte Runde, in der viel geredet, gelacht und diskutiert wurde. Immer wieder sah ich zu dem geschmückten Weihnachtsbaum in der Ecke. Die Deckenbeleuchtung spiegelte sich in den roten Kugeln, die am Baum hingen und hell funkelten. Während ich die Deko früher als kitschig und übertrieben abgetan hätte, strahlte sie für mich jetzt eine heimelige Atmosphäre aus. Und ich liebte es.

Nachdem ich mein Herz einmal dafür geöffnet hatte, konnte ich gar nicht mehr genug von dem knisternden Feuer im Kamin, den Weihnachtssongs und den Plätzchen bekommen. Ein Blick in Daisys und Zoeys leuchtende Augen reichte aus, um wieder an den Zauber von Weihnachten zu glauben. Hierbei ging es nicht um Geschenke, um Konsum oder das Essen. Zumindest nicht nur. Es ging darum, dass wir alle zusammen an einem Tisch saßen. Dass wir zwar völlig unterschiedlich waren, aber an den Feiertagen einen Ort hatten, an dem wir wir selbst sein konnten. An denen Herzlichkeit und Offenheit vorherrschten und jeder willkommen war. Es ging um Liebe. Genau wie es der alte Mann im Secondhandshop gesagt hatte.

Ich trank einen Schluck von dem Früchtepunsch, den Annie mir eingeschenkt hatte, und sah zu Logan, der mir gegenübersaß und mich mit einem liebevollen Ausdruck musterte. Ganz anders als bei unserer ersten Begegnung. Noch zu gut erinnerte ich mich daran, wie er mich auf seinem Snowboard fast umgefahren hatte, weil ich mitten auf der Piste stand und auf mein Handy statt auf die winterliche Landschaft geschaut hatte. Und daran, wie er mich daraufhin angesehen hatte; sein Gesichtsausdruck hatte deutlich gemacht, für wie dämlich er mich hielt. Seither war unendlich viel passiert. Ich hatte mich mit unliebsamen Erinnerungen und einem tiefen Schmerz konfrontiert gesehen. Aber ich hatte auch Glück, Freundschaft und Liebe gefunden. Die letzten Wochen waren definitiv nicht nur leicht gewesen, aber ich würde um keinen Preis zurückgehen wollen. Nie wieder wollte ich mein Herz verschließen, denn die Liebe war all das wert. Und sie machte jeden Schmerz wett.

Ich wusste jetzt, dass zu lieben nicht bedeutete, dass ich meine Träume aufgeben musste. Ich hielt immer noch daran fest. An meinen Zielen, die ich, seit ich klein war, so hoch wie möglich steckte. Doch durch Logan hatte ich begriffen, dass Karriere und Erfolg nicht alles waren. Dass Freundschaften und Familie genauso wichtig waren und ich beides brauchte.

»Gehen wir jetzt nach draußen?«, fragte Zoey, kaum dass wir mit Essen fertig waren.

»Nach draußen?«, hakte ich überrascht nach.

»Für das Winterfeuer«, erklärte Daisy. »Das machen wir jedes Jahr.«

Fragend sah ich zu Logan, der nur mit den Schultern zuckte. »Du hast deine Abneigung gegen Schnee inzwischen doch abgelegt, oder?«

»Weitestgehend, ja.«

»Gut, dann wird dir das gefallen«, versprach er lächelnd.

Kurz darauf stand ich zusammen mit den anderen hinter dem Haus der Edwards an einem Lagerfeuer, das Annie in einer Feuerschale entzündet hatte. Die warmen Flammen loderten hell auf. Holz knackte, und ich lehnte mich an Logan, der sofort seinen Arm um mich legte.

»Ein Lagerfeuer im Dezember«, sagte ich leise. »Und ich dachte, du könntest mich nicht mehr überraschen.«

»Oh, du hast keine Ahnung. Das ist nur eine von sehr vielen Traditionen.«

Daran zweifelte ich keine Sekunde lang. Irgendwann ging Matthew rein, um Punsch und Kekse zu holen, und Daxton stimmte mit den Zwillingen ein Weihnachtslied an, das völlig schräg klang.

Ich kuschelte mich noch enger an Logan. Als er den Kopf in meine Richtung wandte, lag ein vertrautes Funkeln in seinen Augen. Er beugte sich zu mir herunter und gab mir einen sanften Kuss. Sofort erfüllte mich ein warmes Kribbeln, und ich vertiefte den Kuss. Bis Daxton sich vernehmlich räusperte. Grinsend und auch etwas wehmütig lösten Logan und ich uns voneinander, doch das war nicht schlimm, denn in seinem Blick lag das Versprechen auf eine Wiederholung, sobald wir allein waren.

Ich richtete meine Aufmerksamkeit zurück auf das Feuer und speicherte den Moment, um ihn später wieder hervorholen zu können, wenn der Alltagsstress mich fest im Griff hatte. Denn letztendlich ging es um Erinnerungen wie diese. Um das Glück, mit Menschen zusammen zu sein, die man liebte. Darum, innezuhalten und den Augenblick zu genießen.

Als ich nach Logans Hand tastete, drückte er sie sanft. Er brauchte mich nichts zu sagen, ich wusste auch so, dass er verstand.

Das hier war es, was zählte. Mehr brauchte es nicht, um glücklich zu sein: Herzensmenschen, ein leuchtendes Feuer mitten im Schnee – und wir.

Danksagung

Es war schon immer mein Wunsch, irgendwann eine Winter-Romance zu schreiben, und ich bin unglaublich froh, dass ich diesen Traum in die Wirklichkeit umsetzen durfte.

Ein großes Danke geht an meine Lektorinnen. Danke, Nadja, dass du an meine Geschichten glaubst und mich dazu ermutigst, das Beste aus ihnen rauszuholen. Danke, Paula, dass du mir jederzeit mit Rat und Tat zur Seite stehst. Und danke, Tamara, dass du dem Buch den nötigen Feinschliff verliehen hast und dafür sorgst, dass ich den Leser*innen die mir bestmögliche Version der Geschichte liefern kann.

Danke auch an mein wundervolles Agentinnen-Team: Gesa, Kristina und vor allem Mathilda. Du hast immer ein offenes Ohr für mich, und dein Zuspruch ist Gold wert!

Ich danke meinen Testleserinnen Lisa, Madleine, Ann-Kristin, Katharina und Natascha für ihre Anmerkungen und dass sie Abbys und Logans Geschichte eine Chance gegeben haben.

Danke auch an meine wundervollen Autorenkolleginnen Nina und Anna, die die Geschichte vorab gelesen haben.

Nina, deine Ratschläge und Ideen sind jedes Mal perfekt auf den Punkt gebracht, und ich will nie wieder ein Buch abgeben, das du nicht abgesegnet hast.

Anna, unsere Schreibsessions und der regelmäßige Austausch sind etwas, das ich nie wieder missen möchte!

Danke auch an Chiara für die vielen, vielen Schreibsessions, die motivierenden Worte und den Ideenaustausch.

Und danke an Vivien – für alles.

Pauline, du hast es ertragen, dass ich im Juli beim Schreiben Weihnachtssongs gehört habe, und hast mir im September Lebkuchen für den Epilog gebracht. Danke fürs Dasein, fürs Mitfiebern und dich mit mir freuen.

Ein großes Dankeschön geht auch an meine Familie, die mich bei allem, was ich tue, unterstützt. Und an meine Freundinnen, die auch dann an mich glauben, wenn ich es selbst nicht kann. Marie, Miriam und Genovina – ihr habt immer gewusst, dass meine Bücher eines Tages in Buchhandlungen liegen. Danke fürs jahrelange An-mich-Glauben und Mit-mir-Träumen.

Danken möchte ich auch all den großartigen Autorenkolleg*innen und Buchblogger*innen. Der Austausch mit euch macht das Autorinnenleben weniger einsam, und ich freue mich über jede Nachricht und jedes Bild!

Zuletzt danke ich meinen Leser*innen. Danke, dass du Abby und Logan eine Chance gegeben und zu diesem Buch gegriffen hast. Ich hoffe, wir sehen uns bei weiteren Buchprojekten wieder!

Freue dich
auf eine berührende
Romance-Dilogie
von Jana Schäfer!

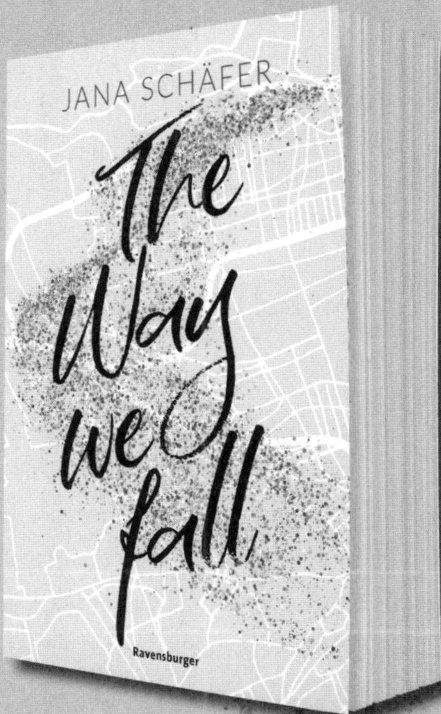

EDINBURGH-REIHE, BAND 1:
»THE WAY WE FALL«
ISBN 978-3-473-58611-0

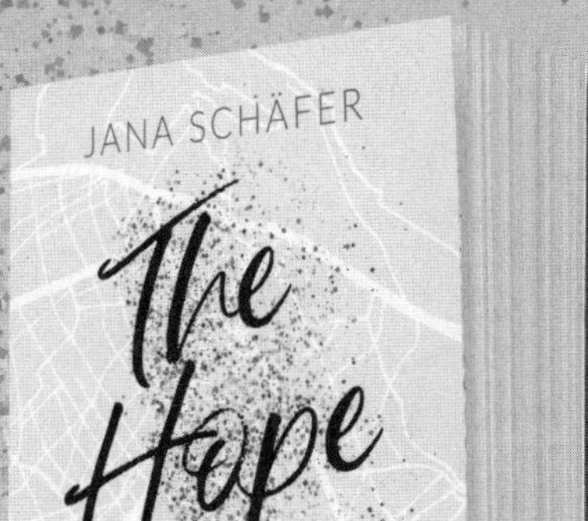

EDINBURGH-REIHE, BAND 2:
»THE HOPE WE FIND«
ISBN 978-3-473-58612-7

LESEPROBE

»The Way We Fall«
Edinburgh-Reihe, Band 1
von Jana Schäfer
ISBN 978-3-473-58611-0

Wenn ich die Welt mit Farben beschreiben müsste, wäre dieser Tag schwarzblau. Vielleicht auch eine Spur dunkelgrün. Auf jeden Fall wären es düstere Töne. Solche, die man auf Fotos mit einem Filter aufhellt, damit sie stattdessen strahlen und leuchten.

Selbst der Himmel draußen zeigte sich heute von einer düsteren Seite, die sämtliches Licht verschluckte.

Seufzend öffnete ich die Spülmaschine. Ein Schwall heißer Luft kam mir entgegen und ich trat eilig einen Schritt zurück.

Das Café *Daydream* war wie ausgestorben. Meine Schicht ging offiziell noch eine Stunde, doch wenn weiterhin keine Gäste kamen, konnte ich genauso gut eine Stunde früher Schluss machen und heim zu Maisie gehen. Vorausgesetzt der Gast an Tisch Nummer dreizehn bezahlte irgendwann und verschwand. Er saß inzwischen schon seit drei Stunden vor seinem Laptop und nippte ab und zu an einem Glas Wasser. Bis auf einen Espresso und ein Stück Zitronenkuchen hatte er nichts bestellt. Nichts.

Ich spürte, wie sich Ärger in mir breitmachte. Was glaubte der denn, wie wir das *Daydream* finanzierten? Jedenfalls nicht durch das Servieren von Leitungswasser. Wir waren hier schließlich in einem Café. Und nicht etwa in seinem Büro.

Entschlossen ging ich zu dem Tisch in der Ecke und machte mich mit einem Räuspern bemerkbar. An jedem anderen Tag wäre es mir vermutlich egal gewesen, aber die Vorstellung, dass ich jetzt Feierabend haben und bei meiner Schwester sein könnte, anstatt den einsamen Gast zu bedienen, machte mich ungeduldig.

»Möchtest du noch etwas?«

Keine Reaktion.

»Hallo?«, versuchte ich es erneut.

»Nein danke, ich arbeite.« Seine kühle Stimme strich über mich hinweg. Er schaute nicht einmal von seinem Laptop auf. Das Klackern der Tasten erfüllte den Raum und verwandelte sich in meinen Ohren zu einem provozierenden, spottenden Geräusch.

Ich atmete hörbar aus, aber er rührte sich nicht. Kein Zusammenzucken, kein entschuldigendes Lächeln, nichts. Mein Blick glitt über die dunkelbraunen Haare, die ihm lässig und scheinbar zufällig in die Stirn fielen. Fast so, als wüsste er gar nicht, dass er mit seiner Frisur einem Werbeplakat für den nächsten Friseursalon entsprungen sein könnte. Der Dreitagebart und die kantigen Gesichtszüge ergänzten den Möchtegern-wilder-Schönling-Look perfekt. Seine vollen Lippen hatte er zu einem schmalen Strich zusammengepresst, der einzige Hinweis, dass er sehr wohl bemerkte, dass ich immer noch ungeduldig neben ihm stand. Ich schätze ihn auf Mitte zwanzig, vielleicht zwei, drei Jahre älter als ich.

Er saß mit gerunzelter Stirn da und starrte hochkonzentriert auf seinen Bildschirm, als beanspruchte das, was auch immer er da tat, seine ganze Aufmerksamkeit. Gut möglich, dass ihm nicht einmal auffiel, dass er inzwischen der einzige Gast war. Er schien seine Umgebung, das Café, das in den letzten Jahren zu meinem zweiten Zuhause geworden war, gar nicht richtig wahrzunehmen. Da war es wahrscheinlich auch zu viel verlangt, auf die einzige Bedienung im Raum zu achten, die sich an einem Donnerstagnachmittag durchaus bessere Dinge vorstellen konnte, als einem verirrten Gast beim Wassertrinken zuzusehen. Heimgehen, um mit ihrer Schwester einen Film zu schauen zum Beispiel.

Mit einem ergebenen Seufzen drehte ich mich um und kehrte hinter die Theke zurück. Trotz allem war es mein Job, die Gäste zu bedienen. Oder sie in Ruhe zu lassen, wenn sie nichts wollten. Nicht selten fühlten sich die Leute im Café so wohl, dass sie die Zeit völlig vergaßen und stundenlang mit ihrem Kaffee am Tisch saßen und mit ihren Freunden redeten. Normalerweise war es auch genau das, was ich am *Daydream* so sehr mochte. Nur hatte ich heute schon einen ziemlich anstrengenden Tag hinter mir, weil am Morgen eine Geburtstaggruppe ins Café geplatzt und den Ort ordentlich aufgemischt hatte.

Um mir die Zeit zu vertreiben, räumte ich die Spülmaschine aus. Allerdings war ich damit viel zu schnell fertig. Nachdem ich auch noch mit einem Putzlappen über die Ablagen und die Vitrine, in der selbst gebackene Muffins und Scones standen, gewischt hatte, fiel mir keine Beschäftigung mehr ein. Ich könnte mir natürlich einen Besen schnappen und zwischen den Tischen und Stühlen – ein sorgfältig ausgewählter Mix aus hübschen Vintage-Möbeln – hindurchfegen. Aber das wäre unhöflich, und auch wenn der Fremde von mir aus gern gehen durfte, würde ich ihm nicht den Gefallen tun und unprofessionell werden.

Das Vibrieren meines Handys erlöste mich aus meinem

pseudobeschäftigten Hin- und Hergehen hinter der Theke. Ich nahm den Anruf an, was ich bei gutem Betrieb nie tun würde, und grinste, noch bevor die fröhliche Stimme meiner besten Freundin erklang.

»Amelia! Du gehst ran. Das heißt dann wohl, dass du entweder früher gehen konntest oder das Café leer ist.«

»Leider ist Letzteres der Fall. Zumindest fast. Bis auf einen Kerl ist niemand hier, und ich bezweifle, dass bei dem Regenwetter heute noch jemand kommt.«

»Dafür wird morgen die Bude voll sein«, erwiderte Holly zuversichtlich. Mit ihrer unbeschwerten Art hellte sie meine Stimmung automatisch auf.

»Das fürchte ich auch. Chloé liegt mir seit Tagen mit der Lesung in den Ohren. Sie will Pizzabrötchen backen und Fingerfood organisieren. Gestern hat sie sogar irgendetwas von gefalteten Servietten in Buchform gefaselt. Wie auch immer das gehen soll.«

Meine Chefin war ganz aus dem Häuschen, seit sie erfahren hatte, dass Jasper Haven eine Lesung in unserem Café halten würde. Sie sah darin die perfekte Werbung und Aufmerksamkeit, die das *Daydream* anscheinend dringend brauchte. Dabei war es eigentlich die Ausnahme, dass es so wenige Besucher gab wie heute.

»Ich kann sie nur zu gut verstehen«, gab Holly lachend zurück.

»Kannst du nicht.« Holly hasste Basteln und Dekorieren wie die Pest. Stillsitzen und sich konzentrieren war nicht ihr Ding. Sie musste ständig in Bewegung sein, liebte Unternehmungen und Abwechslung. In dieser Hinsicht hätten wir kaum unterschiedlicher sein können.

»Okay, kann ich nicht«, stimmte sie mir zu. »Aber dass dieser

Autor kommt, ist eine ziemlich coole Sache. Der wird von den Medien ja ziemlich gehypt.«

»Du weißt ja, wie beeindruckend ich irgendwelche Medienstars finde«, gab ich schmunzelnd zurück.

»Du kannst sagen, was du willst, aber er hat es immerhin geschafft. Er ist ganz oben und einer der bekanntesten Fantasy-Autoren unserer Zeit. Er lebt seinen Traum.«

Ich seufzte. Mir entging der Unterton in ihrer Stimme keineswegs. Ich wusste genau, was sie mir damit sagen wollte. Holly verstand einfach nicht, warum ich immer noch bei meiner Tante lebte, anstatt wie sie in einer WG zu wohnen und zu studieren. Sie war direkt nach dem Schulabschluss von zu Hause ausgezogen und hatte mit ihrem Medizinstudium angefangen, während ich im *Daydream* jobbte und meine Freizeit mit Musik verbrachte.

Obwohl, eigentlich verstand sie es schon. Der Grund dafür war unmöglich nicht zu verstehen, aber Holly war überzeugt, dass ich damit einen Fehler machte. Nur war es kein Fehler, denn das würde bedeuten, dass ich die Wahl hätte, es anders zu machen, dass ich mich frei entscheiden könnte, nicht hierzubleiben, sondern zu gehen. Doch das konnte ich nicht. Diese Wahl war vor zwölf Jahren gestorben, als meine Eltern und Maisie in einen roten Wagen gestiegen waren, um einkaufen zu fahren, und nur meine kleine Schwester lebend zurückgekehrt war.